HEYNE<

Das Buch

April 1945. Flakhelferin und Swing-Girl Elfie kehrt ins zerstörte Frankfurt zurück. Sie ergattert eine Arbeitsstelle als Gärtnerin im amerikanisch besetzten Palmengarten, wo sie sich mit Hilfsgärtner Klaus um den Gemüseanbau kümmert. Als ein Freund Elfies aus der Gefangenschaft zurückkehrt, droht er Klaus Konsequenzen an, weil er ein Deserteur ist. Elfie steht Klaus bei. Aus Dankbarkeit hilft er ihr bei der Suche nach dem Gestapobeamten, der sie und ihre Swing-Freunde misshandelt hat. Doch dann stellt sich heraus, wer sie damals verraten hat – und für Elfie bricht eine Welt zusammen. Zum Glück hat sie immer ihre beste Freundin Helga an ihrer Seite. Und Klaus …

Die Autorin

Juliane Michel lebte die ersten 27 Jahre in Südhessen und studierte in Frankfurt Bibliothekswissenschaften ganz in der Nähe vom Palmengarten. Heute lebt sie mit ihrem Mann in der Nähe von Würzburg. Ihr erster historischer Frankfurt-Roman, »Fräulein Wünsche und die Wunder ihrer Zeit«, stand 2023 auf der Shortlist für den DELIA-Literaturpreis.

Juliane Michel

Wir tanzen in die Freiheit

Roman

WILHELM HEYNE VERLAG
MÜNCHEN

»Dieser Roman wurde gefördert durch das Stipendienprogramm der
VG Wort im Rahmen des Programms NEUSTART KULTUR der
Beauftragten der Bundesregierung für Kultur und Medien.«

Die Beauftragte der Bundesregierung
für Kultur und Medien

Penguin Random House Verlagsgruppe FSC® N001967

Originalausgabe 09/2024
Copyright © 2024 dieser Ausgabe
by Wilhelm Heyne Verlag, München,
in der Penguin Random House Verlagsgruppe GmbH,
Neumarkter Str. 28, 81673 München
Redaktion: Frederike Arnold
Umschlaggestaltung: t. mutzenbach design
unter Verwendung von Arcangel (Joanna Czogala), akg-images
(Tony Vaccaro), Shutterstock.com (OLeksiiTooz)
Satz: Uhl + Massopust, Aalen
Druck und Bindung: GGP Media GmbH, Pößneck
Printed in Germany
ISBN: 978-3-453-42851-5

www.heyne.de

Songliste des Odeon-Clubs

Runnin' Wild, Benny Goodman Quartet
In the Mood, Glenn Miller
Harlem Swing, Orchester Scott Wood
It Don't Mean a Thing (If It Ain't Got That Swing),
    Duke Ellington und Ivie Anderson
Hotter Than That, Louis Armstrong and His Hot Five
Tiger Rag/Tigerjagd im Taunus, Teddy Stauffer
American Patrol, Glenn Miller
New Moten Stomp, Bennie Moten
Sing, Sing, Sing, Benny Goodman
Stompin' at the Savoy, Count Basie und Benny Goodman
Big John's Special, Benny Goodman
Jeepers Creepers, Teddy Stauffer
Crazy Rhythm, Django Reinhardt
Shades of Hades, Larry Clinton
Moonlight Serenade, Glenn Miller
Swing de Paris, Django Reinhardt
Don't Sit Under the Apple Tree (with Anyone Else but Me),
    Glenn Miller

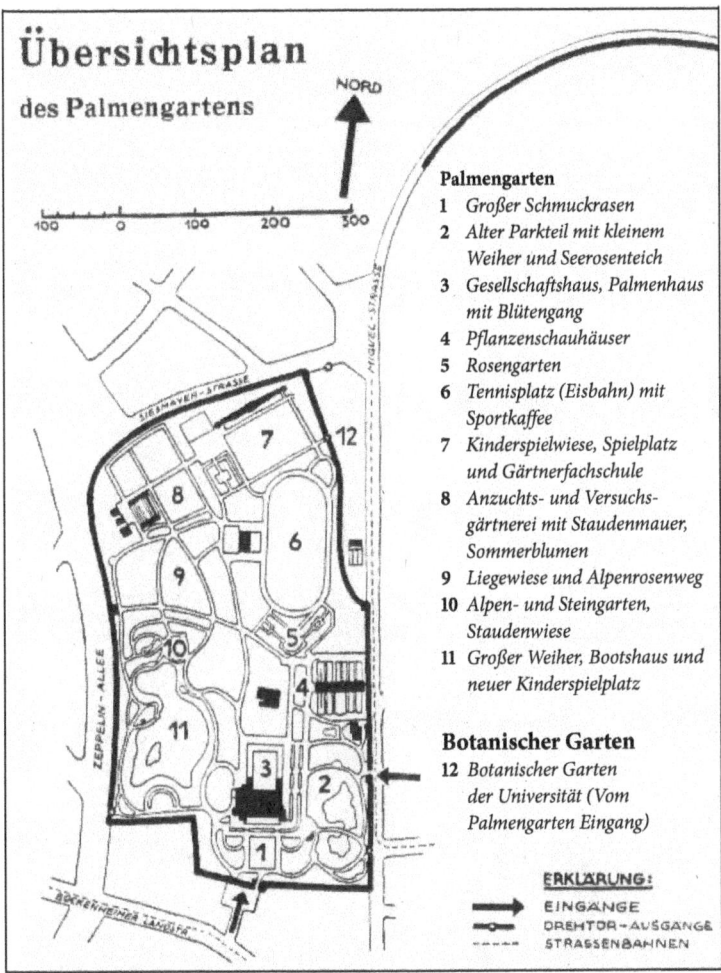

Übersichtsplan
des Palmengartens

NORD

100   0   100   200   300

Palmengarten

1 Großer Schmuckrasen
2 Alter Parkteil mit kleinem Weiher und Seerosenteich
3 Gesellschaftshaus, Palmenhaus mit Blütengang
4 Pflanzenschauhäuser
5 Rosengarten
6 Tennisplatz (Eisbahn) mit Sportkaffee
7 Kinderspielwiese, Spielplatz und Gärtnerfachschule
8 Anzuchts- und Versuchsgärtnerei mit Staudenmauer, Sommerblumen
9 Liegewiese und Alpenrosenweg
10 Alpen- und Steingarten, Staudenwiese
11 Großer Weiher, Bootshaus und neuer Kinderspielplatz

Botanischer Garten

12 Botanischer Garten der Universität (Vom Palmengarten Eingang)

ERKLÄRUNG:

→ EINGÄNGE
⊶ DREHTOR-AUSGÄNGE
----- STRASSENBAHNEN

In den Dreißigerjahren hieß die heutige Siesmayerstraße Miquelstraße und die heutige Miquelallee Siesmayerstraße. Ich habe mir die Freiheit genommen, im Roman die heute üblichen Straßennamen zu verwenden, um Ortskundige nicht zu verwirren.

Prolog

Sommer 1941

Wenn Elfie Swing hörte, vergaß sie immer alles andere um sich herum. Die Welt wurde bunter, das Leben leichter und eine kaum zu bändigende Freude breitete sich dann in ihr aus. Als wäre in ihrem Bauch ein Gummiball, der hin und her hüpfte.

Aber noch war es nicht so weit. Noch kurbelte Bobby wie ein Weltmeister am Grammofon, um den Motor aufzuziehen, während Freddy Rheinhessensekt aus dem Keller seines Vaters in Helgas Bowle schüttete, Elfie diese probierte, Walter mit ein paar Jungs sich um einen Ball kabbelte und Lizzy im Spiegelbild des Fensters ihren Lippenstift nachzog.

Alle warteten gierig auf die ersten Töne, das spürte Elfie. Wie Elektrizität lag die Vorfreude in der Luft. Hier im Sommerhaus von Freddys Eltern mitten im Taunus waren sie völlig allein. Niemand da, der ihnen Ärger bereiten konnte, da Swing-Musik als entartet galt und sie eigentlich alle gerade mit der HJ wandern gehen müssten. Niemand konnte sie hören bis auf die Tiere im Wald und die Sonne versprach einen langen Abend.

Da senkte Bobby endlich den Tonarm des Grammofons auf die Schellackplatte. Fiebrig setzte das Schlagzeug ein.

Schon an den ersten Tönen erkannte Elfie *Runnin' Wild* von Benny Goodman. Die schnellen Trommelschläge und die fröhliche Klarinettenmelodie durchfuhren sie wie ein Blitz. Sofort sprang sie auf und ergriff Freddys Hand, sodass dieser gerade noch die Sektflasche wegstellen konnte.

Es war ein eigenartiges Gefühl, seine Hand in ihrer zu fühlen. Seine Haut auf ihrer. Mit ihren fünfzehn Jahren war Elfie das erste Mal verliebt, aber noch wusste er nichts davon, sondern tanzte mit ihr wie mit jeder anderen. Und sie genoss es mit jeder Faser ihres Körpers, musste er doch am Montag an die Front.

Schnell schüttelte sie den Gedanken an den Krieg ab, ihre Füße bewegten sich wie von alleine im Takt der Musik, einen Schritt vor, mit dem lockeren Bein nach vorne tippen, einen Schritt zurück und nach hinten tippen. Dabei schwenkten sie ihre Arme in der Luft, zogen Grimassen oder wackelten mit den Hüften, Hauptsache, es machte Spaß. Aber das war erst der Anfang, um sich einzustimmen und Fahrt aufzunehmen.

Schon ergriff Freddy von hinten ihre Taille und hob sie nach oben. Ausgelassen vor Freude, spreizte sie kurz die Beine, sodass alle ihr Höschen sehen konnten, aber das störte hier niemanden. Dann setzte er sie vorsichtig wieder ab, sie ergriff seine Hand und weiter ging es, die Füße tippten nach rechts und links, sie sprangen auf und ab.

Die anderen Jugendlichen johlten. Auf einmal hob Freddy ein Bein, sie verstand sofort und duckte sich. Sofort streckte er es über ihren Kopf hinweg aus und drehte sich einmal um die ganze Achse. *Hot*!

Dann sprang sie wieder auf, er umfasste ihre Taille und

drehte sie, bis ihr schwindelig wurde, sie nur noch farbigen Nebel sah und sich wie berauscht fühlte. Ihr ganzer Körper vibrierte vor Glück.

Ein kurzer Blick in den Himmel signalisierte ihr, was er als Nächstes vorhatte: einen Salto. Den liebte sie besonders! Sie nahm Anlauf, sprang mit einem Fuß in seine verschränkten Hände, und schon flog sie durch die Luft, als wäre das Leben unendlich und sie so frei wie ein Vogel.

Wenn man doch die Zeit anhalten könnte. So müsste das Leben immer sein.

Frei.

1 – Elfie

April 1945

Endlich zu Hause! Müde und erleichtert zugleich lief Elfie den Sachsenhäuser Berg hinab. Zwei Jahre war es her, dass sie völlig überstürzt Frankfurt hatte verlassen müssen. Zwei unendlich lange Jahre. Jetzt konnte sie endlich wieder nach Hause. Hier war der Krieg mit all seinen Schrecken bereits zu Ende.

Hoffentlich war mit ihrer Mutter alles in Ordnung! Elfie machte sich solche Sorgen um sie. Ihre Mutter kam nicht gut mit dem Alleinsein zurecht und alle hatten sie verlassen müssen, zuletzt sogar ihre Eltern.

Und was, wenn es noch Kämpfe vor der Besetzung durch die US-Army gegeben hatte? An das Schlimmste wagte Elfie gar nicht zu denken.

Seit Wochen hatte Elfie keine Post mehr bekommen und wusste nicht, wie es ihrem Vater oder ihrem Bruder Walter ging. Ob sie bereits in Gefangenschaft in Sicherheit waren oder noch kämpfen mussten? Wann würde der Irrsinn endlich enden? Der Krieg war doch längst verloren, aber noch immer mussten Menschen sterben. Wenn Elfie schon dieses zerfetzte Plakat an der Litfaßsäule sah, wurde ihr schlecht: *Frontstadt Frankfurt wird gehalten*!

Ein blütenweißer Anschlag klebte darüber. Die amerikanische Militärregierung ordnete eine Ausgangsbeschränkung von sechs Uhr abends bis sieben Uhr morgens an. Und den Schießbefehl bei Missachtung. Wie das Leben unter amerikanischer Herrschaft wohl sein würde? Wenn sie die Bevölkerung den halben Tag in ihren Häusern einsperrten und jeden erschossen, der sich nicht dran hielt? Plötzlich schnürte sich ihre Kehle zu. Sie sehnte sich so danach, dass der Krieg endlich endete, aber vor dem Frieden hatte sie trotzdem Angst.

Da wurde ein Fenster geöffnet und wie ein Weckruf schallte eine Bläserfanfare über die Straße. Elfie schrie begeistert auf. Sie erkannte das Lied sofort: *In the Mood* von Glenn Miller. Mitten in Frankfurt-Sachsenhausen. So schlimm würde es vielleicht doch nicht werden, wenn Swing hören endlich erlaubt war. Swing, das war ihre Jugend.

Jugend. Komisch, diese Zeit so zu nennen. Sie war doch erst neunzehn, noch nicht mal volljährig! Aber ihre Backfischzeit war längst vorbei, der Kriegshilfsdienst in der Rüstungsfabrik und zuletzt an der Flak hatten sie erwachsen werden lassen.

Die Musik im Radio wurde ausgeblendet, die englischen Worte des Sprechers ließen Elfies Herz höherschlagen. Sie liebte alles Angelsächsische, auch wenn es jahrelang verboten gewesen war. Früher hatte sie sogar einen englischen Spitznamen gehabt: *Ivie*, gesprochen: *Eiwi*.

Ihre beste Freundin Helga war von allen Annie genannt worden. Ob sie schon wieder zurück in Frankfurt war? Auch von Helga hatte sie viel zu lange keine Nachricht mehr erhalten.

In ihrem Kopf hörte Elfie noch immer die mitreißende Melodie, ihre Arme und Beine zuckten vor Freude. Auf einmal sah sie die Welt um sich herum mit anderen Augen. Natürlich, auf den Straßen türmte sich der Schutt, doch an den Rändern wuchs bereits Gras darüber, und die Frühlingssonne ließ den allgegenwärtigen Staub in der Luft schimmern. Fliederduft drang ihr in die Nase, und Vögel flatterten zwitschernd, als wäre nichts geschehen.

Die Frühlingssonne wurde immer wärmer, Elfie öffnete ihren zerschlissenen Wintermantel und streifte sich das Kopftuch von den dreckigen Haaren. Seit einer Ewigkeit war sie aus ihrer Kleidung nicht mehr hinausgekommen. Insgeheim sehnte sie sich nach einer Badewanne, aber angesichts der Zerstörung um sie herum kam es ihr selbstsüchtig vor.

So viele Menschen hatten kein Zuhause mehr. An den verrußten Häusermauern in der Schweizer Straße klebten kleine Zettel mit Suchmeldungen und neuen Adressen, manche schrieben ihre Sehnsucht auch groß mit Kreide an die Wand.

Der Gustav-Adolf-Platz wirkte merkwürdig leer. Es dauerte, bis Elfie begriff, dass die roten Hakenkreuz-Fahnen fehlten. Auf einmal konnte man die Häuser sehen, die vorher davon bedeckt gewesen waren, hellbraune oder graue Wände, manche sogar mit Dach oder Fenstern. Autos fuhren keine, und keine Tram. Ganz vereinzelt mal ein Fahrrad.

Auf einmal kam ihr eines der BDM-Wanderlieder in den Sinn, und sie merkte, dass sie automatisch im Takt dazu ausschritt. Unwillig schüttelte sie den Kopf. Nie mehr in ihrem Leben wollte sie wandern gehen und dabei Lieder von der angeblich so frohen Zukunft und der Überlegenheit der Deutschen singen. Sie spitzte die Lippen und pfiff wie früher den *Harlem Swing*, bis sie am Main ankam.

Ein Blick zur Altstadt am gegenüberliegenden Ufer des Flusses, und ihr stockte der Atem. Unwillkürlich schossen ihr die Tränen in die Augen, sie sank auf die Knie und konnte doch den Blick nicht abwenden.

Sie waren verschwunden. Die Fachwerkaltstadt, die imposanten Häuser aus der Kaiserzeit – alles war weg. Vereinzelt ragten noch Mauerreste aus einer Wüste aus Asche, Schutt und Steinen empor, aber egal, wie lange sie suchte: Ihr Geburtshaus in der Bendergasse, in dem sie viele Jahre gemeinsam mit den Großeltern gelebt hatten, war ebenfalls dem Erdboden gleichgemacht worden. Nur der Kaiserdom stand unversehrt in der Mitte.

Von Trauer erstarrt, konnte Elfie den Blick nicht wenden. Dort waren vor einem Jahr ihre Großeltern gestorben. Mutter hatte von herabstürzenden Trümmern geschrieben, die den Ausgang des Luftschutzkellers versperrt hatten. Wie schrecklich.

Lautes Rufen vom Fluss schreckte sie auf. Ein längliches Ruderboot voller Menschen näherte sich dem Ufer. Dahinter ragten aus dem Main die Trümmer der Adolf-Hitler-Brücke und des Eisernen Steges hervor. Die kleine Fähre war die einzige Möglichkeit, ans andere Ufer zu gelangen, und die Schlange war lang.

Elfie erhob sich, klopfte sich den Staub aus der Kleidung und reihte sich ein, um nach Hause zu gelangen. Vor ihr schleppte eine blasse Frau einen vollen Rucksack auf dem Rücken und einen vor dem Bauch, beide mit Kohlenstaub bedeckt. Das kleine Mädchen an ihrer Hand taumelte müde vor sich hin.

Die Frau wirkte genauso erschöpft. Als das Mädchen stolperte, fing Elfie sie auf und nahm sie auf den Arm.

»Dann warten wir beide mal zusammen, einverstanden?«, fragte sie.

»Sie müssen das nicht tun«, sagte die Frau und schaute ängstlich auf ihre Kohlenrucksäcke, als ob Elfie einen Lohn für die Hilfe einfordern würde.

»Das macht mir nichts aus.« Elfie kitzelte das Mädchen mit den roten Haarschleifen, die anscheinend aus ehemaligen Hakenkreuzfahnen gemacht waren, bis dieses kicherte.

Die Wartenden schauten mit hängenden Schultern vor sich hin und schwiegen. Alte Männer mit grauen Gesichtern, in die sich tiefe Falten gegraben hatten, junge Frauen mit über der Stirn verknoteten Kopftüchern oder Vorkriegshüten.

Leider war niemand dabei, den Elfie von früher kannte.

Die Fähre legte an, aber mehr als zwanzig oder dreißig Gäste konnte sie nicht pro Fahrt transportieren, obwohl alle wie Ölsardinen in dem schmalen und schwankenden Holzboot standen.

Zwei Stunden später kam Elfie endlich *Dribb de Bach*, auf der anderen Seite, an. Schweren Herzens lief sie vom Mainufer zur Ruine des Schauspielhauses und dann durch den lang gestreckten Park der Taunusanlage, bis dieser eine Biegung machte.

Früher wäre sie hier Richtung Westend abgebogen und erst zu Helga und dann nach Hause gegangen. Aber wollte sie das? Sie konnte ja kaum an die Lindenstraße denken, in der Helga wohnte. Direkt gegenüber der Frankfurter Gestapozentrale, in der Elfie furchtbare Dinge hatte erleben müssen.

Aber dann verdrängten Sehnsucht und Sorge nach ihrer besten Freundin ihre Angst vor dem Ort des Schreckens.

Und so bog sie klopfenden Herzens in die noch immer ziemlich prächtige Guiollettstraße und von dort in die Lindenstraße, wie sie es in ihrem Leben so oft getan hatte.

Voller Ekel schaute sie an der monumentalen, hochherrschaftlichen Cronstett'schen Villa vorbei. Dem früheren Sitz der berüchtigten Frankfurter Gestapo.

Gegenüber war Helgas wunderschönes Zuhause, das nicht einen Kratzer abbekommen zu haben schien und in dessen schmalem Vorgarten die Tulpen in voller Blüte standen.

Sie waren zusammen zur Schule gegangen. Helga Sartorius, das Professorentöchterchen, und Elfriede Fischer, deren Vater nur Hausmeister war. Aber Elfie war immer Klassenbeste gewesen, weshalb Herr Mauersberger Elfie das Schulgeld für die Oberrealschule bezahlt hatte. Herr Mauersberger war ein reicher Mann, dem Vater 1918 in den Schützengräben in Frankreich das Leben gerettet hatte.

Kurz musste sie innehalten. Das Haus mochte unversehrt sein, aber was war mit den Bewohnern? Was, wenn Helga etwas geschehen war? Oder ihren Eltern? Minna, dem Hausmädchen?

Aber dann schluckte sie ihre Angst hinunter und schritt die wenigen Stufen zur Haustür hoch. Am Klingelschild hingen zwar neue Zettel, aber *Ferdinand Sartorius* stand Gott sei Dank noch immer da. Sie klingelte, der altbekannte wohltönende Gong erklang, und als Minna mit ihrer weißen

Schürze öffnete, konnte Elfie sich nicht mehr beherrschen und brach in Tränen aus.

»Elfie, also … ich meine, Fräulein Elfriede, wie schön, Sie wiederzusehen!«

Minna strahlte sie an und trat einen Schritt zur Seite, doch bevor Elfie eintrat, suchte sie nach Anzeichen von Trauer oder Schmerz in Minnas rosigem Gesicht. Vergebens.

»Wie schön, dass es Ihnen gut geht!«, sagte Elfie. »Und die anderen? Sind alle gesund und munter?«

Plötzlich hörte sie schnelle Schritte und stürmisch schlangen sich zwei Arme um sie.

»Elfie«, rief Helga ein ums andere Mal. »Elfie, endlich.« Und sie hielten einander fest, als ob sie sich nie wieder loslassen wollten. Elfie vergrub ihr Gesicht in Helgas blonden Haaren, die sauber nach Seife dufteten, und schluchzte auf einmal. Dann atmete sie tief durch und ließ ihre Freundin los.

Helga trug eine hellblaue Bluse, einen dunklen Rock und eine cremefarbene Strickjacke, die schulterlangen Haare hübsch zurechtgemacht, das Gesicht klar und hell wie immer.

Voller Scham zog Elfie ihren dreckigen und zerschlissenen Wintermantel und die verschmutzten Arbeitsschuhe aus. Ohne diese Schuhe hätte sie die Strapazen der letzten Jahre nicht überstanden. Auch nicht ohne die Uniform des Kriegshilfsdienstes, ohne die dicke graubraun melierte Hose und die kurz geschnittene Jacke aus dem gleichen Stoff. Hässlich, aber warm und strapazierfähig.

»Du siehst aus, als wäre Frieden«, sagte Elfie bewundernd zu ihrer Freundin.

»In Frankfurt ist ja auch Frieden, irgendwie jedenfalls. Ach, bin ich froh, dass du zurück bist! Ich habe mir ja solche Sorgen gemacht, weil wir schon so lange nichts mehr voneinander gehört hatten. Und du bist gesund, alles in Ordnung?«

»Ja, ja, der Kopf ist noch dran.« Elfie grinste. »Und bei euch?«

»Alles bestens. Minna, schauen Sie doch mal, ob Sie was zu essen für Elfie finden. Du hast bestimmt Hunger.« Helga hängte sich an Elfies Arm und führte sie in den Salon mit den Nussbaum-Möbeln und den gelben Brokatvorhängen. In der Zimmerecke stand ein Paravent und verbarg nur mühsam die Koffer und Feldbetten dahinter.

»Ziemlich voll bei uns. Meinte Tante ist mit den Kindern hier, total ausgebombt, und meine Großeltern auch, aber was willst du machen?«, sagte Helga und umarmte sie schon wieder. »Ich habe dich so vermisst, Elfie!« Sie setzte sich aufs Sofa und klopfte neben sich.

Elfie schüttelte den Kopf. »Ich bin doch viel zu dreckig für eure guten Möbel.« Sie verzog ihr Gesicht zu einem Grinsen, dabei würde sie so gerne sitzen und nie mehr aufstehen. »Ich musste nur unbedingt sehen, wie es dir geht.« Dann zwang sie sich, tief Luft zu holen und zu fragen, was ihr die ganze Zeit auf der Seele brannte.

»Und meine Mutter?«

»Der geht es gut, mach dir kein Sorgen.«

Sie lebte! Elfies Herz schlug auf einmal wie wild vor Freude, solche Angst hatte sie die ganze Zeit gehabt. War ja auch kein Wunder, in Nürnberg hatte sie im Bombenhagel an der Flak stehen und zusehen müssen, wie viele Menschen ihr Leben verloren, nur weil der Oberbürgermeister die Stadt nicht aufgeben wollte! Und hier?

»Die ganzen Nazigrößen waren schon weg, bevor die Amis einmarschierten. Kämpfe gab es keine mehr, alles ist gut!«, beruhigte Helga sie, als ob sie Gedanken lesen könnte.

Helga stand wieder auf und trat nahe an Elfie heran. »Hast du was von deinem Bruder gehört?«, flüsterte sie. »Ich schreibe Walter so oft, aber die letzte Antwort ist Monate her.«

Elfie schüttelte bedauernd den Kopf. »Auch nicht von Vater.«

Da war sie wieder, die Angst um ihre Lieben. Elfies Vater musste in Frankreich und ihr Bruder Walter an der Ostfront kämpfen. »Ich wünsche mir so, dass sie in Gefangenschaft sind.« Denn das hieß, dass sie noch lebten. »Und dein Vater?«

»Am Schluss hat auch seine Rückstellung vom Kriegsdienst nichts mehr bewirkt, sie haben ihn zum Volkssturm eingezogen, kannst du dir das vorstellen?«

Elfie nickte.

»Hoffentlich geht es Walter gut.« Seufzend zupfte Helga an ihrem Ohrläppchen. Das machte sie immer, wenn sie nervös war.

Elfies Bruder und Helga waren ein Paar.

Elfie nickte. »Und die da drüben?« Sie wies mit dem Kopf Richtung Gestapozentrale.

»Geflohen, was sonst. Feiglinge. Und vorher haben sie noch wochenlang ihre Akten im Garten verbrannt. Bin ich froh, dass die weg sind.«

Nachdenklich nickte Elfie, brachte es aber immer noch nicht über sich, aus dem Fenster zu schauen.

Auf einmal musste sie an ihren letzten gemeinsamen Schultag auf der Viktoriaschule denken. Chemie bei Herrn Wolf, wie immer hatte ein Experiment nicht funktioniert und sie hatten sich hinterher auf dem Gang vor Lachen nicht mehr halten können. Das war das letzte Mal, dass sie ihre Freundin gesehen hatte. Kurz darauf musste sie Frankfurt verlassen.

»Fräulein Elfriede?« Minna unterbrach ihre Gedanken. »Ich habe ein Brot für Sie zurechtgemacht, und einen Malzkaffee. Möchten Sie?« Sie wies in die Küche.

Elfie nickte. Auf einen Holzstuhl konnte sie sich in ihrer dreckigen Kleidung setzen, den konnte man zur Not hinterher abwischen. Aber erst mal verschwand sie in der kleinen Toilette, die Frau Sartorius für ihre Gäste neben den Salon hatte einbauen lassen.

Als sie wiederkam, dampfte es bereits aus einer Tasse und auf dem Teller lag ein dünnes Marmeladenbrot ohne Margarine. Elfie setzte sich und musste sich zusammennehmen, um das Brot nicht sofort in sich hineinzuschlingen.

Während Elfie vorsichtig kaute, fragte Helga nicht, was alles in der Zwischenzeit geschehen war. Oder warum Elfie damals so schnell verschwinden musste. In all ihren Briefen hatte sie nie gefragt und Elfie war so dankbar dafür.

2 – Elfie

Auf dem Weg nach Hause kam Elfie am Palmengarten vorbei. Auch hier zeigten die Bäume bereits ihr erstes Frühlingsgrün.

Elfie liebte den großen Park mit seinen Gewächshäusern voller exotischer Pflanzen, den Ruderbooten auf dem Weiher und den Spielplätzen. Ihr Zuhause im Tiefparterre eines noblen Mietshauses war dunkel, einen eigenen Garten besaßen sie natürlich nicht. Es gab nur einen Baum im Hinterhof, das war alles.

Aber sie waren nicht oft im Palmengarten gewesen. Als einfacher Hausmeister konnte Vater sich den Eintritt nur selten leisten.

Vor der Parkmauer stand eine lange Reihe Jeeps. Amerikanische Soldaten rammten Holzpfeiler in den Boden. So wohlgenährte Männer hatte Elfie schon lange nicht mehr gesehen. Und dann lachten sie auch noch die ganze Zeit, als wären sie auf Urlaub hier!

Wenn sie dagegen die lange Schlange magerer Deutscher betrachtete, die in ihrer abgetragenen Kleidung vor dem imposanten Gebäude einer Handelsgesellschaft anstanden. *Stadtverwaltung* verkündete ein improvisiertes Schild am Zaun. Der Römer, Frankfurts Rathaus, war bestimmt wie alles andere im Feuersturm der großen Bombardierung zerstört worden.

»Elfie!«, rief auf einmal ein hagerer Mann und hob den

Hut. Eine ungewohnte Geste. »Oder sollte ich langsam Fräulein Fischer zur dir sagen?«

»Herr Lenze!« Sie freute sich, ihren Nachbarn aus dem ersten Stock wiederzusehen. »Für Sie bin ich immer Elfie! Wie geht es Ihnen?« Seine Schläfen waren grau geworden, die Falten auf den sonnengegerbten Wangen tiefer als früher, aber sein Blick war wach wie immer.

»Wenn nicht bald etwas geschieht … die Palmen sind bereits erfroren! So schnell, wie das Glas bei jeder Bombardierung zersplitterte, konnten wir es gar nicht mehr reparieren …« Erschüttert schüttelte er den Kopf.

Herr Lenze war Obergärtner im Palmengarten. Als Elfie klein gewesen war, hatte sie immer gedacht, er würde sich um alle großen Bäume und die hohen Palmen kümmern, eben um alles, das sich oben befand und bis in den Himmel ragte. Als sie erfuhr, dass er als Obergärtner der Chef war und die Verantwortung für alle Gärtner hatte, war sie ziemlich enttäuscht gewesen. Irgendwann war er zum Technischen Direktor befördert worden, aber für Elfie würde er immer der Obergärtner ihrer Kindheit bleiben.

Typisch für ihn, zuerst an die Pflanzen und dann an sich zu denken.

»Und Ihre Familie?«, fragte sie daher.

»Der letzte Brief von Rolf stammte aus Weißrussland.« Herr Lenze seufzte.

Rolf war gemeinsam mit Walter einberufen worden. Aber nach dem Wehrertüchtigungslager hatten sich ihre Wege getrennt, Walter war bei der Heeresgruppe Nord gelandet und Rolf in der Heeresgruppe Mitte.

»Aber das ist auch schon wieder ein paar Monate her. Wer weiß, wo er ist. Wie es ihm geht.« Wieder seufzte er. »Aber meine Frau ist wohlauf. Doch sag, wie geht es dir, Elfie? Deine Mutter hat erzählt, du wärst beim Kriegshilfsdienst gewesen?«

Elfie nickte. »Es ist überstanden.«

»Deine Mutter wird sich freuen, dass du wieder zu Hause bist.« Er hob den Hut und eilte weiter.

Erleichtert setzte Elfie ihren Weg fort. Herr Lenze hatte nicht so geklungen, als ob sie irgendwelche schlechten Überraschungen erwarten würden. Und als sie endlich das wohlbekannte cremefarben gestrichene Haus erspähte, lief sie voller Vorfreude los. Die Fenster im Tiefparterre waren hell erleuchtet. Und da! Ihre Mutter, wie immer an der Nähmaschine.

»Mutti«, rief Elfie sofort und klopfte ans Fenster.

Ihre Mutter schaute auf. Ihre früher so gepflegten blonden Wellen waren in einen strengen Zopf gebunden, sie sah müde aus.

»Elfriede«, rief sie ungläubig und sprang auf. Elfie eilte zur Haustür. Ihr Herz pochte in ihrer Brust, und als sich die Tür endlich öffnete, warf Elfie sich in die Arme ihrer Mutter und weinte vor Freude.

»Mein Kind«, murmelte ihre Mutter ein ums andere Mal. »Mein Mädchen.«

Sie hatte ihre Mutter so sehr vermisst! Endlich war alles überstanden, endlich war sie wieder zu Hause und in Sicherheit.

Elfie löste sich aus der Umarmung und fragte: »Bist du gesund?«

»Alles bestens! Und du?«

»Auch.«

Mutter nickte und ging die halbe Treppe zur Wohnung hinunter. Elfie fiel auf, wie fadenscheinig die blau-weiß karierte Kittelschürze geworden war.

In der Garderobe streifte sie den Rucksack ab und stellte ihn neben die Garderobe. »Seit Tagen ungewaschen.«

»Das riecht man«, sagte Mutter belustigt. »Aber das macht nichts.« Sie schloss die Tür hinter ihr. »Fließend Wasser haben wir wieder, nur noch kein Gas, das Wasser ist also kalt.«

»Das bin ich gewohnt. Aber wie geht es dir und Vater und Walter?«

»Na, komm erst mal in die Küche. Hast du Hunger?« Sie kratzte sich am Arm.

»Danke, aber ich habe bei Helga schon was gegessen.«

»Ach, du warst schon bei Helga.« Sie klang enttäuscht.

»Nur weil es auf dem Weg lag«, entschuldigte sich Elfie. »Ich bin über Sachsenhausen hierhergelaufen«, fügte sie noch erklärend hinzu.

»Ist vielleicht besser so, außer trocken Brot kann ich dir leider gar nichts anbieten. Das Ernährungsamt vorne in der Bockenheimer Landstraße gibt zwar weiterhin Lebensmittelmarken aus, aber krieg mal was dafür. Den ganzen Tag stehe ich bei den Geschäften an, völlig umsonst.«

Sie hörte sich verzweifelt an, und es erinnerte Elfie an die Zeit, als ihre Eltern arbeitslos gewesen waren und alle in der dunklen Altstadtwohnung der Großeltern gelebt hatten. Erst als Vater Herrn Mauersberger bei einer NSDAP-Veranstaltung traf und dieser ihm die Stelle als Hausmeister in seinem neuen Mietshaus anbot, ging es endlich aufwärts. Seitdem wohnten sie im Frankfurter Westend, einer der schönsten und besten Gegenden der Stadt.

Jetzt klang Mutter, als hätte sie Angst, wieder in die Armut zu rutschen. Wer konnte es ihr verdenken?

Am liebsten hätte Elfie sie noch einmal in den Arm genommen, doch sie war bereits voraus in die Küche gegangen.

Elfie zog die dreckigen Schuhe und den Mantel aus, dann folgte sie ihr.

Während Mutter ein Glas aus dem Schrank holte, schaute Elfie sich um. Alles sah genauso gemütlich wie früher aus!

Nur eines störte sie: das unsägliche Gedicht von Rudolf Hess über den unbedingten Gehorsam, das noch immer über der Eckbank hing. Sie mussten es in der Schule fein säuberlich mit Tusche und Feder auf cremefarbenes Zeichenpapier schreiben und hinterher auswendig lernen.

Sie wollte es gerade abhängen, als Mutter ihr ein Glas Wasser reichte.

»Vater und Walter haben sich schon lange nicht mehr gemeldet, wer weiß, ob sie überhaupt noch leben …« Sie seufzte, in ihren Augen glitzerte es. »Aber Oma und Opa …« Schluchzend fingerte sie ein Taschentuch aus ihrem Ärmel und betupfte ihre Augenwinkel.

»Es tut mir so leid, Mutti. Die Armen! Ich vermisse Oma und Opa ganz fürchterlich.«

Wieder nahm sie ihre Mutter in den Arm, doch die machte sich ganz steif, als ob sie verhindern wollte, dass sie losheulte, und fuhrwerkte auf einmal mit einem Lappen in der penibel ordentlichen Küche herum.

»Drei Tage hat es gedauert, bis sie den Eingang vom Luft-
schutzkeller freigeschaufelt hatten. Jetzt liegen sie auf dem
Waldfriedhof in Oberrad. Und weil sie nicht genug Särge hatten, haben sie sie beide in einen gelegt, stell dir das mal vor!«
Sie warf den Lappen in die Spüle. »Jetzt bin ich ganz allein«,
jammerte sie. »Alles bleibt an mir hängen, Lebensmittel besorgen, für die Nachbarsfrauen nähen, um ein bisschen Geld
zu verdienen, und natürlich Vater ersetzen, der Franzose hat
sich ganz schnell aus dem Staub gemacht, war ja klar.«

Der Franzose, das war Pierre, ein französischer Kriegsgefangener, den Herr Mauersberger als Hausmeister-Ersatz für
Vater zugewiesen bekommen hatte. Elfie hatte Pierre sehr gemocht.

»Alles muss ich selbst machen, sogar den Hausmeister
spielen, …«

»Jetzt bin ich ja auch noch da und kann dir helfen, Mutti.«

»Das wurde auch Zeit. Aber sag, wo kommst du denn her?«

»Aus Nürnberg. Kriegshilfsdienst an der Flak. Der absolute
Horror, sage ich dir.«

»Jeder muss eben seinen Anteil leisten, damit wir uns
gegen die Feinde Deutschlands wehren können.« Auf einmal
holte Mutter den Lappen wieder aus der Spüle und wischte
zum zweiten Mal über den Tisch. »Es ist schön, dass du das
mittlerweile verstanden hast.«

Elfie traute ihren Ohren nicht. Dachte Mutter, sie wäre
freiwillig dort gewesen? Dabei musste doch jeder Deutsche
zwischen achtzehn und fünfundzwanzig zum Reichsarbeitsdienst, sonst bekam man keinen Ausbildungsplatz. Ursprüng-
lich sollte der Dienst nur ein halbes Jahr dauern, dann wurde

noch ein halbes Jahr drangehängt und danach mussten sie alle zum neuen Kriegshilfsdienst. Urlaub hatte man Elfie auch nie bewilligt. Zwei Jahre lang war sie nicht zu Hause gewesen. So war eben das Leben der Jugend im *totalen Krieg*.

»Der Krieg ist sowieso verloren.« Elfie hob abwehrend die Hände. »Je früher das Gemetzel ein Ende hat, umso besser.«

»Elfriede!« Reflexhaft schaute Mutter sich um, als ob sie befürchtete, man würde sie belauschen.

»Wenn du gesehen hättest, wie überlegen die Amerikaner sind, Mutter. In Nürnberg …«

»Nürnberg hat sich lange gehalten und dem Feind großen Schaden zugefügt!«

Entsetzt schüttelte Elfie den Kopf. Glaubte ihre Mutter etwa noch an den Endsieg?

»Mutti, gegen die Amis können wir uns nicht wehren. Die haben so viele Bomben auf Nürnberg geworfen, dass ich noch immer auf einem Ohr schwer höre, obwohl ich schon vor vier Tagen dort weg bin!«

Als die ersten Amerikaner in die Stadt einmarschiert waren, hatte sie sich gemeinsam mit ihrer Freundin Greta von der Flakbatterie abgesetzt und auf den Weg nach Hause gemacht. Greta wollte nach Cottbus. Der Krieg war aus, auch wenn ein paar hundertfünfzigprozentige Arbeitsmaiden davon gesprochen hatten, dass sie sich auf den Weg zum RAD-Lager in Füssen machen sollten. Zur legendären Alpenfestung.

»Und wie bist du so schnell von Nürnberg nach Hause gekommen? Die Reichsbahn darf doch nicht mehr fahren.«

»Mit dem Rad.«

»Du hast ein Fahrrad?« Mutter riss erfreut die Augen auf.

»Bis gestern jedenfalls, aber es ist mir in Hanau gestohlen worden, und ich musste laufen.« Es waren viele unterwegs gewesen und sie hatte auch viel gesehen. Aber darüber konnte sie nicht reden. Auch nicht davon, dass sie sich vor den Amerikanern versteckt hatte. Gerüchte von Vergewaltigungen und Verhaftungen machten überall die Runde. Irgendein Kerl auf der Straße hatte behauptet, auch die Kriegsmaiden, also die Frauen im Kriegshilfsdienst, würden als Soldaten gelten und müssten in Gefangenschaft, die Besatzer wären skrupellos und hätten keinen Respekt vor Frauen.

Und deshalb hatte sie sich illegal in die Stadt gemogelt, war durch den Stadtwald am Bischofsweg nach Sachsenhausen geschlichen und in der Menge der Passanten untergetaucht.

»Schade. Mir tun die Füße vom vielen Laufen schon weh.« Mutter deutete auf ihre abgelaufenen Halbschuhe.

»Habt ihr denn an der Flak wenigstens einen Flieger abgeschossen?«, fragte sie. »Diese Terroristen. Du erinnerst dich an das Lager für die abgeschossenen Fliegerpiloten hier gleich ums Eck? Im Grüneburgpark? Das haben sie genauso bombardiert wie alles andere. Und der Gauleiter hat doch wirklich geglaubt, dass das Lager die Stadt vor Zerstörungen bewahren würde!«

»Aber hier im Westend sind doch viel weniger Bomben als in der Innenstadt gefallen. Ich denke schon, dass es etwas gebracht hat«, erwiderte Elfie. Nördlich der Bockenheimer hatte sie überhaupt keine Schäden an den Häusern mehr gesehen.

»Du hast keine Ahnung, Kind, unser Dach hat gebrannt und ich war doch Luftschutzwart und musste zum Löschen raus. Der Wind hat das Feuer immer wieder angefacht, bis Herr Mauersberger mir geholfen hat.« Ein dankbares Lächeln huschte über das Gesicht ihrer Mutter. »Wenn Hitler erst mal seine Wunderwaffe, die V2, einsetzt, wendet sich das Blatt!« Sie bekam glänzende Augen.

Jetzt reichte es Elfie. Sie wusste ja, dass ihre Eltern überzeugte Nazis gewesen waren. Aber hatte Mutter durch die schrecklichen Bombardierungen und den Tod ihrer Eltern nichts dazugelernt? Musste sie noch immer jede Parole nachplappern?

Elfie hatte genug von diesem Unsinn.

Und da fiel ihr Blick wieder auf dieses unsägliche Gedicht des Hitler-Stellvertreters Rudolf Hess.

Ein Griff, und sie hatte es abgehängt.

»Elfie!«

»Die Zeiten sind vorbei, die Nazis haben den Krieg verloren.«

»Häng das wieder auf! Gehorsam – das hat doch gar nichts mit Hitler zu tun. Ich habe alle seine Bilder weggeworfen und aus der Fahne das Hakenkreuz ausgeschnitten, damit es keinen Ärger gibt. Aber das Gedicht kann doch bleiben!«

Elfie ertrug es nicht mehr. Wütend über all die sinnlosen Befehle, die sie hatte ertragen müssen, öffnete Elfie den Rahmen, nahm das Blatt Papier heraus und riss die Tür vom Kohleofen auf.

»Nein!«, rief Mutter, aber da war es schon zu spät.

Elfie hatte den unbedingten Gehorsam verbrannt.

»Du hattest dir damals so viel Mühe damit gegeben!« Mutter deutete verständnislos auf den Ofen.

»Jetzt gefällt es mir aber nicht mehr«, verteidigte Elfie sich trotzig, schnappte sich ihren Rucksack und ging ins Kinderzimmer. Sie musste sich unbedingt den ganzen Kriegsdreck abwaschen und wieder Friedenskleidung anziehen, so wie Helga.

Im Kinderzimmer, das Walter und sie sich geteilt hatten, stand noch immer Walters Koffergrammofon auf seinem Schreibtisch. Am liebsten hätte sie es sofort geöffnet und Django Reinhardt oder Louis Armstrong aufgelegt, aber zuerst musste sie aus den schmutzigen Klamotten raus.

Im Kleiderschrank roch es nach Mottenkugeln. Elfie war es gar nicht mehr gewohnt, sich Kleidung aussuchen zu können, und konnte sich gar nicht entscheiden, was sie anziehen sollte. Dann ergriff sie den Bügel mit dem türkisfarbenen Tanzkleid. Wenn schon, denn schon. Dazu frische Unterwäsche und weiße Söckchen. Seidenstrümpfe waren keine mehr im Schubfach.

Im Bad löste sie ihren Zopf und wollte sich gerade ausziehen, als die Türglocke schrill klingelte und jemand energisch an die Tür hämmerte.

»*Warning*!«, rief ein Mann. »*This entire house will be vacated*!«

Neugierig verließ Elfie das Bad und auch das Surren der Nähmaschine endete.

»Weißt du, was der will?«, fragte ihre Mutter.

Elfie öffnete die Wohnungstür. Ein amerikanischer Soldat lief durchs Treppenhaus, klingelte an jeder Tür und rief immer wieder denselben Satz.

Er nuschelte zwar, aber sie verstand ihn sofort. Englisch

war immer ihre Lieblingssprache gewesen, wie hätte sie sonst die Texte der geliebten Swing-Musik verstehen sollen?

»Wir müssen das Haus räumen«, erklärte Elfie verwundert und hob den Zettel vor ihrer Tür auf. Ihre Mutter stellte sich neugierig neben sie und Elfie las laut den deutschen Text vor. »Folgende Gegenstände dürfen mitgenommen werden: Kleidungsstücke, Nahrungsmittel, Küchengeräte und Bettdecken. Die Türen dürfen nicht verschlossen werden, die Schlüssel verbleiben in den Schlössern.«

»Wir müssen hier raus?«, wunderte Mutter sich.

»Bis um halb vier«, sagte Elfie.

»Das ist ja in zwei Stunden!« Ihre Mutter starrte auf ihre schmale Armbanduhr.

»Und wo sollen wir hin?«, rief Frau Lenze aus dem ersten Stock.

»Das können sie doch nicht einfach so machen!«, beschwerten sich die anderen Mieterinnen.

»Ich will hier nicht weg!«

»Und wann können wir zurück?«

Das Stimmenwirrwarr wurde immer lauter.

»*Hurry up*«, sagte der Soldat zu Elfie, bevor er das Haus verließ. »*Two hours, not more!*«

Elfie zog ihre Mutter mit sich in die Wohnung. »Wir sollen uns beeilen, hat er gesagt.«

Gemeinsam holten sie die großen Koffer vom Kleiderschrank, mit denen sie vor dem Krieg mit dem KdF nach Italien gefahren waren. Dann reichte Mutter Elfie die Kleidung aus dem Schrank, die diese sorgfältig verstaute.

»Was ist mit Vater, wenn er heimkommt?«, fragte Mutter

mit zitternder Stimme. »Oder Walter? Wie sollen sie uns denn finden, wenn sie heimkommen?«

Das wusste Elfie auch nicht.

Am Schluss trugen sie den Leiterwagen aus dem Hausmeisterkeller und schichteten die Koffer darauf. Elfie wollte gerade das Koffergrammofon und die Sammelmappe mit den Platten obenauf legen, als ihre Mutter den Kopf schüttelte.

»Die brauchen wir nicht. Hilf mir lieber, die Nähmaschine einzupacken.« Sie deutete auf das große Holzgestell mit dem Fußantrieb, auf das die glänzend schwarze Singermaschine montiert war. »Die brauchen wir, um Geld verdienen zu können.«

»Und wenn ich das Grammofon und ein oder zwei Mappen in der Hand trage?« Sie hatten schließlich alle einen Griff.

»Stimmt, du hast die Hände noch frei!«, freute sich Mutter. »Nimm die Koffer und ich packe noch das Küchengeschirr auf den Wagen.«

Dagegen konnte Elfie schwer was sagen. Ein Kochtopf war natürlich wichtiger als Musik.

Da klopfte es schon wieder.

»Gleich«, rief Mutter.

»Ich bin es, Frau Fischer!«

»Herr Mauersberger!«, rief Mutter. »Das ist ja eine Freude, dass Sie bei uns vorbeischauen.«

In Elfies rechten Arm zuckte es, beinahe hätte sie ihn aus lauter Gewohnheit zackig schräg nach oben gestreckt. Herr Mauersberger hatte auf den Hitlergruß immer so viel Wert gelegt. Jetzt trug er kein Parteiabzeichen mehr am Revers, aber ansonsten sah er aus wie immer. Groß wie ein Schrank, das schüttere Haar streng nach hinten gekämmt, die vollen Wangen makellos rasiert, die blauen Augen eher stechend als wohlwollend.

»Mein liebes Fräulein Fischer!« Mit ungewohntem Schmelz in der Stimme streckte er ihr die Hand entgegen. »Sie sind wieder zurück, welche Freude!«

Seine Finger waren klebrig, Elfie ließ sehr schnell wieder los.

»Und das an so einem Tag. Mein Haus diesen Barbaren überlassen ... wer weiß, ob ich es jemals zurückbekomme! Und wie es dann aussehen wird! In Höchst haben sie ja schon vor einigen Tagen einen Sperrbezirk rund um die Farbenfabrik errichtet. Und jetzt auch noch bei uns im schönen Westend!«

»Und wo gehen Sie hin, Herr Mauersberger?«, fragte Mutter. Herr Mauersberger wohnte eigentlich in der Beletage, in der schönsten Wohnung von allen.

»Nach Bad Nauheim zu meiner Schwägerin, machen Sie sich um mich keine Sorgen.«

Da erschien einer der Soldaten in der Tür. »*You must go!*« Er wedelte mit seinem Gewehr in der Luft herum.

»Aber wo sollen wir denn unterkommen?«, jammerte Mutter.

Wenn Elfie das nur wüsste. All ihre Freunde wohnten in diesem Haus oder in der näheren Umgebung und alle mussten ihre Wohnungen räumen. Mutters Eltern waren gestorben. Andere Verwandte hatten sie keine in Frankfurt. Und bei Helga war es doch schon so voll.

Wie Vieh wurden sie die Siesmayerstraße hinabgetrieben. An der Einmündung in die Bockenheimer Landstraße blockierte auf einmal ein Stacheldrahtzaun ihren Weg. Ein schmaler Durchgang wurde von mehreren Soldaten bewacht.

Ein Offizier mit braunen Augen und dunklem Teint wie ein Italiener deutete auf die Nähmaschine.

»*What' s that*?«

»Küchengerät«, antwortete Elfie. »*For the kitchen.*«

»*Looks like a sewing machine*«, antwortete er und lud die Maschine wieder ab.

Mutter war den Tränen nahe.

»Aber wir brauchen sie«, sagte Elfie auf Englisch. »Um Geld zu verdienen.«

»*Name and former adress*«, forderte der Offizier und hängte dann einen Zettel an die Nähmaschine. Er riss Mutter die Maschine aus den Händen, jetzt weinte sie doch. Dann erklärte er, dass sie in die Wohnung zurückgebracht werden würde.

Aber wo sollten sie jetzt hin? Es herrschte ein heilloses Durcheinander, alle Nachbarn waren in heller Aufregung. Die Obdachlosensammelstellen waren durch die Ausgebombten doch schon überfüllt!

»Außerdem bin ich nicht obdachlos, meine Wohnung steht ja noch!«, rief die schmächtige Frau Lenze und schulterte einen schweren Rucksack. Ihre Haushälterin zog einen Wagen voller Koffer hinter sich her, auf dessen Seite *Palmengarten* stand.

Auf der Bockenheimer Landstraße wedelte ein Mann mit einer Liste. »Ich bin vom Wohnungsamt. Notunterkünfte gibt es im Hochbunker in Griesheim.«

»Im Bunker?«, sagte Elfies Mutter. »Ich gehe in keinen Bunker. Nie mehr.« In ihrem Gesicht spiegelte sich das Grauen, das sie während der Bombardierungen erlebt hatte.

Aber alle Gegenwehr nutzte nichts. Fürs Erste blieb ihnen keine andere Möglichkeit, als die weite Strecke nach Griesheim zu laufen. Da sich aber Frau Lenze ebenfalls auf den Weg zum Bunker machte, fügte Mutter sich in ihr Schicksal. Elfie wusste, wie sehr Mutter es kränkte, wenn sie aufgrund ihrer Herkunft schlecht behandelt wurde. Aber wenn auch die reiche Frau Lenze in den Bunker musste, dann war das etwas anderes.

Kurz vor dem Hauptbahnhof überquerten sie die Hohenzollernanlage, und Elfie las voller Erstaunen auf einem hölzernen Straßenschild, dass diese jetzt *Platz der Republik* hieß. Vor dem Gerippe des Bahnhofs bogen sie in die Mainzer Landstraße ab und marschierten in den Gallus, Frankfurts Arbeiterviertel.

Auch hier stand kein Haus mehr, die Mainzer Landstraße war umgeben von Schuttbergen. Wie traurig das alles war.

Aus einer dunklen Seitengasse lief ein Mann im hellen Staubmantel auf sie zu, den Hut tief ins Gesicht gezogen. Irgendwas an seiner Gestalt, seiner Haltung, seinem Gang kam Elfie unangenehm vertraut vor. Als kannte sie diesen Mann. Aber konnte das wirklich sein? Unsicher blieb sie stehen. Bestimmt irrte sie sich.

»Elfie, nicht trödeln«, rief ihre Mutter.

Der Mann schaute auf.

Schockiert erkannte sie sein bleiches Gesicht, auch wenn er seine roten Haare unter dem Hut verborgen hatte.

Er war es tatsächlich. Kappes, der Gestapobeamte aus dem Jugendkommissariat.

Wieso lief der seelenruhig durch Frankfurt und wurde nicht von den Amerikanern verhaftet? Oder war abgehauen, wie all die anderen Feiglinge?

Schon drehte er sich auf dem Absatz um und verschwand auf seine merkwürdig schlängelnde Art hinter einem Trümmerberg.

Elfie blieb wie erstarrt stehen. Sie wollte ihm nachlaufen oder zumindest die Polizei rufen, aber sie konnte keinen Fuß vor den anderen setzen, sondern zitterte am ganzen Körper.

»Du siehst aus, als hättest du ein Gespenst gesehen«, wunderte sich Mutter.

Auch wenn sie Albträume von ihm gehabt hatte, so war Kappes doch kein Gespenst, sondern ein Mann aus Fleisch und Blut, hier, mitten in Frankfurt.

Den ganzen Weg bis nach Griesheim fühlte Elfie sich bedrückt und versuchte, ihren schlechten Erinnerungen durch ein Gespräch mit ihrer Mutter zu entkommen, während sie sich ständig nervös umschaute, als ob Kappes ihr folgen würde.

Erst als sie den Griesheimer Hochbunker erreichten, fühlte sie sich sicher.

Die Metalltüren standen sperrangelweit offen, auf der parkähnlichen Wiese davor spielten Kinder Fangen. Mit dem Turm an der Seite sah der Hochbunker aus wie eine Kirche. Im Inneren war es warm und die Luft frisch. Im Erdgeschoss befand sich die Heizungsanlage und sie mussten in den ers-

ten Stock laufen, wo sie das Schild *Hier ist Ruhe und Selbstbe-
herrschung oberste Pflicht* empfing.

Elfie war noch nie in einem der im Krieg errichteten modernen Hochbunker gewesen. Zu Hause oder auch in der
Schule waren sie bei Bombenalarm immer in den Keller gegangen.

Die Räume waren hell gestrichen und in jedem standen
zehn Feldbetten. Die meisten davon waren belegt, wie die
Decken und Koffer verrieten. Mancher hatte auch versucht,
mit einem Kofferstapel oder Tüchern an einer Wäscheleine
für Privatsphäre zu sorgen.

Eine Frau, auf deren Mütze *Luftschutzwart* stand, wies
ihnen zwei Feldbetten zu. Die Nachbarn kamen in einen
anderen Raum. »Größeres Gepäck können Sie in den Ab-
stellraum im Erdgeschoss bringen.«

»Da sind ja Risse an der Wand!« Mutter zeigte aufgeregt
an die Decke.

»Keine Angst, der Bunker ist sicher«, versuchte die Frau
Elfies Mutter die Ängste zu nehmen. »Eine Luftmine hat uns
das Dach weggepustet, aber hier drin sind alle heil geblieben,
und daran wird sich auch in Zukunft nichts ändern. Das ist
deutsche Wertarbeit, alles reiner Stahlbeton, da können Sie
sich drauf verlassen!«

Aber Mutter sah nicht beruhigt aus. Was sie wohl während
der großen Bombardierungen durchgemacht hatte? Elfie war
da ja schon beim Reichsarbeitsdienst gewesen.

Neben Elfies Feldbett war eine Bank aus Beton an die
Wand gebaut worden. Sie war ganz warm, aus kleinen Schlit-
zen in Bodennähe drang warme Luft. Die Bunker hatten nicht

nur eine Heizung, sondern auch eine Frischluftzufuhr. Elfie erinnerte sich daran aus der Schule, sie hatte einen Besinnungsaufsatz über die technische Meisterleistung des deutschen Bunkerbaus schreiben müssen.

Bei Stromausfall übernahm ein Diesel-Notstromaggregat die elektrisch betriebene Heizungsanlage, und die Lüftung, Radio und damit die neuesten Luftlageberichte wurden per Drahtfunk empfangen. Waschräume gab es auch. Alles, um sicher und ruhig hier abwarten zu können.

Nur keine Küche.

»Essensversorgung durchs Städtische Ernährungsamt«, sagte die Frau lapidar und wies auf einen Raum im Erdgeschoss. »Morgens und abends Brotausgabe hier, mittags kommt eine Gulaschkanone.«

»Ist denn auch Gulasch drin?«, fragte Mutter.

Die Frau hob spöttisch die Augenbrauen und kümmerte sich um die nächsten Ankömmlinge.

Abends konnte Elfie nicht einschlafen. Zwei Margarinebrote und ein halbes Glas eingelegter Gurken aus dem heimischen Vorrat machten einfach nicht satt. Schon um neun Uhr wurde das Licht gelöscht, aber die fluoreszierende Farbe an den Wänden, eine Art Notbeleuchtung bei Stromausfall, erhellte den Raum so sehr, dass sie hätte lesen können, wenn noch Platz für Bücher auf dem Leiterwagen gewesen wäre.

Ihre Mutter unterhielt sich mit ihrer Bettnachbarin über die schlimmen Zustände und die Frechheit der Amerikaner, ihnen ihr Zuhause zu nehmen.

»Wie eine zweite Ausbombung ist das!«, rief die Frau ein

ums andere Mal. Ein Säugling weinte, zwei kleine Jungs stritten sich um ein Spielzeugauto, der Lärm hallte und dröhnte in Elfies Kopf, dass sie ihre Strickjacke überstreifte und nach draußen ging.

Wie still es war. Kein Luftalarm, keine Züge oder Straßenbahnen, noch nicht einmal ein Auto war zu hören. Über ihr blinkten die Sterne, in den Häusern konnte man noch Licht sehen, ganz anders als während der Verdunkelung. Sechs Jahre lang durfte man von Sonnenunter- bis Sonnenaufgang im Freien keinerlei Licht sehen. Jetzt wurde es zaghaft wieder hell.

Elfie blieb in der Tür stehen und beobachtete, wie im Nachbarhaus eine Frau Geschirr spülte und eine andere mit einem Buch in der Hand vor dem Fenster stand.

Kaum vorstellbar, dass jetzt, in diesem Moment, in Berlin noch immer gekämpft wurde, noch immer Bomben fielen, noch immer Menschen starben.

Hoffentlich ging es Walter gut. In allerletzter Minute hatte sie noch ihr Tagebuch aus dem Geheimversteck unter der losen Bodendiele geholt. Darin lag ein Foto – Walter mit weißem Seidenschal und Regenschirm über dem Arm, Helga und Elfie in ihren kurzen Tanzkleidern, und alle drei mit einem Lachen im Gesicht – offen, unbeschwert und ausgelassen.

Nie hätte sie sich damals vorstellen können, was noch alles geschehen würde.

3 – Klaus

April 1945

Tagelang durchstreifte Klaus einsturzgefährdete Trümmerhäuser. Es war wie ein innerer Drang. Als ob er den verlorenen Leben einen letzten Besuch abstatten würde. Dabei waren gar nicht alle Ruinen ausgestorben, oft täuschte er sich und fand auf Mauervorsprüngen oder hinter Kellertüren Behausungen verschreckter Menschen. Manchmal gab es auch notdürftig hergerichtete Ladengeschäfte, sogar mit Fenstern und Türen. Und wenn ein standhaftes, robust gebautes Haus wie ein letzter Zahn im Gebiss eines alten Menschen übrig geblieben war, dann fragte er sich, wie das hatte geschehen können – der alte Kaiserdom war noch intakt, aber manches nur wenige Jahre altes Mietshaus war dem Erdboden gleichgemacht worden.

Vielleicht sollte er Maurer werden, oder Architekt, um zu lernen, wie man Häuser bombensicher baute.

Aber wieso dachte er an die Zukunft? Es würde keine Zukunft geben. Nicht für Deutschland und nicht für ihn. Er war ein Ausgestoßener, der durch Lügen versuchte, nicht aufzufallen. Nur deshalb trug er diese viel zu kurze Hose einer Hitlerjungenuniform, erzählte jedem, der ihn danach fragte, er sei fünfzehn, obwohl er bereits neunzehn Jahre alt war, und rasierte sich akribisch mit dem Rest einer grauen Kriegsseife und stumpfen Rasierklingen. Viel wuchs ja zum Glück noch nicht. Mit seinen zittrigen Händen schnitt er sich häufig. Aber letztendlich war es egal, niemand schaute einem dieser Tage lange ins Gesicht, alle duckten sich und wollten nicht auffallen, hatten irgendetwas zu verbergen.

Die Rasierklingen hatte Klaus in einem Trümmerhaus entdeckt. Er war ein *Aasgeier* geworden, so nannte er sich und die anderen, die die letzten Reste aus der toten Wüste rauspickten. Lebensmüde Menschen wie er.

Manchmal erinnerte er sich daran, früher bereits in den Häusern gewesen zu sein. Entweder weil er als Hitlerjunge den Besitz geflohener oder deportierter Juden aus deren Wohnungen hatte schaffen müssen. Angeblich, um sie bei Auktionen fürs Gemeinwohl zu versteigern. Aber dann brachten sie die Sachen zu irgendwelchen Parteibonzen nach Hause.

Oder weil er nach den Bombardierungen beim Bergen von Hausrat hatte helfen müssen. Keiner besaß so viel, dass er etwas zu verschenken hatte. Nur wenn Einsturzgefahr drohte, ließen sie davon ab. Viele der Pimpfe waren dann extra noch mal losgeklettert, um zu zeigen, wie mutig sie waren. Klaus ebenfalls.

Jetzt kraxelte er wieder durch Fensterlöcher und balancierte auf Mauerresten. Viel fand er nicht, doch manches Schätzchen brachte ihm auf dem Schwarzmarkt Zigaretten ein, und diese tauschte er in Brot um. Und wenn er Glück hatte, konnte er mittags seinen Blechnapf an einer Suppenküche füllen, an der das Emblem der NS-Volkswohlfahrt, die früher die Essensverpflegung der Bombenopfer übernommen hatte, nur schwach überpinselt worden war.

Eine merkwürdige Stille lag über Frankfurt während der Ausgangssperre, obwohl bereits die ersten Morgenvögel zwitscherten. Abwartend, innehaltend.

Jedes Geräusch ließ ihn zusammenfahren, sein Puls raste, dabei waren es nur aus den Angeln gehobene Türen, die der Wind hin- und herschlug, oder herabfallende Steine.

Wenn sich auf seinem Weg unerwartet ein Abgrund vor ihm auftat, wurde ihm schwindelig, dabei hatte er keine Angst, zu fallen, im Gegenteil. Aber jedes Mal sagte er sich: Jetzt noch nicht. Jetzt – noch – nicht.

Und kletterte weiter.

Das nächste Haus. Rechts des Treppenhauses fehlte alles, ganze Zimmerdecken waren wie Dominosteine umgefallen, doch die linke Haushälfte stand noch, und der Wind wehte weiße Gardinen aus offenen Fenstern.

Vorsichtig öffnete Klaus die schräg in den Angeln hängende Haustür, der Staub dahinter war makellos und ohne Fußabdrücke. Hier hatte sich noch kein Aasgeier hineingetraut.

Der Boden war übersät mit kleinen bunten Steinen, die sich aus den Wandmosaiken gelöst hatten. Die Reste sahen wie griechische Sagenfiguren aus. In der Erdgeschosswohnung schimmerten Seidentapeten an rissigen Wänden, dunkle Stellen ließen erahnen, wo Bilder gehangen hatten.

In einem kargen hellblauen Raum war nur noch ein Einbauschrank vorhanden. Die Flügeltüren öffneten sich quietschend und dahinter lag im Schatten – ein brauner Lederfußball.

Mit zitternden Händen ergriff Klaus ihn, befühlte ungläubig das weiche Leder, hob ihn an die Nase und sog den Geruch nach Gras und Glück ein, der noch immer an ihm haftete.

Den Ball unterm Arm, trat er aus dem Haus. Wo war er eigentlich? Sah wie die Bockenheimer Landstraße aus. Gegenüber lag die Einfahrt zum Palmengarten. Früher herrschte hier immer reger Betrieb. Jetzt zog noch nicht mal ein Pferd einen Wagen, die Amerikaner hatten jeden Fahrverkehr verboten.

Klaus schritt zur Straßenmitte, legte den Ball vor sich auf den Boden und sammelte sich kurz. Dann stellte er sich den Pfiff eines Schiedsrichters vor, die tobende Menge, die Blicke, die auf ihn gerichtet waren, und versetzte dem Ball einen Stoß, hechtete ihm nach, umrundete ihn, trat ihn ein weiteres Mal, riss die Arme hoch, schloss die Augen und hörte den Torjubel.

Scharrende Schritte, er öffnete die Augen. Ein ungefähr sechsjähriger Bub mit Zahnlücken schaute ihn aus großen Augen an.

»Darf ich mitspielen?«

Klaus kickte ihm den Ball zu, der Bub trat ihn zurück, nach wenigen Minuten kamen immer mehr Kinder aus den Trümmern, Jungs, Mädchen, schnell markierten Steine die Tore, Mannschaften bildeten sich und Kinderlachen erfüllte die Frühlingsluft.

Mit einem Mal tauchte laut knatternd eine lange Reihe Jeeps auf, gefolgt von einem Lastwagen voller Stacheldrahtrollen. Was war denn jetzt los?

»Kommt, wir verziehen uns besser!«, rief Klaus.

Sie schnappten sich die Torsteine und verlagerten ihren Bolzplatz in die Beethovenstraße. Aber das Treiben auf der Bockenheimer fesselte sie zunehmend, bald wurde der Ball unwichtig, denn die Soldaten rammten Holzpflöcke in den Boden und spannten den Draht um die intakten Häuser auf der Palmengarten-Seite der Bockenheimer Landstraße und der Siesmayerstraße.

Der breitschultrige Hüne in der kakifarbenen Uniform mit den drei Streifen und dem Stern auf seinem Abzeichen, war das nicht Campbell? Sergeant Major Campbell, der Klaus auf seiner Flucht mit nach Frankfurt genommen hatte. Ein Mann wie ein Berg, bestimmt zwei Meter groß, mit langen Fingern wie ein Klavierspieler.

Erfreut lief Klaus zu ihm.

»*Oh, hello, Klaus*«, begrüßte ihn Campbell und ein Lächeln breitete sich in seinem rosigen Gesicht voller Sommersprossen aus. »*How are you*?« Mehr verstand Klaus nicht. Seine Englischkenntnisse waren miserabel. Doch, ein Wort: *family*.

Er zuckte mit den Schultern. Wenn es etwas gab, über das er nicht reden wollte, dann war es seine Familie. Danach deutete er auf den Stacheldrahtzaun. »*What's that*?«

»*Restricted area*. Sperrbezirk.«

Und auf einmal bemerkte Klaus, wie die Soldaten mit Handzetteln in die bewohnten Häuser gingen und dort ein riesiges Geschrei entstand. Offensichtlich mussten sie ihre Wohnungen verlassen.

»*We need some space*«, erklärte Campbell und musterte Klaus und die Kinder auf der anderen Straßenseite, die ihn neugierig beobachteten. »*Sorry, Klaus. Do you need a job? We need some gardener.*«

Gardener? Hieß das nicht Gärtner? Er musste sich verhört haben. Wozu brauchte ausgerechnet die Army Gärtner?

Campbell redete weiter auf ihn, und wenn Klaus ihn richtig verstand, sollte er am nächsten Morgen um acht da sein und sein Arbeitsbuch mitbringen. »*Your papers are okay?*«

»*No papers.*« Die hatte er weggeworfen und Campbell erzählt, er hätte sie bei einer Bombardierung verloren.

»*Oh yes, I remember. But you are so young, that's no problem.*«

Ein Blick zu den Kindern, die Klaus umringten. »*But only you!*«

Dann scheuchte Campbell die Kinder weg. Die scharten sich daraufhin um die schwarzen Lastwagenfahrer und bekamen von ihnen Kaugummi und Schokolade geschenkt.

Konnte das sein? War Klaus eben Arbeit angeboten worden? Ausgerechnet bei der Army? Noch immer hatte er Angst, wenn er eine Uniform sah, glaubte, enttarnt zu sein, und fürchtete das Feldgericht.

Es war schon eine merkwürdige Sache gewesen, als er auf seiner Flucht nach Hause mitten in der Wetterau in der viel zu kleinen HJ-Uniform und mit der Waffe in der Hand, dieser dummen, dummen Waffe, Campbell begegnet war. Der aus seinem Jeep stieg und ihn aufforderte, die Waffe wegzuwerfen.

Klaus hatte erwartet, gefangen genommen zu werden, doch dann durfte er im Jeep nach Frankfurt mitfahren, nur weil er genauso wie Campbells kleiner Bruder aussah. Der hatte ihm sogar ein Foto gezeigt, das längliche Gesicht, die braunen Haare, der gleiche skeptische Blick aus hellen Augen.

Ja, er sah diesem Jungen wirklich ähnlich. Aber der war ein fünfzehnjähriger Schuljunge, und er war bereits neunzehn.

Doch das durfte Campbell auf gar keinen Fall wissen.

Gemeinsam mit den ausquartierten Erwachsenen verließen auch viele der Kinder das Westend. Als die Sperrstunde nahte und die Mütter die allerletzten verbliebenen Kinder in ihre Behausungen riefen, wusste Klaus wie jeden Abend nicht, wo er sich verkriechen sollte. Eigentlich war es völlig egal, er konnte sowieso nicht schlafen, die dunkle Nacht war voller schrecklicher Erinnerungen. Aber irgendwo musste er ja hin, wenn er nicht der amerikanischen Militärpolizei in die Arme laufen wollte. Meist verzog er sich in Abbruchhäuser, immer auf der Hut vor den zwielichtigen Gestalten, die sich überall herumtrieben. Menschen, die sich vor den Amerikanern versteckten, ehemalige Zwangsarbeiter, Ausgestoßene und Wurzellose wie er.

Sein Zuhause gab es nicht mehr.

Vielleicht sollte er einfach hierbleiben, er hatte keine Uhr und würde so nicht verpassen, sich morgen früh rechtzeitig bei Campbell zu melden. Oder sollte er besser verschwinden? Wozu sich in Gefahr begeben? Wenn die Amerikaner sein Geheimnis entdeckten, ging es ihm bestimmt an den Kragen.

Aber ein *Job* – das war doch Arbeit, oder? Für die er bezahlt werden würde. Er könnte sich neue Papiere besorgen, und Lebensmittelmarken. Eigentlich klang das doch alles gar nicht so schlecht.

Und wenn sie wirklich hinter sein Geheimnis kämen – ein Ausweg blieb ihm immer. Ein endgültiger Ausweg.

Aber jetzt holte er erst mal seinen Rucksack, der noch dort stand, wo er den Ball gefunden hatte. Er schulterte ihn und suchte in der Erdgeschosswohnung nach einem gemütlichen Plätzchen, doch überall pfiff der kalte Abendwind um die Ecken.

Beim Gehen fiel ihm die Kellertür auf. Sie ließ sich ganz leicht öffnen, trotzdem schaute er sich die Treppe genau an, bevor er hinabstieg. Vor Kellern hatte er Respekt, man wusste ja nie. Es stürzten noch immer Ruinen ein.

Der Flur war trocken und sauber. Die einzelnen Türen standen offen, dahinter Vorratsregale voller leerer Marmeladengläser und Staub. Auf der letzten Tür stand *Luftschutzraum*, dahinter zusammengeklappte Feldbetten, Decken und Gasmasken an der unversehrten Wand.

Was für ein Paradies, wenn auch das Kellerfenster zugemauert worden war. Vielleicht konnte er die Steine morgen entfernen. Jetzt klappte er eines der Betten auf, kuschelte sich unter die Decken und fühlte sich in der Stille des Hauses das erste Mal seit Langem ein wenig geborgen.

4 – Elfie

26. August 1939

Der Sommer 1939 schien endlos zu sein. Später dachte Elfie oft, was für ein Kind sie damals doch gewesen war. Ein unschuldiges, naives, dummes Mädchen von dreizehn Jahren, das am meisten Angst vor der Dunkelheit hatte.

Seit sie vor drei Jahren ins Westend gezogen waren, ging Elfie auf die Oberrealschule. Dort hatte sie Helga kennengelernt. Außerdem hatten die Eltern sie beim Jungmädelbund angemeldet, der Gruppe für die jüngeren Mädchen des BDM.

Sie ging gerne zu den beiden Heimabenden in der Woche, bewährte sich in der zusätzlichen Doppelstunde Sport am Samstag und die Wochenendfahrten zweimal im Monat in den Taunus liebte sie ganz besonders. Wandern und dabei Lieder singen, konnte es etwas Schöneres geben? Zeigen, wie viel Kraft man hatte, um die neue Zeit aufzubauen.

Du bist nichts, dein Volk ist alles, stand überall auf Plakaten zu lesen und genauso fühlte Elfie sich auch. Aufgehoben in einer großen Volksgemeinschaft. Elfie war zwar erst dreizehn, aber sie hoffte sehr, bald ebenfalls eine Jungmädelführerin zu werden. *Jugend führt Jugend,* das imponierte ihr am meisten. Hitler traute seiner Jugend etwas zu!

Im Gegensatz zu Mutter, die selbst dann noch meckerte, wenn Elfie die Kartoffeln hauchdünn schälte.

Am Ende dieser schönen Sommerwochen erhielt Vater seinen Einberufungsbefehl. In der Schule, beim BDM und auf der Straße redeten alle vom Krieg, als wäre er so unausweichlich wie der nächste Regenschauer.

Ob es jetzt wirklich dazu kam?

Vater war ganz bleich geworden, und Elfie starrte ihn an, als ob sie jetzt schon Abschied nehmen müsste. Von seinen gütigen grauen Augen, dem runden Gesicht mit der beginnenden Halbglatze, dem gemütlichen Bauch und dem graublauen Hausmeisterkittel, den er immer trug.

Mutter schaute genauso entgeistert wie er. Er streckte seine Hand aus, strich ihr eine der blonden Wellen aus dem Gesicht und seufzte.

»Wie soll ich denn ohne dich zurechtkommen?«, flüsterte sie. »Was, wenn wir wieder völlig mittellos auf der Straße stehen?«

»Das wird nicht passieren«, antwortete Vater und schaute sie liebevoll an. »Der Staat zahlt doch Familienhilfe. Und Herr Mauersberger hat mir auch versprochen, für euch zu sorgen.«

Sie nickte, wischte sich eine Träne aus dem Augenwinkel und bügelte auf einmal stapelweise Taschentücher, die wurden ihm anscheinend im Gegensatz zur Uniform nicht von der Wehrmacht gestellt.

Elfie wollte Vater auch gerne etwas Gutes tun, doch bevor ihr eine zündende Idee gekommen war, rief er auf einmal alle zusammen und verkündete, in den Palmengarten gehen zu wollen. »Ein letztes Mal!«

Da konnte Mutter die Tränen nicht mehr zurückhalten und schluchzte so sehr, dass sogar Walter mitkam. Von Familienausflügen hielt ihr fünfzehnjähriger Bruder eigentlich nicht mehr viel. Und so ließen sie alles stehen und liegen, zogen sich ihre Sonntagskleidung an und liefen hinüber.

Ohne seinen Kittel wirkte Vater fremd auf Elfie. Wie würde es erst sein, wenn er Uniform trug?

Der Nebeneingang war geschlossen, sie mussten die Siesmayerstraße hinunter und über die Bockenheimer Landstraße und die kurze Palmengartenstraße zum Haupteingang gehen. Und kaum dass die Kassenhäuschen in Sicht kamen, riss Elfie sich von Mutters Hand los. Sie freute sich so, das Paradies zu besuchen, das sonst hinter dicken Mauern und Zäunen verborgen war.

»Elfie, benimm dich!«, rief Mutter ihr hinterher und strich sich einen Fussel von ihrem selbst genähten Blümchenkleid. Elfie trug ihre Jungmädeluniform: einen dunkelblauen Rock, eine weiße Hemdbluse und ein dunkelblaues Halstuch, und die Abzeichen auf ihrer Bluse zeugten von ihren sportlichen Leistungen und ihren Erfolgen beim Sammeln fürs Winterhilfswerk.

Geduld war jedoch keine ihrer Stärken. Anstatt sich in die lange Kassenschlange einzureihen, spähte sie durch den Zaun und bewunderte die in geometrischen Formen angepflanzten Sommerblumen und die Fontäne, die ihr Wasser meterhoch in den Himmel spritzte. Und natürlich das moderne weiße Gesellschaftshaus mit seinem Gartenrestaurant und dem berühmten Ballsaal.

Endlich hatte Vater bezahlt, und schon lief Elfie am Gesellschaftshaus vorbei zum Musikpavillon, wo das Palmengarten-Orchester gerade sein Nachmittags-Konzert gab.

»Willst du nicht zum Spielplatz?«, fragte Walter und zog an ihren Zöpfen.

Ihr Bruder war nur zwei Jahre älter als sie, überragte sie aber um Längen. Schlank und sportlich, wie er war, sah er trotzdem mit seinen grauen Augen und den mausbraunen Haaren Vater sehr ähnlich. Elfie auch, aber sie hatte dunklere Haare. Viel lieber hätte sie Mutters blonde Haare geerbt.

Walter trug einen hellgrauen Sonntagsanzug mit Strohhut, den Elfie ihm mit einem Griff vom Kopf pfefferte. Von der HJ hielt er nicht viel, obwohl längst alle Jugendlichen verpflichtet worden waren, ihr beizutreten.

»Selber Spielplatz!«, rief sie und hätte ihm am liebsten auch noch die Zunge rausgestreckt, doch Mutter rief schon wieder: »Kinder, benehmt euch!«

Möglichst unauffällig knuffte Elfie Walter in die Seite, als er seinen Hut vom Boden auflas und den Staub wegpustete.

Vor dem Musikpavillon drehten sich zwei junge Paare verträumt im Takt der Musik, während ihre Eltern vorbeischlenderten. Elfie hatte ihre Eltern noch nie tanzen gesehen.

Einige auffällig bunte Enten watschelten mit orangefarbenem Schwanz und Barthaaren vor Elfies Füße. Schnell fischte sie einige Brotkrumen aus einer Papiertüte, die sie aus der Küche geschmuggelt hatte.

»Das sind Mandarinenten«, erklärte Walter. »Die sehen wenigstens nicht so langweilig braun wie die anderen dummen Enten aus.« Er schaute auffällig zu einem Mann in brauner NS-Uniform, der gerade eine Seerose fotografierte.

Meinte Walter etwa, der Parteifunktionär sei eine dumme Ente? Erschrocken schaute Elfie sich um, ob irgendjemand sie belauscht haben könnte.

Doch Walter pfiff eine kurze, rhythmische Melodie, die sich sofort in Elfies Ohr festsetzte und die sie nie mehr vergessen sollte.

»Was ist das für ein Lied?«, fragte sie.

»Kleine Mädchen wie dich geht das gar nichts an.« Er grinste sie schelmisch an.

»Na los, sag schon!«

»Nein!« Er stupste sie in die Seite. »Wer zuerst bei den Eltern ist.« Und schon sprintete er los. Elfie in null Komma nichts hinter ihm her, am Seerosenteich vorbei bis zu den Pflanzenschauhäusern, und beinahe hätte sie ihn sogar eingeholt!

»Kinder, nun rennt doch nicht so!«, schimpfte Mutter und Vater schüttelte missbilligend den Kopf. »Bitte benehmt euch und macht eurer Mutter keinen Ärger, wenn ich nicht da bin. Versprecht ihr mir das? Walter? Elfriede?«

Elfie nickte sofort. Sie wollte ihren Vater auf keinen Fall enttäuschen.

Bei Walter dauerte es etwas, doch dann nickte auch er.

»Versprochen.«

Zufrieden öffnete Vater die Tür zu den Pflanzenschauhäusern, einer gewaltigen Gewächshausanlage, die Elfie besonders mochte, gab es doch in der gläsernen Mittelhalle und den von ihr ausgehenden Gewächshäusern ganz unterschiedliche exotische Pflanzen aus aller Herren Länder zu entdecken.

Gleich in der Mittelhalle wuchs ein tropischer Regenwald

aus Palmen, Farnen und Bambussen. Die größte Palme ragte bis ans hohe Glasdach! Es war warm und feucht, doch als Vater zielstrebig Haus vier betrat, wurde es richtig heiß.

Hier wuchs die berühmte *Victoria Amazonica*, eine riesige Seerose mit Blättern von zwei Metern Durchmesser, wie eine Schautafel verriet. Das Gedränge war groß, alle wollten die wunderschönen weißen und rosafarbenen Blüten sehen. Es gab auch noch andere Wasserbecken, in denen Lotusblumen und sogar Papyrus wuchs, aus dem die alten Ägypter Papier hergestellt hatten. Doch am schönsten war die *Victoria Amazonica*.

Danach schauten sie sich auch noch die anderen Gewächshäuser mit den Orchideen, Bromelien und Kakteen an. In manchen Gewächshäusern war die Luft warm und nebligfeucht, in anderen kalt und trocken. Sie fütterten den Enten am Weiher das restliche Brot, suchten im Rosengarten nach der schönsten Blüte und fanden einen Sitzplatz im *Sportkaffee* an den Tennisplätzen.

Elfie und Walter bekamen Apfelkuchen mit Schlagsahne spendiert, und als sie ihn ratzfatz verputzt hatten, war Elfie langweilig. Die Eltern wollten sich noch ausruhen.

»Spielen wir Verstecken?« Hoffentlich fand Walter das nicht albern oder kindisch. Doch Walter hielt sich bereits die Hände vor die Augen. »Eins, zwei, drei …«

Elfie rannte los, um ein gutes Versteck zu finden, bis er bei hundert angelangt war. An den Tennisplätzen würde Walter sie jedenfalls viel zu leicht entdecken, deshalb schlug sie den Weg zurück zum größten Gewächshaus, dem Palmenhaus, ein.

Hier sah es aus wie im Paradies. Unzählige Palmen, Farne und Bananenstauden wuchsen hier. Von einem kleinen Berg plätscherte ein Wasserfall in einen Teich voller Goldfische, den gerade eine elegante Dame auf Trittsteinen an der Hand eines Mannes überquerte. Die Luft war warm und feucht und duftete intensiv nach exotischen Blumen.

Schnell riss Elfie sich von der üppigen Schönheit los und spähte nach dem perfekten Versteck. Unter dem Berg fand sie eine verborgene Tür. Sie drückte vorsichtig die Klinke herunter und die Tür öffnete sich. Erstaunt erblickte sie lauter Eimer, Schaufeln und Besen. Offensichtlich bewahrten die Gärtner ihre Gerätschaften hier auf. Leise zog sie die Tür ins Schloss und wartete dahinter.

Elfie hörte, wie die Besucher die Treppen zum Berg hinaufstiegen, um die Aussicht ins Palmenhaus zu genießen. Walter würde ganz schön dumm aus der Wäsche gucken, wenn er sie hier fand.

Es dauerte. Mittlerweile saß sie auf einem umgedrehten Eimer und kaute auf ihren Zöpfen. Sah ja niemand. Hoffentlich fand er sie bald, sie musste mal. Aber aufgeben? Auf gar keinen Fall!

Da ging das Licht aus.

Elfie schrie auf. Sie hasste die Dunkelheit! Wo war die Tür? Atemlos vor Angst, tastete sie sich langsam vorwärts, warf scheppernd einen Eimer um, streckte die Arme aus, da müsste doch jetzt die Tür kommen, oder eine Wand, sie fühlte sich völlig verloren, orientierungslos, Geräusche erschreckten sie, was lauerte da nur im Dunkeln? Was?

Endlich, feuchtes Mauerwerk. Instinktiv ging sie nach

rechts, stieß auf die metallene Tür, rüttelte am Griff, nichts tat sich. Was, wenn der Palmengarten abgeschlossen wurde? Wenn sie die ganze Nacht hierbleiben musste? Wenn man sie vergessen hatte?

Sie rüttelte und zog, schrie gellend. Keine Antwort, nur ein starkes Rauschen. Der Wasserfall? Aber keine Schritte mehr. Nichts.

Sie schrie wieder und wieder, und da, endlich, wie eine Antwort: Walters Pfiff.

Elfie schrie so laut wie noch nie in ihrem Leben.

Und mit einem Mal wurde rasselnd ein Schlüssel ins Schloss geschoben, die Tür ging auf und der hagere Obergärtner Lenze schaute sie erstaunt an.

»Hier ist sie!«, rief er. »Alles in Ordnung, Elfriede?«

Sie nickte, hinter ihm tauchten das freche Grinsen von Walter und Vater mit hochrotem Kopf auf.

»Da bist du ja! Deine Mutter weint sich schon die Augen aus, sie denkt, du bist ins Wasser gefallen und ertrunken!«

»Keine Angst, Herr Fischer, dafür ist der Weiher nicht tief genug«, erklärte Herr Lenze.

»Ich habe gewonnen«, sagte Elfie. Walter nickte. »Auf jeden Fall. Hier hätte ich dich nie vermutet, ich dachte, du hast Angst im Dunkeln.«

»Aber mein Sonnenschein doch nicht«, sagte Vater und lächelte. »Ein deutsches Mädel hat keine Angst.«

Nur einen Tag später, am Montag, verließ Vater Frankfurt, am Dienstag wurden Lebensmittelmarken eingeführt, ohne die man bestimmte Produkte nicht mehr kaufen durfte, und schon am Freitag begann der Krieg. Obwohl Polen so weit weg war, mussten sie jeden Abend die Wohnung verdunkeln. Die Heimabende für die Jungmädel fanden nur noch einmal pro Woche statt, dafür übten sie in der Schule, wie sie sich bei Fliegeralarm verhalten sollten, und robbten mit Gasmasken über den Schulhof.

Ohne Vater war die Wohnung auf einmal so leer. Als Hausmeister des großen Mietshauses von Herrn Mauersberger war er immer zu Hause gewesen. Natürlich hatte er stets viel zu tun, die Mieter waren schließlich alle gut betucht und anspruchsvoll. Jeder kleinste Mangel musste von ihm sofort ausgebessert werden. Außerdem durfte er seinen Chef in dessen Mercedes zu seinen Geschäftsterminen fahren. Herr Mauersberger war Stoffgroßhändler und viel unterwegs zu den Kleiderfabriken, die die Uniformen für die Wehrmacht nähten.

Und weil ihr Vater als Hausmeister und Chauffeur so viel zu tun hatte, half Elfie ihm gerne. Glühbirnen gegen dunkle Luftschutzlampen auszutauschen, war viel aufregender als Kartoffeln zu schälen. Vater nannte sie gerne seinen *Sonnenschein*, auch wenn es manchmal ein Donnerwetter hagelte.

Doch jetzt war Vater in Polen. Zum Glück musste er nur in der Etappe für den Nachschub sorgen. Die Lücke, die er hinterließ, versuchten sie zu dritt nach allen Kräften auszufüllen. Ob die Straße zu kehren war oder Sicherungen ausgetauscht werden mussten, jeder kümmerte sich, fühlte sich verantwortlich, denn Herr Mauersberger sollte während Vaters Abwesenheit auf gar keinen Fall einen neuen Hausmeister einstellen, denn dann müssten sie die Wohnung räumen und stünden vor dem Nichts. Auch wenn Herr Mauersberger stets betonte, dass das nie passieren würde.

Elfie vermisste ihren Vater. Mutter auch, wie sie manchmal abends beim Zuziehen der schweren Vorhänge zugab. Nur Walter, der war fröhlicher als sonst.

Besonders als Anfang Oktober ein schwarzer Koffer auf Walters Schreibtisch stand. Und als er den Deckel öffnete, sah Elfie staunend, dass das Unterteil des Koffers ein Grammofon war. Im Wohnzimmer stand nur ein Volksempfänger, auf dem Vater immer die Reden von Hitler gehört hatte.

Grüner Samt lag auf dem Plattenteller, der Tonabnehmer glänzte förmlich und im Deckel stand groß und funkelnd *Odeon*. Walter ließ eine Platte aus einer weißen Papierhülle gleiten, drehte die Kurbel und legte den Tonabnehmer sanft auf die Platte.

Ein Bläservorspiel, Trommelstöcke, die aneinanderschlugen, gefolgt von der Melodie, die Walter so oft vor sich hin pfiff. Musik, die Elfie wie elektrisch in die Beine fuhr. Sie sprang von ihrem Bett auf und wiegte sich in den Hüften. So etwas hatte sie noch nie gehört! So schwungvoll und frech, ständig spielten die Bläser und eine Gitarre etwas Neues, doch das Schlagzeug hielt weiter den Takt. Es war, als ob jeder zeigen wollte, was er konnte.

»Macht nicht so einen Krach!«, rief Mutter.

»Ja, ja«, antwortete Walter, ergriff Elfies Hand, umfasste ihre Hüfte und tanzte mit ihr auf dem schmalen Platz zwischen ihren Betten, dass ihr schwindelig wurde.

»Was ist das?«, fragte sie ungläubig und entzifferte das Plattenetikett. *Harlem Swing* vom Orchester Scott Wood.

»Walter!«, rief die Mutter wieder. »Nicht diese Katzen-musik!«

Neben dem Grammofon lag eine weitere Platte. *It Don't Mean a Thing(If It Ain't Got That Swing)*.

»Swing – was ist das?«

»Das ist die neueste Musik aus England und Amerika. Swing, das ist Freiheit und Spaß. Alles, was schnell und vor allem keine Marschmusik ist.« Er griff hinter sich und zog einen weißen Schal unter seinen Büchern hervor. »Elegant, oder?« Er legte ihn sich um und versuchte, die eine Hälfte auf die gegenüberliegende Schulter zu werfen, was aber misslang.

Elfie betastete vorsichtig den Schal. »Ist das Seide?«

Er nickte. »Wie ein richtiger Gentleman. Ein Anzug gehört auch noch dazu, möglichst mit bunter Weste, und natürlich ein Regenschirm, in England regnet es ja immer.«

»Aber, Walter, England ist doch unser Feind!«

»Der von den Nazis vielleicht, meiner nicht. Außerdem ist Harlem ein Stadtteil von New York, in dem lauter Schwarze wohnen.«

»Walter!« Elfie schlug vor Schreck die Hand vor den Mund.

»Die besten Swing-Musiker sind Schwarze. Und Juden! Letztens war doch die Ausstellung *Entartete Musik*, hast du die Plakate nicht gesehen?«

Elfie lief ein Schauer über den Rücken. Sie erinnerte sich an das Bild eines Schwarzen mit Judenstern, der Saxofon ge-spielt hatte. Alle vom BDM hatten darüber gelästert. Elfie und Helga hatten sich die Ausstellung erst gar nicht angesehen.

»Elfie, die war grandios! Man konnte so viele neue Musiker kennenlernen! Ich glaube, es waren überhaupt nur Jugendliche da, die wurden angezogen wie die Motten vom Licht. Vom Licht der Musik!« Er schwärmte richtig.

»Und wer ist das?« Sie deutete voller Angst auf die Platte, die gerade lief.

»Duke Ellington, das ist auch ein Schwarzer.«

In Elfies Kopf überschlugen sich die Gedanken. Auf der einen Seite liebte sie die Musik, auf der anderen Seite war sie offensichtlich verboten.

Aber hatten sie in der Schule nicht gelernt *Wo man singt, da lass dich ruhig nieder, böse Menschen kennen keine Lieder?*

Also konnten Juden und Schwarze nicht böse sein, wenn sie solche Musik komponierten, oder?

»Das Grammofon hat mir ein Freund geschenkt«, erklärte Walter. »Den habe ich bei der HJ kennengelernt. Hätte ja nie gedacht, dass die allgemeine Dienstpflicht für was nutze ist, ausgerechnet dort habe ich eine ganze Reihe Jungs getroffen, die wie ich keine Lust auf Militärübungen haben. Freddy hat von seinen Eltern ein neues Grammofon bekommen. Und die Platten sind aus einem Trödelladen in der Altstadt. Hat wohl jemand loswerden wollen, die Nazis mögen keinen Swing, fremdsprachige Musik ist gerade verboten worden.«

»Und du hast keine Angst?«, fragte Elfie leise.

»Ach, Vater ist ja nicht mehr da und Mutter ist viel zu beschäftigt, die merkt das nicht. Außerdem ist nur verboten worden, sie zu verkaufen oder öffentlich aufzuführen. Der Besitz nicht.«

»Spielst du es noch einmal ab? Vielleicht etwas leiser?« Elfie konnte und wollte noch nicht aufhören.

»Na klar«, sagte Walter verschwörerisch, setzte eine neue

Nadel in den Tonabnehmer und sie lauschten der Musik. Jeder Ton, jede Melodie gingen Elfie durch und durch, sie spürte sie in ihrem Herz und wusste, sie würde sie nie mehr vergessen.

5 – Elfie

August 1940

Ein Jahr nach Kriegsbeginn standen alle Zeichen auf Sieg und die Hurraschreie wurden immer lauter. Neben Polen gehörte durch den Blitzkrieg im Westen halb Europa zum Deutschen Reich, und die Briten wehrten sich verzweifelt gegen die deutschen Luftangriffe, indem sie deutsche Städte im Norden bombardierten.

Elfie und Helga waren jetzt vierzehn. Seit Führers Geburtstag im April waren sie keine Jungmädel mehr, sondern richtige BDM-Mädel.

Wie Walter wurde Helga erst, seit es Pflicht geworden war, Mitglied im BDM. Trotzdem ging sie zur Konfirmation.

Elfie nicht. Ihre Eltern fanden es überflüssig.

Elfie liebte den BDM und seine kriegswichtige Arbeit. Der BDM entlastete Mütter bei der Kinderbetreuung oder im Haushalt, sammelte Altmetall und alte Spielsachen, die aufgearbeitet und weiterverschenkt wurden. An den Heimabenden schrieben sie Soldaten an der Front Briefe. Sogar der Unterricht in Haushaltsführung war kriegswichtig, lernten sie doch, wie man Lebensmittel und Strom sparsam verwendete, und mussten nicht wie früher langweiligen Vorträgen über Rassenkunde oder Hitlers Aufstieg zum Führer lauschen. Dabei war Elfie immer eingeschlafen und musste zur Strafe die Stühle hochstellen und durchfegen.

Sie half jetzt beim Luftschutz. Es war häufig Alarm, und sie saßen nachts immer im Keller, wobei Elfie genau aufpasste, dass alle Mitglieder der Hausgemeinschaft sich im Keller eingefunden hatten. Einmal war Frankfurt schon bombardiert worden, Sprengbomben hatten im Gallus Wohnhäuser vernichtet. Aber der Spuk war bestimmt bald vorüber, sobald Hitler England besiegt hatte. Elfie glaubte fest daran, aber Walter schien jede Bombe auf London persönlich zu nehmen. Es könnte ja schließlich ein Jazzclub getroffen werden.

Heute, an einem Sonntag im Juli, hatte sie frei. Die Sonne schien und im Brentanobad, einem großen Freibad an der Nidda im Nordwesten Frankfurts, tummelten sich die Jugendlichen.

Elfie, Helga und ihre Schulfreundinnen lagen auf einer Decke und schauten sich nach Jungs um.

»Igitt, wie die schon aussehen!« Irene, ihre hundertfünfzigprozentige BDM-Scharführerin, wies auf eine Gruppe Jungs am Rand der Liegewiese. »Diese langen Haare, das sind asoziale Volksschädlinge!«

Elfie schaute neugierig rüber und erkannte mittendrin Walter und seinen Freund Freddy. Wie so viele andere hatten sie das Koffergrammofon dabei und kämmten sich gerade die nassen Haare streng nach hinten, damit man sehen konnte, wie lang sie im Nacken waren.

»Schau mal, Walter«, flüsterte ihr Helga zu.

»Lassen wir uns nichts anmerken, das gibt nur Ärger«, gab Elfie leise zurück.

»Auf geht's, Mädels, ab ins Wasser, nur keine Müdigkeit vorschützen!«

Irenes Kasernenton ging Elfie auf die Nerven. Kein Wunder, dass Irene bei allen nur noch *Sirene* hieß. Elfie blieb demonstrativ sitzen.

»Elfriede?«, rief Irene.

»Ihr müsst nicht auf mich warten«, wehrte Elfie ab. Schließlich war das kein BDM-Treffen. Sie hatten sich in der Schule fürs Schwimmbad verabredet und Irene sich einfach selbst eingeladen.

Die schnippte ihre Zöpfe eingeschnappt auf den Rücken und rannte geziert davon, als ob es sich um rhythmische Gymnastik handeln würde.

Helga war auch sitzen geblieben.

»Wollen wir rübergehen?«, fragte Elfie und zupfte an ihrem dunkelblauen Badeanzug. »Komm, die Sirene übt gerade den perfekten Köpper, die merkt nichts.« Der Badeanzug war vom letzten Jahr und zu eng. Helga trug einen neuen aus modischem himmelblauen Stoff mit kleinen Rüschen in der Taille.

Sie war bereits aufgestanden, strich über ihre weizenblonden Zöpfe und wartete, dass Elfie voranging.

Walter steckte gerade mit seinem Freund verschwörerisch die Köpfe über dem Grammofon zusammen. Freddy war ein blonder Schlaks, der sich einen gehörigen Sonnenbrand auf dem hellen Rücken zugezogen hatte. Elfie kannte ihn bislang nur vom Sehen. Aber er hatte irgendetwas an sich, weswegen sie ihre Blicke nicht von ihm abwenden konnte.

Möglichst unauffällig, damit Irene nichts merkte, schlichen sie zu den Jungs. Freddy legte gerade vorsichtig den

Tonarm auf die Platte. Zuerst erklang eine Trompete, danach ein leises Klavier und ein Schlagzeug und dann begann auch noch ein Mann zu singen, tief und krächzend. Er sang gar keinen Text, sondern einfach nur »Babadadibdib« oder so ähnlich, aber es machte gute Laune, und in Elfies Körper kribbelte es überall.

»Und wenn wir einen Club gründen?«, fragte Walter gerade, als Helga ein schüchternes »Hallo« wagte.

Walter schaute auf. »*Hello girls*«, sagte er. »Freddy, das sind meine Schwester und ihre Freundin.«

»Helga«, sagte sie.

»Nein, nein, du musst dir einen amerikanischen Spitznamen ausdenken, das machen wir Swing-Freunde so!«, sagte Freddy.

»Ich bin Jimmy«, erklärte Walter.

»Dann heiße ich Ivie«, rief Elfie. Ivie Anderson war die Sängerin von *It Don't Mean a Thing (If It Ain' t Got That Swing)* auf Walters Duke-Ellington-Platte.

Helga schaute nachdenklich auf ihre Fußspitzen. »Kann ich nicht weiterhin Helga heißen?«

»Wie wäre es mit Annie?«, schlug Walter vor und sprach es Ännie aus.

»Ännie«, wiederholte Helga und strich sich eine Strähne aus dem Gesicht. »Das gefällt mir.«

Während Helga Walter schüchtern anlächelte, schaute Elfie nach, wer da so rauchig sang.

Hotter Than That von Louis Armstrong and His Hot Five. Elfies Füße bewegten sich im Takt, am liebsten hätte sie getanzt.

»Wir überlegen gerade, ob wir einen Club gründen sollen«, sagte Freddy.

Elfie setzte sich neben ihn.

»Ich bin für ein eigenes Abzeichen, wie in der Hitlerjugend«, sagte Walter.

»Wozu das denn? Wir erkennen einander doch schon an der Kleidung.« Freddy deutete auf den weißen Seidenschal und den Regenschirm, der aus seinem Rucksack ragte. Walter ging auch nicht mehr ohne Stockschirm aus dem Haus. »Wer wie ein Gentleman aussieht, kann kein Hitlerjunge sein. Mein Motto: elegant und lässig!«

»Das kann sich aber nicht jeder leisten. So ein Abzeichen jedoch schon.«

»Das stimmt!«, mischte Helga sich ein. »Ich helfe dir gerne beim Basteln, Jimmy.« Sie sprach Jimmy ganz andächtig aus und schaute ihn dabei kokett von unten an. Elfie war das schon häufiger aufgefallen. Ob Helga sich in Walter verguckt hatte?

»Abzeichen – ich finde das so kleinkrämerisch. Kann nicht jeder mitmachen, der möchte?« Freddy startete die Platte erneut. Leider war Louis Armstrong nur schwer zu verstehen, viele Jugendliche hatten ein Grammofon dabei und die Luft war erfüllt von Swing, Klassik und langweiligen Schlagern.

»Ich finde so ein geheimes Zeichen *hot*«, sagte Walter.

»Heiß?«, fragte Elfie neugierig.

»Beim Swing ist alles *hot*, deshalb sagt man auch *Hot Jazz* dazu! Wir hören eben heiße Musik. Und tanzen heißt *abhotten*. Alles klar?«

Elfie nickte. »Und was macht ihr dann alles in eurem Club, außer englische Klamotten anzuziehen und *abzuhotten*?«

»Spaß haben, was sonst?«, und er sang lauthals Louis Armstrongs »Babadadibdib« mit.

Freddy stimmte mit ein. »Vor allem wollen wir uns nicht vorschreiben lassen, was wir machen sollen, sondern einfach nur lässig mit dem Grammofon und einem hübschen Mädchen im Kanu über den Main schippern.«

»Und anziehen, was wir wollen!«, betonte Walter. »Deshalb hoffe ich sehr, liebstes Schwesterchen, dass du uns nicht verpfeifst. Weißt du, Freddy, heute mag sie ja im Badeanzug zivil aussehen, aber normalerweise trägt sie Uniform und gehorcht ganz brav.« Er zog seinen Schal aus seinem Rucksack und schwang ihn sich theatralisch um den Hals. Nach langem Üben konnte er das endlich perfekt. »Ich ziehe an, was ich will. Die Nazis glauben, sie können einem alles vorschreiben. Sogar, wie wir unsere Freizeit verbringen.«

Elfie vergewisserte sich, dass niemand zuhören konnte. »Geht ihr überhaupt noch zur HJ?«, flüsterte sie.

Freddy grinste und Walter schüttelte den Kopf.

»Aber – wie?«

»Das geht euch kleine Mädchen nichts an.«

Elfie blickte ihn wütend an. Sie war kein kleines Mädchen mehr!

»Und wieso machst du bei denen mit, Ivie?«, fragte Freddy.

»Ich helfe beim Luftschutz«, verteidigte sich Elfie, »und unterstütze die Soldaten an der Front, wir schreiben Briefe!«

»Na gut, das ist ja auch wichtig«, lenkte Freddy ein. »Kriege ich dann auch einen? Angeblich wollen sie uns das Abitur schon nach der Unterprima schreiben lassen, damit wir ein Jahr früher Kanonenfutter werden.«

»Noch zwei Jahre, dann bin ich mit meiner Lehre fertig.«
Walter legte den Kopf in den Nacken. »Aber bis dahin ist der
Krieg bestimmt zu Ende, ich mache mir da überhaupt keine
Sorgen!«

Plötzlich fiel Elfies Blick auf die hochgewachsene Irene, die
die Liegewiese wieder betrat.

»Sirenenalarm!« Elfie wies Richtung Wasserbecken. »Auf
ins Wasser.«

Helga sprang hoch. »Wenn Irene uns hier sieht, gibt es
Ärger.«

»Annie, sei nicht so ängstlich!«, sagte Walter in übertrie-
benem Befehlston. »Ihr beide bleibt hier!«

»Nein, hier ist es zu *hot*, ich brauche eine Abkühlung!«,
scherzte Elfie. »Komm, Annie!«

Doch Helga setzte sich wieder und rückte sogar etwas
näher an Walter heran.

Dann ging sie eben alleine. Hoffentlich endete diese
Schwärmerei für Walter bald. Elfie konnte überhaupt nicht
verstehen, wieso Helga ihn *gut aussehend* nannte. Walter hatte
ein Muttermal auf der rechten Wange und mausbraune Haare
wie Vater. Bestimmt fielen sie ihm später auch aus. Bis dahin
trug er sie in einem Seitenscheitel mit so langem Pony, dass
ihm die Haare ständig ins Gesicht fielen. Mutter lag ihm ständig in den Ohren, er solle sie sich endlich abschneiden lassen.
Aber Walter dachte gar nicht daran.

Seufzend lief Elfie zum Schwimmbecken. Auf der Liegewiese fiel ihr ein junger Mann mit papierweißer Haut und
feuerroten Haaren auf, der Walter und Freddy zu beobachten schien. Was machte der denn hier, die meisten Männer

waren doch eingezogen worden! Auf einmal sah er zu Elfie und lächelte sie schleimig an, sie blickte automatisch weg. Und als sie nach einem kurzen Moment wieder hinüberschielte, war der Mann mit den roten Haaren verschwunden.

Kaum war sie im Wasser, wurde sie vollgespritzt. Sie schob sich die nassen Haare aus dem Gesicht, um den Bösewicht zu erkennen. Ach, nur Rolf, der schmächtige Nachbarsjunge aus dem ersten Stock und Sohn vom Obergärtner.

»Idiot«, rief sie, und schon bekam er ebenfalls eine Ladung Wasser ab, sodass seine dunkelbraunen Haare nass wurden.

Rolf war ein Streber, der eine Klasse übersprungen hatte. Bei der Hitlerjugend schimpften sie ihn eine Memme, da er keinen Ball fangen konnte und bei jedem Gepäckmarsch als Erster schlappmachte. Den Stubenhocker sah man ihm an, kein bisschen braun war er im Sommer geworden. Aber Elfie mochte ihn. Irgendwie wirkte er mit seinen braunen Knopfaugen und den Segelohren immer wie ein verlassener Hundewelpe.

Elfie spritzte eine zweite Wasserladung in sein Gesicht, aber Rolf tunkte sie nicht im Gegenzug, wie es die anderen Jungs jetzt machen würden. Wahrscheinlich wollte er nicht riskieren, selbst unter Wasser gedrückt zu werden. Elfie konnte sich schließlich wehren, auch wenn sie zwei Jahre jünger war. Erstaunlich genug, dass er sie überhaupt nass gespritzt hatte.

»Gehörst du auch zu dem merkwürdigen Verein?«, fragte er stattdessen und wies mit dem Kopf zu Walter.

»Was meinst du?« Elfie bemerkte, dass Rolf ihr auf den

Busen starrte. Schnell glitt sie tiefer ins Wasser. Es war ihr peinlich, dass der Badeanzug so eng war und ihre sprießenden Brüste betonte.

»Wie die sich anziehen! Rennen im Hochsommer mit Seidenschal und Regenschirm rum, völlig affig. Und Walter hört immer diese degenerierte Musik!« Die Abscheu in seiner Stimme war eindeutig herauszuhören.

»Ich bin mit dem BDM hier«, sagte Elfie ausweichend und deutete auf Irene und die anderen.

»Habe ich mir schon gedacht, dass du da nicht mitmachst. Für ein deutsches Mädel ist das nichts.« Er umschlang seinen mageren Körper mit seinen Armen, und Elfie kam sich schäbig vor, weil sie nicht zu ihrem Bruder hielt.

Auf einmal sprangen Walter und Freddy mit einer Arschbombe ins Wasser, der Bademeister trillerte wütend in seine Pfeife und alle lachten hemmungslos.

Helga kletterte brav auf der Leiter ins Becken. Elfie fiel auf, dass Walter gar nicht hinschaute, sondern lieber Freddy mit Wasser bespritzte. Aber es gab genügend Jungs, die Helga anerkennend nachpfiffen.

Die Wasserschlacht ging weiter, bis Elfie vor Lachen und Wasserschlucken keine Luft mehr bekam. Erst da fiel ihr auf, dass Rolf gegangen war. Schade. Dafür spendierte Freddy allen ein Eis. Seine reichen Eltern steckten ihm gerne Geld zu. Walter und er trafen noch zwei andere Jungs, die offensichtlich selbst Musiker waren, und fachsimpelten über die neuesten Jazzcombos.

Dann überredete Elfie Helga, dass sie sich zu den Jungs legten, und sie holten ihre Decken.

»Würdest du da mitmachen wollen?«, fragte Helga. »Ich mag ja die Musik, aber ist es nicht selbstsüchtig, sich zu vergnügen, während unsere Soldaten für uns ihr Leben riskieren?«

»Aber ändert das irgendetwas, ob wir tanzen oder nicht? Ich habe das Tanzverbot noch nie verstanden.« Während des Frankreichfeldzuges waren alle öffentlichen Tanzveranstaltungen verboten gewesen.

»Und wenn dein Vater fällt?«

Elfie stockte der Atem. Der mögliche Heldentod ihres Vaters war etwas, das sie immer verdrängte.

»Auch dann. Es zwingt einen ja niemand, zu tanzen. Soll doch jeder selbst entscheiden.«

»Pass nur auf, dass dir keiner zuhört!«

Elfie blickte erschrocken um sich. Aber sie konnte sich nicht vorstellen, dass sie bei dem Lärm der spielenden Kinder und der vielen Grammofone belauscht werden konnten.

Urplötzlich bemerkte sie wieder den rothaarigen Mann. Er saß in unmittelbarer Nähe auf seinem Handtuch und schaute zu ihnen hinüber. Als er Elfies Blick auffing, begann er, demonstrativ in einer Zeitschrift zu blättern. Merkwürdig, seine Schultern waren von der Sonne verbrannt, als ob er sich häufiger im Schwimmbad aufhielte. Wie der es wohl geschafft hatte, seiner Einberufung zu entgehen? Vielleicht arbeitete er ja in der Rüstungsindustrie. Oder für die IG Farben. Die chemische Industrie war kriegsentscheidend, hatten sie in der Schule gelernt.

Elfie wandte sich wieder Helga zu. »Wenn ich Swing höre,

fühle ich mich irgendwie ganz anders als bei den Wanderliedern. Die mag ich auch, so ist es nicht. Ich habe eben einen vielfältigen Musikgeschmack, ich höre ja auch gerne Mozart.«

Helga nickte und drehte sich auf den Bauch. Dann stützte sie sich auf die Unterarme, streckte die Brust raus und schaute zu Walter rüber.

»Meinst du, ihm gefällt mein neuer Badeanzug?«

Auf einmal fiel ein riesiger Schatten auf sie.

»Was macht ihr denn hier?«, schrillte Irenes Stimme in Elfies Ohren. Ertappt schaute Elfie auf. Irene durchbohrte sie mit einem vernichtenden Blick und ausgerechnet in diesem Moment erklang wieder Louis Armstrong.

»Was ist das für Musik?« Ohne Rücksicht zu nehmen, drängte sie die Jungs vom Grammofon und beugte sich über die Scheibe. Solange sie lief, konnte man das Etikett natürlich nicht erkennen, weshalb sie den Schieber an der Seite betätigte, um den Plattenteller zu stoppen.

»Nicht«, beschwerte sich Freddy. »Du musst immer zuerst den Tonarm runternehmen, sonst geht die Platte kaputt!«

»Außerdem ist das nur langweiliger Foxtrott«, sagte Walter.

»Aber der Name ist Englisch!« Irene deutete mit Abscheu aufs Etikett.

»Das sind alles Franzosen«, log Walter die Sirene schamlos an. Französische Musik zu hören, war nicht so verdächtig, Frankreich war schließlich besetzt und kein Feindesland mehr. »Schau, er heißt Louis!«

»Das muss ich melden!«, rief Irene laut und machte ihrem Namen Sirene mal wieder alle Ehre.

»Irene, das ist mein Bruder«, verteidigte Elfie ihn. »Und

wenn er sagt, dass das Franzosen sind, dann stimmt das. Walter würde dich nie anlügen!«

»Und wieso geht er dann nie zum Friseur?«

»Will er ja, heute noch!«

»Du überwachst das, Elfriede!«, wies Irene sie an, dann schritt sie hoch erhobenen Hauptes davon.

Kaum war sie außer Hörweite, brachen sie in schallendes Gelächter aus. Elfie fühlte sich wie im Rausch. Woher hatte sie nur den Mut genommen, sich ausgerechnet der strengen Irene zu widersetzen?

»Ob das klug war?«, flüsterte Helga und sah den anderen Mädchen zu, wie sie ihre Sachen packten.

»Ach Gott, so ein Schwimmbadgeplänkel, die soll sich nicht so anstellen«, verteidigte sich Elfie. Es hatte sich so gut angefühlt, sich auf Walters Seite zu schlagen. Vergessen war ihre Feigheit Rolf gegenüber.

»Danke, Ivie!« Walter knuffte sie in die Seite. »Aber Haare schneiden – das kannst du vergessen!«

Als Elfie abends zu Bett gehen wollte, war Walter gerade dabei, die Etiketten von seinen Platten zu kratzen. Neben ihm auf dem Tisch lagen weiße Papierbögen, auf deren Mitte er mit Schreibmaschine neue Titel getippt hatte.

»*Tigerjagd im Taunus*?«, fragte sie.

»Das ist der *Tiger-Rag*.« Er drehte mit dem Zirkel einen Kreis darum, schnitt den Kreis aus und betupfte ihn vorsichtig mit Klebstoff. »Falls mich deine Sirene noch mal in die Mangel nimmt. Ich kann mir keine neuen Platten leisten. Hauptsache, der Uhu tropft nicht.«

»Leg doch was drüber.« Elfie nahm das Papier, aus dem er den Kreis ausgeschnitten hatte, und deckte damit die Platte ab. Die Mitte blieb frei.

»Stark! Danke, Schwesterchen.«

Elfie spürte, wie sie vor Freude über das Lob rot wurde. »Aber das sieht doch jeder, dass du die Etiketten selbst gemacht hast«, versuchte sie abzulenken.

»Wenn ich nichts mache, fällt es auf jeden Fall auf. Sind ja auch nur die alten Aufnahmen, bei den neuen Scheiben drucken die Plattenfirmen immer Foxtrott drauf, die wollen ihre Sachen schließlich verkaufen und Swing ist beliebt. Wenn mich einer fragt, sage ich, dass das mitgeschnittene Radiosendungen sind. Freddy hat ein Gerät, mit dem man Radiosendungen auf Platte aufnehmen kann.«

»Das gibt es?«

»Das Neueste vom Neuesten. Freddys Eltern haben echt Geld und auf Radio Luxemburg oder der BBC läuft der beste Swing! Freddy schreibt jetzt auch nur deutsche Titel drauf, ihm wurden von der Polizei schon Platten konfisziert.«

»Aber ich dachte, der Besitz wäre nicht verboten?«

Walter schnaubte belustigt. »Das ist denen doch völlig egal, wenn sie dich filzen.«

»Was meinst du, was dein Lehrherr mit dir macht, wenn er hört, dass du Scherereien mit der Polizei hast! Oder Vater!«

»Keine Bange, das passiert schon nicht.«

»Aber BBC – das ist doch ein Feindsender, es ist verboten, ihn zu hören!« Vor Schreck stolperte Elfies Herz. Wenn Walter dabei erwischt werden würde …

»Bei einer Kontrolle behaupte ich natürlich, ich hätte es

beim *Wunschkonzert für die Wehrmacht* aufgenommen.« Er zwinkerte. Walter nahm wirklich gar nichts ernst.

Dann legte er die *Tigerjagd im Taunus* auf den Plattenteller, kurbelte lange, um den Motor zu starten, löste den Tellerstopper und senkte als Letztes den Tonarm auf die Scheibe.

Eine Trommel gab den schnellen Rhythmus vor, dann setzten die Bläser ein. Sofort stieg Elfies Laune wieder. Von ganz alleine tippte ihr Fuß den Takt mit.

»Und habt ihr schon einen Namen für den Club?« Noch hatte sie das berauschende Gefühl nicht vergessen, als sie die Sirene angelogen hatte. Mittlerweile glaubte sie, dass es einzig die Musik gewesen war, die sie dazu gebracht hatte.

»Wie wäre es mit *Odeon-Club*?« Sie wies auf sein Odeon-Grammofon.

»Odeon! Dass ich da nicht selbst drauf gekommen bin. Es gibt ja nicht nur Grammofone von Odeon, sondern auch Platten.« Er ließ den Klebstoff sinken.

»Ein Odeon war bei den alten Griechen ein überdachtes Theater«, erklärte Elfie. »Ihr könnt ja bei Kontrollen sagen, ihr würdet Theater spielen.«

»Wofür klassische Bildung nicht alles gut ist!« Walter grinste verschmitzt. »Einfach ta-del-los!« Er betonte das Wort, wie Mutter es immer machte. »Schwesterchen, das ist famos! Wir heißen ab sofort Odeon-Club.«

6 – Elfie

2. Mai 1945

Wie es aussah, mussten Elfie und ihre Mutter erst einmal im Bunker bleiben. Mutter war sehr unglücklich darüber und fand, dass die Amerikaner ihnen einen Ausgleich für die requirierte Wohnung organisieren sollten, aber Elfie fand so ein Anspruchsdenken fehl am Platz.

Frau Lenze hatte den Bunker nach nur einer Nacht bereits wieder verlassen. Bestimmt hatte sie doch noch Bekannte gefunden, bei denen sie unterschlüpfen konnte.

Wie die meisten anderen Bewohner war Elfie froh, überhaupt ein Dach über dem Kopf zu haben. Elfies Bettnachbarin war dreimal ausgebombt worden! Zuerst in ihrem Zuhause in der Hasengasse, dann bei ihren Schwiegereltern im Gallus und zuletzt noch bei Freunden in Niederrad. »Hier im Bunker sind wir sicher«, sagte sie immer, als ob es noch Luftangriffe gäbe. Außerdem war es warm und sauber, es gab fließend Wasser und funktionierende Toiletten.

Elfie bedauerte eigentlich nur, dass sie sämtliche Wertsachen in ihrer Wohnung hatten zurücklassen müssen. Wenn sie da an Mutters silberne Kaffeelöffel dachte! Auf dem Schwarzmarkt bekäme sie vielleicht Zucker oder sogar ein kleines Stückchen Butter dafür.

Die Stimmung im Bunker war gedrückt, alle machten sich Sorgen um ihre Männer, Söhne und andere Verwandte und Freunde, von denen sie lange nichts gehört hatten, außerdem lagen wegen der Ungewissheit der Zukunft und des Hungers die Nerven blank. Entgegen der Ankündigung wurde nicht jeden Morgen Brot geliefert, nur auf die dünne Suppe mittags war Verlass. Deshalb machte Elfie sich immer so schnell wie möglich aus dem Staub. Draußen fand das Leben statt.

Der Schwarzmarkt am Hauptbahnhof zog sie magisch an. Sie beobachtete, wie die Menschen scheinbar ziellos auf dem Platz umherliefen und sich gegenseitig etwas zuflüsterten.

Ob griesgrämig dreinschauende Frauen mit prallen Handtaschen, Pelzmantel oder leerem Einkaufskorb oder abgemagerte alte Männer, die ihre Orden aus dem Ersten Weltkrieg an die GIs verhökerten, alle versuchten ihr Glück. Auch sehr viele Jugendliche, sogar Kinder. Oder ehemalige Zwangsarbeiter, die froh waren, ihrer Sklavenarbeit entkommen zu sein.

Obwohl sie wenig zum *Kompensieren* hatte, wie auf einmal jeder die Tauschgeschäfte nannte, hoffte Elfie immer auf einen großen Fang und trug daher stets die Hose vom Kriegshilfsdienst. Die war so weit, dass sie in den Taschen ganze Hühner hätte verstecken können, wenn es welche gegeben hätte. Auch in die Jacke passte einiges, wenn diese eigentlich auch viel zu warm war. Bestimmt roch sie genauso nach Schweiß wie alle anderen um sie herum. Seife war Mangelware.

Heute war es lauter als sonst, die Menschen steckten ständig die Köpfe zusammen. Möglichst unauffällig versuchte Elfie, zu lauschen und herauszufinden, ob es irgendwas Besonderes zu ergattern gab.

Aber dann vernahm Elfie etwas völlig Unerwartetes.

»Hitler ist tot!«, raunte eine ältere Frau in Kittelschürze.

Elfie blieb erstarrt stehen. Konnte das sein? Hitler war tot?

»Glaub ich nicht!«, antwortete fassungslos ihr Gegenüber mit Nerzstola.

»Doch, gestern Abend kam es im Radio.«

»War er krank?« Die Stimme des jungen Mädchens klang ängstlich.

»Gefallen, hieß es bei Radio Hamburg.« Die Frau in der Kittelschürze schien sich zu freuen. »Dönitz ist jetzt sein Nachfolger.«

»Hört der Krieg dann endlich auf?«, fragte die Nerzstola.

»Admiral Dönitz gibt nicht so schnell auf«, meinte das Mädchen.

»Du Hahnebambel«, schimpfte die Frau mit der Kittelschürze. »Der Krieg ist doch eh verloren. Schad um jeden, der jetzt noch sterben muss.«

»Bis auf Hitler!«, triumphierte ein alter Mann mit Monokel und alle kicherten. Trotzdem schaute er sich um, ob ihn jemand belauscht hatte.

»Na, Mädscher«, fauchte er Elfie an. »Hier gibt es nichts zu glotzen! Haste Kippen?«

Elfie schüttelte den Kopf. »Hitler ist wirklich tot?«

Im Bunker hatte sie davon nichts mitbekommen. Was das jetzt wohl bedeutete? Und wieso freute Elfie sich nicht sofort, sondern befürchtete noch immer, es könnte nicht wahr sein und würde nichts ändern. Dabei war in Frankfurt der Krieg doch sowieso zu Ende.

»Na, wenn ich es doch sage!«, echauffierte sich die Frau in

der Kittelschürze. »Und nicht nur Radio Hamburg, die BBC hat es genauso gemeldet. *Hitler is dead*!« Ihre Wangen glühten vor Aufregung.

»Hitler ist tot!«, wiederholte Elfie, und erst da fühlte es sich allmählich wahr an, und Freude breitete sich in ihrem ganzen Körper aus, bis sie auf einmal laut loslachte.

So wie Elfie freuten sich nur wenige, die meisten tupften verschämt ein paar Tränen aus den Augenwinkeln, andere, vor allem junge Leute, weinten hemmungslos.

Die ersten wandten sich schnell wieder den Geschäften zu. Wie eine Welle hatte sich die Nachricht verbreitet und wie eine Welle zog sie sich zurück und legte den steinigen Strand des Trümmerlebens wieder offen.

Hoffentlich hat er leiden müssen, dachte Elfie bitter. Gefallen, was hieß das schon? Hatten Bomben den Führerbunker zerfetzt? Starb er an einer russischen Kugel?

»Mädscher, wenn de mitkommst, kriegste Dosenfleisch«, raunte ihr plötzlich ein Mann ins Ohr. »Amerikanisch. Ich suche hübsche Mädchen wie dich für mein Café, du weißt schon, was ich meine …« Er machte eine obszöne Geste.

»Was erlauben Sie sich!« Elfie fuhr herum und knallte ihm eine. Der Mann mit Augenklappe, hässlicher Narbe auf der feisten Wange und im sauberen dreiteiligen Anzug, hielt sich die Wange. »Eine ganz Feurige bist du, umso besser, das mögen die Herren …«

Elfie zeigte ihm einen Vogel und verschwand in der Menge, die längst schon wieder den Wert der neuen Zigarettenwährung austarierte. Ein Blick zurück, der Zuhälter sprach ein anderes Mädchen an.

»Silberne Löffel gegen Kartoffeln«, flüsterte sie einer alten Frau zu, die einen zugedeckten Korb bei sich hatte.

»Zeigen Sie mal!«, sagte diese.

»Die habe ich nicht dabei, sonst werden die mir gestohlen«, tat sie großspurig. Dabei wusste sie gar nicht, ob sie jemals die Löffel aus dem Sperrbezirk holen konnte.

»Wie viel Löffel wollen Sie denn für ein Pfund Kartoffeln?«, fragte die Frau.

»Nein, ich habe auch Löffel …«, erkannte Elfie enttäuscht den Irrtum.

Da durchschnitt eine schrille Sirene die Luft, alle rannten davon, auch Elfie, bevor die MP, die amerikanische Militärpolizei, den Platz erreicht hatte.

Sie duckte sich in einen Hauseingang und kam dabei schon wieder einem Mann ziemlich nahe. Hoffentlich war der nicht auch auf der Suche nach leichten Mädchen! Doch der dunkelgrüne Hut und der Lodenmantel kamen ihr bekannt vor.

»Herr Lenze!«, rief sie erfreut.

»Pst!« Er hielt sich den Zeigefinger an die Lippen. »Muss ja nicht jeder wissen, dass ich mich hier verstecke.«

»Ich kann schweigen wie ein Grab!« Sie hob die Finger zum Schwur.

Er räusperte sich verlegen. »Das ist alles nur ein Zufall. Ich wollte bloß den Platz überqueren! Aber ob mir das die MP geglaubt hätte …«

Elfie glaubte ihm auch nicht. Aber so waren die Zeiten, jeder musste sehen, wo er blieb.

Die Amerikaner waren jetzt mit der Festnahme einiger renitenter Männer beschäftigt. Elfie wollte die Gunst der

Stunde nutzen und verduften. Sie stupste Herrn Lenze an und bedeutete ihm, ihr zu folgen. Möglichst leise und unauffällig schlichen sie sich von dem Haus mit den leeren Fensterhöhlen weg Richtung Platz der Republik.

»Hitler ist tot!«, platzte es aus Elfie heraus, als sie aus der Gefahrenzone waren.

»Jetzt hat das Elend hoffentlich bald ein Ende und unser Rolf kann endlich nach Hause«, meinte Herr Lenze und blickte gen Himmel, als ob er ein Stoßgebet nach oben schicken würde.

Elfie war froh, dass er genauso wie sie über Hitler und den Krieg zu denken schien.

»Ich bin gespannt, wie die Amerikaner darauf reagieren werden«, setzte er seinen Gedanken fort. »Ihr Sieg rückt immer näher. Wer weiß, was sie dann mit uns machen.« Er schaute sie streng an. »Ich hoffe, du wolltest am Bahnhof nicht irgendetwas Verbotenes tun!«.

»Nein, nein, ich habe nur den Hindenburgplatz überquert.« Elfie grinste. »Genau wie Sie.«

»Ich ... nun gut. Ich hatte gehofft, die Taschenuhr meines Vaters in etwas Fleisch tauschen zu können, aber da kamen schon die Kontrollen. Na ja, in Zukunft habe ich viel Zeit für den Schwarzmarkt. Bestimmt machen die Amerikaner den Palmengarten dicht. Gestern kam der neue Leiter, ein Sergeant Major Campbell, er sucht neue Mitarbeiter fürs Gesellschaftshaus, da soll eine Truppenverpflegungsstelle eingerichtet werden. Den Restaurantpächter haben sie aus seiner Wohnung geworfen, aber vielleicht darf er die Küche weiterbetreiben. Aber was aus dem Garten werden soll, weiß keiner. Der Army sind die Orchideen bestimmt völlig egal.« Herr Lenze schüttelte den Kopf. »Sie entlassen sowieso schon so viele städtische Beamte, wenn auch aus politischen Gründen. Jeder Parteigenosse muss gehen. Entnazifizierung nennen sie das. Unser Herr Direktor musste auch schon seinen Hut nehmen.«

»Aber die können Sie gar nicht rauswerfen! Sie waren doch nie in der Partei! Außerdem kann ich bezeugen, dass Sie damals den Juden nicht verbieten wollten, sich auf die Parkbänke zu setzen!«

»Du hast ja Ideen, Elfriede! Aber ob ich zum Küchengehilfen tauge?« Er schmunzelte. »Ich sollte um Versetzung ins Gartenamt bitten.«

»Die Army bezahlt ihre Mitarbeiter in Dollar, oder?«, fragte Elfie und hatte sofort eine Idee. »Ich könnte doch Essen servieren oder in der Küche helfen.« Bestimmt fiel von dem guten Essen auch was für die Mitarbeiter ab. »Könnten Sie sich für mich einsetzen?«

»Also, ich weiß nicht …« Er zögerte.

»Bitte, Herr Lenze! Für meine Mutter wäre das eine große Erleichterung, wenn ich Arbeit finden würde! Sie konnte noch nicht mal ihre Nähmaschine mit in den Bunker nehmen, wovon sollen wir denn leben?«

Er betrachtete sie nachdenklich. Sie senkte bescheiden den Kopf, vielleicht machte das ja Eindruck. Da ging ein Ruck durch ihn. »Ich probiere es. Dieser Campbell hat schließlich auch … sei doch bitte morgen früh um acht am Schlagbaum Palmengartenstraße Ecke Bockenheimer Landstraße.«

Beschwingten Herzens pfiff Elfie auf dem Weg nach Griesheim ein Swing-Stück nach dem anderen, sogar den *Harlem*

Swing! Damit hatten sich die Frankfurter Swing-Freunde immer gegenseitig gerufen und zu erkennen gegeben.

Aber niemand antwortete ihr.

In Kittelschürze und Kopftuch baute Mutter vor dem Bunker mit einigen anderen Frauen aus alten Mauersteinen eine provisorische Feuerstelle.

»Hitler ist tot«, sagte Elfie anstelle einer Begrüßung.

»Habe ich schon gehört«, keifte Mutter. »Werde ich auch nicht von satt. Wo warst du so lange? Ich habe mir schon Sorgen gemacht.« Sie senkte den Kopf und wies auf ihren Rucksack. »Ich habe beim Bäcker hier in Griesheim Kommissbrot ergattern können, das isst du doch so gerne«, flüsterte sie. »Aber pass auf, dass es niemand sieht, sonst wird es noch geklaut.«

Seit wann war Mutter so misstrauisch?

»Glaubst du?«

»Wenn die Menschen Hunger haben, ist alles möglich. Was meinst du, was ich als Kind oder damals in der Weltwirtschaftskrise alles erlebt habe?« Sie schaute sich verstohlen um.

Elfie tat ihre Mutter leid. Sie selbst konnte sich kaum an den Hunger erinnern, wahrscheinlich hatten ihre Eltern auch noch den letzten kleinen Bissen für Walter und sie aufgespart. Elfie musste unbedingt dafür sorgen, dass sie immer genug zu essen hatten, damit es ihr wieder besser ging.

»Jetzt wird sowieso alles besser.« Elfie lächelte sie zuversichtlich an. »Ich kriege Arbeit bei den Amis!«

»Bei den Besatzern? Bist du noch bei Verstand? Die wollen dir doch nur an die Wäsche!« Ihre Mutter sah sie entsetzt an. »Und ich habe gehofft, die hätten dir beim Arbeitsdienst deine moralische Verkommenheit ausgetrieben!«

»Wie bitte?« Was redete Mutter da? »Meinst du den Lippenstift, den ich früher trug?«

Ihre Mutter fuchtelte mit den Händen vor Elfies Gesicht herum. »Du schmeißt dich natürlich sofort den Besatzern an den Hals, nur für ein paar Zigaretten oder Schokolade!«

»Nein, Mama!« Was dachte sie nur von ihr? Elfie wurde wütend. »Ich rede von ordentlicher Arbeit. Damit wir was zu essen haben. Wenn mich die Amerikaner anstellen, werde ich in Dollar bezahlt!«

Elfie schmeckte förmlich schon die Butter und die Eier, die sie dann für sich und die Mutter auf dem Schwarzmarkt kaufen konnte.

»Wenn der Führer das wüsste, was jetzt aus seinem Deutschland wird!«

Jetzt reichte es Elfie. »Er ist schuld, dass Deutschland in Schutt und Asche liegt. Denk doch nur an die Radiomeldungen von den befreiten Vernichtungslagern!«

»Elfie, glaub das doch nicht! Und wer weiß schon, ob Hitler wirklich gestorben ist. Noch sind wir im Krieg, und diese ganze Propaganda dient nur dazu, uns Deutsche einzuschüchtern.« Sie wippte triumphierend auf den Zehenspitzen.

Elfie blieb die Spucke weg. Aber sie wollte sich nicht mit Mutter streiten. Früher oder später würde sie schon von selbst begreifen, dass Hitler wirklich gestorben und der Krieg verloren war.

»Morgen um acht soll ich bei Herrn Lenze sein. Ob ich das überhaupt schaffe, wenn bis sieben *curfew* ist?«

»Wenn was ist?«

»*Curfew*. Ausgangssperre.«

»Kind, rede Deutsch mit mir. Und diese Arbeit – ich weiß nicht, ob ich damit einverstanden bin! Du bist schließlich noch nicht volljährig und brauchst meine Genehmigung.«

Elfie hatte es so satt. Immer gab es jemanden, der über sie bestimmen wollte. Was sie nicht alles geleistet und geschafft hatte im Krieg! Und jetzt mischte Mutter sich schon wieder ein. Aber nicht mit Elfie.

»Traust du Herrn Lenze etwa nicht?«

Ihre Mutter richtete sich auf. »Doch, natürlich, Herr Lenze ist ein respektabler Mann. Aber du hast doch gesagt, du wirst von der Army eingestellt.«

»Die haben den Palmengarten übernommen, so genau habe ich das nicht verstanden, aber morgen wissen wir mehr. Ich gehe auf jeden Fall hin.«

»Wo sind Lenzes denn untergekommen?«

»Keine Ahnung.« Ging sie schließlich nichts an. »Vielleicht sollte ich bei Helga schlafen, dann bin ich auf jeden Fall pünktlich. Auf Dauer muss ich dann einen späteren Arbeitsbeginn aushandeln.«

»Professor Sartorius wird keinen Platz für dich haben. Außerdem stellt man keine Ansprüche an seinen künftigen Arbeitgeber!«

»Fragen schadet ja nicht.«

»Was du dir schon wieder erlaubst! Immer willst du mit dem Kopf durch die Wand. Wenn dein Vater hier wäre, würdest du dich das nicht trauen!«

Elfie biss die Zähne zusammen, um nichts Ungehöriges zu

sagen. Sie musste sich sowieso sputen. Schnell suchte sie für morgen saubere Unterwäsche, das helle Sommerkleid und die Riemchensandalen zusammen und warf noch ihr Waschzeug in den Rucksack.

»Kind, vielleicht solltest du Herrn Mauersberger nach einer Arbeit fragen!« Mutter schnitt ihr zwei dicke Scheiben Kommissbrot ab. »Seine Firma ruht nur vorübergehend, Stoffe werden ja immer gebraucht.«

So viel Glück konnte nur jemand wie Herr Mauersberger haben. Zuerst u.k., als unabkömmlich, gestellt, sodass er nicht an die Front musste, und dann vor Ort sein, wenn die Besatzer Geschäfte machten und die Konkurrenz noch in Gefangenschaft war.

»Seit er Witwer ist …«

»Seine Frau ist gestorben?« Betroffen hielt Elfie mit dem Packen inne. Sie hatte Frau Mauersberger, eine schmächtige Frau mit einer großen Vorliebe für Opernarien, sehr gemocht.

»Letztes Jahr, irgendeine Unterleibsgeschichte. Sie hat lange leiden müssen und wurde während der Bombardierungen im Krankenhausbunker operiert. Der arme Mann, jetzt ist er ganz alleine, Kinder haben sie ja leider keine!« Ihre Mutter betupfte sich die Augen. »Bei ihm wärst du viel besser aufgehoben als bei den Amis.«

Aber das glaubte Elfie keinen Augenblick. Mauersberger konnte sie nicht in Dollar bezahlen und Essen hatte er bestimmt auch keines zu verschenken.

7 – Elfie

Frau Sartorius war über einen weiteren Schlafgast alles andere als erbaut. Da es jedoch bereits kurz vor sechs Uhr und die Ausgangssperre gleich beginnen würde, konnte sie Elfie nicht mehr heimschicken. Außerdem hatte Elfie ja Brote mitgebracht. Ihrem Mann war es egal, der brütete über irgendwelchen mathematischen Gleichungen in seinem Arbeitszimmer.

Beim Essen lernte Elfie die Großeltern von Helga sowie ihre Tante und ihre beiden Cousinen kennen. Danach verzog sie sich mit Helga in deren Zimmer.

Es hatte sich in den zwei Jahren gar nicht verändert. Noch immer hing die Gardine mit den rosa Streublümchen am Fenster, lag die Tagesdecke aus dem gleichen Stoff auf dem Bett, standen meterweise Romane im Regal.

Nur die Leica, Helgas ganzer Stolz, fehlte. Die moderne Kleinbildkamera hatte Helga damals von ihrem Vater zur Konfirmation bekommen. Elfie war ein bisschen neidisch auf das teure Geschenk gewesen. Später bekam sie sogar noch eine Dunkelkammerausrüstung. Aber als Elfie die ersten Bilder in Händen hielt, die Helga damit geschossen hatte, verflog der Neid.

Helga hatte ein Auge für schöne Motive und beherrschte die physikalischen Regeln der Optik und die anderen Kniffe, die es brauchte, um Blende und Verschluss genau so einzustellen, dass das Foto auch scharf wurde.

Elfie hatte es auch einmal probiert, war aber viel zu ungeduldig gewesen und hatte einfach nur abgedrückt. *Helga im Nebel* hatten sie das verschwommene Bild hinterher getauft.

»Wo ist denn deine Leica?« Elfie setzte sich aufs Bett.

»Versteckt.« Helga öffnete die Wäscheschublade und zog die schwarze Kamera unter ihrer Unterwäsche hervor. »Als die Amis die Stadt eingenommen hatten, gab es Hausdurchsuchungen und eine Menge Gerüchte, die Amis würden aus Angst vor Spionen sämtliche Kameras konfiszieren. Ich könnte ja der Wehrmacht wichtige Informationen über ihre Truppenstärke zuspielen. Der Vergrößerer liegt hinter meinen Puppen.« Sie deutete auf das Regal mit ihren alten Kinderspielsachen.

»Du als Mata Hari?« Elfie konnte sich ein Kichern nicht verkneifen. »Mit der Kamera bewaffnet, durch die Kasernen und Sperrbezirke schleichen?« Jetzt musste sie doch lachen.

»Haha«, ärgerte sich Helga. »Du traust mir ja echt gar nichts zu. Für die Amis würde ich auf jeden Fall spionieren, aber meine Kamera hat sie gar nicht interessiert. Trotzdem lass ich sie besser mal dort, man weiß ja nie.«

Und dann erzählte Helga von ihrem Pflichtjahr bei ihrem früheren Kindermädchen in Bad Vilbel im Norden Frankfurts.

Das Pflichtjahr des Arbeitsamts war anders organisiert gewesen als der Reichsarbeitsdienst. Man wohnte privat bei einer Familie oder einem Bauern und nicht mit einer Gruppe Arbeitsmaiden in einem Arbeitsdienstlager. Es gab beim

Pflichtjahr auch keine Uniformen, keinen Fahnenappell und man musste auch keine Opferbereitschaft schwören.

Eines von beiden musste man als Mädchen absolviert haben, um eine Lehrstelle antreten zu können, und die meisten gingen dieser Pflicht gerne nach, war es doch die erste Gelegenheit, das Elternhaus zu verlassen und zu zeigen, was man konnte. Beim RAD hatte Elfie sogar Mädchen getroffen, die erst ihr Pflichtjahr, dann eine Lehre und danach sogar noch den Arbeitsdienst absolviert hatten.

»In Bad Vilbel war es so schön gewesen«, schwärmte Helga. »Natürlich mussten wir auch ständig in den Keller, aber solche Bombardierungen wie in Frankfurt gab es dort nicht. Ich war ja noch dabei, als die ganze Stadt ...« Ihr brach die Stimme.

Elfie ergriff mitfühlend ihre Hand. »Es ist vorbei«, sagte sie zuversichtlich, obwohl sie nachts noch immer von dem Grauen träumte.

»An der Flak war es bestimmt auch nicht einfach.« Helga legte Elfie den Arm um die Schultern.

»Lass uns von was anderem reden. Eigentlich fand ich es beim Kriegshilfsdienst besser als vorher bei den hundertfünfzigprozentigen Arbeitsmaiden. Im RAD-Lager gab es jeden Tag politischen Unterricht von der ganz scharfen Sorte. Mich haben sie ständig schikaniert. Monatelang hatte ich Latrinendienst.«

»Aber warum? Und warum musstest du von einem Tag auf den anderen die Schule abbrechen und ohne einen Abschied zum Arbeitsdienst, was war los mit dir im Frühling 1943?«

»Nicht heute«, drückte Elfie sich. Sie hatte keine Kraft, sich mit ihren Erinnerungen auseinanderzusetzen, und schaute auch nicht aus dem Fenster hinüber zum Gestapohaus. »Am liebsten würde ich alles vergessen.«

Beim Frühstück fühlte Elfie sich wie eine Königin. Einen hübsch gedeckten Tisch mit weißer Decke und edlem Porzellan hatte sie schon sehr lange nicht mehr gehabt. Margarine zum Marmeladenbrot gab es auch, und Kondensmilch zum Muckefuck.

»Wo habt ihr die denn her?«, fragte Elfie verwundert.

»Vater hat geplündert.« Entschuldigend sah Helga hinüber zur Schiebetür, hinter der sein Arbeitszimmer lag. Bestimmt schrieb Professor Sartorius dort wieder die Kreidetafel voll mit mathematischen Formeln.

»Mein biederer Vater, der nie einer Fliege was zuleide tun konnte, hat geplündert. Kaum zu glauben, oder? Als der Gauleiter und seine Kumpane die Stadt Hals über Kopf verließen, plünderten die Frankfurter die übervollen Wehrmachtslager. Unzählige Dosen Kondensmilch und kistenweise Seife hat er erbeutet.« Helga klang noch immer erstaunt.

»Nimm dir ruhig reichlich, du brauchst Kraft, Elfriede, vielleicht darfst du heute ja bereits arbeiten«, sagte Helgas Mutter und bot ihr eine weitere Scheibe Brot an. »Ob sie Helga auch einstellen würden?« Sie drückte ihrer Tochter die Hand. »Ihr Englisch ist hervorragend. So ein paar Dollar könnten wir auch gut gebrauchen, trotz der Kondensmilch im Keller. Die Universität ist ja geschlossen. Und den halben Tag sitzen wir wegen der Ausgangssperre hier zu Hause, als wären wir im Gefängnis.« Ihr Blick ging durchs Esszimmerfenster hinüber zum ehemaligen Gestapohaus, als ob sie an die Kerkerzellen dort im Keller denken würde. Ob die Familie Sartorius über das Treiben dort Bescheid gewusst hatte?

Elfie konnte noch immer nicht aus dem Fenster sehen.

»Wie gerne würde ich noch einmal durch den Palmengarten schlendern«, wandte sich Frau Sartorius an Elfie und seufzte. »Wie verschwenderisch im Tropenhaus die Kamelien immer blühten, und die Orchideen! Ach, die Orchideen. Ich vermisse sie und ich vermisse die Ruhe und den Frieden dort.«

Als Elfie nach dem reichhaltigen Frühstück von der Lindenstraße aus in die Bockenheimer Landstraße einbog, erkannte sie schon von Weitem den meterhohen Maschendrahtzaun und den Stacheldraht obendrüber, der rund um ihr Heimatviertel verlief. Was die Army wohl alles zu verbergen hatte? Gefängnisse? Lager für Kriegsgefangene? Lebensmittel?

Neugierig lief sie zum Einlass an der Palmengartenstraße. Der Kontrollpunkt bestand aus einem schlichten Schlagbaum, den mehrere Soldaten bewachten. Daneben zimmerten zwei muskelbepackte GIs einen Unterstand.

Sie wandte sich an den Soldaten mit den meisten Streifen auf dem Ärmel und zeigte ihm mit klopfendem Herzen ihre frisch ausgestellte *temporary registration,* den neuen Ausweis, den sich alle Frankfurter im Besatzungsamt besorgen mussten. Neben ihrem rechten Daumenabdruck stand dort als Adresse der Bunker in Griesheim.

»Fischer, Elfriede, *Mister Lenze is waiting for me.*«

Ein kritischer Blick aus unergründlich braunen Augen, dann schob der Mann seinen Stahlhelm etwas höher.

»*Who*?«, fragte er und betrachtete Elfie und ihre Papiere genauer. Ein feiner Strich auf seiner weißen Haut zeugte davon, dass er sich beim Rasieren geschnitten hatte.

»*Mister Lenze, the leader of the Palmengarten.*«

Der Soldat wirkte einschüchternd, dabei war er gar nicht so groß, aber er hatte ein breites Kreuz. Auf einmal hatte sie den Duft nach Seife in der Nase. Seife, Zigaretten und – Bohnenkaffee!

»*Sergeant Campbell is the leader now*«, gab er barsch zurück. »*This area is off-limits for Germans. You need a permission,* Fräulein.« Und mit diesem *Fräulein* taxierte er sie provokant von oben bis unten.

Unwillkürlich streckte Elfie die Brust raus und schämte sich im nächsten Moment dafür.

»*No permission, no entry*«, wiederholte er.

Urplötzlich stand ein junger Mann neben Elfie. Sein Blick aus den wasserblauen Augen traf sie bis ins Mark. Neugierig, verschlossen und traurig zugleich. Elfie wurde es schlagartig heiß. Er reichte dem Amerikaner eine Karte. Dieser nickte, notierte etwas, gab ihm die Karte zurück und hob den Schlagbaum ein wenig.

Und als der Mann darunter hindurchschritt, fiel Elfie seine kurze schwarze Hose auf. Hitlerjugend, wenn auch etwas eng geworden. War er etwa noch gar kein Mann, sondern bloß ein Junge?

Auf einmal rannte Herr Lenze auf den Schlagbaum zu.

»*Corporal Taylor!*«, rief er und schwenkte ein Papier. »*Here, the permission for Miss Fischer.*«

Taylor verzog noch immer keine Miene. Erst als er den

Zettel genaustens studiert und Elfie in eine Liste eingetragen hatte, durfte sie endlich passieren.

»Hier geht alles sehr ordentlich zu!«, flüsterte Herr Lenze. »Hätte ich den Amis gar nicht zugetraut. Wir bringen dich jetzt erst mal zu Campbell.«

Elfie folgte ihm mit klopfendem Herzen.

Schon von Weitem erkannte sie, dass eine Bombe den Westflügel des Gesellschaftshauses getroffen hatte. Das Dach fehlte und die Fenster waren mit Pappe provisorisch abgedichtet worden.

Beim Anblick des Palmenhauses wurde Elfie ganz schlecht vor Mitleid und Wehmut. Anstelle des funkelnden Glasdaches ragte nur noch das schwarze Gerippe der Eisenstreben kahl in den Himmel und nicht ein grüner Palmwedel war zu sehen!

»Sergeant Major Campbell will heute die erfrorenen Palmen inspizieren«, erklärte Herr Lenze. »Ich befürchte das Allerschlimmste! Campbell soll früher Holzfäller gewesen sein. Holzfäller! Mein armer Palmengarten.« Kopfschüttelnd öffnete er die Tür zum Palmenhaus.

Alles hatte sich verändert. Anstelle wohligwarmer Stille, dem leichten Plätschern des Wasserfalles und dem süßen Duft der Blüten empfing Elfie staubige Kälte. Das grüne Paradies voller exotischer Düfte gab es nicht mehr. Es roch nach nichts, außer vielleicht nach den Zigaretten der Amerikaner, die gerade die vertrockneten Palmen fotografierten.

Fünf gestandene Männer, denen man ansah, dass sie nie einen einzigen Tag gehungert hatten. Einer überragte sie alle um Längen. Er deutete hier und dorthin und die anderen schüttelten traurig die Köpfe.

»Mister Lenze?«, rief der Hüne. »*What can we do?*«

Und Herr Lenze antwortete so fließend auf Englisch, dass Elfie nicht mitkam. Die anderen hatten Rolf oft gehänselt, weil er in London geboren worden war. Sein Vater hatte dort nach seinem Studium in den berühmten Kew Gardens erste Berufserfahrungen gesammelt. Sogar der Offizier zog anerkennend die Augenbrauen hoch, während Herr Lenze anscheinend über die internationale Bedeutung der botanischen Sammlungen des Palmengartens, über dringend notwendige Kohle, Strom und vor allem Fensterglas referierte.

Ob das der Holzfäller war? Sergeant Major Campbell? Das Gesicht voller Sommersprossen, die rotbraunen Haare leicht gewellt. Er hörte konzentriert zu, stellte ab und an Fragen, und es war offensichtlich, dass er nicht im Traum daran dachte, die befürchtete Axt an die Palmen oder die anderen Bäume im Park anzusetzen. Ganz im Gegenteil, er griff jeden Vorschlag von Herrn Lenze begierig auf und versprach, sich um die Kohle zu kümmern.

Und das alles, weil General Eisenhower im benachbarten IG-Farben-Haus das Hauptquartier aller alliierten und auch der US-Streitkräfte errichten wollte. Und wahrscheinlich war Holzfäller Campbell darüber hinaus ein großer Gartenliebhaber, das spürte Elfie, wenn sie auch nicht jedes Wort verstand.

Ins Gesellschaftshaus würde tatsächlich eine Truppenverpflegungsstelle kommen. Der Park sollte den Soldaten zur Erholung dienen. Wasser, Kohle, Glas, die Army würde sich um alles kümmern. Herr Lenze sollte das regeln – wenn er die politische Überprüfung bestand! Woran Elfie nicht eine Sekunde zweifelte.

Herr Lenzes Wangen begannen zu glühen, so sehr schien er sich über die guten Nachrichten zu freuen.

»Aber das schaffen wir nicht alleine«, sagte er auf Englisch. »Uns fehlt kriegsbedingt Personal. Vor allem im Büro, für die ganzen Bestellungen …« Er winkte Elfie zu sich heran.

»Hier ist die junge Dame, die ich Ihnen vorstellen wollte.« Sergeant Campbell drehte sich zu Elfie um.

»Sie sind Gärtnerin?«, fragte er erstaunt und betrachtete Elfies leichtes Sommerkleid und ihre dünnen Schuhe.

»Nein, äh«, stotterte Elfie. Auf Sergeant Campbells freundliches Lächeln war sie gar nicht vorbereitet. Er hatte blaue Augen und Grübchen in den Wangen, war aber bestimmt schon Mitte dreißig. »Ich bewerbe mich als Servierfräulein«, antwortete sie auf Englisch.

Sergeant Campbell lächelte immer noch. »Für Küche und Kasino haben wir genügend Personal. Ich dachte, Sie bringen eine Gärtnerin mit, Herr Lenze!«

»Nein, aber Fräulein Fischer ist ordentlich und kann nicht nur Englisch, sondern auch Schreibmaschine schreiben!«

Davon wusste Elfie gar nichts, aber sie nickte eifrig.

»Nein, keine Sekretärin, dafür ist das *Women's Army Corps* zuständig, wir brauchen Gärtner, sonst nichts.«

»Ich habe in Brandenburg im Gemüseanbau gearbeitet«, sagte Elfie schnell. Das klang bestimmt besser, als wenn sie vom Reichsarbeitsdienst anfinge, der als NS-Organisation von den Besatzern verboten worden war.

»Wir stellen nur Angehörige alliierter Staaten ein.«

»Aber …«, begann Herr Lenze, schwieg dann aber, als ob er sich über seinen eigenen Mut wundern würde.

»Ja, Herr Lenze?«

»Der Bursche von gestern. Klaus Bertram. Der ist doch auch Deutscher.«

»Das ist etwas anderes«, sagte Campbell unwirsch. »Ich kenne ihn, er ist ein guter, unschuldiger Junge.«

»Das ist Fräulein Fischer auch. Sie ist ordentlich und fleißig und scheut keine Arbeit. Sie hat weitreichende Erfahrung in Gartenarbeit und ihr Englisch ist ganz hervorragend! Was soll sie als Mädchen schon verbrochen haben?«

Seufzend schaute Campbell auf den vertrockneten Seerosenteich. »Wenn die Papiere stimmen ...«

Geschafft, sie wurde angestellt! Beinahe wäre Elfie Herrn Lenze vor lauter Dankbarkeit um den Hals gefallen. Sie hatte nie erwartet, dass der stets korrekte Botaniker bereit sein könnte, für sie zu lügen.

Sie erhielt noch genaue Instruktionen, dann durfte sie gehen.

»Enttäusch mich nicht«, flüsterte Herr Lenze ihr noch zu.

Aber das würde sie nie wagen.

8 – Elfie

Elfie war ganz aufgeregt. Sie hatte es tatsächlich geschafft und eine Arbeitsstelle bei der Army ergattert! Da brauchte Mutter sich endlich keine Sorgen mehr um die Lebensmittel zu machen.

Als Erstes sollte sie sich bei Miss Olsen in der Verwaltung melden, die immer noch in dem hellen Klinkergebäude in der Siesmayerstraße untergebracht war. Der einzige Unterschied war, dass jetzt eine amerikanische Fahne am Haus hing.

Die Haustür stand offen, es roch nach Zigaretten und aus einem der Büros drang schallendes Gelächter. Elfie klopfte an die erste Tür, dahinter tippte eine junge Frau in Uniform an einer Schreibmaschine. Sie trug knallroten Lippenstift, ihre platinblonden Haare unter der Schiffchenmütze waren in elegante Wellen gelegt.

»Miss Olsen?«, fragte Elfie erstaunt.

Die Frau nickte.

Elfie erklärte ihr ihr Anliegen. Die junge Frau holte aus einem Ablagekorb ein Formular, unter ihrem perfekt sitzenden Rock blitzten die schwarzen Nähte ihrer Seidenstrümpfe hervor. Ein leichter Parfümgeruch drang in Elfies Nase, und als die junge Frau sie mit diesen wunderschönen Lippen im perfekt zum Teint passenden Rotton anlächelte, ging Elfie das Herz auf.

Vorbei die Zeiten, in denen sie Ärger bekam, wenn sie

mit Lippenstift in den Frankfurter Cafés tanzen wollte … *ein deutsches Mädel schminkt sich nicht*. Bei den Amis durften sich sogar die Soldatinnen schminken! So elegant wie Miss Olsen wollte Elfie auch sein.

Sie reichte ihr ihren alten deutschen Ausweis, die neue *temporary registration* und ihr Arbeitsbuch, das jeder Deutsche stets hatte bei sich tragen müssen. Dort waren alle früheren Arbeitgeber eingetragen. Auch die Rüstungsfabrik und die Wehrmacht in Nürnberg. Hoffentlich bekam sie keinen Ärger deswegen. Sie hatte ja gar keine Wahl gehabt.

»BDM?«, fragte Miss Olsen.

Elfie nickte und reichte ihr auch noch ihr Mitgliedsheft.

Miss Olsen las sich alles in Ruhe durch, füllte Formblatt um Formblatt aus und gab Elfie am Schluss ihre *permission*. Die Erlaubnis, den *compound*, also den Sperrbezirk, betreten zu dürfen.

Dann lächelte sie Elfie freundlich an, senkte ihre tadellos manikürten Finger auf die Maschine und tippte weiter.

Nach der Anmeldung in der Verwaltung sollte sie sich in der Anzuchtgärtnerei melden, aber Elfie schaute zuerst voller Sorge bei den Pflanzenschauhäusern vorbei. Ob dort auch alles erfroren war?

Und tatsächlich: Wie beim Palmenhaus fehlte auch hier das Glas, und nur das eiserne Skelett der Gewächshäuser und der Mittelhalle ragten in den Himmel, wo sonst Affenbrotbäume, riesige Farne und Bananenstauden alles in Grün gefärbt hatten. Kein einziges Glasfenster schien den dauerhaften Bombardierungen standgehalten zu haben.

Vorsichtig trat Elfie ein. Die Beete und die hohen Tische, auf denen früher die exotischen Pflanzen prachtvoll wuchsen, waren leer. Der Seerosenteich war ausgetrocknet. Sie musste an Vater denken und ihren letzten gemeinsamen Besuch hier. Die arme *Victoria Amazonica*!

Da drangen Stimmen an ihr Ohr. Besser, sie verschwand hier.

Die Stimmen kamen aus dem Rosengarten. Sergeant Campbell und einige Arbeiter in schwarzer Kleidung diskutierten vor einem zauberhaften, versteckt hinter Bäumen liegenden Gebäude. Eilig ging Elfie weiter, nicht dass sie gleich am ersten Tag unangenehm auffiel.

Im Park atmete sie auf. Malerisch wie immer lag der Weiher umgeben von frühlingsgrünen Bäumen da, die Boote waren am Ufer vertäut, die Alpenhütte thronte auf dem kleinen Berg in der Morgensonne. In den Beeten reckten Tulpen und Narzissen ihre Blüten der Sonne entgegen, die blühenden Obstbäume wurden von summenden Bienen belagert und die Liegewiese zierten einige Gänseblümchen.

Jedenfalls dort, wo es die Liegewiese noch gab. Große Teile der Grünfläche waren umgegraben und zu Beeten umfunktioniert worden. Teilweise lagen sie brach, aber in manchen wuchsen bereits Setzlinge.

Zwischen den Reihen hackte der Junge, den sie am Schlagbaum gesehen hatte, Unkraut.

»Hallo, weißt du, wo ich Herrn Gessner finde? Ich soll mich bei ihm melden.«

Er hob den Kopf. Wieder diese wunderschönen Augen.

»Herr Gessner ist mit Campbell vorne an der Maschinenhalle.« Er wies in die Richtung, aus der sie gekommen war, senkte wieder den Kopf und hackte weiter.

Lag die Maschinenhalle etwa inmitten des Rosengartens? »Da störe ich besser nicht.« Sie schaute sich nach einer Sitzgelegenheit um. »Ich bin übrigens Elfie, ich soll hier als Gärtnerin arbeiten.«

Er reagierte nicht. Was für ein Stoffel. Er bearbeitete die Erde, als hätte sie ihm etwas angetan. Gärtner war der bestimmt auch nicht.

Seine kurze schwarze Hose war überm Knie zerfetzt und das karierte Hemd zu groß. Sie schätzte, dass er jünger war als sie. Vielleicht siebzehn. Bartwuchs hatte er noch keinen, aber er war groß und hatte breite Schultern. Und die allerschönsten Augen der Welt.

Sie strich sich über ihr dünnes Kleidchen. Wenn sie doch wenigstens die Arbeitsschuhe angezogen hätte! Sie hatte noch nicht einmal eine Schürze dabei. Dass sie im Garten arbeiten würde, damit hatte sie überhaupt nicht gerechnet, aber ihr war alles recht. Hauptsache, sie verdiente gutes Geld, um ihrer Mutter auf dem Schwarzmarkt wieder Milch oder Butter kaufen zu können. An Eier oder Fleisch wagte Elfie gar nicht zu denken.

Sie wollte den Jungen gerade weiter ausfragen, als sich Schritte näherten.

»Gib mir auch eine Hacke, dann mache ich mich schon mal nützlich!« Beim Faulenzen wollte sie nicht erwischt werden.

»Hol dir doch selbst eine. Die sind im Schuppen neben der Nordhalle«, sagte er, ohne mit dem Hacken aufzuhören. Was für ein unfreundlicher Kerl!

Und wo sollte die Nordhalle sein? Sie schaute sich genauer um und entdeckte hinter den hohen Büschen einige Gebäude. Ob er die meinte?

Als sie näher kam, erkannte sie, dass es sich bei den Gebäuden um Gewächshäuser handelte – deren Glasscheiben heil geblieben waren. Ein Gewächshaus war sogar von feuchtem Nebel beschlagen, so wie es manche Pflanzen liebten, und als Elfie hineinspähte, entdeckte sie all die Pflanzen, die sie sonst in den Blütenschauhäusern bewundert hatte. Kleinere Palmen und Farne, Bromelien und Orchideen, Sukkulenten und so viele mehr, deren Namen sie nicht kannte. Das Gewächshaus war so voll, dass man kaum zwischen den Tischen und Pflanzkübeln hindurchlaufen konnte. So viele Pflanzen waren gerettet worden!

Nur die großen Palmen hatte der Frost erwischt, die hatte man schließlich nicht einfach ausgraben und hierherbringen können. Zu schade aber auch.

Die schlichten und funktionalen Gewächshäuser wurden links und rechts durch zwei Hallen miteinander verbunden. Dem Sonnenstand nach befand sich rechts die Nordhalle.

Im Schuppen daneben fand sie die Gartengeräte. Sogar Arbeitskittel und Strohhüte! Dann würden wenigstens nur die Schuhe unter der Gartenarbeit leiden.

Aber sie war froh, Arbeit zu haben. Vielleicht konnte sie dadurch sogar Lebensmittelmarken für Schwerarbeiter bekommen, das waren fünfhundert Kalorien pro Tag mehr. Und die konnten Mutter und sie dringend gebrauchen. Schließlich war die Arbeit hier anstrengender als im Büro.

Als sie zurückkam, unterhielt sich gerade ein älterer Mann

mit sonnengegerbter Haut, Strohhut und dunklem Arbeits-kittel mit dem Burschen, dessen Namen sie immer noch nicht wusste. Elfie atmete tief durch, ging zu ihnen und stellte sich vor.

Herr Gessner schaute sie abschätzig an. »Haben Sie sich da nicht zu viel vorgenommen, junges Fräulein?« Sein Hitler-bärtchen bebte.

»Ich bin harte Arbeit gewöhnt.«

Sein Blick glitt über ihr dünnes Kleid.

»Na gut, wenn Herr Lenze es so haben will. Noch so ein Protegé!« Er schaute ärgerlich zu dem Burschen hinüber. »Bitte arbeiten Sie mit Klaus Bertram zusammen, bis zum Mittag muss das Unkraut raus sein. Am Nachmittag werden wir die Wirsing- und Kohlrabisetzlinge auspflanzen.«

»Kohlrabi?«, sagte sie erstaunt. Sie hatte erwartet, dass in den Beeten Blumensetzlinge wachsen würden.

»Natürlich, wir bauen schon den ganzen Krieg über Ge-müse für die Städtischen Krankenhäuser an!«

»In Frankfurt ist der Krieg doch vorbei«, sagte Elfie.

»Trotzdem muss das Unkraut raus aus den Beeten.« Herr Gessner stapfte energisch davon, und Elfie fiel auf, dass er ein steifes Knie hatte.

Klaus hieß er also, der eifrige Unkrautbekämpfer. Hatte nicht schon Herr Lenze mit Sergeant Campbell über ihn ge-redet? Ob die beiden sich wohl kannten? Merkwürdig.

»Bist du Gärtner, Klaus?«, fragte Elfie das Naheliegendste, um mehr aus ihm herauszubekommen.

Doch der schüttelte nur den Kopf.

»Ob wir dann von dem Kohlrabi was abbekommen? Was

bauen sie denn für die Krankenhäuser noch an? Obst?« Elfie reckte den Kopf. »Da blühen ja Himbeerbüsche! Und Erdbeeren!« Ihr lief das Wasser im Mund zusammen.

Von Klaus keine Reaktion.

Seufzend setzte Elfie ein kleines Stück entfernt von Klaus die Hacke an und zog sie möglichst flach durch die trockene Erde, um das Unkraut am Wurzelhals zu durchtrennen. So, wie es ihr die Bäuerin in Brandenburg gezeigt hatte. Die Vogelmiere hatte sich schon ziemlich ausgebreitet, aber die Erde war zum Glück trocken, und sie erwischte mit einem Schwung viele Pflanzen.

»Du musst tiefer hacken«, mischte sich Klaus ein.

Elfie konnte es nicht leiden, wenn ihr jemand etwas vorschreiben wollte, der offensichtlich keine Ahnung hatte. Vor allem Männer neigten dazu. Und Klaus war noch nicht mal ein Mann!

»Nein, flach, um die grünen Blätter von der Wurzel zu trennen«, erklärte sie und richtete sich auf.

»Herr Gessner will, dass wir tief hacken, um den Boden zu lüften.« Klaus hackte wütend weiter.

»Wie oft hast du schon im Garten gearbeitet?«, fragte sie.

»Ich mache, was man mir sagt.«

»Ach, so einer bist du, immer schön den Befehlen anderer folgen? Und jetzt haben wir den Salat!«

»Kohlrabi, keinen Salat. Und Wirsing!«

Der war ja völlig humorlos. Bestimmt so ein fanatischer Pimpf, der noch in den letzten Kriegstagen geglaubt hatte, den Sieg herbeiführen zu können. Sie kannte diese Typen. Grauenhaft!

»Wie alt bist du?«, fragte sie geradeheraus.

»Was geht dich das an?«, blaffte er zurück.

»Neugier, reine Neugier. Und woher kennst du Campbell?«

»Bist du zum Arbeiten hier oder zum Reden?«

Elfie zog die Hacke durch die Erde und schwieg. Eigentlich konnte ihr der Miesepeter herzlich egal sein.

9 – Klaus

Verstohlen sah Klaus zu der jungen Frau in ihrem Blümchenkleid und fragte sich, was die hier wollte. So hübsch, wie sie
war, brauchte sie doch gar nicht hier in der dreckigen Erde
herumzuwühlen. Jetzt hob sie den Kopf und schaute zu den
Amerikanern hinüber, die durch den Park schlenderten. Bestimmt wollte Elfie sich einen Soldaten angeln. Elfie! Was für
ein affiger Name.

Aber sie arbeitete schnell, und dass sie sich besser als er
auskannte, wurmte ihn natürlich. Gessner hatte ihn gestern
schon so merkwürdig angesehen, als Campbell ihn zum Arbeiten herbrachte. Als ob er ihm angesehen hätte, dass er von
Gartenarbeit keine Ahnung hatte. Wie er hacken sollte, hatte
er ihm auch mit keinem Wort erklärt, das hatte er eben nur
behauptet, um sein Gesicht zu wahren. Ob diese Elfie recht
hatte und er es falsch machte?

Vielleicht hätte er doch besser mal einen der anderen Gärtner gefragt. Wettergegerbte Männer, die zu alt für die Front
gewesen waren oder wie Lenze wichtige Positionen innege-
habt hatten. So ganz fehlte Klaus noch der Überblick. War
auch gar nicht wichtig, lange würde er sowieso nicht bleiben.

Lebensmittel hatte er gestern jedenfalls keine ergattern
können, dafür aber Lebensmittelmarken. Jetzt brauchte er
nur noch Zeit, damit er sich bei den Geschäften anstellen

konnte. Die eine Stunde zwischen Feierabend und Ausgangssperre reichte dafür nicht aus. Aber er hatte sowieso kein
Geld. Wenn die Soldaten ihm wenigstens Zigaretten schenken würden!

Nun schaute er schon genauso sehnsüchtig wie diese Elfie
zu den Soldaten. Wenn Campbell nicht darauf bestanden
hätte, würde er wieder frei wie ein Vogel durch die Trümmer
ziehen. Es war gefährlich hier, das spürte er. Was, wenn sie
seine wahre Identität herausfanden?

Besser, er nahm wieder die Hacke. Dummerweise zitterten
heute seine Hände besonders stark. Das schwankte von Tag
zu Tag. Aber wenn er die Hacke in Händen hielt, sah man es
eigentlich kaum.

Elfie zog die Hacke eher durch die Oberschicht des Bodens,
als Löcher zu graben wie er. Als er es ihr nachmachte, kam er
auch viel schneller vorwärts.

Da erklang ein Pfeifen in der Stille.

Klaus fuhr zusammen, sein Herz schlug bis zum Hals.

Doch es war nur Elfie, die ganz vergnügt eine merkwürdige
Melodie vor sich hin pfiff.

»Was soll das?« Der Spruch seiner Oma kam ihm in den
Sinn: *Mädchen, die pfeifen, und Hühner, die krähen, soll man
beizeiten die Hälse umdrehn.*

»Ach nichts, war mir nur so durch den Kopf gegangen. Bist
du aus Frankfurt?«, fragte sie schon wieder neugierig. »Vielleicht haben wir ja gemeinsame Freunde.«

Wehe, wenn das der Fall war. Elfie jedenfalls kannte er auf
gar keinen Fall, an diese dunkelbraunen, leicht schräg stehenden Augen, den biegsamen Körper und die in der Sonne fun-

kelnden kastanienbraunen Haare würde er sich erinnern. Sie war nicht vordergründig schön, aber hatte eine Ausstrahlung, die eine ungeahnte und vor allem völlig unnötige Sehnsucht in ihm entfachte.

»Ich bin auf die Viktoriaschule gegangen, und du?«, bohrte sie weiter nach.

»Jedenfalls nicht auf so eine Feine-Pinkel-Schule.« Erleichtert zog er wieder die Hacke durch die Erde. Die Viktoriaschule war eine Oberschule für Mädchen hier im reichen Westend, er war aber nur auf der Volksschule in Sachsenhausen auf der anderen Mainseite gewesen.

»Oder kennst du vielleicht meinen Bruder Walter?«, fragte sie weiter. »Jahrgang 24, zwei Jahre älter als ich. Groß, braune Haare und ein Muttermal hier am Kinn. Alle haben immer Jimmy zu ihm gesagt. Nach der Volksschule hat er eine Lehre zum Steuerfachgehilfen gemacht.«

Er brummte eine Verneinung. Hoffentlich gab sie jetzt auf.

Mittlerweile erzählte Elfie irgendwas über Herrn Lenze. Ohne Beziehungen lief offensichtlich auch bei den Amis nichts. Von wegen Demokratie und gleichen Rechten für alle. Klaus hackte seine Sorgen in die Erde und bekam von Elfies Geplapper gar nicht mehr richtig was mit. Hauptsache, sie kannte ihn nicht.

Vorhin hatte er in einem der Gewächshäuser Kochtöpfe gefunden. Wozu die wohl gebraucht wurden? Vielleicht schaffte er es ja, einen hinauszuschmuggeln. Vorerst würde er im Keller der Ruine in der Bockenheimer Landstraße bleiben und in der Küche im ersten Stock gab es einen Kohleofen. Nur Töpfe waren keine mehr da gewesen.

»Wie viel kriegen wir denn bezahlt, weißt du das?«, riss Elfie ihn aus seinen Gedanken.

»Siebenundsiebzig Pfennig die Stunde.«

»Was?«, rief Elfie. »Pfennig?«

»Die Stunde. Das sind sechs Reichsmark sechzehn am Tag und sechsunddreißig Reichsmark sechsundneunzig die Woche.«

»Ja, aber Mark! Ich dachte, wir werden in Dollar bezahlt!«

»Dollar? Fürs Unkrautjäten?« Er richtete sich auf. »So blöd kann man doch gar nicht sein.«

»Reicht dir das etwa?«

Auf einmal näherten sich Stimmen, eine Gruppe GIs lief auf sie zu.

»Was wollen die denn?«, fragte Elfie und zupfte wie erwartet ihr Kleid zurecht, sodass ihr Busen besser zur Geltung kam. Ein ziemlich schöner Busen. Hatte er es sich doch gedacht, dass sie gar nicht im Garten arbeiten wollte, sondern ganz anderes im Sinn hatte.

»Keine Ahnung.« Klaus hatte nur noch Augen für Elfie.

Da baute sich der größte der Soldaten vor ihnen auf und schrie sie wüst an. Klang nach Beschimpfungen. Klaus konnte nur sehr schlecht Englisch. Eigentlich fast gar nicht.

»*You know, what you are?* Untermenschen!« Den Kleineren mit Eimer und Pinsel in der Hand verstand Klaus besser.

Der Dritte schwenkte eine Rolle Papier und spie vor die Füße von Klaus.

Klaus ließ entsetzt die Hacke sinken.

Aufgrund der Gesten und weniger Wörter wie *go* verstand er, dass sie abhauen sollten. Aber wieso?

Elfie brachte offensichtlich einige Entschuldigungen hervor, doch die Männer schimpften immer weiter, und sie verstummte und senkte den Blick. Dann wies sie mit dem Kopf auf den Schuppen und ging voraus. Er folgte ihr, die Soldaten lachten und johlten, als hätten sie einen weiteren Sieg errungen.

»Was wollten die?«, fragte Klaus, sobald sie außer Sichtweite waren.

»So genau weiß ich es auch nicht. Sie haben lauter Orte aufgezählt. Dachau, da war ein Gefängnis, oder? Und Buchenwald und Auschwitz«, flüsterte sie. »Das muss in Schlesien sein. Aber wieso sie uns wegen dieser Orte beschimpft haben, weiß ich nicht. Waren dort irgendwelche Schlachten? Aber die Amerikaner waren doch gar nicht in Schlesien. Die Soldaten wollen, dass wir aus dem Palmengarten verschwinden.«

»Schlesien ...« Er brach ab. Hatte plötzlich Bilder vor Augen. Bilder, die ihn nachts nicht schlafen ließen.

»Ich gehe.« Er war es nicht wert, hier arbeiten zu dürfen.

»Ich komme mit.« Sie stellte ihre Hacke neben seine. Bestimmt wollte sie nur weg, um woanders an Dollars zu kommen.

Schweigend räumten sie auf und schlichen Richtung Haupteingang und amerikanischem Kontrollpunkt. Klaus wäre am liebsten unauffällig durch einen der kleineren Nebenausgänge verschwunden, aber er hatte gestern schon feststellen müssen, dass die versperrt waren.

Am Weiher trafen sie den Obergärtner. Der ältere, sehnige Mann hatte gestern sehr erstaunt auf Campbells Idee, Klaus einzustellen, reagiert. Vielleicht hatte ihn das erst dazu bewogen, diese Elfie mitzubringen.

Aber wozu machte er sich Gedanken. War doch alles egal. Am besten, er haute ab, bevor sie seinem Geheimnis auf die Schliche kamen.

»Seid ihr mit der Beetvorbereitung schon fertig? Dann wendet euch bitte an Herrn Gessner, ich muss mich ums Palmenhaus kümmern.«

»Wir sollen gehen.« Elfie schaute auf ihre Fußspitzen.

»Mittag ist erst um zwölf, Elfriede.« Lenze sah auf seine Armbanduhr.

Jetzt wusste Klaus wenigstens, dass *Elfie* eine stinknormale Elfriede war und sich ihr Vorname gar nicht wie der eines Westend-Mädchens anhörte. Die hießen doch Vera, Charlotte oder Eloise.

»Die Amerikaner wollen, dass wir gehen«, sagte sie, noch immer mit gesenktem Blick.

»Aber wieso? Sind deine Papiere doch nicht in Ordnung?« Kopfschüttelnd sah er zum Verwaltungsgebäude hinüber.

»Sie haben uns beschimpft und weggeschickt«, erklärte Elfie. »Wissen Sie, was die mit *Auschwitz* meinen?«

»Oh.« Lenze wurde rot. »Du hast davon noch nichts gehört?«

Elfie zuckte ratlos mit den Schultern.

Lenze sah zu Klaus. »Und du?«

Er schüttelte den Kopf, obwohl er es ahnte. Über seine Erlebnisse in Schlesien würde er aber kein Wort herausbekommen.

»Wie soll ich das erklären …« Lenze wirkte hilflos. »In

Auschwitz ist etwas unvorstellbar Schreckliches geschehen.« Er zog sich den Strohhut vom Kopf. »Am besten, ich bringe euch die *Frankfurter Presse* mit, da steht das alles gut erklärt drin.« Er holte tief Luft. »Aber wir brauchen euch hier! Lasst euch nicht verunsichern. Also: Abmarsch!« Lenze lächelte sie auf einmal aufmunternd an. »Pause ist von zwölf bis um eins, gearbeitet wird bis fünf, jeden Tag acht Stunden, sonntags habt ihr frei, ihr Glücklichen. Wir Gärtner müssen auch am Sonntag ran, selbst wenn es keinen Publikumsverkehr gibt. Die Natur kennt keinen freien Tag, die Gewächshäuser müssen jeden Tag betreut werden, und je nach Witterung auch die Außenanlagen. So ein Paradies bedarf der intensivsten Pflege, aber der Dank sind ja die Blumen und der nahrhafte Ertrag. Oder wollt ihr lieber Steine schleppen?«

Klaus war sich nicht sicher, ob er wirklich bleiben sollte. Eigentlich hatte er ja nicht vorgehabt, die Hacke zu schwingen. »Campbell wollte, dass ich hier arbeite.«

»Na, siehst du!«, sagte Lenze und legte ihm die Hand auf die Schulter. »Er scheint das Herz auf dem rechten Fleck zu haben. Und nur auf ihn kommt es an.«

Elfie seufzte. »Na gut, probieren wir es.«

»Na also! Meine Frau hat gestern Maisgrieß ergattern können, das essen die Amerikaner wohl gerne. Sie will heute Mittag ausprobieren, was man daraus kochen kann. Wie wäre es, wenn ihr beiden Hungerhaken bei uns im Gärtnerhaus vorbeikommt?«

Klaus lief das Wasser im Mund zusammen. Gestern hatte es schon so verführerisch aus dem Wohnhaus hinter der Anzuchtgärtnerei geduftet.

»Aber eines dürft ihr auf keinen Fall vergessen! Eure Zutrittsgenehmigung gilt nur für den Palmengarten, ihr dürft nicht ins besetzte Wohngebiet oder gar zum IG-Farben-Haus laufen, ist das klar? Keine Besuche in eurer alten Wohnung, Elfie!«

Sie nickten und gingen langsam zurück. Irgendwie fand Klaus das Schweigen jetzt unangenehmer als am Anfang, als jeder seinen Gedanken nachhing.

»Der Lenze ist in Ordnung«, sagte er daher. »Woher kennst du ihn?«

»Hast du vorhin nicht zugehört? Bis sie den Sperrbezirk errichtet haben, war er unser Nachbar. Wir wohnten gegenüber vom Seiteneingang in der Siesmayerstraße. Meine Mutter und ich konnten gerade noch so zwei Feldbetten in einem Bunker in Griesheim ergattern.«

»Und der Obergärtner wohnt jetzt hier!« Klaus wies auf die malerische Landschaft rund um den Weiher. »Typisch.«

»Es wäre ja auch idiotisch, wenn er immer eine Stunde brauchen würde, wenn hier Not am Mann ist.«

»Was soll in einem Garten schon passieren?«, fragte Klaus.

10 – Elfie

Reihe um Reihe zog Elfie die Hacke durch die trockene Erde und musste an die Vorwürfe der amerikanischen Offiziere denken. Sie hatten sie als Untermenschen beschimpft und der eine sogar weinend von seiner jüdischen Familie erzählt, die in Polen gestorben sein musste. In Auschwitz.

Irgendwo hatte sie diesen Namen schon einmal gehört, aber es wollte ihr einfach nicht mehr einfallen. Ihre erste Reaktion auf diesen Namen war Angst gewesen. Aber warum?

Hoffentlich fiel es ihr wieder ein. Sie hatte doch sonst so ein gutes Gedächtnis und die Stadt war offensichtlich wichtig.

Mittlerweile brannte die Sonne vom Himmel, und die Haare, die ihr ständig ins Gesicht fielen, nervten. Morgen musste sie sich unbedingt einen Zopf binden.

Während sie sich die Haare hinter die Ohren strich, fiel ihr Blick wieder auf Klaus.

»Du machst es immer noch falsch«, raunzte sie ihn an. »Wenn du solche Löcher gräbst, werden wir nie fertig.«

Er schaute sie mit undurchdringlicher Miene an. »Gib dir keine Mühe, morgen bin ich sowieso weg.«

»Wo geht's hin?«

»Du bist neugierig.«

»Na und. Mir völlig egal, ob du bleibst.«

Klaus ließ die Hacke sinken und wischte sich den Schweiß

von der Stirn. »Du bist doch morgen auch längst woanders, oder? Du siehst eher nach einer Bedienung in einer Bar aus.«

»Was hältst du denn von mir?«, brauste sie auf. »So eine bin ich nicht.«

Ein spöttisches Grinsen umspielte seine Lippen.

»Wer bist du denn dann?«, fragte er.

Wenn sie das wüsste. Von Vaters Sonnenschein bis hin zur Flakhelferin war es ein weiter Weg gewesen. Jetzt sagten alle *Fräulein* zu ihr, aber das klang nach biederer Tanzschule und Benimmkursen, oder, noch schlimmer: nach dem *Frowlein,* wie es die GIs riefen, wenn sie nach Begleitung suchten.

»Und du?«, fragte sie. »Wer bist du?« Sie sah ihm direkt ins Gesicht, suchte nach Antworten. Doch seine Miene blieb verschlossen, die wasserblauen Augen verdunkelten sich. Als ob er ein Geheimnis hätte.

»Wie viel Uhr ist es überhaupt?«, erwiderte er stattdessen und deutete auf ihre schmale Armbanduhr.

»Mist, bereits fünf nach zwölf.«

Sie wollte Frau Lenze nicht verärgern und unpünktlich sein. Eilig stellten sie ihre Hacken ordentlich an die Gewächshauswand. Klaus zeigte ihr eine Waschgelegenheit, dann gingen sie gemeinsam zum Gärtnerhaus hinter der Anzuchtgärtnerei.

Es war ein helles zweistöckiges und vor allem unversehrtes Wohnhaus mit rotem Giebeldach. Aus einem Fenster im ersten Stock duftete es süß nach warmer Milch! Obwohl sie bei Helga gefrühstückt hatte, knurrte Elfies Magen.

Die Wohnung war klein, die Möbel einfach, jedenfalls einfacher als die Teakholzmöbel in Lenzes Wohnung. Ihre

Sachen hatten auch sie nicht mitnehmen können. Nur der französische Cognac auf der Anrichte stammte bestimmt von Herrn Lenze.

In der einfachen Küche rührte Frau Lenze in einem Topf. Um die früher so aufwendig frisierten Haare hatte sie ein Kopftuch und über ihr Taftkleid eine Schürze gebunden.

Von der Haushälterin keine Spur.

»Entschuldigen Sie bitte, dass wir zu spät kommen«, gab Klaus auf einmal den galanten Herrn, bevor Elfie überhaupt den Mund aufmachen konnte. »Ich bin Klaus.« Er reichte ihr die Hand.

Da bekam der Stoffel ja doch den Mund auf. Nur nicht ihr gegenüber. Als ob er was gegen Elfie hätte.

»Hallo, Frau Lenze«, sagte Elfie und gab ihr auch die Hand.

»Ach, mein Kind, wie schön, dass mein Mann sich um dich kümmern konnte, da lebt die Hausgemeinschaft doch weiter, auch wenn wir in alle Winde verstreut wurden. Hoffentlich dauern diese Beschlagnahmungen nicht allzu lange!« Sie wandte sich wieder dem Topf zu und rührte emsig weiter.

»Wusstest du schon, dass in unsere Wohnungen Offiziere einquartiert wurden?«

Elfie schüttelte den Kopf.

»Die Offiziere müssen ganz schön merkwürdig sein. Wir mussten alles dalassen und die werfen jetzt die Decken und Kissen und sogar die Bücher aus dem Fenster, weil sie Angst vor Bakterien haben!«

»Bei uns auch?« Voller Sorge musste Elfie an Walters Grammofon denken.

»Wenn man das nur wüsste, aber wir dürfen ja nicht nachsehen. Dann gibt es nur Ärger.«

»Kann ich schon mal den Tisch decken?«, fragte Klaus.

»Natürlich, du bist ein guter Junge, dass du daran denkst. Ist alles dort im Schrank.« Sie deutete auf einen Holzschrank, dessen Glasfenster mit rot kariertem Stoff bespannt waren. Elfie preschte vor und holte die Teller raus, Klaus kümmerte sich um die Löffel.

»Aber müssen die nicht noch kämpfen?«, fragte Klaus. »Der Krieg ist doch noch gar nicht zu Ende!«

»Glaubst du etwa auch noch an den Endsieg?«, fuhr Elfie Klaus an.

»Nein! Ich will, dass die Amis gewinnen, aber wie soll das gehen, wenn die Soldaten im Westend Urlaub machen?«

»Das ist nicht unsere Entscheidung.« Mit verkniffenem Mund hob Frau Lenze den Topf vom Kohleofen. Elfie legte schnell einen Topfuntersetzer auf den Tisch und schon stand das Essen auf dem Tisch.

Elfie kannte Frau Lenze aber lange genug, um ihr den Unmut über die zusätzlichen Esser anzumerken. Niemand hatte genug!

»Wie gut, dass das Gärtnerhaus leer stand.« Frau Lenze befüllte die Teller mit einem dicken, süß duftenden Brei. »Bis jetzt waren hier die Mädchen vom Kriegshilfsdienst untergebracht, die als Trambahnschaffnerinnen gearbeitet hatten. Die sind jetzt aber natürlich alle wieder zu Hause. So, ich hoffe, es schmeckt. Maisgrieß, Saccharin und Magermilch.«

Der Brei war lecker, erinnerte an Grießbrei und machte schnell satt. Elfie aß voller Begeisterung.

»Und wo wohnst du, Klaus?« Frau Lenze reichte ihm ein Glas Wasser. »Geht es deiner Familie gut?«

Der nickte mit vollem Mund. »Alles bestens, keine Verluste zu beklagen, gnädige Frau.«

»Wie alt bist du?«

»Fünfzehn«, erklärte er.

Fünfzehn erst? Elfie betrachtete ihn erstaunt. Sie hätte ihn auf siebzehn geschätzt. Aber das machte der Krieg. Während die einen vor lauter Hunger klein und schmächtig blieben, mussten die anderen früh erwachsen werden.

»Deine Mutter wird so froh sein, dass du nicht an die Front musstest.« Frau Lenze tupfte sich die Augenwinkel mit einem Taschentuch trocken. »Wenn ich da an Rolf denke! Wenn wir ihm nur schreiben dürften! Aber die Militärregierung hat jedweden Postverkehr verboten.«

Elfie nickte. »Wir wissen auch nicht, was mit Vater oder Walter ist. Aber meine Mutter und ich sind voller Zuversicht. Unkraut vergeht nicht.«

Jetzt musste Frau Lenze sich auch noch die Nase putzen.

Zu gerne hätte Elfie nach einem Nachschlag gefragt, wagte es aber nicht. Auch Klaus schwieg, obwohl er seine Portion noch schneller als Elfie aufgegessen hatte. Frau Lenzes Teller war leer geblieben. Herr Lenze war noch nicht zum Essen erschienen.

»Der Brei war sehr lecker, Frau Lenze, vielen Dank«, sagte Klaus und stand abrupt auf. »Wir sollten jetzt weiterarbeiten.«

Gute Idee, bloß weg hier. Sie sah Frau Lenze an, dass sie immer noch an Rolf dachte und nur mit aller Gewalt ihre Tränen zurückhalten konnte.

Klaus nickte Frau Lenze noch einmal zu, Elfie gab ihr die Hand, schon waren sie draußen und zogen ihre verdreckten Schuhe wieder an.

Am Nachmittag sagte Elfie Herrn Gessner, dass sie wegen der Ausgangssperre leider nicht immer pünktlich sein könne, die fehlende Arbeitszeit aber natürlich nacharbeiten werde. Als er hörte, dass sie aus Griesheim hierherlaufen musste, war er damit einverstanden und zeigte ihr und Klaus, wie sie die zarten Kohlrabi- und Wirsingsetzlinge in die Erde pflanzen sollten.

Noch immer schwieg Klaus. Natürlich ging es Elfie nichts an, wo er herkam, auf welcher Schule er gegangen, wo er die vergangenen Jahre gewesen war. Aber es gefiel ihr nicht, dass sie ihn überhaupt nicht einschätzen konnte, nicht wusste, was sie sagen oder besser verschweigen sollte. Auf den ersten Blick wirkte er zwar wie ein braver Duckmäuser, aber je länger er schwieg, desto mehr befürchtete sie, dass er irgendetwas verheimlichte.

Pünktlich um fünf lief sie zum Hauptausgang. Sie hatte es eilig, in einer Stunde fing die Ausgangssperre an und sie musste noch bei Helga ihre Sachen holen.

Das Wachhäuschen an der Schranke war fertig, auf einem Schild stand groß *Stopp!*

Noch immer hatte der Offizier mit der sonnengegerbten Haut und den dunklen Augen Dienst. Corporal Taylor, wenn sie sich richtig erinnerte. Ob er sie auch beschimpfen würde?

Aber er schwieg, während er ihr mit unergründlicher Miene direkt ins Gesicht schaute. Dann wies er auf die Litfaßsäule mit den Verlautbarungen der Militärregierung.

»*Have a nice evening*«, sagte er zum Abschied, aber es klang, als ob er es nicht ernst meinen würde.

Als Elfie hinübersah, erkannte sie ein auffälliges Plakat über den zerfetzten Durchhalteparolen.

Diese Schandtaten – eure Schuld stand ganz groß über einer Ansammlung von Fotos. Neugierig und mit einem beklommenen Gefühl ging sie näher.

Ihr habt ruhig zugesehen und es stillschweigend geduldet, las sie. Daneben Fotos, die absolut Ungeheuerliches zeigten: Wie Holz gestapelte Leichen, zu hohen Bergen aufgetürmt, unzählige. Und in der Mitte der anklagende Blick eines zu einem Skelett abgemagerten Mannes. Buchenwald, Dachau, Bergen-Belsen und viele andere Orte wurden aufgezählt. Dort waren anscheinend Menschen auf grausame Weise von den Deutschen umgebracht worden.

Das ist eure große Schuld – ihr seid mitverantwortlich für diese grausamen Verbrechen!

Elfie wurde schlecht. So etwas Schreckliches ... wie war das möglich? Ihr Hals schnürte sich zu. Kein Wunder, dass die Amerikaner sich so abweisend verhalten hatten.

»Ich habe davon nichts gewusst!«, rief neben ihr eine ältere Frau im Wollkostüm.

Aber Elfie erinnerte sich an einen Tag vor vielen Jahren. Es musste 1941 gewesen sein. Da wurden ihre jüdischen Nachbarn mit einem Schild um den Hals und unter Bewachung der Gestapo aus dem Westend abgeführt.

Ihre Mutter war froh gewesen, dass das *Gesocks* endlich weg war. Elfie jedoch stellte sich vor, Benny Goodman wäre einer von ihnen gewesen, hätte ein schreiendes Kind an der einen Hand, einen Koffer in der anderen gehabt und seine Heimat verlassen müssen.

Aber dann hatte sie nicht mehr daran gedacht. Aus den Augen, aus dem Sinn, so sagte man doch.

Und als Bobby später von Gerüchten erzählte, dass die Juden ermordet werden würden, hatte sie ihm nicht geglaubt.

Wie hatte sie nur wegschauen können? Die armen, armen Menschen. Und sie hatte Swing getanzt und sich für mutig gehalten. Aber was hätte sie tun können? Wäre sie alleine nicht machtlos gewesen?

Trotzdem fühlte sie sich unendlich schuldig und schämte sich, dass sie als Mädchen selbst an diesen Hass auf die Juden und die Überlegenheit der Deutschen geglaubt hatte.

Auf einmal fiel ihr wieder ein, wann sie das erste Mal von *Auschwitz* gehört hatte: Im Klapperfeldgefängnis! Da wurden beim Morgenappell immer diejenigen aufgerufen, die woanders hingebracht wurden. Elfie musste zur Gestapo in die Lindenstraße – und einige jüdische Frauen, die sie an ihrem Zwangsvornamen *Sara* erkannte, nach Auschwitz.

Wie totenbleich die Frauen geworden waren, wenn sie ihren Namen hörten. Die hatten gewusst, was Auschwitz bedeutete.

Ein Tippen auf ihre Schulter riss Elfie aus ihren Gedanken. Erschrocken fuhr sie mit dem Kopf herum. Helga stand hinter ihr, aschfahl im Gesicht, die Lippen blutleer, die Augen feucht. Sie trug einen zerschlissenen Kittel über einer Männerhose und einen alten Pullover, die Haare unter einem Kopftuch versteckt, und roch nach Kalk und Steinen. Bestimmt hatte sie irgendwo beim Trümmerschleppen geholfen und war gerade auf dem Nachhauseweg.

Hinter Helga wischte Klaus sich mit dem Handrücken über die Augen. Das ganze Gesicht war verheult. *Ein deutscher Junge flennt nicht*, vernahm sie sofort Vaters Stimme. Aber ihr gefiel es, dass Klaus weinte. Wenn sie auch nichts über ihn wusste – ein mitfühlendes Herz hatte er zumindest.

Ohne sie anzusehen, schlurfte er an ihr vorbei und verschwand in der Ruine des Eckhauses zur Beethovenstraße.

»Ist das nicht schrecklich?« Helga deutete auf das Plakat. »Ich kann gar nicht hinsehen.« Sie fummelte ein Taschentuch aus ihrer Rocktasche und betupfte sich die Augen. »Zum Glück hat Annemarie es noch rechtzeitig rausgeschafft.«

»Annemarie?«, fragte Elfie. Sie kannte niemanden mit diesem Namen.

»Komm, lass uns gehen. Ich muss dir was erzählen.« Helga fasste Elfie am Arm und lenkte ihre Schritte langsam die Bockenheimer entlang zur Lindenstraße.

»Hast du schon mal was von Familie Stern gehört, der früher euer Haus gehört hat?«

Elfie schüttelte den Kopf. »Du meinst, bevor Herr Mauersberger es kaufte?«

Helga räusperte sich. »Ja, das waren Freunde meiner Eltern. Er war auch Mathematikprofessor. Seine Eltern haben das Haus gebaut. Die Universität hat ihn gleich 33 entlassen, sie sind dann sehr früh emigriert. Meine Eltern haben mir erzählt, dass sie das Haus weit unter Wert an Herrn Mauersberger verkaufen mussten. Der war früher nur ein kleiner Stoffhändler und ist erst durch die Nazis so erfolgreich geworden!«

»Das wusste ich nicht.«

»Deine Eltern werden es dir wohl auch kaum erzählt

haben. Und meine hatten mir verboten, über Sterns zu reden, damit wir uns nicht selbst in Gefahr bringen.« Sie seufzte. »Annemarie war meine beste Freundin. Von einem Tag auf den anderen reisten sie ab, wir Kinder durften ja vorher nichts davon wissen. Sie leben jetzt in Princeton, das ist in der Nähe von New York.«

Elfie erinnerte sich, wie traurig Helga sie angesehen hatte, als Elfie an ihrem ersten Schultag in der Viktoriaschule den leeren Platz neben Helga angesteuert hatte.

»Hat sie neben dir gesessen? Da, wo später ich saß?«

Helga nickte seufzend.

»Und in ihrem Haus habe ich auch gelebt.« Elfie dachte an die Plakate. »Sie hätte eine von ihnen sein können.«

»Mauersbergers sind dann in ihre Wohnung gezogen und kündigten allen jüdischen Mietern. Deshalb war die Hausmeisterwohnung frei.«

Wieder musste Elfie an die verzweifelten Frauen im Gefängnis im Klapperfeld denken. Als ob sie gewusst hätten, was mit ihnen geschehen würde.

»Und wer war vorher Hausmeister? Weißt du, was mit ihm geschehen ist?«

»Herr Goldammer.« Auf einmal grinste Helga. »Er hat uns immer selbst gemachte Karamellbonbons geschenkt. Aber ich weiß leider nicht, wo er jetzt lebt.«

Oder ob, dachte Elfie.

Unendliche Traurigkeit erfüllte sie den ganzen Weg zurück zum Bunker. Sie konnte kaum einen klaren Gedanken fassen. All das Glück ihrer Kindheit – der Arbeitsplatz ihres Vaters, das neue Zuhause, die neue Freundin – fühlte sich an, als hätte sie es Annemarie Stern gestohlen. Die musste fliehen, um nicht auf so einem Leichenberg zu enden, und Elfie hatte es sich in ihrem warmen Nest gemütlich gemacht.

Am liebsten hätte sie sich auf einen Trümmerberg gelegt und wäre nie mehr aufgestanden. Aber Schritt für Schritt ging sie weiter. Überall richteten sich die Menschen in der Zeit zwischen Krieg und Frieden ein, wurde geräumt, gefegt, trafen Ausquartierte mit Leiterwagen voller Koffern ein, wurde fröhlich Wiedersehen gefeiert. Hatten die Menschen die Plakate noch nicht gesehen? Waren sie vielleicht selbst an den unmenschlichen Gräueltaten beteiligt gewesen?

Wenn Elfie eines die letzten Jahre gelernt hatte, dann, dass man niemandem trauen durfte. Und daran würde sich wohl auch nichts ändern.

Auch am Griesheimer Bunker hingen die Plakate und die Frauen und wenigen alten Männer standen aufgeregt davor und diskutierten. Bis auf eine kleine Gruppe rund um Elfies Mutter, die abseits stand.

»Das ist alles nur Propaganda, das kann doch gar nicht stimmen«, rief Mutter und die anderen stimmten ihr zu.

Elfie ging wortlos hinein, legte sich aufs Bett und ließ ihren Tränen freien Lauf.

11 – Klaus

Klaus war wütend, ohne zu wissen, warum. Irgendetwas musste er klein schlagen, aber was, wenn alles schon in Trümmern lag? Voll innerer Unruhe lief er in seinem Keller von einer Wand zur anderen, und erst als er zum zugemauerten Fenster blickte, wusste er, was er tun konnte.

Die Mauersteine entfernen.

Schnell rannte er nach draußen. Da er keinen Hammer hatte, schnappte er sich einfach einen losen Stein und schlug mit diesem so fest er konnte auf die Mauer im Fenster.

Aber jede Müh' war umsonst. Das Fenster war so fachmännisch zugemauert worden, dass er ohne Werkzeug kaum ein Steinchen rausbrechen konnte. Bombensicher war das Ganze, so wie es sein sollte. Das halbe Haus war zerstört, aber diese Steine schützten noch immer den gesamten Keller. Wie viele Menschen hier wohl überlebt hatten?

Aber es kam ihm zynisch vor, an die geretteten Leben zu denken. Noch immer hatte er die Fotos aus den Konzentrationslagern vor Augen. Dachau – davon hatte er schon als Junge gehört. Die Frankfurter Kommunisten waren dort gelandet, auch ein Nachbar. Als er noch ein unschuldiger Bub gewesen war, hatte er es für ein normales Gefängnis gehalten. Gitterstäbe, schwarz-weiß gestreifte Sträflingskleidung, wie im Kino eben.

Heute wusste er es besser.

Und Auschwitz – er kannte die Schornsteine und den Gestank. Den Ascheregen. Löcher hatten sie graben müssen, riesige Löcher, ohne auch nur zu ahnen, wofür sie dienen sollten.

Sein ganzer Körper zitterte, wenn er daran dachte.

Du bist nicht mehr in Schlesien, sagte er sich wieder und wieder, *du bist hier, in Frankfurt.*

»Spielst du mit?«, riss ihn ein Kind aus seinen Gedanken.

Da erst registrierte er wieder die leere Straße und die Kinder, die Räuber und Gendarm spielten. Aber ihm war die Lust auf unbefangene Kinderspiele vergangen. Sie würden sowieso bald nach Hause zu ihren Müttern gehen, egal, wie das Zuhause aussah.

Nur er war allein. Und auf einmal sehnte er sich nach seinen Eltern wie schon lange nicht mehr. Nach den weichen Armen seiner Mutter, dem Zigarrenrauch des Vaters, dem Husten des Großvaters und nach den tröstenden Worten seiner Großmutter.

Und er sah eine dampfende Portion Rippchen mit Kraut vor sich, ein Glas Gespritzten dazu, Apfelwein mit Selterswasser. Oh, wie gut das jetzt schmecken würde! Ordentlich Kartoffeln und Rippchen, so viele, dass sie über den Tellerrand ragten. Und danach Bohnenkaffee. Schokolade. Eine Orange! Ihm wurde fast schlecht vor Hunger und Sehnsucht.

Ob der Vater noch lebte? Er war an der Ostfront. Aber Briefe von ihm hatten Klaus im Strafbataillon leider nie erreicht.

Klaus hatte seine Mutter in Sachsenhausen gesucht und sie tatsächlich gefunden. Der Kolonialwarenladen war zerbombt, die Wohnung ebenfalls, aber die Mutter lebte Gott sei Dank. Untergeschlüpft bei den Großeltern, beengt, aber gesund.

Doch sie wollte nichts mehr mit ihm zu schaffen haben. Der Vater auch nicht, sagte sie.

Er konnte es ihnen nicht verdenken. Kraft, um seine Zukunft zu planen, hatte Klaus keine. War doch alles umsonst. Der Frieden würde schrecklich werden, wenn die Deutschen für all die Verbrechen zur Rechenschaft gezogen wurden.

Erstaunlicherweise blieb Klaus auch die nächsten Tage im Palmengarten. Er wusste selbst nicht, wieso. Immer wieder sagte er sich, dass er endlich die Biege machen sollte, und dann lief er doch rüber zum *Checkpoint*, wie die Amerikaner den Eingang in den Sperrbezirk nannten.

Die Gartenarbeit machte ihm tatsächlich Spaß. Während er sich mit dieser plappernden Elfie stundenlang ums Unkraut und die frischen Setzlinge kümmerte, merkte er, wie er immer ruhiger wurde. Es war schön, nicht mehr den ganzen Tag alleine zu sein, obwohl viele Amerikaner die Deutschen nicht leiden konnten. Vor allem die älteren Gärtner wurden immer wieder beschimpft. Elfie und ihn ließen sie mittlerweile in Ruhe.

Am Sonntag war er wieder auf der Suche nach Sachen, fand einen Tuschekasten und ein paar angesengte Bücher und tauschte so lange, bis er einen Kochtopf ergattert hatte. Die Töpfe aus dem Palmengarten zu stehlen, traute er sich nicht mehr, nicht bei der schlechten Stimmung, die dort herrschte. Kartoffeln und Margarine hatte er auf Marken bekommen und in einem Mülleimer im Palmengarten eine angebrochene

Dose Corned Beef gefunden, das gab ein Festmahl. Trotzdem reihte er sich mit seinem Blechnapf in die Schlange einer Suppenküche ein und erwischte noch einen Rest fleischloser Erbsensuppe. Er hätte es schlechter treffen können.

Nur die Plakate vor seiner Haustür ließen ihn nachts nicht schlafen.

Am Montag regnete es. Einen Schirm besaß Klaus nicht, aber ein Stück Wellpappe, das er sich auf dem kurzen Weg zum Checkpoint über den Kopf hielt. Dort traf er auf Elfie, die nicht mehr im Kleidchen, sondern in Arbeitshosen und festen Schuhen kam, abgehetzt, aber pünktlich. Und natürlich mit Schirm.

»Wohnst du in der Ruine?« Sie deutete auf sein Zuhause.

»Wie kommst du denn darauf?«

»Ich dachte, ich hätte dich da mal rein- und rausgehen sehen.«

»Das war bestimmt einer von den Jungs da!« Er wies auf die zwei Brüder in Lederhosen, die selbst im Regen die Soldaten um Schokolade anbettelten. Doch sie sah ihn weiterhin misstrauisch von der Seite an. Sie war immer noch neugierig und fragte ihn nach den unmöglichsten Sachen, bei welcher HJ-Schar er gewesen sei, wen interessierte das denn noch? Bestimmt war sie eines dieser völlig überzeugten Mädel, das bei Hitlers Tod in Tränen ausgebrochen war.

»Die Ruine kann doch jeden Moment einstürzen. Wo sind eigentlich deine Eltern?«

Klaus nervte, dass sie ihn ständig wie einen kleinen Jungen behandelte. »Ist doch völlig egal, wo ich wohne.«

Dann stapfte er davon. Dumme Ziege, musste sie überall ihre Nase reinstecken?

Heute durften sie im Gewächshaus arbeiten. Das war etwas Neues für Klaus und ziemlich aufregend. Die Gewächshäuser waren übervoll mit Pflanzen, die er noch nie gesehen hatte. Früher hatten sie wohl im Palmenhaus und den Pflanzenschauhäusern gestanden. Klaus hatte gesehen, wie Lenze akribisch Notizen darüber machte, was wo abgeblieben war.

Aber bis jetzt hatte weder er noch Elfie dort irgendetwas helfen dürfen. Doch heute, im Regen, forderte Lenze sie auf, mit ins Haus fünf zu kommen.

Er überreichte Elfie einige Bögen Zeitungspapier. »Für euch beide, ihr wisst schon.«

Über Elfies Schulter konnte Klaus den Titel erspähen. *Frankfurter Presse, Zeitung der amerikanischen 12. Heeresgruppe für die deutsche Zivilbevölkerung.*

»Ihr seid noch so jung«, sagte Lenze. »Ihr könnt doch gar nichts dafür. Ihr müsst unser Land neu aufbauen, es besser machen! Seid keine Drückeberger, zeigt den Amerikanern, dass ihr bereit für eine Veränderung seid. Arbeitet fleißig, und kümmert euch nicht drum, wenn sie euch beschimpfen. Das hört auch wieder auf.«

»Aber sie haben doch recht«, sagte Elfie, und als sie aufsah, schimmerten ihre Augen. »Haben Sie die Plakate nicht gesehen? Wie kann uns das nur irgendjemand verzeihen?«

»Wir werden unsere Strafe ertragen und weitermachen. Ganz einfach. Die Saat von gestern muss entfernt und neues Leben gesät und aufgebaut werden, eines, auf das eure Kinder stolz sein können. Schaut hier: Tomaten, Kürbis, Melonen.«

Lenze deutete auf die kleinen Setzlinge. Sein Leben schien nur aus Pflanzen zu bestehen. »Nach den Eisheiligen kommt das alles raus. Ihr gießt bitte und entfernt gegebenenfalls Unkraut, Handgrubber findet ihr im Schuppen.«

Klaus nickte und war in Gedanken noch bei Lenzes Gartenvergleichen.

»Aber was sagen Sie zu Auschwitz?«, konnte Elfie mal wieder nicht still sein.

Lenze sank in sich zusammen. »Es ist so schrecklich. Menschen wie Ungeziefer zu vernichten … da fehlen mir einfach die Worte. Nie hätte ich mir so etwas vorstellen können. Die Strafe Gottes wird schrecklich sein.«

Gott. An den hatte Klaus schon lange nicht mehr gedacht.

Da richtete Lenze sich schon wieder auf und schaute auf seine Armbanduhr. »Aber jetzt arbeitet, Kinder. Hier muss es tadellos aussehen, Sergeant Campbell kommt gleich und besichtigt den Gemüseanbau.«

Er zog wieder sein Notizbuch hervor und zählte die Tomatenpflanzen. Klaus holte den Gartenschlauch. Es war schon lustig, die Pflanzen zu wässern, während der Regen zart aufs Glasdach trommelte.

Kurz darauf kam die Besichtigungstruppe und dadurch auch Leben in Elfie. Bevor sie den Amerikanern womöglich schöne Augen machte, wies er sie auf die grünen Triebe zwischen den Tomatenpflanzen hin und Elfie verstand sofort. Ausgerüstet mit verschiedenen Handgeräten, kehrte sie aus dem Schuppen zurück und sie widmeten sich gemeinsam dem selbst unter Glas wachsenden Unkraut.

Noch immer regnete es, und auf einmal fiel Klaus auf, dass

sich der Klang des aufs Glas trommelnden Regens verändert hatte. Ganz weit oben hatte sich ein Misston eingeschlichen. Wie bei einer gesprungenen Schüssel. Er schaute nach oben, aber das Dach sah völlig normal aus. Es regnete auch nicht rein.

Klaus' Englisch war nicht besonders gut. Soweit er Herrn Lenze verstand, zählte er gerade auf, wie viele Tomaten, Kohlsetzlinge, Radieschen, Salatköpfe und so weiter zurzeit im Palmengarten wuchsen, wie hoch der erwartete Ertrag der Kartoffeln lag und wie viel Gemüse wahrscheinlich an die Städtischen Krankenhäuser geliefert werden konnte.

Der Missklang wurde stärker.

»*Oh no*«, unterbrach Sergeant Campbell Herrn Lenze, »*it's all for the U.S. Army.*«

Der Regen wurde immer lauter. Klaus schaute wieder nach oben zum Glasdach. Er hörte es noch immer scheppern, irgendetwas stimmte da nicht.

Auf einmal kam etwas auf ihn zugeflogen. Blitzschnell hechtete er zur Seite, riss den neben sich stehenden Campbell mit sich und beide fielen sie zu Boden.

Ein lautes Scheppern erfüllte den Raum, Glasscherben flogen über den Boden. Hatte sich da etwa eine Scheibe aus dem Dach gelöst?

Klaus sah erschrocken zu dem verdutzten Campbell. Hoffentlich war er nicht wütend, weil er ihn umgestoßen hatte.

»*What the fuck*«, rief dieser und blickte entsetzt von den Glasscherben zum Dach. »Klaus, *are you okay*?«

Klaus nickte. »Und Sie, Sir?«

Campbell schüttelte seine Arme aus, dann grinste er übers ganze Gesicht. »*Pretty well*, Klaus.«

Klaus' Schulter schmerzte, er hatte eines der Pflanzgestelle gestreift. Seine kurze Hose und die Schuhe waren von Splittern übersät. Einer der Amerikaner streckte die Hand aus und half erst seinem Chef und dann Klaus wieder auf die Füße. Alle waren erschrocken und erleichtert und redeten durcheinander.

Wo hatte er nur den Mut hergenommen, Campbell einfach so zur Seite zu stoßen? Was, wenn er sich geirrt hätte? Aber es ging alles so schnell, er hatte gar nicht nachgedacht, nur gehandelt. Glück gehabt!

Vorsichtig schüttelte er die Splitter von Armen und Beinen. Auf einmal fühlte er sich unglaublich gut und quicklebendig. All der Kummer der letzten Wochen fiel von ihm ab. Er schaute zu Campbell, der strahlte ihn an und Klaus lächelte zurück.

Der arme Lenze bekam hektische Flecken im Gesicht und entschuldigte sich wortreich auf Englisch bei Campbell und starrte dabei immer wieder zum Gewächshausdach. Bestimmt fühlte er sich schuldig und befürchtete irgendwelche Strafen. Was, wenn Campbell etwas passiert wäre? Würde ein Nachfolger sich auch für die Rettung des Palmengartens einsetzen?

Neben Campbell hatte Elfie gestanden. Der Sergeant fragte sie besorgt, wie es ihr ginge, aber sie grinste nur und wischte sich seelenruhig mit einem Lappen die Splitter von der Kleidung.

»*Thank you*, Klaus!«, sagte Campbell und fuhr ganz langsam auf Englisch fort, sodass Klaus ihn verstehen konnte: »Woher wusstest du das? Hast du sie fallen gesehen?«

Klaus nickte.

»Was für ein Getue«, murmelte Elfie. »Die Brandbomben waren viel schlimmer.«

Doch die Amerikaner feierten Klaus als Helden. Ein ungewohntes Gefühl.

»Wie gut, dass ich dich damals nicht erschossen habe.« Campbell grinste und klopfte ihm auf die Schulter. »*You are a good boy*, Klaus.«

Lenze redete noch immer aufgeregt vor sich hin.

»*Calm down, Mister Lenze*«, versuchte Campbell, ihn mit seiner tiefen Stimme zu beruhigen. »*Nothing happened*! Nichts passiert«, radebrechte er auf Deutsch und wechselte wieder ins Englische: »Wir brauchen neues Glas und dann muss alles fachmännisch repariert werden, Mister Lenze. Fensterglas ist nur gerade unglaublich schwer zu bekommen, der Bedarf ist groß, die Kriegsschäden noch größer. Aber ich kümmere mich darum, versprochen.«

Lenze hob erstaunt die Augenbrauen. Klaus konnte ihm ansehen, dass er lautstarke Kritik oder Strafen befürchtet hatte, aber kein Verständnis.

Als wieder Ruhe eingekehrt war, klopfte Lenze mit dem Bleistift auf die beschriebenen Seiten und fragte Sergeant Campbell wieder irgendwas auf Englisch. Aber die Antwort gefiel Lenze nicht.

Als die Delegation das Gewächshaus verlassen hatte, kehrten Elfie und er die Scherben zusammen. Wenn er sich vorstellte, er hätte so einen Splitter ins Gesicht oder den Hals bekommen, wurde ihm ganz anders. Der Schreck steckte ihm noch ganz schön in den Knochen.

»Ich finde es schade, dass das Gemüse nicht mehr für die Kranken ist, sondern sich die Amis den Bauch damit vollschlagen«, sagte Elfie und pulte Glassplitter aus den Anzuchttöpfen der Kürbispflanzen.

»Ach ja?«, fragte er erstaunt.

»Hast du nicht zugehört, was Campbell gesagt hat?«

»Mein Englisch ist nicht das beste.«

Sie verzog ihr Gesicht zu einem Grinsen. »Obwohl du Campbells Liebling bist?«

Er verschränkte die Arme vor der Brust.

»Komm, sei nicht sauer, Klaus. War doch nur Spaß. Wenn du willst, bringe ich es dir bei.«

»Und wieso kannst du das so gut?«

»Ich war auf dem Gymnasium«, erinnerte sie ihn. »Außerdem mag ich alles Englische. Die Mode, die Musik …« Sie summte eine Melodie vor sich hin. »Also, soll ich?«

»Wenn du unbedingt willst. Was haben die denn vorhin alles palavert?«

»Sobald Obst und Gemüse reif sind, müssen wir alles an die Kantinen im Gesellschaftshaus und im IG-Farben-Haus abliefern.«

»Umsonst?«, fragte Klaus.

»Genau das hat Herr Lenze auch gefragt. Aber Campbell hat gesagt, dass die Army selbstverständlich bezahlt. Sie wären keine Diebe! Die Hausbesitzer vom Sperrbezirk sollen auch eine Entschädigung für die entgangenen Mieteinnahmen bekommen.«

»Klingt doch gut.«

»Wir müssen trotzdem im Bunker wohnen, und da uns die

Wohnung nicht gehört hat, kriegen wir auch keine Entschädigung. Aber erstaunlich finde ich es trotzdem. Wir sind keine Diebe, hat er gesagt. *We are no thieves.*« Sie ahmte Campbells tiefe Stimme nach. »Dich hat er einen *Hero* genannt. Aber bilde dir nur nichts darauf ein. Die Zeit für Helden ist vorbei.« Sie stellte den Eimer voller klirrender Scherben auf den Boden. »Was ist das denn für eine Geschichte, dass Campbell dich erschießen wollte? Und wieso stellt er dich trotzdem ein?«

Ob er es ihr erzählen sollte? Warum eigentlich nicht? Campbell erzählte es ja auch jedem.

»Ich war als Hitlerjunge in der Wetterau bei meinem Opa.« Das war zwar gelogen, aber so hatte er es Campbell erklärt. »Als die Amis näher rückten, bin ich beim Volkssturm getürmt und wollte nur noch nach Hause, nach Frankfurt, einfach über die Felder, den Weg kannte ich einigermaßen. Auf einmal fuhr ein Jeep den Feldweg entlang. Zu spät, um wegzulaufen. Am Steuer saß ein Schrank von einem Mann mit vielen Streifen auf den Ärmeln.« Er grinste, Elfie nickte.

»Dummerweise hatte ich Opas Schrotflinte dabei. Ich wollte sie wegwerfen, aber es sah wohl so aus, als ob ich schießen würde. Deshalb zielte Campbell mit seiner Pistole auf mich und rief irgendwas auf Englisch, ich habe es nicht verstanden und zielte umgekehrt auf ihn. Wollte mich verteidigen. Ich trug ja noch die Uniform. Er deutete auf die Hakenkreuzbinde am Arm und fragte *Hitlerjugend*? Und als ich nickte, verlangte er, dass ich mich ausziehe.« Er scharrte mit der Fußspitze im Staub vor sich. Es war ihm peinlich, ausgerechnet einem Mädchen wie Elfie zu erzählen, wie er sich vor Campbell hatte ausziehen müssen.

»Zuerst die Armbinde, das schwarze Halstuch und den Ledergürtel mit dem Hakenkreuz auf dem Koppel, dann das Braunhemd. Ich dachte erst, Campbell wäre pervers oder so, aber dann wollte er wissen, wie alt ich bin, und regte sich darüber auf, dass die Nazis Kinder an die Front schicken. Ich sehe wohl seinem jüngsten Bruder ähnlich, deshalb hat er mich mit nach Frankfurt genommen. In Unterhemd und Hose! War ganz schön kalt. *You are a boy and not a soldier*, hat er ständig wiederholt. Mit der Uniform hätte er mich anscheinend inhaftieren müssen, Volkssturm, da gilt man als kämpfender Soldat. Das wusste ich nicht.«

»Warst du Flakhelfer?«

»Nein!« Musste sie denn immer weiter bohren?

»Reg dich nicht auf, ich habe Flakhelfer gesehen, die erst fünfzehn waren, oder noch jünger. Und manche ganz fanatisch. Ich war auch an der Flak, in Nürnberg, als Kriegsdiensthelferin. Sogar mit Waffe in der Hand!«

Sie klang, als wäre sie stolz darauf.

Mittags bat Campbell ihn ins Gesellschaftshaus. Keine Ahnung, was er da sollte. Klaus war noch nie in dem modernen Gebäude gewesen.

Vom lichtdurchfluteten Restaurant aus konnte man durch die große Fensterfront auf die Blumenrabatten vor dem Gesellschaftshaus, den Haupteingang bis zum Checkpoint und die Ruine schauen, in deren Keller er hauste. Der Soldat, der ihn an Campbells Tisch brachte, nannte den Raum den *Wintergarden*.

Amerikanische Kellner brachten den Offizieren die Speisen direkt an die mit strahlend weißen Tischdecken und Porzellangeschirr gedeckten Tische. Als wären sie ganz normale zahlende Gäste. Und über allem lag ein würziger Fleischduft, sodass Klaus sofort das Wasser im Munde zusammenlief.

Sergeant Campbell saß an einem Tisch direkt am Fenster, der umgeben von Pflanzenvitrinen war. Er stellte ihn als seinen *Hero* vor, als Helden, das Wort hatte Elfie Klaus bereits beigebracht. Dann rückte Campbell zur Seite, ließ ein weiteres Gedeck auflegen und Klaus bekam eine große Portion duftendes Hähnchen, Kartoffelbrei und Maiskörner vorgesetzt.

»*Enjoy*«, sagte Campbell und schenkte ihm eine Cola ein.

Klaus' Hände zitterten vor Hunger, als er das Besteck ergriff. Beim ersten Biss in die krustige und würzige Haut des Hühnchens schoss ihm der Speichel in den Mund, beinahe wurde ihm schlecht vor Verlangen und er schluckte den ersten Bissen nur halb gekaut hinunter.

Dann bezwang er seine Gier, um das Essen genießen zu können, und er wusste, dass er diesen Moment nie mehr vergessen würde. Das Fleisch war zart und saftig, der Kartoffelbrei schmeckte nach Butter, genauso wie die ungewohnten Maiskörner. Und dazu eine Fleischsoße, die ihm ein Stöhnen entlockte.

Auf dem Tisch standen Körbe voller knuspriger Brötchen. Sie waren luftig weich, schmeckten süßlich und nach Hefe und waren das beste Brot, das er seit Langem gegessen hatte. Sobald niemand hinsah, stibitzte er welche und steckte sie sich in die Hosentaschen.

Dem Gespräch konnte er kaum folgen. Es ging um Berlin, mehr verstand er nicht. Es war ihm auch egal, denn er war mit Essen beschäftigt.

Nach einer zweiten Portion wurde ihm warmer Apfelkuchen gebracht. Er war im Himmel angekommen. In einem Himmel aus frittiertem Hühnerfleisch, Coca-Cola und Apfelkuchen.

Als er wieder ins Gewächshaus zurückkam, begutachteten die Gärtner gerade den Schaden im Dach.

»Hier«, sagte er und verteilte die Brötchen. Die anderen griffen dankbar zu, sogar Elfie.

»Danke.« Und während sie andächtig kaute, schwieg sie endlich.

»Ich hätte ja noch mehr mitgenommen, aber die haben schon so böse geguckt«, erklärte er. »Es gab Hühnchen und Maiskörner.«

»Mais? Den kriegen bei uns die Hühner!«, amüsierte sich Herr Gessner.

»Der war in Butter gekocht und eigentlich ganz lecker.«

»Butter!« Elfie leckte sich die Lippen. »Ich esse alles, solange es nur mit Butter ist.«

12 – Elfie

Elfie erzählte ihrer Mutter gerade vom Unfall im Gewächshaus, als die laufende Schlagersendung der BBC wegen eines *News-Flash* unterbrochen wurde.

Vor einigen Tagen waren zwei ältere Damen in den Bunker gezogen, die ein Röhrenradio mitgebracht hatten. Endlich konnten sie die deutschsprachigen Nachrichten auf BBC hören. Sobald dort aber Swing erklang, schalteten die beiden Damen zu Radio Beromünster aus der Schweiz um, die spielten eher Klassik.

Jetzt aber lief BBC, und die Stimme des Radiosprechers bebte förmlich vor Aufregung, als er feierlich verkündete: »*The war in Europe is over*!«

»Der Krieg ist vorbei!«, schrie Elfie laut und sah in ungläubige Gesichter.

»Niemals!«, erwiderte Mutter. »Das ist Propaganda. Glaub denen kein Wort.«

»Wir sollten Radio Flensburg hören, mal sehen, was das Oberkommando der Wehrmacht dazu sagt!«, riefen andere Bewohner.

Aber Elfie war wie elektrisiert. Ob Vater jetzt endlich zurückkam? Und Walter und all die Freunde vom Odeon-Club? Nichts hielt sie mehr auf ihrem Stuhl und sie sprang auf und reckte die Arme.

Mittlerweile hatte eine der Damen Radio Flensburg eingestellt, doch dort war von einem Ende des Krieges nicht die Rede.

Konnte das sein? Logen die Engländer, war alles nur Propaganda? Hatte sie sich zu früh gefreut?

Auch die anderen schauten sich unsicher um und wussten offensichtlich nicht, was sie von dem Durcheinander halten sollten. Eine Frau weinte vor Sorge um ihre Angehörigen. Auch Mutter wirkte betrübt. Trotz aller Durchhalteparolen hatte sie sich bestimmt auch schon auf ein Wiedersehen mit Vater gefreut.

Verwirrt und verunsichert bekam Elfie in der Nacht kein Auge zu und wartete begierig darauf, am nächsten Morgen zur Arbeit gehen zu können. Die Soldaten im Palmengarten würden bestimmt wissen, ob der Krieg vorbei war.

Dienstag, achter Mai. Zum Ende der Ausgangssperre lief Elfie sofort los, doch alles sah aus wie immer: trostlos, voller Sand und Staub, graugesichtig die wenigen Menschen, die bereits unterwegs waren.

Nur am Checkpoint redeten und lachten große Gruppen von Soldaten, die Luft vibrierte förmlich vor Freude.

»*War is over*«, rief einer lautstark und hob triumphierend die Hand. »*War is over*!«

Dann stimmte es! Die eigenen Soldaten würde General Eisenhower wohl nicht anlügen. Der Krieg war endlich nicht nur in Frankfurt, sondern überall vorbei.

Auf einmal schien die Sonne heller, zwitscherten die Vögel lauter, duftete die Luft nach Flieder und frisch gemähtem Gras.

Der Krieg war vorbei und Elfies Herz machte vor Freude einen Satz.

Da erschien Herr Gessner mit einem griesgrämigen Ausdruck auf dem Gesicht.

»Es ist endgültig aus. Die Folgen werden fürchterlich sein.« Ein Seufzer entfuhr dem sonst so beherrschten Mann.

Doch Elfies Körper kribbelte vor Freude, erst im Magen, dann im ganzen Körper, bis in die Zehenspitzen. Am liebsten wäre sie irgendwem um den Hals gefallen, doch Herr Gessner setzte gerade sauertöpfisch den Hut ab, als wollte er einem Trauernden kondolieren. Und die Amerikaner wandten ihnen den Rücken zu.

Sie konnte kaum still stehen und grüßte Taylor, damit er für sie den Schlagbaum öffnete. Auch wenn er sie stets anlächelte, konnte sie ihm natürlich auch nicht um den Hals fallen. Das wäre unpassend: Schließlich war er der Sieger, sie die Besiegte. Aber sie fühlte sich gar nicht besiegt, sondern vielmehr von einer Last befreit. Und als Taylor sie in die Liste eintrug, lächelte er sogar ein klein wenig mehr als sonst. Sie erwiderte das Lächeln und wollte noch ein Wort mit ihm wechseln, als Klaus verschlafen neben ihr auftauchte. Taylor trug sie beide in die Liste ein und hob den Schlagbaum an. Herr Gessner folgte ihnen.

Vor dem Eingang zum Palmenhaus hatten sich einige Deutsche eingefunden und diskutierten eifrig. Elfie und Klaus blieben stehen.

»Nur die Ruhe«, rief Herr Lenze. »Erledigen Sie Ihre Pflicht und geben Sie den Amerikanern keinen Anlass, sich über Sie zu ärgern, dann wird schon alles gut ausgehen.«

Klaus nickte teilnahmslos.

»Heute werden vor der Gärtnerfachschule die Möhren pikiert«, sagte Herr Gessner. Wieder nickte Klaus.

»Aber wir können doch nicht so tun, als wäre heute ein Tag wie jeder andere!«, rief Elfie.

»Für uns ist der Krieg doch schon seit Gründonnerstag vorbei«, rief der grauhaarige Mann, der für die Orchideen zuständig war. Gründonnerstag waren die Amis in Frankfurt einmarschiert.

»Für uns vielleicht, aber was ist mit den Soldaten, die jetzt endlich nicht mehr kämpfen und sterben müssen? Heute ist ein guter Tag!«

»Sie kommen alle in Gefangenschaft«, sagte Herr Gessner, »Und wer weiß, was dann geschieht. Die Rache der Sieger wird schrecklich sein.«

»Nun malen Sie den Teufel nicht an die Wand«, sagte Herr Lenze. »Bis jetzt haben sich die Amerikaner höchst anständig verhalten. Ich hoffe doch sehr, dass sie auch unsere Söhne und Enkel gut behandeln werden.«

»Warten wir es ab«, sagte Herr Gessner. »Warten wir es ab.«

Und Klaus nickte schon wieder, fast so, als wäre auch für ihn die Kapitulation keine gute Nachricht.

Elfie mochte die Gärtnerfachschule. Sie war am Rand des Palmengartens im Haus Leonhardsbrunn, einem alten und wunderschönen Gebäude direkt neben den Tennisplätzen, untergebracht. Das weiß-gelb gestrichene Haupthaus mit seinen niedrigeren Seitentrakten beherbergte zudem einen kleinen Kindergarten. Im Moment waren beide wie alle anderen Schulen und Kindergärten geschlossen. Da der Bau den Krieg aber ohne einen Kratzer überstanden hatte, hoffte Elfie, dass sie bald wieder geöffnet werden würden.

Die Möhren wuchsen in den ehemaligen Staudenbeeten im Halbrund davor. Elfie freute sich so unbändig über das Ende des Krieges, dass sie entweder zu wenige oder zu viele Karottenpflänzchen beim Pikieren erwischte. Endlich hatten das Grauen des Krieges und die Zeit von Gestapo und SS ein Ende. Da musste man doch feiern und tanzen und nicht angstvoll auf ein Donnerwetter warten.

Der stoffelige Klaus hockte ruhig wie immer im Beet, es war nicht zum Aushalten.

»Freust du dich denn nicht?«, rief Elfie ungestüm.

»Sei still!« Er schaute ängstlich zu den benachbarten Tennisplätzen.

»Was soll denn schon passieren?«

»Sie sind jetzt die Sieger! Weißt du denn nicht, was Sieger mit den Frauen machen?«, fragte er ungläubig.

»Du meinst …« *Vergewaltigen* sprach sie nicht aus. »Das hätten sie schon die ganze Zeit machen können. Aber wozu? Es gibt doch genügend Frauen, die freiwillig mit ihnen mitgehen.«

Er grunzte abschätzig. »Du willst das doch auch. Immer machst du Taylor schöne Augen.«

»Ich mache *was*?« Sie sprang auf. »Spinnst du?«

»Warum sollte ein Mädchen wie du sonst hier in der Erde wühlen?«

»Was meinst du damit?« Sie stemmte die Hände in die Hüften.

»Du bist doch …« Er setzte den Strohhut ab und wischte sich mit den verdreckten Fingern über die Stirn, ein Erdstreifen blieb zurück. »Du bist viel zu schön für eine Gärtnerin.«

Da lachte sie laut los. »Schön? Junge, ich bin vier Jahre älter als du, ist dir das eigentlich klar?«

Mit einem Mal wurde er flammend rot.

»Ist schon gut, Kleiner, einen Jugendschwarm hat doch jeder, oder? Nur dass da nichts draus wird.«

»Ich bin nicht verknallt in dich!«, verteidigte Klaus sich vehement.

»Dann ist ja gut. Du wirst jetzt sowieso weiter brav die Möhren pikieren, und ich schau mal, was die Amis so machen. Wenn die feiern, fällt vielleicht was für uns ab.«

»Du bleibst besser hier.«

»Sag du mir nicht, was ich tun soll, du Pimpf du!«

»Das ist gefährlich.«

»Und wenn ich hierbleibe? Beschützt du mich dann?« Sie konnte nicht mehr an sich halten und kicherte laut los. »Mit der Gartenhacke?«

Er presste die Lippen zusammen und schaute sie wütend an.

»Ist ja gut, Klaus, tut mir leid«, wiegelte sie ab.

»Dann bleibst du?«

»Nein.«

»Tu es nicht! Sie werden uns bestimmt alle bestrafen, wenn wir sie beim Feiern stören. Elfie, sei doch vernünftig!«

Aber Elfie wollte nicht mehr vernünftig sein. Schnell noch die Hände waschen und die Haare kämmen, dann ab zum Gesellschaftshaus. Wenn gefeiert wurde, dann bestimmt dort.

Sie war kaum am Palmenhaus angekommen, als sie bereits Swing hörte. Trompeten, Hörner, ein Schlagzeug – Glenn Miller! Sofort rannte sie am zerbombten Hochzeitssaal vorbei auf die Terrasse. In Gedanken sang sie die Melodie von *American Patrol* mit, während sie durch die große Fensterfront ins Wintergarten-Restaurant schaute.

Zwischen den zur Seite geräumten Tischen und Stühlen tanzten Miss Olsen und andere Frauen des weiblichen Armeekorps mit den Offizieren. Noch nie hatte sie den ernsten Campbell so lachen sehen, als er strahlend eine Sektflasche schüttelte und eine Fontäne spritzen ließ.

Wie ausgelassen sie alle waren. Sie hatten für die Freiheit gekämpft und gewonnen, und Swing, das war Freiheit pur. Ein neues Lied erklang, neue Paare bildeten sich, eines blieb sogar am Rande stehen und küsste sich.

Elfie konnte gar nicht anders, ihre Schultern zuckten, ihr Oberkörper wiegte sich hin und her. Sie schloss die Augen, Erinnerungen an den Odeon-Club übermannten sie. Wenn sie doch nur Walters Grammofon und seine Platten hätte! Wie sehr sie diese Musik vermisst hatte. Aber jetzt war er wieder da, der amerikanische Swing, er erfüllte sie ganz und gar, sie drehte sich im Kreis, streckte die Hand aus …

»*Leave*«, schrie sie plötzlich ein Mann an. Erschrocken hielt sie inne. »Hau ab, mein Fräulein«, wiederholte der lang aufgeschossene Soldat, der schon das letzte Mal Deutsch gesprochen hatte. »Das ist unser Sieg. Unsere Feier. Du hast hier nichts zu suchen! Kümmere dich um die Brennnesseln und denk darüber nach, was du die letzten zwölf Jahre so angestellt hast.«

Als Elfie abends heimkam, hatte auch endlich Großadmiral Dönitz im Reichssender Flensburg angekündigt, dass am 8. Mai ab 23 Uhr die Waffen schweigen würden. Nur noch wenige Stunden, dann war alles vorüber.

Elfie hockte dumpf neben dem Radio. Sie triumphierte nicht mehr, sondern fühlte sich leer und wertlos. Wieder musste sie an die Bilder auf den Plakaten denken, die sie überall auf den Straßen mit ihrem Grauen begleiteten.

»Alle Opfer umsonst«, klagte ihre Mutter und ballte die Fäuste. »Wir haben so viel gelitten und erduldet, einfach alles gegeben! Wenn die Amerikaner uns doch bloß nicht den Krieg erklärt hätten, was mischen die sich auch überall ein. Dönitz hat viel zu früh aufgegeben, wir können doch noch immer gewinnen.« Aufgebracht sprang sie auf und lief zu ihrer Nische hinüber.

Elfie verstand die Welt nicht mehr. Wie konnte ihre Mutter jetzt noch auf einen Sieg hoffen und fordern, dass das Sterben immer weiterging?

Scheu holte sie ihr Tagebuch hervor und wollte vom Ende des Krieges schreiben, aber es flossen ihr nur ein paar spärliche Worte aus der Feder. So viel Leid hatte das Deutsche Reich mit diesem Krieg verursacht. Halb Europa lag unter Schutt und Asche begraben.

Als Elfie sich später zum Schlafen hinlegte, hatte ihre Mutter sich unter ihrer Decke versteckt. Aber Elfie fiel auf, wie ihr Rücken bebte, und sie glaubte, leises Weinen zu hören.

Sofort setzte sie sich zu ihr und legte ihr die Hand auf die Schulter. Langsam kam Mutter zur Ruhe.

»Ach Elfie!«, schniefte Mutter auf einmal. »Was jetzt wohl

mit Vater und Walter geschieht? Die Alliierten werden sich fürchterlich rächen. Ich habe solche Angst um sie!«

Und da endlich verstand Elfie, warum ihre Mutter nicht wollte, dass der Krieg endete.

13 – Elfie

Februar 1941

Vier lange Jahre vorher reihte sich ein Erfolg der Wehrmacht an den nächsten. Halb Europa war besetzt, sogar in Afrika wurde gekämpft, und viele erwarteten, dass Hitler bald die Sowjetunion angreifen würde. Die Deutschen waren schließlich unbesiegbar!

Auch an der Heimatfront wurde gekämpft. Elfie bekam für ihren Schulaufsatz über *Das Führer-Sofortprogramm zur Errichtung von bombensicheren Luftschutzbauten* eine Eins und freute sich sehr, dass der erste moderne Hochbunker des Deutschen Reiches ausgerechnet in Frankfurt fertiggestellt worden war. Nur vier Monate hatte es gedauert! Gleichzeitig waren noch neunzehn weitere Bunker zumindest im Rohbau fertig. Eine reine Vorsichtsmaßnahme, die die Leistungsfähigkeit des deutschen Volkes bewies, wie die Lehrer immer wieder betonten.

Vater war mittlerweile in Frankreich stationiert und schickte ab und an Pakete mit Parfüm oder Schokolade. Um das Haus wieder in Schuss zu bringen, wie Herr Mauersberger zu Mutters Entsetzen gesagt hatte, arbeitete jetzt Pierre, ein französischer Kriegsgefangener, als Hausmeister. Aber die Wohnung machte er ihnen zum Glück nicht streitig, als Kriegsgefangener musste er abends in ein Lager.

Gegenüber von Helgas wunderschönem Zuhause war die Gestapo eingezogen. Anfangs hielt Frau Sartorius die Vorhänge zur Lindenstraße stets geschlossen. Täglich beim Essen die Polizeibeamten und die zum Verhör vorgeladenen Menschen in dieses wohlvertraute Haus ein und aus gehen zu sehen, hatte ihr den Appetit verdorben. Aber dann meinte Minna, es gäbe Gerüchte in der Nachbarschaft, der Professor hätte irgendwas zu verbergen, und die Vorhänge wurden wieder geöffnet.

Walter hörte nachts leise BBC und hatte Elfie erzählt, dass die Luftwaffe den Kampf um England verloren und die Briten bereits das nahe Mannheim bombardiert hatten. Und er kannte natürlich die neuesten Swing-Combos und ihre Lieder.

Wie er das vor Mutter geheim hielt, war Elfie ein Rätsel. Vielleicht wollte die es aber auch gar nicht so genau wissen. Er wuchs ihr nicht nur körperlich über den Kopf, und es verging kein Tag, an dem Mutter nicht mit dem Fronturlaub von Vater drohte. Vor allem, als die Gestapo Walter in der Straßenbahn unter dem Gelächter der Mitfahrenden die Haare geschnitten hatte.

Elfie schlich sich oft zu Walter, wenn er BBC hörte. Duke Ellington, Glenn Miller – da wurde nicht mehr im Takt marschiert, sondern getanzt. Die Klarinette Benny Goodmans erzeugte eine Sehnsucht in Elfies Brust, die kein Hermann Löns und auch kein Hermann Hesse zu befriedigen vermochte. Bei diesem Rhythmus konnten ihre Füße einfach nicht still stehen.

Trotzdem weigerte sie sich, mit zum Tanzen zu kommen.

Verriet sie damit nicht Vater und alle anderen Soldaten, die an der Front ihr Leben aufs Spiel setzten? Wenigstens waren die USA neutral und keine Kriegsfeinde wie die Engländer. Aber Benny Goodman war Jude, Louis Armstrong Schwarzer.

Angesichts dessen, was ihr die Lehrer, ihre Eltern oder Irene vom BDM erzählten, müsste sie eigentlich beide hassen. Aber Elfie brachte es nicht über sich. Sie wusste einfach nicht mehr, was sie denken und fühlen sollte.

Doch dann wurde Freddy achtzehn, sein Notabitur und die Front drohten. Vorher musste er bereits den militärischen Drill im verkürzten Arbeitsdienst und im Wehrertüchtigungslager aushalten. Und seine Haare abschneiden. *Damn, shit, fuck*, er kam aus dem Fluchen gar nicht mehr raus.

Deshalb wollte er noch einmal so richtig schön bei einem Hausball abhotten. Er lud auch Ivie und Annie, also Elfie und Helga, ein.

Freddy war immer nett zu Elfie und Helga gewesen, hatte sie nie geschubst, an den Zöpfen gezogen oder wie andere Jungs sich lustig über sie gemacht. Neben der Musik interessierte er sich für Vögel und wollte Ornithologe werden. Mutter nannte ihn einen *Waschlappen*. Warum, das wusste Elfie nicht. Freddy war schließlich genauso sportlich wie Walter, sie ruderten, wanderten viel und fuhren im Winter im Taunus Ski.

Aber es war ihr egal, was Mutter sagte. Freddy sah mit seinen blonden Haaren und den hohen Wangenknochen unfassbar gut aus, und ein kleines bisschen musste sie zugeben, dass sie sich in ihn verguckt hatte.

Elfie und Helga sagten natürlich zu. Sie würden mit zum Tanzen gehen. Helga wegen Walter und Elfie wegen Freddy.

Aber was sollten sie anziehen? Walter erklärte, dass sie auf keinen Fall mit *Demutszwiebel* auftauchen konnten, wie er den schicklichen Haarknoten im Nacken nannte. Oder mit weißen Söckchen in den Halbschuhen oder wadenlangem Faltenrock.

Aber Elfie hatte nichts anderes zum Anziehen. Auf Kleiderkarten gab es höchstens mal einen Wintermantel oder Unterwäsche, wenn man Glück hatte. Gott sei Dank wuchs sie nicht mehr. Nur die Blusen wurden ihr zu eng, egal, wie oft Mutter die Nähte auslief. Ihre fünfzehn Jahre sah man ihr allmählich an.

Als sie ihre Mutter fragte, ob sie ihr den weißen Sommerrock kürzer machen und eine neue Bluse nähen könne, schüttelte diese energisch den Kopf.

»Ich nähe dir ganz bestimmt nichts Neues. Damit du dich mit diesen verwahrlosten Kerlen triffst? Ein anständiges Mädchen geht in diesen Zeiten nicht tanzen! Du bleibst zu Hause.«

»Aber das Tanzverbot in öffentlichen Gaststätten ist doch aufgehoben worden, seit die Wehrmacht so erfolgreich ist.«

»Du bist erst fünfzehn und machst, was ich sage, Elfriede!«

»Mutter«, mischte Walter sich ein, »weißt du eigentlich, wer Freddys Eltern sind, die uns eingeladen haben?«

»Ist das wichtig?«

Walter schnaubte belustigt. »Herr Ludwig sitzt im Aufsichtsrat der Frankfurter Bank, Mutter, und er hat Elfie und mich zur Feier des achtzehnten Geburtstags seines Sohnes eingeladen. Mit welcher Begründung willst du ihm das abschlagen? Weil Freddy verwahrlost ist?«

Am liebsten hätte Elfie eine Kamera gehabt, um das verdutzte und beschämte Gesicht ihrer Mutter für die Ewigkeit zu konservieren.

Und dann zauberte Mutter ihr aus honiggelbem Taft, der bei Näharbeiten für Frau Lenze übrig geblieben war, ein elegantes Oberteil, das perfekt zu Elfies weißem Sommerrock passte.

»Pass trotzdem auf dich auf, Elfie«, bat sie nach der letzten Anprobe. »Ich mache mir doch nur Sorgen. Vater wäre bestimmt dagegen, dass du dich rumtreibst. Weißt du, Helga und auch dieser Freddy, die haben Geld und Einfluss, denen passiert schon nichts. Aber wir? Und pass bitte auch auf, dass Walter nichts anstellt.«

Genervt verdrehte Elfie die Augen. Ihre Mutter traute ihr einfach nichts zu. Sie war so froh, wenn sie endlich volljährig war und machen konnte, was sie wollte. Doch bis dahin dauerte es noch saure sechs Jahre.

Helga hatte so viel Glück! Frau Sartorius bezahlte Mutter, damit diese eines ihrer eleganten Seidenkleider für Helga enger machte. Sie kannte allerdings auch Freddys reiche Eltern und wollte mit ihrer Tochter offensichtlich Eindruck schinden.

Elfie und Walter holten Helga ab. Unterm dunklen Anzug trug er ein Hemd mit Stehkragen, eine gelbe Weste und eine bunte Krawatte. Mit dem weißen Seidenschal zum Staubmantel und dem Stockschirm überm Arm sah er wie ein englischer Gentleman aus, echt *lässig*. Sein neuestes Lieblingswort.

Lässig, das klang nach müßigem Nichtstun. Genau das Gegenteil eines im Gleichschritt marschierenden Hitlerjungen.

Bevor sie sich auf den Weg machten, stellte Helga lange die Kamera ein und gruppierte Elfie, Walter und sich selbst vor ihr Bücherregal, dann drückte sie die Kamera ihrer Mutter in die Hand, und sie alberten herum, bis Frau Sartorius endlich abgedrückt hatte.

Und dann ging es los. Walter summte irgendeine Melodie und tanzte dabei über den Gehsteig, dass die Passanten den Kopf schüttelten.

In der Bernusstraße öffnete Freddy die Tür der mondänen Villa. Er trug ebenfalls einen weißen Seidenschal, dazu einen hellen, weit geschnittenen Anzug, eine graue Weste und zweifarbige Schuhe. Schwarz und weiß, genau wie die, in denen Fred Astaire immer tanzte.

In der einen Hand hielt er ein funkelndes Glas mit einer bernsteinfarbenen Flüssigkeit, in der anderen, geziert wie eine Schauspielerin, eine Zigarette. Hinter ihm erklang Gelächter und sehr laut der mitreißende *New Moten Stomp* von Bennie Moten.

»Ivie, ich hätte dich ja fast nicht wiedererkannt!« Er strich sich die langen blonden Haare aus der Stirn. Und wie er sie ansah! Ihr wurde ganz schwummerig.

»Immer rein in die gute Stube«, sagte er und machte eine lässige Kopfbewegung. Walter, Helga und Elfie betraten das elegante Wohnzimmer mit den vielen Lampen und Spiegeln. Die Fenster waren mit schweren Vorhängen verdunkelt und die Möbel und der Teppich zur Seite geschoben worden, sodass man tanzen konnte. Von Freddys Eltern keine Spur.

Neben dem edlen Grammofon saß ein Junge im karierten Hemd hinter einer kleinen Trommel und begleitete mit zwei federartigen Schlägeln den Takt, ein anderer lauschte konzentriert mit geschlossenen Augen.

Das Lied endete, ein junger Mann mit Bürstenhaarschnitt wechselte die Platte. Schorschi. Elfie kannte ihn von Besuchen bei Walter, bei denen sie sich stundenlang über Taktarten, Musiker und Instrumente unterhalten hatten. Angeblich besaß er die größte Plattensammlung von allen.

Der peitschende Rhythmus einer Trommel erfüllte den Raum. *Buschtrommeln*, so nannte Mutter sie immer. Dazu erklangen schräge vorwärtstreibende Klarinetten, das war *Sing, Sing, Sing* von Benny Goodman! Ein Lied, bei dem sich Elfies Hüften von ganz alleine bewegten.

Bobby, der Junge im karierten Hemd versuchte, den komplizierten Takt nachzumachen, scheiterte aber kläglich.

Walter streckte Elfie seine Hand hin.

»Komm, Schwesterchen, trau dich!«

Noch war niemand auf der kleinen Tanzfläche zwischen den Sofas, die Jungs diskutierten über die Musik, Helga stand verloren am Rand und an der Bar umringten drei andere Jungs mit Seidenschal eine stark geschminkte Frau.

Zögernd ergriff Elfie Walters Hand, und er schwang sie um ihre eigene Achse, bis ihr schwindelig wurde, dann ließ er sie los und schleuderte seine Arme im Takt nach oben und unten. Elfie tat es ihm gleich, andere gesellten sich dazu, tanzten einfach für sich alleine, das Gewicht auf einem Bein, das andere vor- und zurückschwingend, und alles in einer unglaublichen Geschwindigkeit. Sie machte alles nach, ihr drehte sich alles, der Körper vibrierte vor Freude, und sie konnte gar nicht anders, als die ganze Zeit zu lachen.

Es ging nicht um die richtige Tanzhaltung oder Schrittfolge wie in Helgas Tanzschule. Sondern darum, sich Neues auszudenken, Spaß zu haben und die anderen zum Lachen zu bringen, so wie Freddy, als er wie eine Ente hüpfte.

Auf einmal umfasste Walter ihre Taille und hob sie hoch. Freddy machte gerade dasselbe mit einer Blondine, sie spreizte die Beine, landete auf seinem Schoß, er schwang sie nach oben in die Luft, dass man ihre Strumpfhalter sehen konnte.

Shocking!

Immer stärker trieb der Rhythmus Elfie an, sie klappte die Knie zusammen wie beim Charleston, schwang sich im Kreis wie beim Walzer, sie beobachtete atemlos, wie Freddy beinahe eine Lampe von der Decke holte, als er sein Mädchen wieder nach oben schwang.

Das Lied endete, Elfies Herz pochte und sie fiel Walter vor lauter Glück um den Hals

»Komm, Helga, das musst du auch ausprobieren«, rief sie und trat zur Seite.

»Und jetzt *Stompin' at the Savoy* von Benny Goodman und Count Basie!«, rief Schorschi.

Walter streckte Helga seine Hand hin und zog sie an sich, um dann Arm in Arm mit ihr zu tanzen. Sie sahen sich tief in die Augen, und während die anderen auch beim langsameren Beat zu hüpfen versuchten, drehte er sie im Kreis, fing sie wieder auf und schaute sie so verliebt an, wie Helga es sich immer gewünscht hatte.

Freddy brachte Elfie an die Bar und schenkte ihr ein Glas Sekt ein. Beim BDM gab es immer nur Apfelsaft, da herrschte strenges Alkoholverbot, von wegen den Körper rein halten und so. Sekt hatte Elfie noch nie probiert, höchstens mal einen Schluck Ebbelwoi, wenn der Vater auf Heimaturlaub war und unbedingt nach Sachsenhausen wollte.

Sie wollte mit Freddy auf seinen Geburtstag anstoßen, doch er verzog sein Gesicht. »Könnt' ich drauf verzichten. Bin gespannt, wo es mich hin verschlägt. Paris, das wär es doch, da spielen sie den besten Jazz der Welt!« Er kippte seinen Sekt runter, als wäre es Wasser.

Vorsichtig probierte Elfie den Alkohol. Schon beim ersten Schluck prickelte es nicht nur im Mund oder in der Nase, sondern im ganzen Körper.

»*Come on*, nicht trübsinnig werden«, rief die junge Frau von der Bar. Sie war bestimmt schon zwanzig, wobei Elfie das Alter geschminkter Frauen nur schlecht schätzen konnte.

Und sie trug eine Hose! Dunkelblau und weit wie Marlene Dietrich. Die traute sich was! Dazu eine cremefarbene Bluse mit einem tiefen Ausschnitt und die Lippen tiefrot geschminkt. Ihre schwarzen Haare waren in einer auffälligen Welle aus der Stirn frisiert worden und eröffneten den Blick für das Auffälligste an ihr: ihre irritierend hellen Augen.

Sie lachte und flirtete mit den Jungs so locker und gekonnt, dass sie ihr zu Füßen lagen, wobei sie sich trotzdem über sie lustig zu machen schien.

Sie hieß Lizzy. Natürlich war das ein Spitzname. Keiner kannte hier die richtigen Namen der anderen.

So schön möchte ich auch gerne sein, dachte Elfie. So schön und lässig und weltgewandt.

Der Sekt stieg ihr ungeahnt in den Kopf. Beim nächsten Stück, *Puttin' On the Ritz*, schnappte sich Freddy seinen Schirm und einen Hut von einem Stuhl und imitierte so perfekt Fred Astaire, dass alle im Kreis standen und klatschten. Er konnte sogar steppen! Doch schon bald wurde aus dem gesitteten Tanz wildes Abhotten, Hüpfen und Drehen, Beine und Arme wurden geschwenkt, alle wirbelten lachend durcheinander.

Auf einmal hielt Freddy sie an der Hand, er strahlte sie mit roten Wangen und blitzenden Augen an, seine Haare fielen ihm in die Stirn und er umfasste plötzlich ihre Taille.

Der Rhythmus verebbte, der Blick wurde intensiver, sein Gesicht näherte sich ihrem. Ob er sie küssen wollte? Oder erlaubte er sich einen Scherz? Nein, das glaubte sie nicht. So ein Typ war er nicht.

Noch immer prickelte der Sekt in ihr, pulste der Swing durch ihre Adern und todesmutig hob sie ihm ihre Lippen entgegen.

Aber da schob Walter sich dazwischen und machte einen auf großen Bruder. Zu schade!

Als sie später endlich Freddys feuchte Lippen auf ihren spürte, schlug ihr Herz wie ein Trommelwirbel. Er schmeckte nach Zigaretten, schon war es vorbei, es fühlte sich eher wie eine Mutprobe als die große Liebe an.

Schorschi legte *In the Mood* von Glenn Miller auf und Elfie hielt sich eine imaginäre Posaune vor den Mund. Sofort machten es alle anderen nach und alberten herum.

»Lasst uns abhotten!«, rief Freddy, fasste zwei der Jungs an den Händen und alle tanzten im Kreis wild drauflos. Was für ein Leben! Sie lachten und tanzten, sie konnten gar nicht mehr aufhören.

Hinterher berührte Lizzy Elfie leicht am Arm. »Scheint dir Spaß gemacht zu haben«, sagte sie. »Bist du mutig genug, bei uns Mitglied zu werden?«

14 – Elfie

Juni 1945

Müde lief Elfie von der Arbeit nach Griesheim. Es regnete Bindfäden und der Schirm lag im Bunker, schließlich hatte seit Wochen die Sonne ausdauernd geschienen. Herr Lenze hatte sich natürlich gefreut, dass die Gärtner heute nicht gießen mussten. Sogar Klaus redete auf einmal davon, dass die Pflanzen den Regen dringend gebraucht hätten, aber der hatte ja auch keinen so langen Heimweg wie sie.

Mit dem Regen war auch die zarte Sommersonne verschwunden, Elfie zitterte vor Kälte, so nass war sie mittlerweile. Hunger hatte sie auch. Und der Weg war noch lang.

Bei so einem Wetter lohnte es sich auch nicht, mit dem Harlem-Pfiff nach ihren Freunden zu suchen. Die Straße war wie leer gefegt.

Sie fehlten ihr so. Wo sie nur alle waren? Die Jungs hatte es bestimmt noch an die Front verschlagen. Hoffentlich hatten sie es überlebt. Walter, Freddy, Schorschi, Bobby und Dandy natürlich, der erst später dazukam und so in Lizzy verschossen gewesen war.

Lizzy, ach Lizzy. Sie vermisste Elfie am meisten. Ihre Art, zu tanzen, ihre Eleganz, ihren Witz. Natürlich war Helga Elfies beste Freundin und würde sie immer bleiben, aber

Lizzy … Lizzy war etwas ganz Besonderes. Elfie hatte noch nie mit Helga getanzt, dafür war die irgendwie zu brav. Helga wartete lieber am Rande der Tanzfläche auf Walter.

So weit käme es noch, zu warten, bis man aufgefordert wird! Dazu war Elfie die Zeit immer zu schade gewesen, schließlich wusste man nie, wie lange das Vergnügen anhalten würde. Und Lizzy, größer als viele der Jungs und mit kräftigen Armen, die konnte einen in der Luft herumwirbeln wie ein Mann.

Am liebsten tanzte sie allerdings mit Dandy und manchmal war Elfie beinahe eifersüchtig gewesen.

Glücklicherweise war es endlich wieder erlaubt, Swing zu hören, aber die beiden alten Damen, denen das Radio im Bunker gehörte, weigerten sich, die passenden Sender einzustellen. Wenn Elfie wenigstens Walters Grammofon und die Platten hätte!

Ein Knattern näherte sich von hinten. Noch bevor Elfie winken konnte, damit der klapprige Lastwagen sie nach Griesheim mitnehmen konnte, war er durch eine tiefe Pfütze gefahren und ließ sie völlig verdreckt zurück. Was für ein Mist.

Als sie Griesheim erreicht hatte, war ihre Laune auf dem Tiefpunkt. Hoffentlich war mittags die Suppenküche da gewesen. Mutter hob ihr dann immer eine Portion auf. Graupeneintopf gab es meist, oder Brennnesselsuppe. Elfie musste unbedingt irgendwo einen Spirituskocher auftreiben, warm schmeckte das Zeug bestimmt besser.

Schon von Weitem begrüßte sie der Bunker, der an einen Koloss erinnerte. Elfie hatte sich erstaunlich schnell an das Leben dort gewöhnt. Vielleicht, weil sie schon lange kein gemütliches Zuhause mehr kannte. Und so bald würde sie ihre jetzige Unterkunft wohl auch nicht wieder verlassen. Denn es hörte sich so an, als ob die Amerikaner noch ewig im Sperrbezirk bleiben würden.

Trotz des Regens stand die Eisentür offen. Ein alter Mann saß im Klappstuhl daneben und nickte ihr zu.

»Geh schnell zu deiner Mutter, es gibt Neuigkeiten«, sagte er und lächelte sie an.

Irritiert trat Elfie ein. Sonst redete der Mann kein Wort mit ihr.

Ihre Mutter lief ihr entgegen.

»Elfie, endlich!« Sie hielt ein Stück Papier in der Hand. »Er lebt!«, rief sie. »Vati lebt, er ist in England in Gefangenschaft!«

Für einen Moment wurde in Elfie alles still, bevor ihr Herz einen Freudensatz machte und sie laut »Ja!« schrie.

Mutter reichte ihr die Karte. Sofort erkannte Elfie die steile Handschrift ihres Vaters. Die Karte stammte also tatsächlich von ihm.

Er lebte.

Ohne sie zu lesen, umarmte Elfie ihre Mutter, und beide weinten, bis sich die angsterfüllte Anspannung der letzten Monate gelöst hatte. Dann erst las Elfie die Karte, es war ein Vordruck der Alliierten.

Ein Mitglied der geschlagenen Wehrmacht sucht seinen nächsten Angehörigen. Ich bin noch am Leben und befinde mich z. Zt. in britischer Hand. Ich bin gesund/im Lazarett. Meine Anschrift ist wie unten. Bitte die Karte sofort zurückschicken!

Dann folgten sein Name, seine Kriegsgefangenennummer, sein Geburtsort und der 1.6.1945 als Datum, das war drei Wochen her. An der Karte hing eine Rücksendekarte, auf der als Adresse ein *P.o.W. Camp*, ein Kriegsgefangenenlager in Großbritannien mit einer Nummer, aber ohne Ortsname stand.

Elfie ließ die Karte sinken. Er war also in England. Schade, dass sie nicht wusste, wo. Ein bisschen hatte sie die Karte von England noch im Kopf.

Da erst fiel ihr auf, wie Mutter und sie von den anderen Bewohnern des Bunkers umringt wurden. Alle lachten und freuten sich. Völlig Fremde klopften ihr auf die Schulter, andere wischten sich Tränen aus dem Gesicht, als wären es ihre eigenen Angehörigen, von deren Überleben sie gehört hätten.

»Wie hat die Post Sie denn hier gefunden?«, fragte eine junge Frau mit einem Kleinkind auf der Hüfte.

»Das ist mir auch ein Rätsel«, sagte Mutter. »Der vom Wohnungsamt hat doch so eine Liste geführt, als wir das Westend verlassen mussten. Vielleicht hat er die ja an die Post weitergegeben.« Sie strahlte so sehr, dass Elfie sie erneut umarmen musste.

Doch plötzlich löste Mutter sich steif.

»Ob die Engländer ihm denn genug zu essen geben?«, fragte sie mit sorgenvoller Miene. »Hoffentlich muss er nicht zu lange bleiben. Wie sollen wir denn ohne ihn auf Dauer zurechtkommen? Mit meinen Näharbeiten verdiene ich nicht genug, seitdem der Sold und die Familienhilfe der Wehrmacht weggefallen sind.«

Es gab Elfie einen Stich, dass ihre Mutter in so einem freudigen Moment an so etwas denken konnte. Als ob der Krieg irgendeine gute Seite gehabt hätte.

»Ich verdiene schließlich auch Geld!«, erwiderte sie. »Und wir müssen im Bunker keine Miete zahlen.«

»Es gibt Gerüchte, dass sich das bald ändern soll.«

»Dann werden wir eine Lösung finden«, versuchte Elfie, sie zu beruhigen. »Lass uns erst mal Vati antworten, damit er weiß, dass bei uns alles in bester Ordnung ist.«

Gemeinsam wählten sie die fünfundzwanzig Wörter aus, die sie auf die Rücksendekarte schreiben durften, denn auch wenn Mutter alles Mögliche befürchtete, wollte sie Vater keinen Grund zur Sorge geben.

Auf Elfies Vorschlag hin schrieben sie:

Innigst geliebter Gerald, wir sind gesund und so froh, dass du lebst. Wohnung beschlagnahmt, aber alles in Ordnung. Elfriede hat Arbeit. Liebe Grüße, deine Dora.

Gleich am nächsten Morgen auf dem Weg zur Arbeit pfiff Elfie vor Freude ein Lieblingslied nach dem anderen und tänzelte mit dem Regenschirm um die Pfützen herum. Ihr Vater lebte! Jetzt würde alles wieder gut werden.

Schnell noch die Antwortkarte in einen Briefkasten am Hauptbahnhof geworfen und dann ab in den Palmengarten. Die Sonne am Himmel versprach einen schönen Tag.

Am Checkpoint schenkte sie Taylor ihr schönstes Lächeln, pflückte auf dem Weg zur Anzuchtgärtnerei ein paar Gänseblümchen und strahlte sogar Herrn Gessner an, so gute Laune hatte sie.

»Wie sehen Sie denn aus, Fräulein Fischer!« Aufgebracht wies Herr Gessner auf ihre Hosen. Klaus stand wortlos neben ihm.

Am Vorabend hatte Elfie vor lauter Freude über Vaters Karte völlig vergessen, die Hose zu waschen, und sie am Morgen einfach nur ausgebürstet.

»Wir haben Nachricht von meinem Vater«, erwiderte sie frei heraus. »Eine Karte aus England, er ist dort in Gefangenschaft.«

»Das ist schön für Sie und Ihre Mutter«, sagte er. »Das ist aber noch lange kein Grund, so rumzulaufen. Sie sind hier schließlich im Palmengarten! Zum Glück werden Sie den ganzen Tag in den Bohnenbeeten Unkraut jäten, da sieht Sie keiner.«

Elfie verzog das Gesicht, doch dann fiel ihr etwas ein. »Klaus und ich könnten doch auch in den Beeten daneben den Salat ernten.«

»Auf gar keinen Fall! Diese verantwortungsvolle Aufgabe werde ich selbst übernehmen. Los, die Bohnen warten«, scheuchte er Elfie und Klaus.

Unkraut! Herr Gessner konnte ihr wirklich die Stimmung verhageln.

»Herzlichen Glückwunsch zu deinem Vater«, sagte Klaus und lächelte sie sogar an. »Das ist wirklich ein gutes Zeichen.«

Wenigstens einer, der sie verstand.

15 – Klaus

Während sie zu den Bohnenbeeten gingen, huschte Klaus ein Gedanke durch den Kopf. Ob sein Vater wohl noch lebte? Und wo?

Hoffentlich war bei ihm alles in Ordnung.

Für Klaus jedenfalls ging das Leben langsam aufwärts. Jetzt im Juni schien die Sonne länger und auf dem Schwarzmarkt konnte man nicht mehr so schnell übers Ohr gehauen werden. Zudem galt seit Kriegsende nur noch eine Ausgangssperre von 21 Uhr bis 5 Uhr in der Früh.

Obwohl die Militärregierung überall politisch belastete Beamte entließ, versuchten die Ämter, die Stadt wieder zum Laufen zu bekommen. Am Bahnhofsplatz, an der Oper und der Hauptwache brannten schon wieder die Straßenlampen, ein Zeichen dafür, dass das Leben weiterging. Sogar Müllautos hatte Klaus bereits wieder gesehen.

Das Ernährungsamt teilte die Lebensmittelkarten zum Glück immer noch nach Alter gestaffelt aus. Alle unter achtzehn bekamen die meisten Kalorien zugeteilt. Jetzt mussten die Waren nur noch in den Geschäften erhältlich sein. Aber es besserte sich. Vor allem Brot war endlich zu bekommen und er hatte Sauerkraut in Dosen und einen penibel abgeschnittenen Wurstzipfel ergattern können.

Dank der längeren Ausgehzeit abends war er sogar noch

einmal zu Hause in Sachsenhausen gewesen. Mit der Fähre dauerte das immer so lange. Aber die Ruine seines Elternhauses war völlig geplündert gewesen. Hoffentlich hatte seine Mutter alles mitgenommen, und nicht irgendwelche Aasgeier, so wie er einer war.

Besucht hatte er sie nicht. Ihre Ablehnung hatte sie sehr deutlich gemacht. Und er schämte sich ja selbst für das, was er getan hatte.

Ohne Campbell hätte er Frankfurt schon verlassen. Aber so bekam er ab und an ein Päckchen Zigaretten zugesteckt und hatte Arbeit, etwas Seltenes in diesen Zeiten. Arbeit, die seinem Leben einen Sinn gab und ihm zudem Spaß machte.

Mehr als seine Kaufmannslehre. Bei seinen Eltern hinterm Tresen ihres Kolonialwarenladens zu stehen, konnte er sowieso vergessen. Der Krieg hatte seine Lebenspläne zunichtegemacht. Aber er liebte die Pflanzen, und es fiel ihm leicht, sich ihre Namen zu merken. Die Stangenbohnen, zwischen denen er gerade Unkraut hackte, hießen *Zeppelin*.

Der Palmengarten war wie eine Oase in einer grauen und trostlosen Wüste. Wenn er die Augen schloss, die Erde in den Fingern, den Duft der Pflanzen in der Nase und das Gezwitscher der Vögel in den Ohren, dann wollte er hier nie wieder weg.

»Mein Gott, ist das langweilig!«, riss Elfie ihn aus seinen Gedanken und warf die Hacke zur Seite. »Wenn wir wenigstens ernten dürften!« Sie schaute zu Herrn Gessner, der gemeinsam mit einem altgedienten Gärtnergehilfen die ersten Salatköpfe der Sorte *Maikönig* abschnitt und vorsichtig in Kisten bettete.

»Sie haben bestimmt Angst, dass wir stehlen«, meinte Klaus.

»Ich weiß gar nicht mehr, wann ich das letzte Mal frisches Obst oder Gemüse gegessen habe.«

Er brummte wie immer irgendwie bejahend, ihren Redefluss konnte man sowieso nicht stoppen. Wenn er an das Fallobst im letzten Herbst dachte, an die süßen Äpfel, Birnen, die sie wegen dem nagenden Hunger zusammengeklaubt hatten, während sie eigentlich Minen räumen mussten …

»Wenn der Salat für die Kranken wäre«, sagte Elfie, »dann könnte ich die Vorsicht verstehe. Aber die Amerikaner können doch auf ein paar Salatblätter verzichten, oder?«

Herr Gessner schnitt die Salatköpfe sehr großzügig ab. Sobald er fertig war, wollte Klaus die auf der Erde verbliebenen harten Blätter einsammeln.

Alle Deutschen, die im Sperrbezirk arbeiteten, ob als Haushaltshilfe für die Offiziere und deren nachgereiste Familien, als Putzhilfe im IG-Farben-Haus oder hier im Palmengarten, alle waren immer auf der Suche nach Dingen, die man gefahrlos mitgehen lassen konnte. Sämtliche Moralvorstellungen waren außer Kraft gesetzt, wenn zu Hause die Kinder hungerten.

Oder man selbst.

Klaus hatte mit Zigarettenstummeln angefangen, später hatte er auch schon mal die Mülleimer hinter der Küche durchwühlt und manch angebrochene Dose Schinken und halbe Toastbrote mitgenommen. Aber er musste aufpassen, dass er nicht erwischt wurde. Der Pächter des Gesellschaftshauses, der noch immer die Küche betrieb, bekam sonst Ärger.

Elfie schnorrte immer direkt bei den Soldaten. Meist gab sie vor, eine rauchen zu wollen, um sie dann einzustecken. Wenn sie sich überhaupt mal eine anzündete, dann einen der weggeworfenen Stummel. Zigaretten waren Zahlungsmittel. Klaus hatte aber auch schon gesehen, wie sie ihr Schokolade zusteckten und danach die Hand aufs Knie legten. Wobei er sie in den wenigen Wochen gut genug kennengelernt hatte, um zu wissen, dass sie auf Männerbekanntschaften keinen Wert legte.

Klaus störten die Soldaten. Es wurden immer mehr! Sie spazierten durch den Park, ruderten über den See oder fläzten sich faul auf die Wiese. Jetzt hatten sie sich sogar aus den Staaten Tennisausrüstungen kommen lassen und spielten eifrig! Alleine der Anblick der Uniformen machte ihn ganz hibbelig. Ständig fühlte er sich enttarnt. Er war ein schlechter Mensch, ein Feigling, er hatte es gar nicht verdient, hier zu sein.

»Hörst du mir überhaupt zu?«

Erschreckt schaute er auf.

»Du sollst Unkraut hacken und nicht die Bohnen ausreißen«, meckerte Elfie.

Tatsächlich, er hatte eine der Pflanzen ausgerissen. Hoffentlich hatte Herrn Gessner nichts gemerkt, aber der erntete seelenruhig weiter den Salat.

»Ist dir eigentlich klar, dass dir das häufiger passiert? Als ob du träumen würdest! Wenn dich meine Geschichten nicht interessieren, meinetwegen, aber lass doch die armen Pflanzen leben.«

»Ich träume nicht«, fuhr er sie ungewollt an.

»Und wovon habe ich gerade gesprochen?«, gab sie zurück.

»Äh … von der schnarchenden Frau im Bunker?« Über die hatte sie sich in letzter Zeit oft beschwert.

»Erwischt! Nein, ich habe vom Café im Schumanntheater und der holländischen Big Band erzählt, die ich dort einmal gehört habe. Swing vom Feinsten! Wäre ja zu schön, wenn solche Gastspiele bald wieder erlaubt wären.«

»Das Schumanntheater ist doch jetzt *off-limits* für Deutsche.«

»Natürlich, aber sie könnten ja woanders …« Sie hielt mitten im Satz inne. Herr Gessner war mit dem Salaternten fertig.

Klaus ließ schon mal die Hacke fallen.

Elfie ebenfalls.

Der Gehilfe schob die Karre, Herr Gessner lief nebenher.

Sofort hechtete Klaus hinüber zum Beet, Elfie folgte ihm.

Vorsichtig schob er die Hand unter die Blätter und zog sie hoch. Manchmal löste sich die Pfahlwurzel aus der Erde, aber egal, Hauptsache, er erwischte möglich viel. Bald hatte er beide Hände voll. Vielleicht konnte er irgendwo Essig für eine Salatsoße auftreiben.

Als sie fertig waren, kaute Elfie bereits heftig.

»Hast du den Salat schon gegessen?«, fragte Klaus ungläubig. Wenn er daran dachte, wie akribisch seine Mutter früher jedes Blatt gewaschen hatte, damit der Vater ja kein Sandkorn zwischen seinen Zähnen spürte.

»Dreck macht Speck«, sagte sie mit vollem Mund. »So kann ihn mir keiner mehr wegnehmen.« Sie hielt eine der Pfahlwurzeln hoch und biss hinein. »Mmh lecker. Komm, sei kein Frosch und probier auch mal!«

Ernsthaft? Aber vielleicht schmeckte es ja wirklich.

Zuerst versuchte er, die Erde abzuschütteln. Da der Salat aber jeden Tag gegossen werden musste, war die Erde feucht und klebte so fest, dass er sie mit den Fingern wegstrich.

Dann biss er hinein – und hätte am liebsten alles wieder ausgespuckt. Igitt, war das bitter und holzig. Dazu die Erde. Um sein Gesicht zu wahren, würgte er den Bissen hinunter und Elfie lachte schallend.

Na, da hatte sie ihn ja schön reingelegt. Er kam sich vor wie auf dem Schulhof.

»*Everything okay*?«, unterbrach sie plötzlich Sergeant Campbell.

»*Yes, Sir.*« Klaus nahm Haltung an und versteckte dabei die Salatblätter hinter seinem Rücken.

»*Hello*«, sagte Elfie und kaute genüsslich. Jetzt war sie natürlich fein raus, die Beweise für den Lebensmitteldiebstahl hatte sie ja vernichtet.

»*I need your help*«, wandte Campbell sich an Klaus.

Klaus' Englisch war viel besser geworden, seit Elfie mit ihm übte. Mit den Soldaten redete er zwar nicht viel, aber mit Campbell schon, wenn dieser ab und an vorbeischaute und sich nach seinem Wohlergehen erkundigte. Jetzt brauchte er offensichtlich seine Hilfe.

»Du hast doch Kraft und in Frankfurt kennst du dich auch gut aus«, erklärte Campbell auf Englisch.

Klaus nickte wieder, ohne eine Ahnung zu haben, was Campbell von ihm wollte. Daraufhin redete dieser so schnell und nuschelig auf Klaus ein, dass er nur *glass* verstand.

»Sie können endlich Glas fürs Palmenhaus bekommen«, übersetzte Elfie. »War wohl schwierig gewesen, alle Welt benötigt Glas, die Fabriken sind zerstört, die Transportwege ebenfalls. Deshalb braucht er ein paar Leute zum Helfen. Der Großhändler lagert es in …«

Campbell redete nicht weiter, sondern zog einen Zettel aus der Hosentasche. »Petterweil«, las er vor.

»*I know that!*«, rief Elfie.

»*Great! You come with us!*«

»*Sir*!«, rief Klaus. Elfie war doch nur ein Mädchen, sie hatte überhaupt keine Kraft und würde wahrscheinlich mehr stören als helfen. Aber ein Blick auf Campbells Uniform erinnerte ihn daran, dass es besser war, zu gehorchen, wenn er nicht auffallen wollte.

»*Tomorrow evening, twenty three hundred,* Güterbahnhof.«

»Wie bitte?«, fragte Klaus.

»Er meint nachts um elf«, erklärte Elfie. »Aber nachts: das ist doch verboten! *Do we get a permission*?«

Kopfschüttelnd steckte der Sergeant den Zettel wieder ein.

»Wenn wir da erwischt werden …«, meinte Elfie.

Sehr gut, sie kneift, dachte Klaus.

»*What do we get for that*?«, fragte sie stattdessen und klimperte auf einmal mit den Wimpern. »*We can get caught by the MP.*« Noch so ein Augenaufschlag.

Was fiel ihr nur ein? Konnte sie nicht einmal still sein? Er hätte nie gewagt, etwas zu fordern.

Wieder redete Campbell und wieder übersetzte Elfie.

»Er meint, da würde schon nichts passieren. Wir fahren nach Petterweil, bezahlen die Ware, laden sie auf und bringen sie zum Palmengarten, das sei alles. Und er fragt, ob wir schon mal Ärger mit der MP hatten.«

Vehement schüttelte Klaus den Kopf. Bis jetzt war er ihr nachts bei seinen Streifzügen immer entwischt.

»*What do we get*?«, wiederholte Elfie ihre Bitte. »*As a reward*.«

Bevor Klaus fragen konnte, was *reward* hieß, flüsterte sie schon »Belohnung.«

»*Forget it*.« Campbell lachte dröhnend. »*A reward*!« Sein Lachen wurde immer hemmungsloser. Dann sagte er Elfie, dass er sie am Bunker in Griesheim abholen würde, für eine Frau sei es nachts draußen nicht sicher.

»*Not without a reward*.«

Jetzt verschränkte sie sogar wie ein trotziges Kind die Arme vor der Brust. Hoffentlich begriff Campbell jetzt endlich, dass es ein Risiko war, Elfie mitzunehmen. Mädchen störten doch nur.

Doch der redete immer weiter auf sie ein, ohne dass Klaus ein Wort verstand oder Elfie etwas übersetzte.

Sie schüttelte immer heftiger den Kopf. »*No. I won't come with you*.«

Da gab Campbell offensichtlich auf und wandte sich an Klaus.

»*And you?*«

»*I come to the Güterbahnhof*«, beeilte er sich zu sagen.

Der Sergeant schlug ihm anerkennend auf die Schulter. »*Good boy! You are my friend. And – keep silence!*«

Er tippte sich an seine Schiffchenmütze und ging.

»Der spinnt ja wohl. Ich halte für niemanden mehr den Kopf hin.« Elfie sammelte das nächste Salatblatt ein. »Ich will meine eigenen Entscheidungen treffen.« Schon landete es wieder in ihrem Mund. »Aber du machst natürlich brav, was von dir verlangt wird. Pimpf.« Sie klang verächtlich.

»Von wegen.« Mehr wollte Klaus nicht sagen, um sich nicht zu verraten. Trotzdem wurmte ihn der *Pimpf*. So wurden eigentlich nur die Hitlerjungen vom Jungvolk genannt, also alle unter fünfzehn.

»Ich bin froh, dass du hierbleibst. Du bist doch nur ein Mädchen. Wenn es hart auf hart kommt, müssten wir uns um dich kümmern. Du bist eher ein Risiko als eine Hilfe.«

»Na, du kennst dich aber aus! So wie du da versteckt im Keller haust, bist du wahrscheinlich selbst ein Dieb, oder?«

»Du bist verdammt neugierig!«, erwiderte Klaus.

»Ach komm, nun hab dich nicht so. Beinahe hätten wir die Nacht miteinander verbracht.« Auf einmal kicherte sie glucksend los.

Elfie war einfach unmöglich.

»Bei dir klingt es, als ob das alles ein Spiel wäre.« Er spürte, wie sein Augenlid zu zittern begann. »Aber das ist gefährlich!«

»Ich weiß ja nicht, wo du die letzten Jahre verbracht hast. Jetzt fliegen uns ja schließlich keine Bomben und Gewehrkugeln mehr um die Ohren. Ich war Flakhelferin in Nürnberg, mittendrin in der Schlacht um die *Hauptstadt der Reichsparteitage*. Dagegen ist das doch ein Klacks.« Sie zuckte mit den Schultern. »Werde erwachsen, Klaus. Das Leben ist gefährlich und ...«

»... endet immer mit dem Tod!«, ergänzte er den Spruch.

Auf einmal sah er wieder die Front vor sich. Wie seinem Spieß immer der Speichel aus dem Mund tropfte, wenn er seine Befehle schrie, und Klaus schlecht vor Angst wurde.

Er sah seine blutig zerfetzten Kameraden, wie sie wimmerten und flehten. Wie er sie mit letzter Kraft auf den Anhänger des Pferdewagens legte, Fliegen und Gewehrkugeln um seinen Kopf surrten und das Pferd lostrottete.

16 – Elfie

Klaus starrte mit einem Mal so merkwürdig vor sich hin. Es ärgerte Elfie, dass er ihr nichts zutraute, nur weil sie ein Mädchen war. Dabei hatte sie im Kriegshilfsdienst nicht nur den Umgang mit einer Pistole gelernt, obwohl Hitler früher allen Frauen versprochen hatte, nie eine Waffe tragen zu müssen.

Sie hatte sie sogar benutzt.

Allerdings nicht, um irgendeinen feindlichen Armeeangehörigen zu erschießen, sondern um sich besoffene Wehrmachtssoldaten vom Leib zu halten. Und es hatte sich gut angefühlt. Als wäre es die Rache für …

Sie schüttelte den Kopf. Sie wollte nicht mehr an den rothaarigen Kappes und die Lindenstraße denken. Nie mehr.

Um auf andere Gedanken zu kommen, verdrückte sie sich und setzte sich auf eine Parkbank hinter der Gärtnerfachschule.

Plötzlich vernahm sie ein Flüstern. Schritte und wieder Flüstern. Hörte sich an wie Kinderstimmen.

Vorsichtig erhob sie sich. Die Büsche am Zaun bewegten sich, aber von ihrem Platz aus konnte sie nichts sehen.

Deshalb durchsuchte Elfie die Hecke.

Sie entdeckte ein Loch im Sperrzaun. Als sie aufblickte, sah sie, wie auf der Miquelallee ein paar Kinder davonrannten.

Die riskierten richtigen Ärger. Die Amis hatten unglaublich

Angst, dass sich die Deutschen in Himmlers geplanter Untergrundbewegung, dem *Werwolf*, gegen sie verschwören würden. Daher die Ausgangssperre und das Verbot, Fahrzeuge zu benutzen oder Versammlungen zu veranstalten. Langsam lockerten sie die Verbote zwar, aber am Anfang hatte Elfie gedacht, sie wollten die Deutschen am liebsten den ganzen Tag einsperren, um sie besser kontrollieren zu können.

Der Werwolf. Elfie konnte sich gut vorstellen, dass es Hitlergläubige gab, die in den besetzten Städten Sabotageaktionen planten, vielleicht sogar Attentate auf wichtige Entscheidungsträger. Das Hauptquartier der alliierten Streitkräfte im IG-Farben-Haus war nicht nur ein verlockendes Ziel, sondern bestimmt auch gut geschützt. So genau wusste Elfie das leider nicht, sie durfte ja nur in den Palmengarten und nicht in den restlichen Sperrbezirk.

Aber die Kinder hatten wahrscheinlich nur Lebensmittel oder Sachen aus den beschlagnahmten Wohnungen organisiert. Anstelle des Werwolfs regierte der Hunger die Stadt.

Und auf einmal stand Elfies Plan fest.

Was die Kinder konnten, das konnte sie auch. Sogar Campbell organisierte Glas. Und sie war kein schwaches Mädchen, wie Klaus dachte. Dem würde sie es zeigen

Als sie zurückkam, starrte Klaus noch immer so seltsam vor sich hin. Das passierte in letzter Zeit häufiger. In den knapp zwei Monaten, seit sie zusammenarbeiteten, hatte sie ihn noch immer nicht richtig kennengelernt. Sie wusste nicht mal, ob er wirklich aus Sachsenhausen stammte oder Campbell angelogen hatte. Klar war, dass er drüben im Abbruchhaus an der Ecke zur Beethovenstraße Unterschlupf gefunden hatte. Verwandte oder Freunde hatte er in Frankfurt offen-sichtlich nicht, sonst würde er ja bei denen wohnen. Helgas Eltern hätten Elfie auf jeden Fall aufgenommen, wenn Mutter gestorben wäre. Man kümmerte sich doch umeinander.

Vielleicht kam Klaus gar nicht aus Frankfurt?

Durch den Englischunterricht hatte sie gehofft, ihn zum Reden zu bringen. Wenn Campbell vorbeischaute, fragte Klaus ihn immer nach dem Leben in Amerika aus und gab wenig von sich selbst preis. Alles merkwürdig.

»Klaus?«, fragte sie und auf einmal ging ein Ruck durch ihn, und er öffnete die Augen, als ob er geschlafen hätte.

»Was ist?«, blaffte er sie an.

»Ich bin mutig, du wirst es schon noch sehen. Obwohl ich ein Mädchen bin.«

»Willst du etwa noch mehr Salatblätter stehlen?«, rief er viel zu laut.

»Psst.« Elfie schaute sich um. »Ich hole das Grammofon meines Bruders aus unserer Wohnung.«

»Na, lass dich bloß nicht erwischen.«

»Keine Angst, ich weiß, was ich tue.« Sie zog die Hacke wieder durch die Erde. »Ich habe sogar schon einen Plan, wie ich es aus dem Sperrbezirk schmuggeln kann.«

Es würde schon alles gut gehen. Wobei sie noch nie etwas gestohlen hatte, noch nicht mal einen Bonbon. Bis auf den Mundraub im Palmengarten. Aber war es Diebstahl, wenn man den Müll anderer aufsammelte?

Als die Stangenbohnen unkrautfrei waren, schickte Herr Gessner sie zum Verwaltungsgebäude. Sie sollten in den Blumenbeeten Unkraut jäten. Aber zuerst war Mittagspause.

Auf einer Parkbank mit Blick auf den Seerosenteich und das Palmenhaus packten sie gerade ihre Brote aus, als eine ganze Reihe Offiziere an ihnen vorbei zum Gesellschaftshaus schlenderte.

»Lunchtime. Die wohnen hier in der Nähe.« Klaus kannte sich besser aus als Elfie.

Sie sprang auf. »Ist der Seiteneingang etwa auf?«

»Sonst kämen sie ja wohl nicht rein, oder?«

Natürlich! Manchmal lag die Antwort so nahe, oder? Sie musste tief durchatmen, um sich ihre unbändige Freude nicht anmerken zu lassen. Ihr Herz schlug wie wild.

»Komm, ich zeige dir, wo ich gewohnt habe.« Sie packte ihr restliches Brot wieder in die Papiertüte und ihren Rucksack und lief durch die Beete zum Zaun. Klaus folgte ihr.

»Da!« Aufgeregt deutete sie auf das cremefarbene Haus. »Mein Zuhause!«

»Schick.« Er schaute auf die oberen Stockwerke mit den ziselierten Eisenbalkons.

»Wir haben aber im Tiefparterre gewohnt. Mein Vater war Hausmeister.«

Hatte sie ihm das nicht längst erzählt?

Da kam wieder eine Gruppe Amerikaner und trat einfach durch den Eingang. Es war noch nicht mal abgeschlossen! Wieso war sie nicht früher auf den Gedanken gekommen, dass die Eingänge vom besetzten Wohngebiet in den Palmengarten womöglich offen waren?

Wieder zurück auf der Parkbank, kribbelte ihr Körper vor Erregung. Heute Abend schon konnte sie endlich wieder Swing hören! Und Lebensmittel organisieren!

Man musste sich nur zu helfen wissen. Mutter wurde immer magerer. Und sie musste was tun.

Elfie biss hungrig in ihr Brot. Es schmeckte fad und war unglaublich trocken und hart. Und während sie jeden Bissen nur mit einem Schluck Wasser hinunterbekam, konnte sie den Blick nicht vom Palmenhaus abwenden. Noch immer ragten zwischen dem kahlen Eisenskelett des Gewächshauses die trockenen braunen Wedel der großen Palmen in den Himmel. Jeden Morgen, wenn sie daran vorbeiging, und auch jetzt, jedes Mal, wenn sie dort hinsah, schmerzte es sie in der Seele, und sie erinnerte sich an die grüne Pracht, die früher dort geherrscht hatte. Wie schön es doch wäre, wenn es wieder aufgebaut werden würde. Wenn alles wieder so wie früher wäre, wenigstens hier. Pflanzenliebhaber, die über die verschiedenen Sorten diskutierten. Kinder, die lachend umhersprangen. Verliebte Paare, die sich hinter den Palmwedeln verschämt küssten.

Manche Palmen hatten wieder ausgetrieben, aber einen zweiten kalten Winter würden auch diese nicht überstehen, hatte Herr Lenze erklärt.

»Weißt du, wer der Vorgesetzte von Campbell ist?«, fragte sie Klaus.

»Captain Bennet.«

Der Name sagte Elfie nichts.

»Das ist so ein bulliger Kerl mit Stiernacken, der immer *American Blend* raucht.« Klaus stand auf, die Pause war zu Ende.

»Ach ja!« Sie hatte schon Kippen von ihm aufgelesen.

»Aber komm nicht auf die Idee, ihn nach einer Belohnung zu fragen!«

»Nein«, erwiderte Elfie, obwohl ihr gerade etwas ganz anderes durch den Kopf geschossen war. Sie stand ebenfalls auf.

»Der Sergeant hat mir gesagt, dass sie gar nichts aus Armeebeständen verschenken dürfen. Fraternisierungsverbot, du weißt schon. Dem Feind nicht trauen und nicht unterstützen.«

»Und was ist mit der Schokolade für die Kinder?« Langsam liefen sie zum Verwaltungsgebäude.

»Die GIs verschenken ihre eigene Verpflegung«, antwortete Klaus. »Campbell hat sogar Ärger bekommen, weil er mich zum Essen ins Gesellschaftshaus eingeladen hat.«

»Dabei hält sich so gut wie keiner an das Fraternisierungsverbot! Schau dir doch die ganzen Puffs an. *Hello Baby*, rufen die GIs und sofort kommen die Frankfurterinnen hungrig angelaufen.«

»Es gibt eben solche und solche, wie immer. Die Offiziere sind strenger als die Mannschaften, glaube ich.« Er sah sie komisch an. »Du bist ganz schön selbstsüchtig, Elfie.«

Das traf. Wenn es etwas gab, das Elfie auf gar keinen Fall sein wollte, dann egoistisch.

»Die Belohnung soll ja nicht nur für mich sein, sondern auch für dich! Und für meine Mutter. Wer arbeitet, muss bezahlt werden, oder? Für ein Taschengeld beim Arbeitsdienst oder in der Rüstungsfabrik den Hals hinhalten, die Zeiten sollten wirklich vorbei sein. Amerika ist ein kapitalistisches Land, da wird jeder für seine Arbeit bezahlt. Letztendlich sind das doch Überstunden, wenn wir nachts Glas organisieren sollen.«

»Überstunden?«, rief Klaus. »Du bist unverschämt, Elfie. Als ob wir im Schützengraben Überstunden bezahlt bekommen hätten.«

»Der Krieg ist aus.«

Klaus hob abwehrend die Hände. »Zieh mich da nicht mit rein, ich helfe Campbell auf jeden Fall, das Glas zu organisieren, ich will gar kein Geld dafür.«

Ach, dieser Jasager.

Aufgebracht stand Elfie auf und lief hinüber zu den Staudenbeeten. Sie ärgerte sich über Klaus und sie ärgerte sich über sich selbst. War es klug gewesen, eine Belohnung zu verlangen? Sie sollte froh sein, dass sie Arbeit hatte und dass die Gewächshäuser wieder aufgebaut und all die seltenen Pflanzen gerettet wurden. Sie war keine Egoistin!

Nur satt werden wollte sie.

Und wie hatte Klaus das gemeint: *Wir im Schützengraben*? Mehr als Flakhelfer dürfte er wohl kaum gewesen sein. Sie hatte einige dieser sehr jungen HJler getroffen. Manche waren sehr fanatisch gewesen, aber die meisten eher Jungs, denen alles egal war. Die nicht mehr an den Endsieg glaubten, aber brav machten, was ihnen befohlen wurde, weil sie es nie anders gelernt hatten.

Und genauso war Klaus.

Manchmal ertappte Elfie sich dabei, wie sie den Blick nicht von ihm abwenden konnte. Wenn sie ihn mit den Kindern beim Fußball spielen sah, wirkte er immer wie ihr Trainer. Viel älter als fünfzehn. Sein Kreuz war breit, und obwohl er mager war, konnte man seine Muskeln erkennen. Manchmal glaubte sie sogar, er würde sich bereits rasieren. Wenn er älter war, würde er bestimmt gut aussehen. Markantes Kinn, dunkle, fast schwarze Haare, dazu hinter dichten, langen Wimpern diese wunderschönen wasserblauen Augen.

Dabei liefen hier so viele gut aussehende Soldaten herum.

Nach Dienstschluss schlich sie unauffällig zum Seiteneingang und versteckte sich hinter einem Busch.

Als die Luft rein war, rannte sie voll Vorfreude hinein. Wenn Klaus sie jetzt sehen könnte. Sie war kein schwaches Mädchen!

Schon stand sie vor ihrem Zuhause.

Wie sehr sie es vermisst hatte. Die Haustür war offen und mit klopfendem Herzen überschritt sie die Schwelle. Intensiver Duft nach gebratenem Fleisch ließ ihr das Wasser im Mund zusammenlaufen. Eine Frau sang inbrünstig ein melancholisches Lied, Töpfe klapperten.

Noch immer hing an ihrer Wohnungstür das Schild *Hausmeister bitte zweimal klingeln.*

Elfie atmete befreit auf.

Sie konnte es noch immer nicht fassen, dass ihr Vater lebte. Schon den ganzen Tag war ihr deshalb so leicht ums Herz, dass sie am liebsten nur getanzt hätte und viel Unsinn im Kopf hatte. Klaus die Salatwurzel essen zu lassen, zum Beispiel. Eine Belohnung zu fordern. Oder sich hier reinzuschleichen.

Der Schlüssel steckte noch im Schloss, so, wie sie die Wohnung verlassen hatten.

Mit hämmerndem Herzen öffnete sie die stets knarzende Tür. Vaters Jacke hing am Haken, seine Hausschuhe standen darunter. Sehnsüchtig strich Elfie über Walters echt englischen grauen Stockschirm mit dem polierten Holzgriff, ein Geschenk von Freddy.

In der Küche standen die leeren Schränke offen, in den Betten befanden sich nur die Matratzen. Hier wohnte offensichtlich noch niemand.

Elfie gönnte sich einen Moment auf dem Sofa und stellte sich vor, Walter würde pfeifend ins Zimmer kommen und sie zum Tanz auffordern, während Mutters Nähmaschine surrte und weiter oben im Haus ein Klopfen zu vernehmen war. Vater, wie er die ständig verklemmten Heizungsventile mit dem Hammer bearbeitete, damit die warme Luft hindurchströmte.

Wenn doch auch Post von Walter käme!

Sie schloss die Augen und erinnerte sich ans gemeinsame Tanzen. Wie sicher sie sich gefühlt hatte, wenn er sie durch die Luft schleuderte. Sie summte leise den *Harlem Swing*. Wie sehr Elfie ihren Bruder vermisste.

Ein Geräusch im Treppenhaus ließ sie aus ihren Träumen hochschrecken. Sie sollte sich beeilen.

Aus dem Eichenschrank im Wohnzimmer holte sie die Schachtel mit den silbernen Löffeln und Vaters Briefmarkensammlung. In ihrer Nachttischschublade fand sie die Perlenohrringe, die Herr Mauersberger ihr zum sechzehnten Geburtstag geschenkt hatte. Wie dumm, dass sie sie vergessen hatte. Keine Wertsachen, hatte Mutter immer gesagt, dabei hätte Elfie sie doch anziehen können.

Aber jetzt würde sie die Ohrringe mitnehmen und einfach durch das Loch im Zaun nach draußen klettern.

Die silbernen Löffel und die Perlenohrringe steckte sie in ihre Unterhose und das Briefmarkenalbum vor die Brust. Dann schnappte sie sich die elfenbeinfarbene Sammelmappe mit den Schellackplatten, die man wie eine Tasche an einem Griff tragen konnte, dazu das Koffergrammofon und hängte sich Vaters Mantel über den Arm.

Auf Zehenspitzen schlich sie hinaus ins Treppenhaus und zog die Tür leise hinter sich zu.

Im Treppenhaus wartete ein Mann auf sie.

Ein Mann in Uniform, den sie auf den ersten Blick erkannte.

Campbell.

Die Waffe auf Elfie gerichtet.

17 – Elfie

»*Hands up*!«, rief Campbell.

Elfie rührte sich nicht, ihre Gedanken rasten. Was machte er hier? Hatte er sie verfolgt? Wie konnte sie sich wehren?

»Elfie, sind Sie das?«, fragte er auf Englisch.

»Ja, Sergeant Campbell.« Sie ging lächelnd einen Schritt auf ihn zu. Am besten, sie gab sich völlig unschuldig.

»Halt, bleiben Sie stehen! Hände hoch!« Noch immer zielte er mit der Waffe auf sie.

Langsam stellte sie das Grammofon und die Mappe mit den Schallplatten auf die Treppenstufe, aber so, dass der Mantel darüberlag. Dann hob sie die Hände und suchte fieberhaft nach einer Ausrede und den passenden englischen Wörtern.

»Sie dürfen den Palmengarten nicht verlassen!«, sagte er.

»Ich habe nur den Mantel meines Vaters geholt«, erklärte sie. »Meine Mutter friert immer so im Bunker!«

»War das Ihre Wohnung?« Er wies mit dem Kopf zur Hausmeistertür.

Sie nickte. Woher er wohl wusste, dass sie aus dem Sperrgebiet stammte?

»Ich wohne jetzt im ersten Stock«, erklärte Campbell.

»Oh, bei Herrn Lenze?« Sie musste ihn unbedingt ablenken, damit er sie nicht durchsuchte. »Gefällt es Ihnen dort?

Sie haben so wunderschöne Möbel.« Noch ein wenig das Lächeln intensivieren, damit er ins Plaudern kam.

Aber er kniff die Lippen immer stärker zusammen und ging, die Pistole noch immer im Anschlag, auf Elfie zu. Siedend heiß erinnerte sie sich daran, dass der immer so harmlos wirkende Campbell eigentlich ein Soldat war. Einer, der schießen gewohnt war. Sie reckte die Arme höher.

Jetzt war er ganz nah und klopfte mit der freien Hand die Taschen ihrer Jacke und der Hose ab. Elfie hielt die Luft an. Er untersuchte ihre Hosenbeine, dann die Arme. Was, wenn … aber er ließ sie in Frieden und tastete weder Bauch noch Brust ab. Die Löffel und die Briefmarken waren gerettet.

»Was ist unter dem Mantel?«, fragte er barsch und wirkte, als wäre ihm die Leibesvisitation unangenehm gewesen.

»Musik«, gab sie notgedrungen zu. Am 8. Mai hatte er Swing getanzt, vielleicht brachte er ja Verständnis auf. »Glenn Miller und Louis Armstrong«, fügte sie deshalb hinzu.

»Sie kennen Louis Armstrong?«

Elfie beugte sich vor, sofort war er wieder in Habtachtstellung, bis sie den Mantel vom Grammofon zog.

»Ein Grammofon?«, fragte er erstaunt.

Elfie nickte und hob den Deckel an. Silbrig blinkte ihnen der Tonabnehmer entgegen. Dann öffnete sie die Sammelmappe und zog Walters Louis-Armstrong-Platte heraus.

»Sie gehört meinem Bruder«, erklärte sie. »Er hat an der Ostfront gekämpft. Wir haben schon sehr lange nichts mehr von ihm gehört.«

»Stalingrad?«, fragte er.

»Nein, Kurland.« Sie hatte keine Ahnung, wie diese Region

auf Englisch hieß. »Im Baltikum«, sagte sie auf Deutsch. »Ich würde so gerne wieder Swing hören. Die Nazis hatten es uns verboten, und wer trotzdem Swing hörte, bekam Ärger mit der Gestapo.«

»Verboten? Es ist doch nur Musik!«

Endlich ließ er die Waffe sinken, blätterte sich durch die anderen Platten und brummte ab und an anerkennend.

»Das ist alles? Nur das Grammofon und die Platten?«

»Und den Mantel.«

Sanft strich er mit seinen langen, schmalen Fingern über den grünen Samt des Plattentellers. Dann sah er sie an, ernster als sonst.

»Den Mantel können Sie behalten, aber das Grammofon stellen Sie zurück. Die Platten auch.«

»Aber …«

»Der Officer, der hier einquartiert wird, soll sich wohlfühlen! Seine Strapazen vergessen, das Leid, die Schmerzen, weil Ihr Führer den Krieg angezettelt hat und für Millionen von Toten verantwortlich ist! Und nicht nur er, alle Deutschen! Sie haben doch alle da mitgemacht!« Der sonst so ruhige und besonnene Mann redete sich richtig in Rage.

Elfie fühlte sich ertappt und schaute zu Boden.

Campbell atmete tief durch. »Eigentlich müsste ich Sie entlassen und der MP melden! Aber ich kenne Sie als zuverlässige Mitarbeiterin, Miss Elfie. Herr Lenze jedenfalls ist sehr zufrieden. Es ist bestimmt auch nicht einfach, das eigene Zuhause nicht betreten zu dürfen. Aber ich verlange eine Belohnung für mein Schweigen.« Beim Wort *reward* umspielte ein Lächeln seine Lippen.

Eine Belohnung. Sie ahnte, was kommen würde.

»Wir holen Sie heute Abend um Viertel nach elf in Griesheim am Bunker ab.«

Missmutig stapfte Elfie zum Checkpoint. Die Sache mit dem Grammofon war wirklich eine dumme Idee gewesen. Zu gerne hätte sie über Campbell geschimpft, aber sie wusste, dass er recht hatte. Sie war wirklich eine Egoistin, die nur an sich selbst dachte, und nicht an den Officer, der dort jetzt einziehen würde. Vielleicht hatte er ein KZ befreit und gesehen, was ..., ihr schnürte es die Kehle zu.

Wenn sie doch nur eine Zigarette hätte! Die würde sie beruhigen. Stattdessen riss sie einen Grashalm aus einem vernachlässigten Beet und schob sich den Stängel als Ersatz zwischen die Zähne. Die Nazis hatten rauchende Frauen nicht leiden können, ein Grund mehr, sich eine anzustecken.

Zur Strafe für ihren Leichtsinn bei Campbells Himmelfahrtskommando mitmachen zu müssen, war natürlich besser, als entlassen zu werden, aber bestimmt auch gefährlich. Sie wollte auf gar keinen Fall wieder im Knast landen. Lernte sie eigentlich nie dazu?

Und wie sollte sie ihrer Mutter erklären, dass sie mitten in der Nacht den Bunker verlassen musste?

Wenn Elfie Glück hatte, schlief sie tief und fest. Dazu musste sie aber satt sein. Ach, es war alles so kompliziert.

Auf dem Nachhauseweg wäre sie gerne bei Helga vorbeigegangen, um ihr Herz auszuschütten, aber diese war für ein paar Tage in Bad Vilbel.

Im Vorbeigehen hörte Elfie zwei Frauen darüber reden,

dass es beim Kolonialwarenladen in Bockenheim Seife gab, aber sie hatte die passenden Marken nicht dabei. Bestimmt hatte Mutter sich schon darum gekümmert. Jeden Tag gab es andere Gerüchte, mal war es Mehl, dann wieder Kartoffeln oder Zahnbürsten, Nähnadeln oder Kehrbesen, die es angeblich irgendwo zu kaufen gab. Dann reihte man sich meist vergeblich ein, erfuhr in der Schlange aber, dass es woanders gerade Pferdefleisch gab.

Aber Elfie konnte ja zum Schwarzmarkt gehen und Mutter von dort etwas mitbringen. Sie war gespannt, was sie für die Löffel oder Vaters Briefmarken bekommen würde.

Wieder musste sie an das Grammofon denken. Wie gerne hätte sie die Platten gehört. Oder die alten Freunde getroffen. An so einem herrlichen Sommerabend wie heute hatten sie sich früher in versteckten Ruderhäusern am Main getroffen und Musik gehört. Oder waren durch die Cafés gezogen, von der Hauptwache zum Café Regina und zur Rokoko-Diele, immer den Harlem-Pfiff auf den Lippen und die Beine kribbelig vor lauter Lust aufs Tanzen.

Plötzlich ertönten quietschende Bremsen und rissen Elfie aus ihren Tagträumen. Ein Jeep stoppte am Straßenrand und Corporal Taylor lächelte sie an.

»*Wanna drive with me*?«, fragte er und klopfte auf den Sitz neben sich.

Sie zögerte. Ob er von ihrem Einbruch wusste? Aber wie eine Festnahme sah es nicht aus, dazu lächelte Taylor sie viel zu fröhlich an.

»Hauptwache?«, fragte sie. Noch einmal dort sein, noch einmal an die alten Zeiten denken. Das brauchte sie jetzt.

Außerdem wurden dort bestimmt auch eifrig Geschäfte gemacht.

Er nickte, sie sprang rein.

Sie mochte den stets freundlichen Wachoffizier. Wenn er frei hatte, fehlte ihr richtig was. Wie lässig er immer aussah, trotz der Uniform. Ihm fehlte diese zackige Art, die sie den Jungs von klein auf bei der Hitlerjugend beigebracht hatten. Selbst wenn er höhergestellte Offiziere grüßte, schlenkerte Taylor einfach nur mit der Hand. Walter würde das gefallen, musste sie unwillkürlich denken. Er hatte den Stechschritt immer gehasst.

Taylor bretterte über die Bockenheimer Landstraße, überholte ein Pferdefuhrwerk und Elfie genoss den kühlen Fahrtwind.

»*What a beautiful day.*« Er legte den Arm auf ihre Rückenlehne. Elfie rückte etwas von ihm weg, damit er sie nicht umarmen konnte, und fragte sich gleichzeitig, ob er das wirklich vorgehabt hatte. Sie mochte ihn, ja, aber das ging zu weit.

Auf einmal erkundigte er sich nach ihrer Familie, ob alle den Krieg überlebt hätten. Elfie antwortete wahrheitsgemäß, ohne zu übertreiben. So schlimm sei es im Bunker nicht, jetzt, wo man abends bei dem herrlichen Wetter länger draußen sein könne. Als sie Vaters Kriegsgefangenschaft im Vereinten Königreich erwähnte, nickte Taylor nur.

»*My brother Walter is still missing.*« Hatte sie es richtig gesagt? »*In Russia.*«

Taylor nickte wieder. Sie passierten die Ruine der Oper und fuhren durch eine schmale Gasse zwischen den Schutthaufen in der Goethestraße.

»*How old is he?*«

»*Twenty-two.*«

»*Same as me*«, sagte er und schaute sie so eindringlich mit seinen unergründlich dunklen Augen an, dass Elfie ganz warm wurde. Dann kamen sie an der Ruine der Hauptwache an.

»*Have a nice day*, Fräulein Elfie.« Er lächelte sie zum Abschied breit an, sodass sich Grübchen in seinen Wangen bildeten. Elfie sah ihm nach, als er durch die ehemalige Innenstadt davonfuhr.

Die Hauptwache, eigentlich *Platz an der Hauptwache*, war neben dem Hauptbahnhof der Knotenpunkt aller wichtigen Wege in Frankfurts Innenstadt und früher gesäumt von Cafés, Restaurants und Geschäften gewesen. In der historischen Polizeiwache in der Mitte hatte sich ein gemütliches Café mit rot-weiß gestreiften Markisen und großer Außenterrasse befunden. Jetzt standen nur noch die Grundmauern und ein Portal.

Aber der Turm der Katharinenkirche hatte dem Feuersturm im März 44 standgehalten. Die Außenmauern des Kaufhofs waren sogar fast vollständig und im Erdgeschoss wurden Waren angeboten. Viele Menschen waren unterwegs, Schwarzmarktgrüppchen handelten im Schatten der Ruinen.

Elfie spähte in die Zeil, die große alte Einkaufsstraße, doch deren Gründerzeitherrlichkeit existierte nicht mehr. Manches Haus fehlte völlig, bei anderen ragte nur die Fassade in den Himmel, überall das gleiche Bild.

Hier an der Hauptwache hatten sie sich immer getroffen.

Sie spitzte die Lippen und stieß ein ums andere Mal den Harlem-Pfiff aus.

Aber niemand antwortete.

18 – Elfie

Februar 1942

»Wie siehst du denn aus!«

Ein feister Mann mit Parteiabzeichen am Anzugrevers deutete im Gedränge der Tram auf Walter. »Wie bei den Hottentotten! Mach mal deinen Mantel richtig zu!«

Elfie schielte zu ihrem Bruder. Gerade war er von seinem Sitzplatz aufgestanden, um einer älteren Frau den Platz anzubieten. Im Stehen fiel der geknotete Gürtel seines Trenchcoats natürlich besonders auf. Ein ordentlicher Deutscher schloss seinen Gürtel mit der Schnalle!

Walter lächelte nur.

»Hoffentlich sagt er nichts Schlimmes«, flüsterte Helga. Elfie nickte. Freche Bemerkungen waren Walters Spezialität. Vor allem, wenn ihn irgendjemand kritisierte. Letztens hatte er *Spießer* zu einem Passanten gesagt, weil der seinen Seidenschal *weibisch* nannte. Elfie war immer hin- und hergerissen zwischen Bewunderung für seinen Mut und der Angst, sie könnten Ärger bekommen.

»Du gehörst an die Front, da wird dir Benehmen beigebracht«, fuhr der Mann fort.

Die Tram näherte sich der Hauptwache.

»Komm, Walter«, flüsterte Elfie ihm zu. »Der ist es nicht

wert. Wir wollen doch tanzen gehen!« Sie folgte Helga zur Tür und bewunderte das neue Kleid, das Elfies Mutter ihr genäht hatte. Der rot gemusterte Stoff passte hervorragend zu Helgas blonden Haaren, das enge Oberteil betonte ihre gute Figur und der weite, locker fallende Rock war perfekt zum Swing-Tanzen.

Im Kaufhaus boten sie nur enge Kleider und Röcke an. Stoffmangel. Herr Mauersberger, der ja Stoffgroßhändler war, hatte Elfie erklärt, dass alle Betriebe Stoff für Uniformen, Zeltbahnen oder Segeltuch herstellten. Den Stoff für Helgas Kleid hatte Frau Fischer durch Beziehungen bekommen. Sie hoffte auf eine Verlobung Helgas mit einem Doktoranden ihres Mannes. Dass Helga sich für Walter interessierte, ahnte sie bestimmt nicht. Ebenso wenig, wie sie wusste, wo sie heute Abend hingingen oder was Helga anhatte.

Elfie hatte leider kein Geld für ein neues Kleid. Sie trug wieder die gelbe Bluse von Freddys Geburtstag, dafür endete ihr weißer Rock mittlerweile über dem Knie. Wadenlange Röcke störten beim Salto.

Sie liebte es, sich für den Odeon-Club extra schick zu machen. Sie hatte sogar ihre langen Haare abgeschnitten und trug sie in großen, aus der Stirn gekämmten Wellen, die sie mit Zuckerwasser besprühte.

Geschminkt wurde immer bei Sartorius' im Gartenschuppen. Da schaute sowieso selten jemand rein und Helga und Elfie hatten sich dort ein Versteck mit Lippenstiften, Wimperntusche, Rouge, einem Spiegel und einer Taschenlampe eingerichtet. Die Sachen stammten teilweise von Helgas Mutter oder von Lizzy. Das Rouge war eigentlich mit Mehl verdünnte rote Wasserfarbe, die sie aus ihrem Töpfchen geklopft und unter das Mehl gemischt hatten

Wenn Elfie dann hinterher in den Spiegel schaute, fühlte sie sich mit Lippenstift, dem Tanzkleid und den frisierten Haaren immer wie ein anderer Mensch. Wie *Ivie*, das Swing-Girl. Und das war verdammt aufregend!

Nur die Leute in der Tram mochten keine geschminkten Mädchen oder Jungs mit Seidenschal um den Hals.

Als Elfie wieder zu Walter und dem Parteigenossen schaute, schien dieser kurz davor, Walter so richtig anzuschreien. Da bremste die Tram abrupt an der Hauptwache und er schwankte leicht hin und her.

Walter grinste, hob den Arm und schmetterte lautstark »Heil Hotler«, dann drehte er sich um und verließ blitzschnell mit den Mädels die Tram.

Die Tür schloss sich, ruckelnd fuhr die Tram weiter Richtung Zeil und ließ die drei lachend auf dem belebten Innenstadtplatz zurück.

»Du bist wahnsinnig«, flüsterte Helga ihm zu. »Irgendwann kriegst du noch richtig Ärger.«

»Da passiert schon nichts, der ist doch viel zu blöd, um zu kapieren, was ich gesagt habe. Der hat bestimmt *Hitler* verstanden und weiß gar nicht, das mit *Hotler* wir abhottenden Swing-Freunde gemeint sind.«

Er hängte sich den Regenschirm über den Arm und bot dann beide Arme Elfie und Helga an. »*Ladies*, wenn ich bitten dürfte?« Und schon pfiff er den *Harlem Swing* und bekam aus allen Himmelsrichtungen Antwort.

Bereits von Weitem erkannte Elfie die hochgewachsene

Lizzy und ihre neue Flamme Dandy vor der Katharinenkirche.

»Wohin?« Dandy zupfte seine bunt gemusterte Weste zurecht. Seinen eleganten englischen Herrenhut hatte er sich weit aus der Stirn geschoben. Nur die Nazis zogen den Hut tief in die Stirn, sodass man nicht sehen konnte, wen sie gerade beobachteten. Das hatte ein lässiger Swing-Freund nicht nötig.

Dandy war der beste Tänzer im Odeon-Club. Jedenfalls, seit Freddy in General Rommels Afrikakorps kämpfen musste.

Elfie vermisste Freddy. In einem seiner seltenen Briefe hatte er Walter von der Schönheit der Wüste geschrieben. Aber es klang, als ob er das Wichtigste weggelassen hätte und es ihm nicht gut ging. Noch nicht einmal nach dem Odeon-Club hatte er gefragt.

Oder nach ihr.

Lautes Gelächter der anderen riss sie aus ihren Gedanken. Dandy drehte sich gerade mit dem Regenschirm um seine eigene Achse und landete in einem eleganten Ausfallschritt, sodass die alten Damen vor dem Café Wien in ihren Nerzmänteln pikiert guckten. In der Luft lag der Duft von Bohnenkaffee und leise Walzermusik. Da legte der Wirt bestimmt keinen zum *Foxtrott* umdeklarierten Swing auf.

Weiter ging es zum Kleinen Café Richtung Roßmarkt. Im Gegensatz zu sonst war es innen dunkel, an der Glastür hing ein schwarz umrandeter Zettel. *Wegen familiärem Trauerfall geschlossen.*

»Wieder einer weniger.« Dandy nahm den Hut ab. Walter behielt ihn auf, bis Helga ihn in die Seite boxte.

Kurz standen sie im stillen Gedenken da. Ob der Sohn gefallen war? Oder der Vater? Beide kannte Elfie nur aus Erzählungen, so lange waren sie schon an der Front, genauso wie ein Ober, über den sich Walter früher oft amüsiert hatte, weil der so gut Zarah Leander nachmachen konnte.

Da ertönte der Harlem-Pfiff vom Café in der Hauptwache.

»Lasst uns rübergehen.« Dandy deutete begeistert zu den Jungs vor dem Café.

»Wollten wir uns nicht mit den anderen in der Rokoko-Diele treffen?«, fragte Elfie.

»Da spielt heute wieder diese Frankfurter Kapelle«, stöhnte Dandy. »Die sind doch so lahm.«

»Das sind Freunde von uns, vergiss das nicht«, sagte Walter. »Und wenn Bobby spielt, gehen wir auf jeden Fall hin. Schon aus Solidarität. Außerdem spielen die echt *hot*.«

»*Boys*, beruhigt euch, wir gehen in die Rokoko-Diele!« Lizzy übernahm das Kommando und ging mit Dandy voraus. Helga hängte sich bei Walter ein. Der Gehweg war schmal, Elfie blieb hinter den beiden und kam sich wie das fünfte Rad am Wagen vor. Da hielt eine Tram der Linie 12, schnell stiegen sie ein und fuhren über den Roßmarkt zur Kaiserstraße mit ihren piekfeinen Geschäften, Hotels und Restaurants.

Elfie mochte die Rokoko-Diele im Kaiser-Hotel Kyffhäuser. Sie lag abgeschieden am Ende einer Reihe von ineinander übergehenden Restaurants: Zuerst kam die zünftige Schwarzwaldstube, dann die bayerische Bierabteilung und danach erst die plüschige Rokoko-Diele.

An den stuckverzierten Wänden hingen verspielte Gemälde aus dem achtzehnten Jahrhundert, das war aber auch das Einzige, das an den Rokoko erinnerte. Ansonsten gab es rote Samtstühle, Tische mit weißen Tischdecken und einen Parkettboden, auf dem man gut tanzen konnte.

Außer den Swing-Jugendlichen ging dort kaum jemand hin. Sie konnten daher ihre Platten mitbringen und ab und an durften kleine Bands dort spielen. Wenn sie die Tische und Stühle zur Seite schoben, reichte der Platz zum Tanzen. So viele Swing-Freunde gab es ja leider nicht mehr, alle ab achtzehn waren bei der Wehrmacht oder dem Reichsarbeitsdienst und die Jüngeren nahm die Hitlerjugend in Beschlag. Außerdem hatten die meisten Angst, zu verbotener Musik zu tanzen.

Als die Freunde ankamen, spielte die Band gerade den *Tiger Rag*.

Bobby, der Schlagzeuger mit dem karierten Hemd, den Elfie auf Freddys Geburtstagsfeier kennengelernt hatte, trommelte, als ginge es um sein Leben. Auch die anderen spielten auf der Klarinette oder der Trompete, was das Zeug hielt. Jedes Mal, wenn die ersten Takte erklangen, verlor Elfie ihre Angst und wollte nur noch tanzen, sich ausgelassen zu dieser mitreißenden Musik bewegen. Es war wie ein Rausch, und es war ihr völlig egal, ob die Erwachsenen das verstanden. Nur wenn sie tanzte, fühlte sie sich jung und lebendig. Nur dann konnte sie den Stumpfsinn ihres Lebens zwischen Schule, Fliegeralarm und der Dienstpflicht für den BDM vergessen.

Beim Überlebenskampf im Krieg helfen zu können, indem sie Altkleider sammelte oder auf dem Bahnhof Tee an durchreisende Soldaten verteilte, hatte ihr lange Zeit imponiert. Aber sie hatte es satt, sich von der Irene-Sirene vorschreiben zu lassen, was sie anziehen durfte, welche Musik sie hören, welche Freunde sie haben sollte.

Wer sie sein sollte.

Hier interessierte sich niemand dafür. Hier war es nur wichtig, Spaß zu haben und den Alltag für eine kurze Weile vergessen zu können. Von vielen kannte sie die Namen nicht und auch nicht jeder hatte Geld für neue Klamotten oder Lippenstift. Aber das spielte keine Rolle.

»Die haben es echt drauf«, rief Walter und klatschte begeistert Beifall, während Dandy betont gelangweilt gähnte.

»Kinderkram«, meckerte er und verdrehte die Augen. Der Hut lag auf dem Tisch, das Licht spielte mit Dandys honiggelben Haaren und die Mädchen drehten sich wie immer nach dem groß gewachsenen Jungen um. Neben seinen im Nacken sehr langen Haaren waren seine dunkelblauen Augen das Auffälligste an Dandy. Wenn Elfie bei Freddy immer das Gefühl gehabt hatte, ihm durch die blauen Augen bis in die Seele schauen zu können, so wirkte Dandy verschlossen, als ob er ein Geheimnis verbergen würde.

Schon begann das nächste Stück. Elfie hatte keine Ahnung, wie es hieß oder von wem es war, aber es ging ihr wie immer in die Beine, sie kam Lizzy zuvor und schnappte sich kurzerhand Dandy.

Er tanzte wie kein anderer und warf sie durch die Luft, dass der Kronleuchter wackelte. Auch Lizzy sprang gerade auf die Räuberleiter ihres Tanzpartners und machte einen Salto. Begeistert schrie Elfie auf.

Bei einem langsameren Stück machten Elfie, Dandy und

Lizzy eine Pause, und Elfie überlegte, ob ihr Taschengeld für eine Sinalco reichte. Da tanzten Helga und Walter eng umschlungen an ihnen vorbei.

»Sind die beiden jetzt endlich zusammen?«, fragte Lizzy und sah Elfie mit ihren irritierend hellen Augen an.

»Soweit ich weiß, nicht, aber Helga sehnt sich sehr danach.«

»Dann soll sie halt den ersten Schritt machen.«

»Als Mädchen? Da denkt doch jeder, sie sei leicht zu haben!«

Lizzy verdrehte die Augen, zog Dandy an der Krawatte zu sich und küsste ihn auf den Mund.

Elfie schaute sofort weg. Sich einem Mann so an den Hals zu werfen …

»So macht man das!«, rief Lizzy und Dandy drückte sie erneut an sich. Aber der war ein echter Frauenheld und versuchte jeden Abend, einem anderen Mädel den Kopf zu verdrehen, um dann doch wieder Lizzy nach Hause zu bringen.

Ob Elfie sich trauen würde, den ersten Schritt zu machen, wenn sie sich mal verliebte? Aber es gab niemanden, der ihr Herz höherschlagen ließ. Freddy war der Einzige gewesen. Aber er hatte nie so richtig auf ihre Annäherungsversuche reagiert, seitdem sie sich auf dem Hausball geküsst hatten. Und jetzt schwitzte er an Rommels Seite in Ägypten.

Ein junger, magerer Mann mit einer Klarinette betrat die Bühne, fanfarenartig setzten die Bläser ein, dazu ein Klarinettensolo, einfach umwerfend!

»*Big John's Special* von Benny Goodman«, rief Walter und flitzte schon mit Helga auf die kleine Tanzfläche. Lizzy und

Dandy und noch zwei andere Paare, die kleine Tanzfläche war schon fast zu voll für raumgreifende Wurfakrobatik, für Elfie war kein Tänzer mehr übrig. Egal, sie reckte die Arme und hüpfte wie eine Marionette im Takt der Musik. Sie hätte sowieso nicht ruhig danebenstehen können. Nicht bei diesem mitreißenden Swing.

Plötzlich stoppte abrupt die Musik.

»Die Streifen-HJ, alle hinten raus!«, rief Bobby aufgebracht. Offenbar hatte man sie entdeckt.

Elfie ergriff ihre Handtasche, auf keinen Fall durfte ihr Ausweis der HJ in die Hände fallen. Der livrierte Ober öffnete bereits die Hintertür, alle rannten panisch hinaus.

Elfie hörte noch die Rufe der Hitlerjungen, bevor sie durch einen Gang auf dem Hinterhof landete und von hier aus in die Niddastraße flüchtete. Draußen war es wegen der Verdunkelung und dem bewölkten Himmel ziemlich finster, perfekt, um sich zu verstecken. Helga, Walter und Lizzy duckten sich bereits an eine Wand, nur Dandy war noch nicht da und die Jungs von der Band fehlten auch noch.

Nur ein Blick, und sie bekamen sich nicht mehr ein vor Lachen. Denen waren sie wieder mal entwischt!

Die Jungs vom Streifendienst führten sich immer auf, als wären sie von der Polizei. Die meisten von ihnen meldeten sich später sogar freiwillig zur SS und Gestapo. Bis dahin zogen sie durch die Bars und Cafés, um die Einhaltung des Jugendschutzgesetzes und des Verbots von Tanzveranstaltungen und Swing-Musik zu kontrollieren.

Immer wenn schwere Schlachten der Wehrmacht anstanden, wurde alles verboten und nach dem nächsten Sieg wieder erlaubt. Im Moment durfte an drei Tagen in der Woche wieder getanzt werden. Der Überfall auf die Sowjetunion stockte.

Mit einem Mal stürmte Dandy mit wehendem Schal in den dunklen Hinterhof, zwei Hitlerjungen waren ihm auf den Fersen. Einer warf sich auf Dandy, brachte ihn zu Fall und schlug ihm in die Nieren.

Lizzy und Helga rannten sofort weg, um sich in Sicherheit zu bringen. Walter hingegen kam Dandy zu Hilfe.

Elfie zögerte.

Ein Mann mit auffälligen roten Haaren stolzierte in Zivilkleidung in den Hinterhof.

»Lasst ihn nicht davonkommen, die schwule Sau, die!«, bellte er, sein weißes Gesicht war voller Sommersprossen. Ein Zivilbeamter, bestimmt Gestapo. Wobei er dafür fast zu lässig dastand, gar nicht so zackig wie die normalen Polizisten. Aber die Gestapo verhielt sich ja immer so unauffällig, damit man sie gar nicht bemerkte und sie alles ausspionieren konnte.

Der rothaarige Mann schaute sich um, Elfie duckte sich mit trommelndem Herzen hinter die Mülltonnen und spähte durch einen Spalt. Es war so dunkel, sie konnte kaum etwas erkennen. Sie reckte den Kopf, wollte weglaufen.

Aber Walter kniete noch immer bei Dandy, versuchte, ihm aufzuhelfen. Auf einmal schlug der Mann mehrere Male mit der Faust zu, ohne dass Walter sich wehren konnte, sondern stöhnend über Dandy zusammenbrach.

Elfie schrie auf.

»Das wird euch eine Lehre sein! Ihr asozialen Rumtreiber und Bummelanten.« Der Rothaarige spie die Wörter angeekelt aus. Walter und Dandy sprangen auf. Der nächste Schlag traf Dandy, doch er sprang einfach auf, und die beiden rannten davon, bevor der Rothaarige erneut zuschlagen konnte. Elfie hinterher.

Der Zivilbeamte pfiff in eine Trillerpfeife, doch die Hitlerjungen waren längst auf und davon auf der Jagd nach anderen Jugendlichen.

Elfie und Dandy folgten Walter, der trotz der Dunkelheit die abenteuerlichsten Schleichwege durch die Hinterhöfe fand. Irgendwo gabelten sie Helga und Lizzy auf, dann öffnete Walter eine Kellertür. Ein paar Stufen nach unten, zum Glück war er nicht zum Luftschutzraum umgebaut worden, sondern voller Gerümpel und Holzkisten. Außerdem hatte die hölzerne Kellertür ein kleines Fenster, sodass es nicht völlig finster war und sie sehen konnten, ob sie verfolgt wurden.

»Jimmy, du blutest ja überall!«, rief Helga.

Walter wischte sich übers Gesicht, das Blut schoss aus seiner Augenbraue. Mit einem sauberen Taschentuch aus ihrer Handtasche versuchte Helga die Blutung zu stillen.

»Denen sind wir entwischt!«, rief Walter triumphierend.

»Das war eine Meisterleistung«, meinte Dandy.

Elfie starrte angestrengt hinaus. Hoffentlich war die Luft bald rein. Es raschelte so komisch hinter den Holzkisten. Ob das Ratten waren?

Dandy und Walter schaukelten sich mit den Erzählungen ihrer Wettläufe mit der HJ-Streife hoch und lachten immer ausgelassener.

»Wie wir dem Kappes entkommen sind!«, rief Dandy.

»Ist das der Rothaarige?«, fragte Elfie.

»Ja«, sagte Walter. »Gestapo, aber dämlich. Große Klappe, nichts dahinter. Bei dem musste ich mich immer frisch geschoren melden.« Seufzend fuhr er sich durch die Haare. »Ach, ich werde es vermissen.«

»Willst du nicht mehr mitmachen im Odeon-Club? Ich dachte, der war deine Idee!«, fragte Dandy erstaunt.

Da durchbrach der Mond die Wolken und strahlte Walter hell an. Er wirkte traurig und in sich gekehrt. So war er schon die ganze Woche gewesen, seit diesem Brief.

»Ich dachte ja, sie vergessen mich«, flüsterte er niedergeschlagen. »Nächste Woche geht es los. Sechs Wochen Wehrertüchtigungslager und dann?«

»Russland, ganz bestimmt«, sagte Dandy.

In Helgas Augen schimmerte es. Hatte sie nichts davon gewusst?

»Und du, Dandy?«, fragte Walter. »Wann ist es bei dir so weit?«

Genau in dem Moment klopfte es an die Kellertür. Elfie hielt die Luft an. Hoffentlich machte der Besitzer keinen Ärger, weil sie sich hier verkrochen hatten.

Sie hörte die Tür knarren.

»Swing Heil!« Bobby und die anderen Musiker stolperten in den Keller.

»Swing Heil«, antwortete Elfie.

»Die haben uns gefilzt, aber überall auf den Noten steht ja *Foxtrott.*« Bobby strich sich die lange braune Swing-Mähne aus dem Gesicht. »Aber das Beste war, dass sie uns glaubten, Benny Goodman würde eigentlich Bernhard heißen und wäre Holländer. Die hätten doch immer so merkwürdige Nachnamen.«

Und alle brachen in nicht enden wollendes Lachen aus.

Den Rückweg traten sie zu Fuß an, in der Tram würden sie nur unnötig auffallen. Es war schon lange nach neun, Jugendliche hatten um diese Uhrzeit nichts mehr auf der Straße verloren. Zudem war Walters Hemd völlig verdreckt, die Platzwunde hörte einfach nicht auf zu bluten. Mittlerweile war auch Helgas Taschentuch ganz durchnässt.

Anders als sonst wählten sie nicht den Weg über die Lindenstraße, um Helga nach Hause zu bringen. Nicht dass sie dem rothaarigen Kappes vor der Gestapozentrale in die Arme liefen.

Helga kannte einen Schleichweg durch die Nachbarsgärten zu ihrem Zuhause und Elfie und Walter huschten so leise es ging durch die Parallelstraße.

»Dandy hat ganz schön was abbekommen«, flüsterte Walter. »Auf den hat es die Streifen-HJ immer besonders abgesehen.«

»Lizzy kümmert sich ja um ihn«, meinte Elfie. Als die Luft rein gewesen war, hatten die beiden sich Richtung Anlagenring aufgemacht. Ob sie einen weiten Weg hatten? Dandy hatte auch geblutet, wenn auch weniger als Walter. Dafür hatte er kaum aufrecht stehen können.

»Wie wäre es, wenn wir den Eltern sagen, dass ich hingefallen bin?«, fragte Walter.

»Du hast aber gar keine Schürfwunden.«

»Wieso muss der Alte auch ausgerechnet jetzt auf Heimaturlaub sein! Mutter ist viel leichtgläubiger.«

»Du könntest ja auch gegen einen Laternenmast gelaufen sein«, sagte Elfie. Wegen der Verdunklung konnte so etwas leicht passieren.

»Gute Idee. Und ich gehe schon vor dem Frühstück ins Büro. Es ist so ungerecht! In wenigen Wochen werde ich für die den Hals riskieren, aber mir die Haare wachsen lassen und Musik hören, die ich will, darf ich nicht. Oder nach neun Uhr auf die Straße gehen. Alkohol trinken. Alles verboten! Als wäre ich ein Kleinkind. Nur sterben, das darf ich.«

»Du fällst schon nicht, Walter. Vielleicht kommst du ja zu Vater nach Frankreich und frisst dir auch so einen Bauch an wie er.« Elfie drückte seine Hand. Da, die Siesmayerstraße. Gleich hatten sie es geschafft. Doch dann strauchelte Walter und drohte zu stürzen. Elfie konnte ihn gerade noch auffangen.

Ein Schatten löste sich aus den Bäumen. Elfie wurde es eiskalt vor Angst, gleichzeitig versuchte sie, Walter aufzurichten, um möglichst unauffällig weitergehen zu können. Ein Mann kam auf sie zu. Neben ihm eine Frau.

»Elfie?«, flüsterte er und da erst erkannte sie im Dunkeln Rolf, den Sohn vom Obergärtner Lenze. »Was ist mit Walter?«

Der rutschte ihr schon wieder von der Schulter. Schnell umfasste Rolf die andere Schulter.

»Sieht nach einer Schlägerei aus«, erkannte er sofort. »Die Platzwunde muss genäht werden. Was hat er noch für Verletzungen?«

»Du klingst schon wie ein Arzt«, schmachtete die Frau ihn an. Eigentlich war sie eher ein junges Mädchen. Blond, mit schicklichem Faltenrock und heller Bluse, die sie hastig zuknöpfte. Auf dem Hals unverkennbar ein Knutschfleck.

»Das lernt man alles bei der Feldscher-HJ.« Rolf warf sich in die Brust. Bei den Feldschern wurde er auf den Sanitätsdienst der Wehrmacht vorbereitet und durfte bei Zeltlagern aufgeschlagene Knie und Hitzschläge behandeln.

»Komm, Walter, mein Verbandskasten ist zu Hause.«

»Aber du wolltest mich doch nach Hause bringen, Hase!«, säuselte sie.

Rolf grunzte unwillig. Welcher Junge wurde auch schon gerne *Hase* genannt?

»Entweder du kommst mit oder du gehst nach Hause, die wenigen Schritte bis zu dir schaffst du auch alleine.«

»Aber Hase!«

Das Mädchen sah ganz verzweifelt aus.

Plötzlich stöhnte Walter.

»Hörst du! Ich werde gebraucht.« Rolf küsste sie verschämt auf die Wange, dann legte er ein Tempo vor, dass Elfie kaum mitkam. Das Mädchen beachtete er gar nicht mehr.

Sie schlichen die Treppe rauf in Lenzes Wohnung. Rolfs Eltern und die Haushälterin waren anscheinend nicht da. Er setzte Walter auf einen Küchenstuhl, dann holte er seinen Verbandskasten von der Feldscher-HJ.

Wie Mutters Nähkasten war er aus Holz und konnte auseinandergezogen werden, sodass alle Fächer aufgingen. Im Deckel klebte das Inhaltsverzeichnis, Elfie las neugierig. Mullbinden, Alkohol zum Desinfizieren, sogar Schmerztabletten und noch vieles mehr.

Rolf wirkte sehr fachmännisch. Zuerst säuberte er die Wunde und deckte sie mit einer sterilen Kompresse ab. Dann untersuchte er Walter, öffnete sogar das Hemd und tastete seinen Bauch ab. »Alles weich«, sagte er fachmännisch, »innere Blutungen hast du keine.«

»Tu nicht so, als ob du wüsstest, was du da machst«, wehrte Walter ab. »Kleb einfach ein Pflaster drauf, und fertig.«

»Die Frage ist, warum dir schwindelig wurde. So viel Blut kannst du durch die Platzwunde nicht verloren haben.« Er griff zu einem medizinischen Ratgeber, den er zusammen mit dem Verbandskasten mitgebracht hatte.

»Rolf, ich bin nicht dein Versuchskaninchen!«, rief Walter.

»Ja, ja, schon gut, aber wenn dir wieder schwindelig wird ...«

»Mir geht es bestens!« Walter regte sich so sehr auf, dass das Blut durch die Kompresse drang.

Rolf gab ihm einen großen Cognac aus dem Geheimschrank seines Vaters, französischen sogar, tunkte die Nadel kurz hinein und zog dann einen sterilen Faden durchs Öhr. Dann sollte Elfie Walter festhalten und die Augen schließen. »Für eine Frau ist das nichts.«

Aber sie schaute ganz genau hin, wie Rolf die Wunde mit drei Stichen nähte. Bestimmt tat das ganz schön weh, aber Walter biss die Zähne zusammen und machte keinen Mucks. Zum Schluss noch ein Pflaster.

Walter sollte am Morgen wiederkommen, Rolf wollte es dann wechseln.

»Meine Eltern sind in Sachen Botanik an der Universität in Tübingen und unsere Haushälterin bei ihrer kranken Schwester. Du kannst auch hier schlafen, wenn du willst, dann kann ich in der Nacht deinen Blutdruck messen. Und Fieber, falls du welches kriegst!«

»Ach, lass mal, als Krankenschwester eignest du dich nicht«, wehrte Walter ab.

»Aber was werden die Eltern sagen?«, fragte Elfie. »Bleib doch hier, dann merkt Vater nichts. Der ist gerade auf Heimaturlaub, Rolf, und meckert sowieso die ganze Zeit an Walter rum.«

»Da müsste ich aber lange bei Rolf bleiben, bis man nichts mehr sieht. Nein, Augen zu und durch ist meine Devise.«

»Danke, Rolf, das sieht sehr fachmännisch aus.« Elfie lächelte ihn an und er schaute verschämt auf den Verbandskasten und begann, die Salbentuben von links nach rechts zu sortieren.

»Als angehender Arzt muss ich doch helfen«, sagte er und warf Elfie einen Blick zu, der ihr durch Mark und Bein ging. Als ob er Gefühle für sie hätte. »Ihr wisst schon, Eid des Hippokrates und so.«

»*Thank you*«, sagte Walter.

Bei den englischen Worten zuckte Rolf zusammen. »Wo wart ihr denn heute Abend?«

»Das geht dich nichts an.«

Elfie schob Walter zur Tür hinaus, dann schlichen sie sich leise nach Hause. Hinter der Schlafzimmertür der Eltern schnarchte Vater schon sehr laut. Mutter saß wie immer an der Nähmaschine.

»Wir sind es, Mutti!«, rief Elfie und schob Walter ins Zimmer.

»Gute Nacht, Kinder!« Die Maschine stoppte nicht einen Moment.

Als Elfie im Bett lag, fing ihr Herz auf einmal zu hämmern an. Das war knapp gewesen. Aber sollte sie etwa brav zu Hause bleiben? Auf gar keinen Fall!

Ein bisschen Freude musste sein.

Die Nazis wollten einfach alles kontrollieren. Vielleicht musste das so sein, wenn man einen Krieg gewinnen wollte.

Du bist nichts, dein Volk ist alles.

Als Jungmädel hatte sie eifrig daran geglaubt. Und dass Gehorsam das Wichtigste im Leben sei, hatte sie in Schönschrift ihrer Mutter zum Muttertag geschenkt. Da hatte sie noch an die Richtigkeit aller Regeln und Verbote der Erwachsenen geglaubt.

Doch daran glaubte Elfie schon lange nicht mehr.

»Die *Operation Paukenschlag* beweist die Überlegenheit der deutschen Rasse«, erklärte Vater am nächsten Morgen am Frühstückstisch und wedelte mit dem *Völkischen Beobachter*.

Elfie gähnte. Nach der Razzia in der Rokoko-Diele hatte sie nur schwer einschlafen können. Hoffentlich fand heute nicht die lange befürchtete Abfrage in Physik statt. Im Gegensatz zu Helga lagen Elfie Naturwissenschaften nicht so, sie war eher ein Sprachtalent.

Walter lag noch im Bett, es würde Ärger geben, sobald die Eltern seine Wunde sahen.

»Die Amis werden sich noch wundern«, schwärmte Vater weiter von irgendeiner neuen Schlacht. »Fast vierhundert amerikanische Handelsschiffe hat unsere U-Boot-Flotte erledigt. Direkt vor der amerikanischen Küste. Wir sind einfach unbesiegbar!« Er legte die Zeitung zur Seite und rieb sich vor Freude die Hände.

»Und, Sonnenschein, was habt ihr gestern beim BDM gemacht?«

Um einer Antwort zu entgehen, bestrich Elfie erst mal ihr Frühstücksbrot dick mit der französischen Aprikosenmarmelade, die Vater mitgebracht hatte. »Lecker«, lobte sie.

Auf einmal erklangen Schritte hinter ihr. Walter. Er tat ihr jetzt schon leid.

»Hauptsache, der Krieg ist bald zu Ende.« Mutter schien ihn gar nicht zu bemerken und schenkte Vater eine weitere Tasse Muckefuck ein. »Wenn Walter jetzt auch noch weg ist!«

»Wo bin ich?« Mit hocherhobenem Haupt und blutgetränktem Pflaster trat Walter an den Küchentisch.

»Walter!« Mutter sprang auf.

»Junge, was ist mit dir passiert?«, fragte Vater und ließ noch nicht einmal die Zeitung sinken.

»Laternenpfahl«, antwortete Walter und grinste schief.

»Elfie, schnell, hol ein frisches Pflaster«, sagte Mutter. Aber Elfie blieb vor lauter Bewunderung für Walter sitzen. Mut hatte er, das musste sie ihm lassen.

»Ein Laternenpfahl?«, fragte Vater ungläubig. »Sieht eher nach einer Schlägerei aus.«

Oje, jetzt kam die Strafe. Der arme Walter. »Nein, Vati ...«, wollte sie gerade helfend eingreifen und die Geschichte vom Laternenpfahl untermauern, als Vater donnernd loslachte.

»Na endlich, mein Junge! Jetzt wird aus dir doch noch ein richtiger Mann, wirst schon sehen! So eine Schlägerei, die gehört doch einfach dazu. Ein deutscher Mann muss sich wehren können.« Er legte ihm die Hand auf die Schulter.

»Ging's um ein Mädchen? Ich hoffe, du hast gewonnen und der andere sieht noch schlimmer aus.«

Ein Schlag auf die Schulter. Walter schaute völlig verdutzt aus der Wäsche. Sonst konnte er es Vater doch nie recht machen.

»Ich bin stolz auf dich, Walter.«

19 – Elfie

21. Juni 1945

Niedergeschlagen lief Elfie durch die Trümmer der Altstadt. Die ehemaligen Gassen erkannte sie nur noch an den Schleichwegen durch die Schuttberge. Da, die Fassade des Römers, auf der jemand mit Farbe *Führer, befiehl, wir folgen* gepinselt hatte. Auf dem Gerechtigkeitsbrunnen fehlte die Statue der Justitia.

Ein alter Mann kam ihr mit gebeugtem Rücken und einem leeren Leiterwagen entgegen.

»Wurde sie eingeschmolzen?« Elfie deutete auf den leeren Sockel.

»Ei, Mädscher, Justitia steht jetzt im Haus der amerikanischen Militärregierung im Reuterweg.« Und er trottete weiter am Feuerlöschteich vorbei Richtung Main. Na, bei den Amis passt sie hin, dachte Elfie und folgte ihm.

Bedrückt schaute sie hinter der Nikolaikirche, die tapfer ihren Turm in den Himmel streckte, in die Bendergasse. Ihr Herz zog sich zusammen, als sie den Schutthaufen erkannte, der früher einmal ihr Geburtshaus gewesen war.

Hier irgendwo in einem Keller waren ihre Großeltern gestorben. Sie fiel auf die Knie und weinte. Obwohl ihre Großeltern streng gewesen waren, so hatte sie sie dennoch geliebt und vermisste sie unendlich. Ach, wenn sie an die trauten

Abende im Kerzenschein zurückdachte, als ihr Opa Äpfel geschält und Walter und ihr kleine Stücke gereicht hatte, während Oma Geschichten von früher erzählte.

Aus und vorbei.

Es dauerte, bis Elfie sich gefangen hatte. Dann lief sie weiter zum Main, und als sie den Fluss vor sich sah, atmete sie befreit auf. Ein lauer Wind trug den Duft von blühenden Bäumen und dem Fluss herüber. Aber es roch anders als früher. Mehr nach Wasser als nach Dreck. Er war auch nicht mehr graubraun, sondern tiefblau. Woran das wohl lag? An dem eingestellten Schiffsverkehr? Den stillgelegten Fabriken? Am fehlenden Abwasser, da kaum noch Menschen in der Altstadt lebten?

Es war ihr egal. Hauptsache, es änderte sich etwas zum Guten.

Am Anlagenring verließ sie den Fluss. Anstelle *Adolf-Hitler-Anlage* stand jetzt *Gallusanlage* auf dem Holzschild neben dem ausgebrannten Café Rumpelmayer, wo holländische und französische Kapellen aus den besetzten Gebieten reinsten Swing gespielt hatten, ohne dass die Nazis es jemals begriffen hatten.

Ob die Rokoko-Diele noch stand? Schnell wandte sie sich nach links und ging durchs Bahnhofsviertel. Manch einer der Prachtbauten aus der Kaiserzeit stand noch, es wuselten Handwerker herum, einzelne Geschäfte waren behelfsmäßig wiederhergestellt worden.

Doch was war das? Elfie lauschte. Klopfte da jemand im Takt die Trümmer klein? Oder war es ein Schlagzeug? Drei Schläge, vier Schläge – wer hämmerte denn im Siebenachteltakt seine Steine passend zurecht? Und wo?

Das obere Stockwerk des Hauses, vor dem sie stand, war weggepustet worden, das verrußte Erdgeschoss dagegen einigermaßen intakt, nur Fenster und Türen fehlten.

Sie holte tief Luft und pfiff den *Harlem Swing*.

Das Klopfen stoppte kurz, dann setzte es wieder ein.

Elfie pfiff erneut, lauter und länger als zuvor.

Und bekam Antwort!

Vor Freude stockte ihr der Atem. Das Trommeln endete, Schritte erklangen und aus dem Keller vor ihr schaute, mit den Trommelstöcken in der Hand: Bobby, der kleine Schlagzeuger vom Odeon-Club, und starrte Elfie ungläubig an.

»Ivie!«, rief er. »Du bist das! Swing Heil!«, schmetterte er den alten, jetzt nicht mehr verbotenen Gruß.

»Swing Heil«, antwortete sie und konnte nicht anders, sie musste ihn umarmen, wenn er sich auch etwas versteifte. Typisch Mann eben, die ließen sich nicht gerne umarmen.

»Du bist der Erste vom Odeon-Club, den ich wiedersehe! Wo warst du?«, fragte sie. Mit seinem langen braunen Pony sah Bobby aus wie immer, nur sein Hemd hatte ein paar Löcher bekommen.

»Ich war nie weg.« Er setzte sich auf ein paar Steine auf dem Nachbargrundstück. »Musste nur hier in Frankfurt zum Volkssturm.«

»Und jetzt?«

»Können wir Swing hören, so viel wir wollen!« Die Trommelstöcke wirbelten in der Luft herum. »Ich sage dir, die ganze Gutleutkaserne ist voller schwarzer Soldaten und guter Musik! Überall Radios! Die haben sie sich ganz schnell auf dem Schwarzmarkt besorgt. AFN ist das Allergrößte! Meine

Plattensammlung haben ja dummerweise die britischen Bomber auf dem Gewissen. Aber AFN ...«

Er bekam glänzende Augen.

»AFN?«, fragte sie.

»Du lebst hinterm Mond, oder? AFN, das ist *American Forces Network*, der amerikanische Soldatensender! Viel besser als die BBC.«

»Dann habe ich den Sender doch schon gehört. Ich arbeite bei den Amis im Palmengarten, da läuft im Gesellschaftshaus immer irgendein Radio.«

»*Great.* Hast du was von den anderen gehört? Von Jimmy oder Annie?«

»Annie lebt glücklich bei ihren Eltern im Westend. Nur Jimmy ...« Sie zuckte mit den Schultern. »Jimmy war zuletzt in Kurland im Baltikum. Wir haben noch keine Nachricht von ihm.«

»Gibt es überhaupt schon Post aus den russischen Gefangenenlagern? Die sind doch bestimmt alle noch dabei, nach Sibirien zu laufen. Wer in amerikanischer oder britischer Haft gelandet ist, darf so kleine Karten schreiben, Adresse und ob er verletzt ist. Mein älterer Bruder ist in Bad Kreuznach.«

»Wir haben auch so eine bekommen. Mein Vater ist in England. Weißt du was von Freddy?«

»Gerade erst gehört. Er ist in Tunesien gefallen.«

In Elfie wurde alles kalt. Nie mehr würde sie Freddy lachen hören. Nie mehr.

Noch so ein sinnloser Tod. Sie musste an die Feier im Gartenhaus seiner Eltern denken, als sie ihn das letzte Mal gesehen hatte, die Haare militärisch kurz und der angsterfüllte Ausdruck in seinen Augen, als sie Abschied nahmen. Schon wieder rannen ihr die Tränen übers Gesicht. Sie wischte sie mit dem Handrücken weg.

»Ich vermisse ihn auch«, sagte Bobby. »Freddy war der Beste. Der hat einen nie hängen lassen, obwohl er so ein reicher Schnösel war. Mit Freddy konnte man über alles reden. Das Hemd …« Er zupfte an seinem Kragen. »Das hat er mir mal geschenkt. Einfach so!«

Elfie hielt es einfach nicht mehr aus und kramte vergeblich in ihrer Jackentasche nach einer Kippe, da hielt Bobby ihr eine verdrückte Camel-Schachtel voll halb gerauchter Sammelware entgegen. Sie nahm eine und strich sich erneut über ihre Augen.

»Warst du seine Freundin?« Erstaunt bot er ihr Feuer an.

»Nee.«

»Hätte mich auch gewundert. Ich glaube, der war … du weißt schon …« Ein schräger Blick von der Seite, als ob er nicht sicher wäre, was er Elfie alles erzählen konnte. Bobby zündete sich eine Zigarette an, bevor er fast unmerklich flüsterte: »Der mochte keine Mädchen.«

»Aber wieso …« Sie wollte noch betonen, wie freundlich er immer zu Helga und ihr gewesen war, als sie schlagartig begriff, was Bobby da sagte.

»Du meinst, er war … vom anderen Ufer?« *Pervers*, hatten die Nazis gesagt, aber das hatte auf Freddy überhaupt nicht zugetroffen, sondern er war ein Freund gewesen, auf den man sich immer hatte verlassen können.

Bobby nickte.

»Hab ich nie gemerkt.«

»Woran auch?«

Ob Walter dann auch …? Hoffte Helga am Ende umsonst? Ein ungutes Gefühl beschlich Elfie. Aber nein, sie irrte sich bestimmt. Auf Elfie hatte Walter immer den Eindruck gemacht, dass er Helgas Gefühle erwiderte. Freddy hingegen – wenn sie an diesen Kuss dachte.

Als ob er etwas ausprobieren wollte.

»Jimmy ist dein Bruder, oder?«, fragte Bobby.

Sie nickte und pulte sich ein Tabakblättchen von der Lippe. »Eigentlich heißt er Walter. Und ich bin Elfie.« Für ihren Spitznamen Ivie fühlte sie sich auf einmal zu alt.

»Na gut, Elfie-Ivie!« Wieder ein Tusch.

»Und wie heißt du?«

»Sigismund.« Er verzog sein Gesicht vor Ekel.

»Dann bleiben wir bei Bobby, oder?«

Er nickte.

»Aber sag mal, Bobby … weißt du was von Dandy? Oder Lizzy?«

»Keine Ahnung. Dandy war doch schon lange nicht mehr dabei, und Lizzy habe ich das letzte Mal gesehen, als …« Er stockte und schaute auf einmal bedrückt vor sich hin. Auch Elfie hatte keine Kraft, über diesen Abend bei Schorschi und die Folgen zu reden. Wozu auch, es änderte ja nichts.

»Lass uns von was anderem sprechen«, sagte sie und warf den Zigarettenstummel in die Steinwüste.

»*About music*«, erwiderte Bobby. Der nächste Trommelwirbel. »Stell dir vor, zwei von der alten Combo sind wieder da und wir dürfen im Café Jäger spielen! Eine Trompete, eine

Klarinette und mein Schlagzeug. Das wird eine Sause, vielleicht kommen ja sogar amerikanische Soldaten!«

»Wie seid ihr denn an die Genehmigung gekommen? Es dürfen doch noch gar keine kulturellen Veranstaltungen stattfinden und die Soldaten dürfen in keine deutschen Kneipen.« Weswegen überall amerikanische Clubs wie die Pilze aus dem Boden sprossen und das Offizierskasino im Gesellschaftshaus auch abends aufhatte.

»Gewusst, wie.« Bobby grinste breit übers ganze Gesicht und ließ ein Trommelsolo folgen.

Es geht doch aufwärts, dachte Elfie beschwingt.

»Wir sind zu dritt aufs Amt«, fuhr Bobby fort, »mit einer Liste aller Stücke, die wir können. Waren fast hundert! Erst wollte der zuständige Offizier nicht glauben, dass wir die wirklich spielen können, doch wir hatten unsere Instrumente dabei und nach *Sing, Sing, Sing* war das Büro voll swingender Amis und die Genehmigung für die *Hot Three* unterschrieben.«

»Swing Heil«, rief sie ein weiteres Mal, noch lauter als zuvor.

Sie saßen zusammen und rauchten noch zwei weitere Zigarettenstummel, ehe Elfie sich verabschiedete und Bobby umarmte. Sie versprach, zum Konzert zu kommen, und ging glücklich und traurig zugleich weiter zum Schwarzmarkt.

Freddy war tot. Und bestimmt würden dieser schrecklichen Nachricht noch sehr viele folgen. Sie hatte solche Angst um Walter.

Bobby hatte recht, die Kapitulation lag erst sechs Wochen zurück, so schnell ging das einfach nicht. Man musste Geduld haben. Wenn eine Gefallenenmeldung kam, konnte sie noch genügend weinen. Außerdem hatte ihr Vater überlebt.

Aber jetzt, jetzt musste sie ums Überleben kämpfen. Es wurde Zeit, zum Hauptbahnhof zu gehen und zu sehen, was sie für ihre geschmuggelten Schätze bekam.

»Silberne Löffel.« Flüsternd zog Elfie ihre Kreise. »Wollstrümpfe«, murmelte eine Matrone, »Bleistifte« ein hagerer Mann mit Augenklappe, »Marmelade« eine Schülerin. Von den vielfältigen Angeboten gefielen ihr die Badeanzüge am besten. Sie tauschte ein Dutzend gegen einen Silberlöffel, was ihr als gutes Angebot erschien, schließlich stand der Sommer bevor. Einen blau gestreiften in ihrer Größe steckte sie in die Manteltasche und tauschte die verbliebenen Badeanzüge gegen Nähnadeln für Mutter und Wanderschuhe. Die Schuhe tauschte sie gegen Bettwäsche und diese gegen Zigaretten. Für diese erwarb sie dann Bratöl und ging endlich nach Hause.

Mutter umarmte sie vor Freude und versteckte die Nähnadeln wie einen Schatz in ihrem BH.

»Die klauen hier ja wie die Raben.« Sie schaute sich misstrauisch um. Leider wusste Elfie, dass sie recht hatte. Der Bunker wurde von Tag zu Tag voller, evakuierte Familien kamen aus dem Umland zurück und fanden anstelle des gewohnten Zuhauses nur noch eine Ruine vor.

»Und du hast die Sachen aus unserer Wohnung holen können?« Fast andächtig strich Mutter über den roten Samt von Vaters Briefmarkenalbum.

»Ging ganz einfach«, behauptete Elfie. »Wer weiß, was ich noch für die anderen Löffel bekomme.«

Dann entkorkte ihre Mutter das Bratöl und schnupperte andächtig daran. Schien in Ordnung zu sein.

»Wir könnten unser Brot eintunken, wenn schon keine Butter zum Draufschmieren da ist«, schlug Elfie vor. Schließlich musste Mutter unbedingt gut schlafen, damit sie nichts von Elfies nächtlichem Ausflug mitbekam.

»Ob das schmeckt? Na ja, besser als nichts«, sagte Mutter.

»Vielleicht bekomme ich ja morgen Kartoffeln und Zwiebeln.« »Bratkartoffeln!«, sagte ihre Mutter verzückt. »Schon beim Gedanken daran läuft mir das Wasser im Mund zusammen.«

Elfie auch. Doch vor den Kartoffeln musste sie zuerst das Fensterglas organisieren.

20 – Klaus

Klaus war bereits eine halbe Stunde vor der vereinbarten Zeit am Treffpunkt, einem Trümmergrundstück in der Nähe des Güterbahnhofs. Dort wollte Campbell mit zwei Lastern warten. *Unofficial* nannte Campbell die Aktion. Ob er genügend Kontakte hatte, um sie aus MP-Gewahrsam wieder rauszubekommen, wenn was schiefging?

Es war aber nicht nur die MP, die Klaus Sorgen bereitete. Er hatte Leichen in den Ruinen gesehen. Keine Bombenopfer, sondern frische Leichen. Offensichtlich nutzte mancher diese rechtlose Zeit, in der die deutsche Polizei aufgelöst war und die amerikanische Militärpolizei vor allem Nazis jagte, um Konkurrenten aus dem Weg zu schaffen oder Rache zu üben.

Ein Knall durchbrach die Stille, Klaus schreckte auf und floh in den Schatten. Sein Herz schlug ihm bis zum Hals, er zitterte am ganzen Körper, als er automatisch den Himmel nach Fliegern absuchte. Nichts, natürlich. Aber in seinem Kopf hörte er weiterhin das anschwellende Summen der Fliegermotoren, weitere Einschläge, Gewehrfeuer, schreiende Kameraden. Sein Körper bebte, auf einmal Stille, tödliche Stille, da kam etwas, er horchte, wartete, tief in den Boden gepresst, Schlamm im Mund …

Lautes Motorengeräusch weckte ihn aus seinen Gedanken,

er riss die Augen auf, erkannte im Zwielicht Frankfurt. Zwei Transporter mit den üblichen Gestellen eines Glasers auf der Rampe fuhren auf den Hof. Hinter dem Steuer des ersten ein Zivilist mit Schiebermütze und Kippe im Mundwinkel, hinter dem zweiten einer mit Glatze. Bei beiden im Fenster eine Fahrgenehmigung der Militärregierung. Aber galt die nicht nur für Fahrten tagsüber? Nachts durften doch nur Ärzte unterwegs sein.

Und die MP.

Neben Schiebermütze saß Campbell. Wortlos öffnete er die Beifahrertür. Kaum dass Klaus eingestiegen war, fuhren sie auch schon weiter die Mainzer Landstraße entlang. So offen durch die Stadt, obwohl es verboten war? Das konnte doch nur schiefgehen. Wenigstens war es dunkel, der Mond versteckte sich hinter dichten Wolken, aber das Knattern des Dieselmotors war meilenweit zu hören.

Campbell starrte unbewegt geradeaus und rauchte eine Zigarette nach der anderen. Seine Finger trommelten auf die Packung, und als Klaus die Hand ausstreckte, um eine Kippe abzubekommen, dauerte es einige Zeit, bis der Sergeant es überhaupt wahrnahm und ihm die Packung hinhielt.

Schiebermütze fuhr derweil weiter auf der Mainzer Landstraße nach Westen.

»*Is this the way to Petterweil?*«, wunderte sich Klaus und steckte sich die Kippe hinters Ohr. Lag das nicht im Norden?

»*No. Elfie will come with us.*«

Hatte sie ihn doch noch zu einer Belohnung überreden können? Wieso war Campbell darauf eingegangen? Elfie würde bestimmt nur Schwierigkeiten machen.

Auf einmal begann es zu regnen. Auch das noch. Nasses Glas wurde glitschig und Klaus hatte keine Handschuhe. Das würde nicht gut ausgehen. Der Regen wurde immer stärker, der Wagen schlitterte auf den abgefahrenen Reifen, Schiebermütze fluchte in einer fremden Sprache und Klaus fühlte sich immer mutloser. Seine Hände zitterten so sehr, dass er sie unter seinen Po schob. Das half manchmal.

Sie passierten bereits das Frankfurter Ortsschild, überquerten auf einer Brücke die leere Autobahn. Von Weitem konnten sie am Ortseingang von Griesheim einen Kontrollposten erkennen.

»*Damn*«, entfuhr es Campbell.

Schiebermütze drehte das Fenster runter, Campbell beugte sich vor und hielt der MP einen Zettel unter die Nase.

Die befahl den Fahrern, das Licht einzuschalten und auszusteigen. Dann kontrollierte sie völlig unbeeindruckt die beiden Wagen, leuchtete mit der Taschenlampe unter die Laderampe und durchkämmte die Fahrerkabinen. Aber sie fanden nichts, keine Schmuggelware, keine Waffen oder Nazis oder was sie sonst gesucht hatten.

Doch sie ließen Campbell noch immer nicht durch und er lieferte sich mit ihnen ein Rededuell, worauf die beiden Fahrer begannen, sich grinsend in einer fremden Sprache zu unterhalten. Vielleicht Russisch oder Polnisch.

Erst als Campbell in seine Aktentasche griff und eine Flasche Alkohol hervorzauberte, durften sie weiterfahren. Campbell fluchte. Seine Tasche sah jetzt leer aus.

Eine Kreuzung an einer Bahnlinie, Campbell gab das Zeichen zum Halten. Von Elfie keine Spur. Hatte die Kontrolle so lange gedauert, dass sie wieder abgezischt war? Oder ließ sie sie doch hängen? Beinahe war Klaus enttäuscht, dabei hatte er damit rechnen müssen.

»*Damn*«, fluchte Campbell erneut und winkte bereits dem Fahrer, er solle weiterfahren, als eine schwarze Gestalt auf sie zueilte. Tatsächlich, Elfie, im dunklen Pullover über der grauen Arbeitsdiensthose. Campbell öffnete die Tür, sie rückten zusammen und Elfie zwängte sich hinein. Der Wagen fuhr knatternd weiter.

Campbell sprach hektisch auf Elfie ein, Klaus verstand nur so viel, dass der Fahrer den Weg nicht kannte. Daher dann wohl die auffällige Fahrt über die Mainzer Landstraße, eine der größten Straßen in Frankfurt. Kein Wunder, dass sie kontrolliert worden waren.

Sein Magen knurrte. Klaus fühlte sich immer elender.

Doch Elfie kletterte beherzt über ihn und Campbell hinweg, damit sie direkt neben dem Fahrer saß. Dann lotste sie ihn auf die allerkleinsten Nebenstrecken und Feldwege Richtung Norden, sie umgingen Hausen, Praunheim und die amerikanische Siedlung in der Römerstadt. Elfie plapperte gar nicht wie sonst, sondern sagte voll konzentriert nichts weiter als *left* oder *right*.

Eigentlich hätte er sie gerne gefragt, warum sie ihre Meinung geändert hatte, wollte aber nicht dazwischenfunken. Sie schien sich wirklich gut auszukennen. Nur die Schanzen, letzte Verteidigungsanlagen des Volkssturms, oder Bombenkrater bremsten sie manchmal aus und zwangen sie zu weiteren Umwegen.

In Eschersheim waren auf einmal finstere Gestalten auf der kleinen Dorfstraße.

»Halt!«, rief Klaus voller Angst. Die Männer hatten tief sitzende Hüte auf und die Mantelkrägen hochgeschlagen.

Schiebermütze nahm den Fuß vom Gas.

»Weiter«, rief Elfie. »Halt du dich da raus, Klaus, ich gebe hier die Befehle!«

Die Männer verdrückten sich sofort in einer Hofeinfahrt, als wären sie genauso erschrocken über den Laster wie Klaus über sie.

Am Schluss rumpelten sie über Feldwege, bis ein einsames Dorf vor ihnen auftauchte.

»Petterweil«, verkündete sie.

Die Straßenbeleuchtung war schon lange ausgeschaltet, viel konnte Klaus im Dunkeln nicht erkennen. Ein Kirchturm ragte in den Himmel. Keine einzige Kontrolle hatten sie gesehen, kein anderes Fahrzeug, nichts. Diesen Schleichweg hätte Klaus nie gefunden, das musste er ihr lassen.

»Da hinten ist das Schloss«, zeigte Elfie auf ein stattliches Herrenhaus.

Campbell reichte ihr einen Zettel, sie wies auf einen Feldweg. Am Ende einige Obstbäume, dahinter eine Scheune. Das Tor öffnete sich, die Transporter hielten davor, geschützt durch die Bäume.

Jetzt wurde es ernst. Als Klaus ausstieg, fiel ihm die Waffe an Campbells Gürtel auf. Normalerweise war er an diesen Anblick gewöhnt, aber heute … Sein Atem ging schneller, seine Kehle schnürte sich zu. Jetzt bloß nicht die Nerven verlieren!

Ein kleiner, dicker Mann erwartete sie. Er roch nach Schnaps, trug einen dunklen Anzug und grüßte die Fahrer in ihrer Sprache.

»Schnell, schnell«, rief er und zeigte auf die sorgfältig aufgestellten Glasscheiben. »Der Chef darf nichts merken. Aber zuerst die Moneten.«

Campbell reichte ihm einen Umschlag und ließ ihn auf einem Klemmbrett einige Formulare unterschreiben. Echt, Papierkram? Das Ganze wirkte doch eher wie ein Schwarzmarkthandel. Campbell war so abgebrüht. Bewundernswert. Jetzt zog er mehrere Päckchen Zigaretten aus seiner Uniformjacke. Der Mann steckte sie regungslos ein.

Klaus beugte sich zu Elfie. »Womit hat er dich denn bestochen?«

»Mit gar nichts.«

»Du bist freiwillig dabei?«

»Na ja.« Sie strich sich eine Haarsträhne hinters Ohr. »Er hat mich erwischt.«

»Etwa – sag bloß, du warst wirklich in eurer alten Wohnung?«

Sie nickte. »Dummerweise wohnt er bei uns im Haus. In Lenzes alter Wohnung. Da hat er mich gesehen.«

Er konnte es sich nicht verkneifen und grinste Elfie an. »Das hast du nun von deiner großen Klappe.«

»Was ist schon dabei, hier nachts mal den Pfadfinder zu spielen?« Sie machte eine abwehrende Handbewegung.

»*Okay, folks, hurry up!*« Campbell warf ihnen kleine Lappen zu, mit deren Hilfe sie das Glas besser anfassen konnten.

Im Licht der Scheinwerfer beluden sie den ersten Transporter. Gar nicht so einfach, die großen Scheiben waren schwer und mussten besonders vertäut werden. Die beiden Fahrer wussten aber, wie es ging.

Der mit der Schiebermütze trug einen zerschlissenen grauen Nadelstreifenanzug, der so sehr schlotterte, dass er ihn mit einem breiten Ledergürtel zusammenhalten musste. Er schien sich am besten auszukennen und half Klaus wortlos, die Glasscheiben zu befestigen. Mit dem Mann mit der Glatze, der einen dunklen Pullover zu seiner Drillichhose trug, machte er Scherze, die Klaus nicht verstand. Vielleicht waren es ja ehemalige Fremdarbeiter.

Durch den Regen war der Boden matschig geworden, die Lappen nass, und als Klaus eine Scheibe auf den Laster heben wollte, rutschte sie ihm weg. In letzter Sekunde bekam Elfie sie zu fassen.

»Vorsicht, Kleiner!«

Oh, wie er es hasste, wenn sie so mit ihm sprach. Und er musste gute Miene zum bösen Spiel machen. Aber glücklicherweise stapfte sie bereits in ihren schweren Lederstiefeln zum Schuppen zurück.

Elfie schaffte es wirklich immer wieder, ihn zu verblüffen. Sie trug die schweren Scheiben nicht nur vom Schuppen nach draußen, sondern hievte sie auch auf die Ladefläche.

Im Schuppen lagerte viel mehr Glas, als sie unterbringen konnten. Campbell sprach darüber mit dem dicken Mann. Doch der hob immer wieder abwehrend die Hände.

Als der erste Transporter voll war, machten sie Pause und Campbell holte aus dem Fahrerhäuschen einen Korb mit einer Thermoskanne und in Papier gewickelte Sandwiches.

Als er die erste Tasse füllte, stieg Klaus der Duft von echtem Bohnenkaffee in die Nase. Ungläubig schaute er zu Elfie hinüber, die ihm begeistert zuzwinkerte.

Auf einmal brach der Vollmond durch die Wolken und ließ Elfies Haut weiß schimmern. Wie schön sie war. Die schmale Nase, die hohen Wangenknochen. Die fein geschwungenen Lippen.

»Komischer Einbruch«, sagte sie und biss herzhaft in ihr mit Schinken belegtes Weißbrot. »Wirkt eher wie ein Arbeitseinsatz beim BDM.«

Klaus lachte befreit auf. Was für eine absurde Vorstellung, mit der HJ hier zu sein … Das Lachen erfüllte seinen ganzen Körper.

»Jugendzug angetreten!«, rief er zackig und konnte nicht aufhören zu lachen.

»Swing Heil!«, gab Elfie zurück und stimmte in sein Lachen mit ein.

21 – Elfie

»*What do you mean*?« Campbell schaute sie befremdlich an.

Da war Elfie ja was rausgerutscht! Swing Heil, das klang nach Hitlergruß und der war streng verboten. Wenn sie vorhin Bobby nicht getroffen hätte …

»*That's a joke*! Swing Heil«, wiederholte sie langsam, damit er den Unterschied zwischen *Swing* und *Sieg* verstand. »*Instead of* Sieg Heil«, erklärte sie.

»*Swing – like the forbidden music?*«

Elfie nickte und klammerte sich an ihrer Tasse fest. Hoffentlich bekam sie keinen Ärger.

Auf einmal entspannten sich Campbells Gesichtszüge und er grinste. »Das haben die Nazis bestimmt nicht gemocht«, sagte er auf Englisch. »Swing Heil, das ist cool.«

Elfie fiel ein Stein vom Herzen. Auf einmal schmeckte der Kaffee noch besser. Und das Brot erst!

Die Fahrt steckte ihr noch immer in den Knochen. Zweimal hatte sie befürchtet, sich verfranzt zu haben. Im Dunkeln hatten die Feldwege ganz anders ausgesehen als in ihrer Erinnerung, dazu diese provisorischen Barrikaden aus den letzten Kriegstagen und die Bombenkrater, die die Wege versperrt hatten.

Nach dem Kaffee bot Campbell ihnen allen eine Zigarette an, Elfie griff gerne zu. Nach all der Aufregung und dem guten Essen genau das Richtige. Campbell war echt ein netter Kerl, dass er an so was gedacht hatte.

Wie so viele andere trug er einen schmalen Goldring an seinem linken Finger. Die meisten Offiziere starrten Elfie trotzdem auf den Hintern, Campbell jedoch nie. Er schien einfach viel zu beschäftigt zu sein. Ob er Kinder hatte?

»Wo kommen Sie eigentlich her, Campbell?«, fragte sie auf Englisch.

Sie schaute zu Klaus. Ob er sie verstanden hatte? Hoffentlich meckerte er dann nicht wieder, dass sie zu neugierig war, aber im Gegenteil, er sah Campbell erwartungsvoll an.

»Colorado«, sagte der Sergeant auf Englisch und lehnte sich zurück. »Ein Ire aus Colorado, eine ungewohnte Mischung, aber so ist es eben.« Er blies den Rauch in die Luft.

Elfie verstand nicht so genau, was er meinte. Lebten nicht überall in Amerika Menschen aus aller Herren Länder? Aber eigentlich war es nicht so wichtig.

»Kommt Ihre Frau nach Frankfurt?« Sie deutete auf den Ring an seiner Hand. »Oder gehen Sie bald wieder zurück?«

»Nein, ich bleibe, ich habe ja extra Verwaltung studiert, um hier beim Aufbau zu helfen. Meine Frau ist bereits mit dem Schiff auf dem Atlantik. Ich habe sie seit zwei Jahren nicht mehr gesehen.« Verträumt zog er an seiner Zigarette.

»Brauchen Sie dann Personal?«

»Elfie!«, rief Klaus.

»Ich frage nicht für mich, aber meine Mutter … Sie kann sehr gut kochen, putzen, kleine Dinge reparieren und vor allem: sehr gut nähen!«

»Ich weiß nicht, ob es klug ist, noch mehr Deutsche einzustellen, die früher im Sperrbezirk gewohnt haben. Das weckt nur Begehrlichkeiten.« Campbell hob spöttisch die Augenbrauen.

»Oder meine Freundin Helga, sie wohnte nicht im Sperrbezirk und wäre eine gute Nanny.«

»Wir haben keine Kinder.«

Na, dann wusste sie jetzt ja Bescheid.

»Aber Sie könnten ja Klaus' Mutter einstellen, oder die Schwester, hast du eine Schwester? Jetzt schaut mich nicht alle so merkwürdig an, wir müssen doch zusammenhalten, oder?«

»Meine Mutter …« Klaus stockte und drückte seine Zigarette aus. »Sie will nicht bei den Amerikanern arbeiten.«

Campbell schaute auf die Uhr. »Wir müssen weitermachen«, beendete er das Gespräch und stand auf.

Während sie gemeinsam die großen und schweren Glasscheiben auf den Anhänger wuchteten und festzurrten, beobachtete Elfie Klaus. Lebten seine Eltern doch noch? Oder hatte er Campbell angelogen? Was hatte er nur für ein Geheimnis?

Da lächelte er sie unvermittelt an. Wie ertappt schaute sie weg, um dann doch wieder zu ihm hinüberzuschielen. Er hatte seine Jacke ausgezogen und die Ärmel seines Hemdes hochgekrempelt. Darunter traten seine Muskeln zutage.

»Den Weg hätte ich nie gefunden«, sagte er. »Vielleicht war es ja doch eine gute Idee, dass du mitgekommen bist.«

Wieder sah er sie an, und damit es nicht albern wurde, hielt sie seinem Blick stand. Auf einmal kribbelte es in ihrer Brust, ihr wurde ganz warm.

»Die Sonne geht auf«, sagte er sanft und deutete mit einer Kopfbewegung hinter sie. Sie drehte sich um.

Am Horizont zeichnete sich sanft ein heller gelblich roter Streifen ab, der den schwarzen Himmel grün und blau färbte.

»Wie friedlich es aussieht«, sagte Klaus und lehnte sich an den Laster.

»Wunderschön.« Doch Elfie schaute gar nicht mehr in den Himmel, sondern beobachtete den geheimnisvollen Klaus.

Als sie endlich den Heimweg antraten, war es bereits sieben Uhr morgens und die Ausgangssperre seit zwei Stunden zu Ende. Jetzt galt ihre Fahrerlaubnis. Das war auch gut so, wegen der zerbrechlichen Fracht kamen holperige Nebenstrecken nicht infrage. Der Feldweg bis zur Landstraße war zum Glück recht eben mit Gras bewachsen. Elfie erklärte Herrn Perlmann, dem Fahrer mit der Schiebermütze, den kurzen Weg über Preungesheim nach Frankfurt und lehnte sich zurück.

»Ob wir noch in Kontrollen geraten?«, fragte sie. »So viel gestohlenes Glas, das fällt doch auf.«

»Wir haben das Glas nicht gestohlen!« Campbell zündete sich schon wieder eine Zigarette an. »Es wurde ordnungsgemäß gekauft. Nur – außerhalb der Ladenzeiten.«

»Um schneller als andere zu sein?«, wollte Klaus wissen.

»*Right*.«

»Können Sie nicht einfach beschlagnahmen, was Sie brauchen?«

Klaus war erstaunlich neugierig.

»Dazu habe ich leider keine Befugnis.«

Elfie gab dem Fahrer eine neue Anweisung und Klaus

fragte: »Wollte eine andere amerikanische Dienststelle das Glas kaufen?«

»Kein Kommentar.« Völlig entspannt legte Campbell ein Bein auf das andere und zog an seiner Zigarette. »*No risk, no fun.*«

Das könnte auch mein Lebensmotto sein, dachte Elfie. Sie fuhren bereits am Hauptfriedhof vorbei zum nördlichen Checkpoint des Sperrbezirks. Hier halfen die offiziellen Schreiben, danach ging es durchs Westend bis zum Einfahrtstor neben den Pflanzenschauhäusern. Campbell schloss auf, die Laster fuhren hindurch.

Das Abenteuer war zu Ende.

Herr Perlmann und Herr Nowak, der Mann mit der Glatze, streckten die Hände aus, Campbell gab ihnen noch einige Päckchen Zigaretten.

Auf einmal rannte Herr Lenze quer durch den Park auf sie zu und rief: »Glas! Sie haben Glas bekommen!«

Er strahlte übers ganze Gesicht. »Die Gewächshäuser sind gerettet! Sie haben mir für heute früh eine Überraschung versprochen, aber damit hätte ich nicht gerechnet. Das reicht zwar hinten und vorne nicht, aber es ist ein Anfang.« Ehrfürchtig ließ er seine Hände über die zerbrechliche Fracht gleiten. »Können wir gleich ausladen? Zu schade, dass unser Glaser noch immer in Gefangenschaft ist. Aber wenn wir alle anpacken, kriegen wir das auch ohne ihn hin.«

Campbell gähnte herzhaft. »Abladen gerne, aber ohne uns. Wir haben eine Pause verdient.« Ohne ein weiteres Wort ging er zum Verwaltungsgebäude.

Herr Lenze drehte sich zu Klaus und Elfie um. Im Mundwinkel klebten Marmeladenreste, als wäre er direkt vom Frühstückstisch hierhergeeilt.

»Und was macht ihr zwei hier? Ihr seid doch noch Kinder, wieso hat er nicht mich gefragt? Die Gärtner hätten gerne geholfen und die haben auch viel mehr Kraft. Wo hat er denn so viel Glas ergattern können?«

»Herr Lenze, so genau wollen Sie das gar nicht wissen«, meinte Elfie, ging ein paar Schritte und setzte sich im Rosengarten auf eine Parkbank. »Legal war das alles nicht und Sie als städtischer Beamter ...«

Hüstelnd zog Herr Lenze seine Krawatte gerade.

Klaus ließ sich neben sie auf die Bank fallen. »Elfie, du warst einfach phänomenal! Wie du den Weg an den Kontrollen vorbei gefunden hast! Im Dunkeln! Bewundernswert.«

Erstaunt blickte Elfie zu Klaus. Egal, ob als Mädchen, Mädel, Maid oder Fräulein – immer wurde ihr als Frau nichts zugetraut. Aber Klaus hatte bemerkt, dass sie den richtigen Weg gefunden hatte.

»Für eines der Schauhäuser wird es wohl reichen.« Mit leuchtenden Augen zog Herr Lenze einen Notizblock aus seiner Schürze und ging wieder zu den Glasscheiben. »Am besten fangen wir mit Haus sieben an, dem Urwaldhaus. Farne, Palmen, Aronstabgewächse. Die nehmen in der Anzuchtgärtnerei am meisten Platz weg und sehen außerdem wunderschön aus, wir müssen die Besatzungsmacht begeistern ...«

»Jetzt noch so ein Kaffee, und ich wäre glücklich«, meinte Elfie und streckte wohlig die Beine aus.

»Ich bin ja mehr für noch ein Fuder Brote.« Klaus verschränkte die Arme hinter dem Kopf. »Das hat Spaß gemacht, oder?«

»Auf jeden Fall. Die Kerle in Eschersheim waren bestimmt Einbrecher auf der Pirsch, so wie die sich ständig umgeschaut haben.«

»Oder CIC«, vermutete Klaus. Das war der Nachrichtendienst der US-Army.

»Meinst du? Spione in Eschersheim?«

»Oder sie waren auf der Suche nach Schwarzmarkthändlern. Angeblich soll es ja ganze Lager auf den Dörfern geben, randvoll mit Kohle, Kartoffeln und anderen Lebensmitteln aus Wehrmachtsbeständen.«

»Oder Fensterglas.« Elfie schnaubte belustigt.

»Nein, das lagert da völlig rechtmäßig«, betonte Klaus und stieß Elfie in die Seite. Sie boxte zurück und schon kabbelten sie sich ausgelassen, bis auf einmal auf dem Kiesweg Schritte knirschten. Ein Blick, und sie erkannte Campbell – mit einem schwarzen Koffer in der Hand. War das ihr Grammofon?

»*There is your reward!*« Er überreichte es ihr feierlich. Elfie konnte ihr Glück gar nicht fassen.

»Danke! Aber was ist mit dem Mann, der bei uns wohnen wird?«, fragte sie auf Englisch.

»*I will manage that.*«

Behutsam stellte Elfie das Grammofon neben sich auf die Bank und klappte den Deckel auf. Klaus beugte sich über ihre Schulter und schaute neugierig zu, wie sie zuerst den Motor lange mit der Kurbel aufzog, dann eine Platte aus dem kleinen Fach am Deckel holte, sie auf den Samtteller legte, den

Stopper löste und den Tonarm auflegte. Schon erklang *Jeepers Creepers* von Teddy Stauffer.

Sie sprang auf, fasste Klaus an der Hand und wollte mit ihm tanzen, doch er blieb stocksteif sitzen.

Da verbeugte Campbell sich vor ihr und tanzte mit ihr beschwingt einen Foxtrott. Er hob den Arm und drehte sie im Kreis, immer schneller, bis er sie lachend wieder auffing. Doch nach wenigen Takten reichte er sie an Klaus weiter. Der erhob sich, als wollte er salutieren.

»*Lern to dance, boy*«, sagte Campbell.

Elfie wippte hin und her. »Mach es einfach nach und denk nicht so viel.«

Klaus bewegte sich kaum.

»Du musst lockerer werden. Mach die Augen zu und hör erst mal zu!«

Er schloss seine Lider. Und auf einmal wiegte er sich hin und her. Wenigstens etwas! Elfie berührte seine Schulter, ergriff seine Hand und führte ihn. Aber Klaus bewegte sich wie ein Soldat beim Exerzieren. Dann endete das Lied.

»Klaus, da steht uns aber noch harte Arbeit bevor!«

Außer dem Grammofon hatte Campbell noch das Plattenalbum und einen weiteren Korb mit Kaffee und Sandwiches mitgebracht. Als hätte er in der Küche vom Gesellschaftshaus zwei Picknickkörbe bestellt.

»Und danach geht ihr nach Hause, ihr habt ja gar nicht geschlafen!«

Aber Elfie war nicht müde und packte die Brote für ihre Mutter ein. »Haben wir irgendwo eine Flasche, damit ich meiner Mutter was von dem Bohnenkaffee abfüllen kann, Klaus?«

Er zuckte mit den Schultern. »Keine Ahnung. Vielleicht kann dir Frau Lenze helfen?« Er biss herzhaft in ein Käsesandwich.

Frau Lenze, das war eine Idee.

»Du hast gar keine Belohnung gekriegt, Klaus«, fiel ihr auf.

Mit schelmischem Grinsen zog er mehrere Zigarettenpackungen aus der Jackentasche. »Würde ich so nicht sagen.«

»Klaus! Auf dem Schwarzmarkt waren die gestern mehr als hundert Mark wert. Pro Packung!«

»Ich weiß.«

Und sie bekam nur das Grammofon? Selbst wenn sie es verkaufen würde, wäre es nie und nimmer so viel wert. Doch sie wollte es ja gar nicht verkaufen. Aber vierhundert Reichsmark! Sie verkniff sich eine Bemerkung. Wie ein Jammerlappen wollte sie auch nicht dastehen, zumal Campbell ihr ernsthafte Schwierigkeiten wegen Einbruch und Diebstahl hätte machen können.

Aber ob er das Glas wirklich legal gekauft hatte? Oder war es Schwarzmarktware wie so vieles andere auch?

Galten für Campbell andere Regeln als für sie?

Ohne nach dem Grund zu fragen, lieh Frau Lenze ihr eine leere Selterswasserflasche und Elfie befüllte sie sorgfältig mit dem echten Bohnenkaffee. Was würde Mutter sich freuen! Den Kaffee konnte sie ja einfach in einem Topf erwärmen.

Dann machte sie sich gemeinsam mit Klaus auf den Nachhauseweg. Als sie am Palmenhaus vorbei zum Checkpoint gingen, betrachtete Elfie das Stahlgerippe und versuchte, sich vorzustellen, wie viele Glasscheiben wohl benötigt würden. Auch wenn nicht alle Fenster zerstört waren, schätzte sie …

»Bestimmt zwanzig Wagenladungen.« Klaus hatte offensichtlich an das Gleiche gedacht. »Ob das bis zum Herbst überhaupt zu schaffen ist?«

»Schön wäre es.« Sie freute sich schon auf den Dschungel, der bald dort wieder wachsen würde, auf den Wasserfall und die Seerosen und diesen ganz bestimmten von Blütenduft erfüllten Duft.

Am Checkpoint schob wieder Taylor Dienst. Ihr Herzschlag beschleunigte sich, als er sie anlächelte.

»*Well done*«, sagte er und hakte sie auf der Liste ab, dabei hatte sie doch den Sperrbezirk an einem anderen Checkpoint betreten. »*Your brother would be proud of you.*«

Jetzt wurde sie auch noch rot. Offensichtlich wusste bereits der ganze Palmengarten von ihrem nächtlichen Abenteuer.

»*Thank you.*« Sie strich sich verschämt die Haare hinters Ohr.

»*That was great*«, sagte Taylor, zu Klaus gewandt, und winkte sie beide einfach durch.

»Was ist denn mit dem los?«, fragte Klaus.

Elfie zuckte nur mit den Schultern. Wenn sie ihm jetzt erzählte, dass er sie gestern mit dem Jeep mitgenommen hatte, würde er doch nur wieder schlecht von ihr denken.

»Aber sag mal, was bedeutet denn dieses Swing Heil von vorhin?«, wechselte Klaus auf einmal das Thema. »Das habe ich ja noch nie gehört.«

»Das war der Gruß der Swing-Jugend.« Elfie pfiff ihren Erkennungsruf. »Manche haben auch *Heil Hotler* gesagt.«

Er sah sie entgeistert an. »Du hast *Heil Hotler* anstatt *Heil Hitler* gesagt?«

»Wieso regst du dich so auf? Geht das gegen deine Ehre, oder was?«

»Nein, aber das war doch gefährlich!«

»*No risk, no fun*«, zitierte sie Campbell, pfiff die Melodie von *Sing, Sing, Sing* und schwang ihre Hüften dazu. »Swing, das ist einfach das pure Leben. Kein Gleichschritt, sondern Spaß. Selbstentfaltung! Siebenachteltakt anstelle von Marschmusik. Euphorie! Und kein Schlager voll triefendem Schmalz.«

Sie hob das Grammofon hoch. »Du wohnst hier gegenüber, oder?« Sie deutete auf das Haus an der Ecke zur Beethovenstraße.

Er schob die Hände in die Hosentaschen. »Und wenn?«

»Dann komme ich jetzt mit dir mit, spiele dir was vor und vielleicht kriegst du ja doch noch Lust, zu tanzen. Hast du noch nie vom Odeon-Club gehört? Oder warst du mal in der Rokoko-Diele oder im Café an der Hauptwache? Café Regina?«

»Nee, bis in die Stadt sind wir selten gefahren, in Sachsenhausen war ja genug los.«

»Also bist du wirklich aus Sachsenhausen?«

Er zog die Schultern hoch, als ob er wieder alles leugnen wollte. Dann ließ er sie fallen. »Meine Eltern hatten in der Schweizer Straße einen Kolonialwarenladen.«

»Orangen und Schokolade, ich beneide dich jetzt schon!« Sie dachte an all die Köstlichkeiten, die Kolonialwarenläden in Friedenszeiten verkauft hatten.

»Den Laden gibt es aber nicht mehr.«

»Und deine Eltern? Vorhin hast du von deiner Mutter gesprochen.«

Klaus setzte sich in Bewegung. »Komm mit, ich zeige dir meine Bude.« Offensichtlich wollte er über seine Eltern immer noch nicht reden.

Bevor sie eintrat, überlegte Elfie kurz, ob das baufällige Haus einstürzen könnte. Aber sie wollte kein Frosch sein. Wenn Klaus sich nachts hier reintraute, dann sie schon allemal.

Im Haus war es völlig still, es roch nach feuchtem Kalk und Zigaretten. Hatte hier nicht früher Helgas Klavierlehrerin gelebt?

Klaus steuerte zielstrebig den Keller an, sie folgte ihm. Hinter der Metalltür des *Luftschutzraums* war es sauber und ordentlich. Mithilfe einiger Fundstücke wie angesengter Teppiche, Tische mit drei Beinen und seinem Lederfußball hatte er es sich halbwegs gemütlich gemacht. Sogar ein paar völlig zerfledderte Bücher besaß er: *Die Heiden von Kummerow* als Feldpostausgabe und zwei auffällig rote Bände von *Der Graf von Monte Christo*.

Klaus bot ihr das Feldbett an, aber Elfie setzte sich auf den weichen Teppich und stellte das Grammofon neben sich, sodass er das Feldbett wählte.

»Wirkt doch ganz behaglich«, sagte sie und wollte gerade das Grammofon aufklappen, als aus dem oberen Stockwerk Schritte erklangen.

»Still«, flüsterte Klaus und löschte die kleine Petroleumlampe. »Das sind die Aasgeier. Mit denen ist nicht zu spaßen.«

»Aasgeier?«, wisperte Elfie.

»Die suchen in den Trümmern nach Beute für den Schwarzmarkt.«

»Auch hier?«

Er machte eine wegwerfende Bewegung. »Hier kommt keiner mehr her, ich habe schon alles abgegrast.«

Daher also der Teppich, die gerahmten Aquarelle an der Wand, die wackeligen Möbel. Und Klaus' Erfahrungen im geschickten Entwenden von Eigentum.

»Und was ist mit denen da oben?«

Klaus zuckte mit den Schultern, da entfernten die Schritte sich auch schon wieder, Stille breitete sich im Haus aus und Elfie atmete beruhigt aus.

»Die Trümmer durchsuchen – machst du das allein?«, flüsterte sie. »Oder mit anderen zusammen?«

Klaus schüttelte den Kopf. »Allein.«

»Hast du keine Angst, dass du irgendwo verschüttet wirst und dich niemand findet?« Er war doch erst fünfzehn, noch ein halbes Kind!

»Nein.« Er zog die Knie an seinen Körper.

Sie glaubte ihm nicht. Aber so waren Jungs eben. Immer die starken Männer markieren, die Helden, die ihnen jahrelang im Kasernendrill der HJ als Beispiel vorgehalten worden waren. *Zäh wie Leder, hart wie Kruppstahl.*

Wenn sie nur herausfinden könnte, warum er sich hier versteckte. Vielleicht konnte sie ihm helfen. Er war doch ganz alleine und hatte gar keine Zeit, sich für Essen anzustellen. Wie wusch Klaus seine Wäsche, was, wenn er krank wurde?

Aber sie ahnte es schon: Wenn sie ihn direkt fragen würde, bekäme sie keine Antwort.

»Wir könnten ja mal zusammen losziehen«, sagte sie stattdessen, »Sachen zum Tauschen kann ich immer gebrauchen. Zu zweit ist das doch viel besser, da kann man sich gegenseitig helfen.« Als Einzelgängerin hätte sie die harten Kriegsjahre nicht überstanden. Elfie hatte sich immer Verbündete gesucht.

»Willst du das Grammofon verkaufen?«

»Nein, nein. Ich habe noch andere Tauschware.«

»Wäre ja auch schade drum. Kartoffeln sind sowieso Mangelware.« Gähnend streckte er sich. »Wo ist denn der Odeon-Club?«

»Das ist kein Lokal, sondern einfach eine Gruppe von Jugendlichen, die Swing mögen.«

Sie erzählte ihm von Walter, vom Brentanobad, den Hausbällen und der HJ, die die Swing-Boys zum Haareschneiden geschickt hatte. Nur was zum Schluss geschehen war, das erwähnte sie nicht.

Klaus schwieg.

»Legst du noch eine Platte auf?«, fragte er schließlich und sah sie mit seinen hellen Augen an, die auf einmal so dunkel wie der Main schimmerten.

Bei der *Tigerjagd im Taunus*, eigentlich dem *Tiger Rag*, versuchte sie, ihm zu zeigen, was ein Hüftschwung war, bis sie beide vor Lachen zusammenbrachen. Doch irgendwann hatte Klaus den Dreh raus. Jetzt stand er nicht mehr steif wie ein Zinnsoldat da, sondern bewegte sich schwungvoll und ausgelassen im Takt.

Als Elfie sich auf den Heimweg machte, stand die Sonne hoch am Himmel, und wenn sie auch gelacht hatten, Elfie war froh, dem dunklen Keller entronnen zu sein. Dort fühlte man sich ja wie der *Graf von Monte Christo*, den sie sich von Klaus ausgeliehen hatte.

Kurz blieb sie im Türrahmen stehen, betrachtete die blühenden Kastanien und zwei kleine Mädchen, die auf einem Trümmerstein saßen und ihre Puppen mit Gänseblümchen fütterten. Wie friedlich alles aussah!

Da hörte sie hinter sich im Flur scharrende Schritte, erschrocken drehte sie sich um und sah einen Mann mit Hut und im hellen Staubmantel auf sie zukommen.

Kappes! Den würde sie überall wiedererkennen. Ganz bleich war er im Gesicht und rannte an ihr vorbei nach draußen.

Elfie erstarrte und spürte, wie ihr Herz in ihrer Brust hämmerte. Plötzlich erwachte ihre Wut. Noch einmal würde sie den Gestapomann, der sie und ihre Swing-Freunde gejagt hatte, nicht davonkommen lassen und wollte hinter ihm herrennen. Doch was war mit dem Koffergrammofon?

Im Bruchteil einer Sekunde entschied sie, es nicht zurückzulassen. Dann hätte es Kappes ja doch noch geschafft, ihr die Musik zu nehmen. Und genügend Zeit, um es runter zu Klaus zu bringen, hatte sie nicht. Also klemmte sie sich das Grammofon unter den Arm und verfolgte ihn.

Sie hatte Kappes fast eingeholt, als er hinter einem Steinhaufen verschwand. Er kannte sich besser aus als Elfie, schlug Haken, verlor seinen Hut dabei. Sie musste das Grammofon in die Hand nehmen, auf einmal klapperte es heftig, hoffentlich ging es nicht kaputt.

Kappes' roter Schopf tauchte immer wieder wie eine Fackel zwischen den Bäumen auf, aber bald musste sie sich eingestehen, dass er schneller war als sie.

Und dann rannte er zur Universität hinüber und verschwand spurlos in den Ruinen.

Sie suchte jeden Winkel ab, jeden Mauerrest. Schaute in die angrenzenden Straßen, in die benachbarte Viktoriaschule, in der sie noch vor wenigen Jahren die Schulbank gedrückt hatte.

Nichts. Was für ein Mist. Er war ihr entwischt.

Vor Enttäuschung hätte Elfie beinahe geweint und sie setzte sich auf den blanken Boden, um wieder zu Atem zu kommen. Es war so ungerecht, dass dieser bösartige Mensch noch immer frei herumlief.

Aber sie würde ihn schon noch finden. Und dann musste er büßen.

22 – Klaus

Noch immer hatte Klaus die Melodie der *Tigerjagd im Taunus* im Ohr, als er am nächsten Morgen zu den Pflanzenschauhäusern ging. Die Sonne strahlte wieder über dem friedlichen Garten, in der Luft tummelten sich Hummeln und Schmetterlinge, der Jasmin duftete und Klaus hatte so gute Laune wie schon sehr lange nicht mehr.

Nachdem Elfie am Tag zuvor um die Mittagszeit zum Schwarzmarkt gegangen war, hatte er der Versuchung widerstanden, sich in sein Bett zu verkriechen, und Vorräte besorgt. Endlich hatte er genügend Zeit gehabt, um für seine Marken an verschiedenen Geschäften anzustehen. Ausbeute: Kommissbrot, Rübensirup und Margarine.

Danach war er auf den Schwarzmarkt gegangen und hatte für seine Zigaretten Eier ergattert. Ein Dutzend Hühnereier! Was für ein Schatz. Er hatte gedacht, dass alle Hühner längst geschlachtet worden seien.

Unter größter Vorsicht hatte er sie nach Hause gebracht und mangels Bratfett gekocht. So hielten sie sich am besten. Wer wusste schon, wie alt sie waren.

Wobei Klaus sich nicht vorstellen konnte, dass angesichts der Mangellage in diesen Zeiten Eier schlecht werden konnten.

Auch er musste sich sehr zusammennehmen, nicht zu viele auf einmal zu essen. Vier hatte er sich am Abend genehmigt, vier heute zum Frühstück und abends dann die letzten vier. Und wer weiß, was ich heute alles noch so kaufen kann, dachte er hoffnungsfroh.

Satt war er noch immer nicht. Aber zufrieden. Ein ungewohntes Gefühl.

Kaum hatte er das Gesellschaftshaus umrundet, hörte er es in den Schauhäusern: ein Hämmern und Klopfen. Und dazu dieses typisch schrille Quietschen der Glasschneider. Sofort lief es ihm kalt den Rücken runter. Ein Geräusch, schlimmer als Kreide auf der Schultafel.

In der Mittelhalle schnitten zwei Männer an Holztischen das erbeutete Glas mit dem Handschneider zurecht. Den beiden schien das unerträgliche Quietschen überhaupt nichts auszumachen.

Beim Näherkommen erkannte Klaus den Fahrer mit der Schiebermütze. Der andere mit der Glatze fegte Haus sieben durch. Einige Gärtner trugen Leitern ins Schauhaus, während Herr Lenze auf einem Holztisch die Baupläne studierte und irgendwelche Zahlen vor sich hin murmelte.

»Kann ich helfen?«, fragte Klaus.

Herr Lenze notierte etwas, dann schaute er sich um. »Nein, Klaus, danke. Sergeant Campbell hat zwei weitere ehemalige Ostarbeiter eingestellt, Perlmann und Nowak, das reicht für uns. Die beiden haben Erfahrung mit Glasarbeiten. Wobei wir Gärtner alle auch halbe Glaser sind, jedenfalls die, die im Gewächshaus arbeiten.« Er lachte kurz auf. »Geh doch mal zu Herrn Gessner, ich denke, langsam müssten die Kartoffeln nach Käfern abgesucht werden.« Er setzte seine Brille wieder auf.

Na, dann auf zu den Kartoffeln, die auf der ehemaligen Liegewiese wuchsen. Oder gab es heute etwas zu ernten? Die Erdbeeren sahen schon ziemlich rot aus. In einem unbeobachteten Moment hatte Klaus sich ein oder zwei gemopst. Die besten Erdbeeren seines Lebens!

Elfie war auch schon da und wartete vor der Anzuchtgärtnerei auf ihre tägliche Anweisung. Heute trug sie eine geblümte Bluse zur Arbeitshose, eine Haarsträhne linste keck unter dem Strohhut hervor. Er wusste nicht so recht, wie er sich jetzt verhalten sollte. Normalerweise ging er ihr aus dem Weg, aber auf einmal hatte er Lust, sich mit ihr zu unterhalten.

»Guten Morgen.« Er wagte ein Lächeln. »Und, Kartoffeln bekommen?«

Sie erwiderte das Lächeln und auf einmal wurde er ganz nervös.

»Ein Pfund verkeimte«, erklärte sie. »Schmeckten aber trotzdem. Dazu Bärlauch, den meine Mutter im Niedwald gesammelt hat, und ein bisschen Öl, was für ein Festessen!« Sie rieb sich den Bauch.

»Ich habe Zigaretten in zwei silberne Teelöffel und Eier getauscht.«

»Eier?« In ihrer Stimme lag Bewunderung. »Ich habe seit Jahren kein echtes Ei mehr gegessen. Gab doch immer nur dieses Mileipulver.«

Daraus konnte man mit Wasser Rührei herstellen oder Kuchen backen. Klaus kannte das Pulver, im Laden hatten sie den Kundinnen immer sehr genau erklärt, wie man es verwenden sollte.

»Und ausgerechnet Teelöffel?« Elfie grinste ihn an. »Mit Monogramm vielleicht? D. S. und so ein geschwungenes Herz drum herum?«

Klaus überlegte. Ja, so ein Muster war auf dem Löffel gewesen. Er nickte.

Elfie gluckste. »Die sind von uns! Dafür habe ich gestern ein Dutzend Badeanzüge bekommen.«

Ein Blick und sie brachen in Lachen aus. So wie gestern während ihres verzweifelten Versuchs, ihm das Tanzen beizubringen. Elfies Lachen klang so glockenhell wie die Sonne, es kroch ihm unter die Haut, wo es nichts verloren hatte. Er war für sie nur ein Junge und so musste es auch bleiben.

Trotzdem sah er sie gerne an, Klaus konnte gar nicht anders.

Auf einmal vernahmen sie ein Räuspern, – Herr Gessner –, nur mit Mühe konnten sie ihr Lachen unterdrücken.

»Guten Morgen«, versuchte Herr Gessner, sich stirnrunzelnd Gehör zu verschaffen.

Besondere Anordnung von Campbell: Sie wurden dazu verdonnert, die Blumenbeete rund um die Pflanzenschauhäuser zu jäten, damit sie etwas hermachten, sobald das erste Haus fertiggestellt war. Klaus vermutete, dass er irgendeinen Vorgesetzten vom Sinn der umfangreichen Reparaturarbeiten überzeugen wollte.

Zwischen den Stauden stand hoch das Gras. Zu gerne hätte er gewusst, wie die Pflanzen hießen. Die Pfingstrosen erkannte er auch nur deshalb, weil er sich an die farbenprächtigen Blüten vor ein paar Wochen erinnerte. Aber was war das daneben? Und das Unkraut hatte doch bestimmt auch verschiedene Namen.

Vielleicht konnte Herr Lenze ihm mit einem Pflanzenbestimmungsbuch weiterhelfen. Aber nicht heute, da er mit der Renovierung so beschäftigt war. Die meisten Gärtner waren heute in den Schauhäusern. Überall wurde geräumt und gefegt und das Schneiden der Glasscheiben schrillte bis zu ihnen hinüber.

Auch im Maschinenhaus in der Mitte des Parks wurde gehämmert. Der weiße Bau mit seinen Rundbogenfenstern und dem mit rotem Sandstein eingefassten niedrigen Dach wirkte wie ein Prachtbau inmitten des Rosengartens, doch im Inneren standen überall technische Geräte. Die Gewächshäuser wurden von dort zentral mit warmem Wasser beheizt. Neben der Zentrale für die Wasserversorgung waren hier die Heizkessel und das Kohlelager untergebracht. Um neben der Anzuchtgärtnerei zukünftig auch die Pflanzenschauhäuser wieder zu heizen, wurden gerade die Rohre und die Kessel gewartet. Eine Wagenladung Kohle war gestern eingetroffen.

Immer wieder schaute Klaus rüber zum Maschinenhaus mit seinen ständig qualmenden Schornsteinen. Wie man es wohl schaffte, die Häuser mit unterschiedlichen Temperaturen zu beheizen? Musste dort auch nachts mit Kohle befeuert werde? Wo kam das Wasser her?

Und wieso interessierte er sich auf einmal so dafür?

Hinter sich vernahm er Schritte auf dem Kies, zwei bullige Soldaten der MP mit ihren weißen Helmen marschierten vom Gesellschaftshaus zum Verwaltungsgebäude. Was machten die denn hier? Fürs Mittagessen war es doch noch viel zu früh. Pause schienen sie auch nicht zu machen, die ernsten

Mienen und der Gleichschritt sprachen eher für einen offiziellen Einsatz.

Sie kamen direkt auf Klaus zu und fixierten ihn mit ihrem mürrischen Blick.

Panisch sprang er auf, wischte sich die erdigen Finger an der Schürze ab und nahm schnellstmöglich Haltung an.

Jetzt hatten sie ihn also doch erwischt. War ja klar gewesen, dass das nicht lange gut ging. Als sie seine Papiere forderten, schnürte sich seine Kehle zu und ihm war vor Angst ganz schlecht. Was würden sie jetzt mit ihm anstellen?

Während der eine die *temporary registration*, die Arbeitserlaubnis und die Genehmigung, den Palmengarten zu betreten, inspizierte, forderte der andere Klaus auf, die Beine zu spreizen. Dann tastete er ihn gründlich ab und fragte irgendetwas, aber Klaus hatte aus lauter Angst sämtliche englischen Vokabeln vergessen.

Hilflos sah er sich nach Elfie um. Sie kniete noch immer vor dem Beet, hielt eine dicke Pflanze Löwenzahn in den Händen und schaute ihn völlig verdutzt an.

»Er fragt, ob du eine Tasche hast«, erklärte sie und stand auf. »Du hast deinen Rucksack wie immer in der Anzuchtgärtnerei, oder?«

Klaus nickte. Irgendwie beruhigte es ihn, dass Elfie ihm jetzt beistand.

»*In the glasshouses.*« Sie deutete ans andere Ende des Parks.

Da verlangte der Polizist Elfies Papiere, doch die hatte sie auch in ihrer Tasche. Sie wurde ebenfalls abgetastet. Wieso um alles in der Welt das denn? Ging es hier gar nicht um ihn? Was war hier bloß los?

Erstaunlicherweise beschwerte sie sich nicht, sondern ließ die Prozedur klaglos über sich ergehen. Bestimmt hatte sie genauso viel Respekt vor den Waffen am weißen Koppel wie Klaus.

Die Tür des Pflanzenschauhauses wurde aufgerissen und Herr Lenze eilte auf sie zu.

Auch von ihm verlangten sie die Papiere und wollten ihn durchsuchen, doch Herr Lenze wehrte sich konsterniert. Er war der Obergärtner, der Chef! Doch das war ihnen völlig gleichgültig. Sie verlangten von ihm, mit zur Anzuchtgärtnerei zu kommen, und gingen schnell voran zur Nordhalle.

Hier bewahrten Elfie und Klaus in einem kleinen Technikraum ihre Jacken und Taschen auf. Eigentlich wurde von hier aus die Heizungsanlange, der Strom und das Licht bedient sowie Werkzeug aufbewahrt.

Die Militärpolizisten durchsuchten nicht nur die Taschen, sondern jeden Winkel des Raums. Danach liefen sie noch die Gänge der Gewächshäuser ab, schauten unter jeden Tisch, hinter gestapelte Blumentöpfe, Fässer mit Unkrautvernichtern und Dünger. Herr Lenze bekam schon wieder seine roten Flecken am Hals, so sehr regte er sich darüber auf. Sie wollten sogar die bepflanzten Töpfe durchsuchen! Doch das konnte er gerade noch verhindern.

Dann zogen die zwei bulligen Soldaten endlich ab.

»Was die wohl suchen?«, fragte Elfie flüsternd. »Gestohlene Erdbeeren?«

Klaus sah den beiden durch die beschlagenen Fensterscheiben nach. Als Nächstes nahmen sie sich das Gärtnerhaus vor. Frau Lenze schrie hysterisch, zum Glück hatte ihr

Mann die MP begleitet. Ob in dem großen Haus irgendetwas versteckt war?

Ganz in Gedanken vertieft, räumte Klaus mit Elfie das entstandene Chaos auf. Ihr schien auch vieles durch den Kopf zu gehen. Als sie endlich zu den Beeten am Verwaltungsgebäude zurückkehrten, filzten die Militärpolizisten gerade Perlmann und Nowak.

Anstatt sich ums Unkraut zu kümmern, starrte Elfie weiter zu den Gewächshäusern. Campbell war jetzt auch bei den Kontrollen dabei und redete auf Herrn Lenze ein.

»Lass uns weiterarbeiten«, sagte Klaus und zog die Hacke durch die Erde. »Wenn wir uns da einmischen, gibt es nur Ärger.«

Elfie brummte bejahend, reckte aber noch immer den Kopf.

»Elfie!«, zischte Klaus.

»Ich möchte doch nur wissen, was sie so verzweifelt suchen.«

Plötzlich rannte Campbell auf sie zu, die beiden Militärpolizisten und Herrn Lenze im Schlepptau. Außerdem war noch einer der Offiziere dabei, die Elfie und ihn wegen der Konzentrationslager beschimpft hatten. Jetzt wurde es ernst. Am liebsten hätte Klaus sich in der Erde verkrochen, stattdessen zog er einen weiteren Löwenzahn heraus, als wäre alles in bester Ordnung.

»Miss Fischer!«, rief Campbell.

Elfie? Was war mit Elfie? Und seit wann nannte Campbell sie *Miss Fischer*?

23 – Elfie

Elfie spürte, wie sich Ärger anbahnte, als Campbell sie so förmlich anredete.

»Miss Fischer, *you are arrested*«, sagte Campbell mit verkniffenem Gesicht.

»Was?«, rief sie erschrocken. *Arrested* – hieß das nicht verhaftet?

»Sie sind verhaftet«, übersetzte da schon der Offizier, der sie zuvor ein paar Mal auf Deutsch angesprochen hatte. Elfie stockte der Atem, am liebsten hätte sie sich gesetzt, wollte aber keine Schwäche zeigen. Verhaftet? Nicht schon wieder!

»*Why*?«, piepste sie.

Der Offizier gab den beiden Polizisten einen Wink, sie umfassten Elfies Arme und hielten sie schraubstockartig fest. Angst kroch ihr die Kehle hoch. Der eine roch nach Schnaps, der andere nach Zwiebeln, wieso fiel ihr das gerade jetzt auf?

»Was wird ihr denn vorgeworfen?«, fragte Herr Lenze auf Englisch und legte schützend eine Hand auf ihre Schulter. »Ich bin ihr Vorgesetzter, ich trage Verantwortung für sie! Haben Sie einen Haftbefehl?«

Campbell hob spöttisch seine Augenbrauen. Einer der Polizisten entfernte Lenzes Hand, sprach schnell und der Dolmetscher übersetzte, ohne mit der Wimper zu zucken: »Keine

Angst, wir bringen Menschen nicht gleich um, nur weil sie Lebensmittel gestohlen haben.«

»Essen? Es geht hier – um was bitte, ein Salatblatt? Erdbeeren?«, rief Elfie. Das konnte doch wohl nicht wahr sein!

»Nein. Aus dem Küchenvorrat im Keller des Gesellschaftshauses sind über Nacht Konserven verschwunden. Ganze Paletten von Dosenfleisch, Schinken, Mehl, Bohnen, Speiseöl und noch vieles mehr. Da Miss Fischer vorbestraft ist ...«

Elfie traute ihren Ohren nicht!

»Wie bitte?«, rief Herr Lenze. Klaus starrte die Polizisten mit offenem Mund an.

»Ich war das nicht!«, sagte Elfie empört, die Polizisten drückten fester zu.

»Das ist Ihnen bei der Einstellung entgangen, oder, Herr Lenze?«, sagte Campbell ungerührt. »Haben Sie davon gewusst? Eine Akte der Gestapo!«

Ihre Akte aus der Lindenstraße! Elfie brach der Schweiß aus. Was da wohl alles drinstand ...

»Aber ich stand nie vor Gericht!«, verteidigte sie sich. »Wer nicht verurteilt wurde, ist auch nicht vorbestraft.«

»Wann soll Elfie denn etwas gestohlen haben? Sie ist immer bei mir, das hätte ich doch gemerkt!«, mischte sich Klaus ein.

Sie warf ihm einen dankbaren Blick zu.

»Und wie soll Miss Fischer diese Unmengen an Lebensmitteln transportiert haben?«, fragte Herr Lenze.

»Sie hat gemeinsame Sache mit den Polen gemacht. Die haben einen Transporter.«

»Mit dem Sie gestohlenes Glas in den Palmengarten gebracht haben!«

»Wir haben es nicht gestohlen.« Campbell wurde puterrot. »Miss Fischer hat sich in den letzten Tagen bereits als unzuverlässig erwiesen, als sie in die elterliche Wohnung eingebrochen ist. Dort habe ich noch Milde walten lassen, hatte ein gewisses Verständnis für ihre Lebensumstände, aber bei Lebensmitteln hört jede Nachsicht auf.«

»Du hast – was?« Der Blick von Herrn Lenze verdunkelte sich.

»Ich wollte nur Walters Grammofon holen!«

Herr Lenze schüttelte den Kopf.

»Wann sind die Lebensmittel verschwunden?«, fragte Klaus.

»Irgendwann zwischen zwei Uhr gestern Nachmittag und sieben Uhr heute früh«, antwortete Campbell.

»Dann kann sie es gar nicht gewesen sein. Sie hat gestern den ganzen Tag versucht, mir das Tanzen beizubringen, und ist erst abends zur Sperrstunde nach Griesheim gegangen.«

Das war doch gelogen. Riskierte er wirklich ihretwegen Ärger?

»Und ich war die ganze Nacht dort, das kann meine Mutter bezeugen«, ergänzte Elfie schnell. »Und die anderen Bewohner auch, der Bunker ist überbelegt. Wenn ich mich da nachts rausschleiche, meckert immer jemand über die angebliche Ruhestörung.«

Campbell brummte nachdenklich, dann besprach er sich mit der MP und dem Dolmetscher und verkündete, dass sie gemeinsam nach Griesheim fahren und ihr Alibi überprüfen würden.

»Vielleicht lagern Sie die Lebensmittel ja dort.«

»Also, ist das zu glauben? Ich bin keine Diebin!«

»Das werden wir ja sehen. Hände vorstrecken.«

Schon schlossen sich kalt die Handschellen um Elfies Handgelenke, dann musste sie sich in einen MP-Jeep zwischen die beiden Militärpolizisten setzen.

Elfie war vor Angst ganz kalt, sie fühlte sich sterbenselend. Hoffentlich konnte ihre Mutter ihr helfen.

Im riesigen Hochbunker herrschte Leere, die meisten waren wahrscheinlich auf der Jagd nach Esswaren. Auch ihre Mutter sei leider weg, um zu hamstern, erklärte Frau Koch, die ältere Dame, die im Feldbett neben Elfie immer von Albträumen geplagt wurde. Aber sie wolle zum Mittagessen zurück sein.

Ständig schaute Elfie gehetzt zum Eingang. Hoffentlich kam ihre Mutter bald zurück, um ihr Alibi zu bestätigen!

Bis dahin wollte Campbell nach dem Diebesgut suchen. Elfie zeigte verwundert und mit zittrigen Knien den neugierig um sich schauenden Amerikanern ihr *Zuhause*. Die Koffer, die sie nie auspacken konnten, die Betten, die von den anderen nur durch große Tücher getrennt waren. Den Gemeinschaftsraum, in dem sie aßen, wenn Mahlzeiten angeliefert wurden. Was immer seltener der Fall war. Die Waschräume, die Lagerabteile im Keller, wo von ihnen nur der Leiterwagen stand.

Auf einmal fragte Campbell interessiert nach der Funktionsweise der Lüftung und Heizung, wunderte sich über die moderne Ausstattung, die gute Planung und dass der Bunker sogar einen Minenabwurf überstanden hatte, wollte wissen, wer hier Schutz suchen durfte und für wie lange, und bewunderte offen den modernen deutschen Bunkerbau.

Nur Sergeant Adler, der Dolmetscher, stand mit unbewegter Miene daneben.

Die MP durchsuchte währenddessen alles, auch die Habseligkeiten der anderen Bewohner. Jede kleinste Dose Ananas, wenn es sie gegeben hätte, wäre ihnen aufgefallen. Sie nahmen es so ernst mit ihrer Suche, dass sie sogar den ausgebrannten Dachstuhl inspizierten.

Die Architekten hatten den Bunker so entworfen, dass er für die Fliegerpiloten aus der Luft wie eine Kirche aussah, und hatten auf den quaderförmigen Betonbau ein Holzdach aus roten Schindeln und sogar einen Turm bauen lassen. Das Dach hatte einer Flugabwehrkanone als Tarnung gedient. Als die Mine auf den Bunker fiel, brannte nur der Dachstuhl aus, die Flak war unbesetzt. Der Bunker hielt stand.

Eigentlich ein gutes Versteck, dachte Elfie. Hier oben kam nie jemand her, aber es gab noch immer wettergeschützte Ecken. Die MP fand trotzdem nichts.

Als sie wieder nach unten kamen, beäugten die anderen Bewohner Elfie misstrauisch.

»Was haste denn angestellt?«, fragte Frau Koch.

»Gar nichts.«

»Dann sollen die Besatzer mache, dass se fortkommen. Wir wollen unsere Ruhe haben! Wir sind keine Verbrescher.«

Sergeant Adler zog die Augenbrauen hoch und übersetzte geflissentlich jedes Wort.

Mutter war noch immer nicht da. Morgens hatte sie davon gesprochen, sich auf die Suche nach einer Nähmaschine zu machen, und das Briefmarkenalbum mitgenommen. Aber davon erzählte Elfie der MP natürlich nichts, sondern sprach nur vom Einkaufen.

»Wo war Miss Fischer letzte Nacht?«, fragte Campbell Frau Koch und Sergeant Adler fiel im Gespräch mit der alten Frau auf einmal in hessischen Dialekt.

»Ei, die war hier. Vom Abend bis in die Früh. Kartoffeln hat sie besorgt und mit der Mutter gebraten und danach hat sie tief und fest geschnarcht.«

Campbell schaute in die Runde der neugierigen Zuhörer. Die nickten. »Die Nacht davor war sie weg«, erklärte ein alter, gebrechlicher Mann. »Das habe ich gesehen, aber letzte Nacht nicht. Ich kann nachts nicht schlafen, ich merke das, wissen Sie. Ich sitze immer vorne an der Tür und rauche. Im Bunker ist das ja leider verboten.«

Also, da war der Beweis. Die Leute merkten, wenn nachts einer rausging. Und Campbell wusste selbst, wo sie die vorletzte Nacht gewesen war.

»Abmarsch«, rief er. »Und nehmt ihr die Handschellen ab. Noch können wir Ihnen nichts beweisen, Miss Fischer, aber freuen Sie sich nicht zu früh! Sie stehen ab sofort unter Beobachtung.«

Die Übersetzung brauchte Elfie gar nicht, sie verstand auch so alles und wäre Campbell vor lauter Freude und Dankbarkeit am liebsten um den Hals gefallen. Schon wieder ließ er Milde walten.

Nur Sergeant Adler war anzusehen, dass er die nachsichtige Behandlung von Elfie nicht verstehen konnte. Aber das war ihr egal.

Sie war frei!

Und die Beobachtung machte ihr nichts aus. Was für ein Glück, dass Klaus zu ihr gestanden hatte! So viel Mut hätte sie dem Kleinen gar nicht zugetraut. Auf sie hatte er wie ein ewiger Befehlsempfänger gewirkt. Ohne sein Alibi hätte es für Elfie schlecht ausgesehen. Nach der Jagd auf Kappes war sie noch auf dem Schwarzmarkt gewesen und dafür hätte sie ganz bestimmt keine Zeugen auftreiben können, im Gegenteil, das hätte ein umso schlechteres Licht auf sie geworfen.

Sobald sie Elfie die Handschellen abgenommen hatten, liefen die Kinder auf die Polizisten zu und bettelten um Süßigkeiten. Und obwohl die beiden Männer die ganze Zeit die Lippen zusammengekniffen hatten, holten sie jetzt Schokolade und Kaugummis aus ihren Jackentaschen.

Auch Elfie bekam einen Cadbury-Riegel. So nette Polizisten hatte sie ja noch nie erlebt.

24 – Elfie

16. April 1943

In der vorangegangenen Woche waren vereinzelt Bomben auf Frankfurt und Offenbach gefallen, hatten aber keinen großen Schaden angerichtet. Aber seit der Niederlage von Stalingrad war in Frankfurt die Stimmung gedämpft.

Die Russen hatten die 6. Armee geschlagen. So viele Tote, so viel Leid. Die deutschen Rundfunksender behaupteten, alle deutschen Soldaten seien gestorben, aber laut BBC waren über neunzigtausend Soldaten in Kriegsgefangenschaft geraten. Elfie glaubte schon seit Längerem nur noch der BBC und bangte um das Leben dieser armen Männer.

Mutter konnte vor Sorge um Walter nicht mehr schlafen und auch Elfie hatte Angst um ihn. Ein halbes Jahr stand er bereits mit der Heeresgruppe Nord kurz vor Leningrad. Seine Briefe waren immer das größte Geschenk für Elfie und ihre Mutter, auch wenn sie spärlich waren. Und obwohl er sich dabei frech wie immer gab, machte Elfie sich genauso viele Gedanken wie ihre Mutter.

Der Odeon-Club wurde immer kleiner. Freddy war in der afrikanischen Wüste und Dandy seit ein paar Wochen verschwunden. Sogar Lizzy wusste nicht, wo er abgeblieben war. Sie schien ihn richtig zu vermissen.

Elfie glaubte nicht, dass er vor lauter Angst zu Hause blieb. Vielleicht hatten sie ihn ja geschnappt und an die Front verfrachtet.

Ohne Walter ging Helga nicht mehr mit dem Odeon-Club tanzen. Sie zog sich immer mehr zurück, lernte viel für die Schule, las nächtelang. Und schrieb Walter ellenlange Briefe getreu dem Motto *Verzagte Briefe schreibt man nicht, die Front erwartet Zuversicht*!

Im Reich herrschte seit Stalingrad wieder allgemeines Tanzverbot bei öffentlichen Veranstaltungen. Aber Elfie wollte sich nicht einsperren lassen. Die häufigen Luftalarme versetzten sie nicht in Angst wie Mutter oder Helga, sie entfachten eine ungeahnte Lebenslust in ihr. Ihr Odeon-Club-Abzeichen trug Elfie zwar mittlerweile nur noch im Herzen, aber in jeder freien Minute durchstreifte sie die Hauptwache und die Altstadt, pfiff den *Harlem Swing* und fand Gleichgesinnte.

Bobby war noch immer da, auch der kleine Schorschi. Mal spielten sie in einem Bootsschuppen am Main auf dem Koffergrammofon ihre Platten ab, mal im Hinterzimmer einer Gaststätte. Aber sie passten mehr auf als früher, trafen sich eher nachmittags, hielten sich an die Ausgehverbote. Bloß nicht auffallen war die Devise.

Vor allem Mutter durfte davon nichts merken.

Mit Elfie alleine zu sein, setzte ihr zu, obwohl sie sich finanziell keine Sorgen zu machen brauchte. Die Familienhilfe der Wehrmacht, der Verdienst durch ihre Näharbeiten und die kostenlose Wohnung halfen ihnen gut durch diese schweren Zeiten.

Aber immer häufiger sprach Mutter davon, ohne Mann im

Haus sei sie der Verantwortung für Elfies Erziehung nicht gewachsen. Elfie durfte nur noch zu den BDM-Treffen oder zu Helga. *Komm mir nicht mit einem Braten in der Röhre wieder,* lautete ihre ständige Klage. Sogar mit Pierre durfte sie kaum allein reden. Dem Franzosen traute sie offenbar alles zu, dabei war Pierre seiner Frau treu ergeben. Aber Mutter wurde immer unsicherer, weshalb Elfie ihre Treffen mit den anderen vor ihr geheim hielt und behauptete, sie gehe zu Heimabenden, Luftschutzübungen oder zu Helga.

Elfie und Lizzy waren mit ihren siebzehn Jahren die Ältesten im Odeon-Club, obwohl Elfie immer gedacht hatte, Lizzy wäre mindestens zwei Jahre älter als sie. Aber dann wäre sie schon längst dienstverpflichtet und würde nicht mehr im Wappenhof, einer Altstadtkaschemme, beim Swing-Tanzen den Fremdarbeitern die Köpfe verdrehen.

Noch ein Jahr auf der Oberschule, dann war für Elfie auch das Kapitel beendet. Wie es dann wohl weitergehen würde? Heiraten und Kinder kriegen, wie es sich für eine deutsche Frau gehörte? Lehrerin werden, wie es sich Helga erträumte?

Sie wusste nur, dass sie sich alle am Abend bei Schorschi treffen wollten. Seine Eltern waren *aushäusig*, wie Schorschi sagte. Sturmfrei, so nannte Elfie das.

Irgendwie musste sie sich von zu Hause loseisen.

Nachdem sie gerade einen unsinnigen Schulaufsatz über die Bedeutung der Nibelungensaga fertig geschrieben hatte, warf jemand die Sandeimer im Treppenhaus um. Die standen zum Brandschutz auf jedem Stockwerk. Mutter verdächtigte natürlich Pierre. Und deshalb sollte nicht Pierre fegen und sie ordnungsgemäß wieder aufstellen, sondern Elfie.

»Der Froschfresser wirft nur wieder alles um, der will doch, dass wir alle verrecken, und schau auch, ob die Feuerpatschen parat stehen! Ich bin als Luftschutzwart für alles verantwortlich, das ist Sabotage!«

Also schnappte Elfie sich Kehrblech und Besen und sorgte für einen ordnungsgemäßen Brandschutz. Bei Feueralarm war sie als Melderin eingeteilt worden und Herr Lenze, der als Obergärtner unabkömmlich gestellt war, würde als Feuerwehrmann fungieren. Erste Hilfe übernahm mittlerweile Frau Müller aus dem zweiten Stock, Rolf war ja mit Walter zusammen eingezogen worden. So stand es jedenfalls auf dem Zettel neben der Haustür. Aber ob im Einsatzfall dann auch wirklich alle zu Hause waren?

Herr Mauersberger, der als Stofflieferant der Wehrmacht ebenfalls nicht an die Front musste, hatte sich sogar vor einer Aufgabe im Luftschutz drücken können.

Im obersten Stockwerk traf Elfie auf den klapperdürren Pierre mit seinem Schnauzbart und den kleinen Grübchen, der gerade für Müllers die Kohlen hochbrachte.

»Warst du das?«, fragte sie und wies auf den zerstreuten Sand.

»*No, no, mademoiselle*«, wehrte er ab. »Ich bin unschuldig!« Er reichte ihr den Sandeimer. »Wenn der Krieg vorbei ist, will ich nach Hause, nach Dijon.« Sein Deutsch war ziemlich gut, er war eigentlich Lehrer. »Ich will nicht sterben«, sagte er mit brüchiger Stimme.

Auf ihn warteten zu Hause Frau und zwei Kinder. Sie glaubte ihm. Bestimmt war das nur ein Dummejungenstreich. Vielleicht die Kinder von Frau Müllers Cousine, die seit ihrer Ausbombung in Lübeck hier wohnten? Dabei hatten die doch am eigenen Leib erlebt, wie schnell so ein Haus brannte.

Mit vereinten Kräften war das Treppenhaus schnell sauber.

Als Elfie sich mit Kleid und Lippenstift im Rucksack verstohlen nach draußen verdrückte, war Mutter zum Glück nirgends zu sehen und schon eilte Elfie am IG-Farben-Haus vorbei in die Holzhausenstraße. Sie freute sich unbändig auf den heutigen Abend.

Schorschi war über Freddy zum Odeon-Club gekommen. Auch er war ein Kind reicher Eltern, sie bewohnten eine mehrstöckige Villa aus der Kaiserzeit. Fabrikanten, die konnten sich das leisten. Schorschis Liebe zum Swing war seinen Eltern zwar ein Dorn im Auge, aber die waren heute Abend ja nicht da.

Als das Hausmädchen Elfie öffnete, hatte sie noch immer keine Gelegenheit gehabt, sich umzuziehen. Schnell verschwand sie auf der Toilette, um den langen grauen Faltenrock und den Wollpullover gegen ihr türkisfarbenes Tanzkleid auszutauschen und die Zöpfe zu öffnen. Sofort fühlte sie sich viel besser, so jung und lebendig.

Den *Harlem Swing* pfeifend, hüpfte sie die Treppe hoch zu Schorschis Zimmer.

Lizzy und Bobby waren auch schon da, es lief *Crazy Rhythm*, ein sehr schnelles Stück des französischen Gitarristen Django Reinhardt. Er war als Zigeuner den Nazis ganz besonders verhasst, was Elfie mal wieder bewies, wie unsinnig diese ganzen Rassengesetze waren.

Sie wippten mit dem Kopf, während Bobby auf dem umgedrehten Papierkorb von Schorschi trommelte.

»Heil Hotler«, rief Elfie, die anderen antworteten kichernd, da war die Platte zu Ende. Während Bobby eine neue aussuchte, beklagte er sich über die häufigen Fliegeralarme.

»Schorschi, bei euch im Keller sind alle immer so bierernst. Auch wenn du nur mal eine kleine Melodie pfeifst …«

»Unser Luftschutzwart nimmt sich einfach viel zu wichtig. Normalerweise hat er nichts zu melden, aber dort spielt er sich dann auf, als wäre er Generalfeldmarschall.«

»Davon gibt es viel zu viele, die andere rumscheuchen und ihnen Vorschriften machen«, sagte Lizzy und zog sich vor Schorschis Spiegel die Lippen nach.

»Wie meine Mutter«, stöhnte Elfie. »Die ist auch Luftschutzwart. Aber die Arbeit bleibt an mir hängen.«

»Und dann diese Durchhalteparolen …« Schorschi wedelte auf einmal wie Goebbels mit seinem Zeigefinger vor seiner Brust herum. »Wollt ihr den totalen Krieg?«, äffte er den Propagandaminister nach.

Als Elfie Goebbels' Sportpalastrede und die jubelnden Massen in der Wochenschau gesehen hatte, war es ihr kalt den Rücken hinuntergelaufen.

»Was soll das denn eigentlich sein, der *totale* Krieg?«, fragte Schorschi.

»Wenn wir nie aufgeben«, sagte Elfie.

»Dann lasst uns was auflegen, wenn wir schon nicht aufgeben dürfen!«, witzelte Bobby und senkte den Plattenarm. Wieder wirbelten die Trommeln. *Sing, Sing, Sing* von Benny Goodman erklang, Bobbys Lieblingsstück.

Wie immer schaffte es die Musik, den Stumpfsinn der grauen Tage zu vertreiben und Elfies Herz zu öffnen. Lizzy hob bereits die Arme und drehte sich, als es klopfte.

Sofort hielten alle erschrocken inne, Schorschi stoppte die Platte.

»Ja?«, fragte er vorsichtig.

»Herr Georg, da sind zwei Jungs, die zu ihnen wollen.«

Elfie stand in der Nähe der Tür und machte sie auf. Zwei Pimpfe, höchstens vierzehn, schauten betreten neben dem Hausmädchen auf ihre Fußspitzen.

»Lizzy hat gesagt, dass wir kommen können«, sagte der mit den Segelohren. Der andere tippte bereits mit einem Fuß den Takt mit.

»Ja klar, kommt rein.« Lizzy winkte sie zu sich. »Hört mal her, dass sind – Pete und Willi.« Sie sprach die Namen englisch aus. »Die sind in Ordnung.«

Schorschi nickte und die beiden stürzten sich auf seine Plattensammlung und blätterten sie andächtig durch.

Schorschi und Bobby diskutierten über irgendwelche Lieder, die sie in der BBC gehört hatten, und erstellten eine Liste von Platten, die Schorschis Cousin ihnen aus Belgien mitbringen sollte.

»Und neue Plakate!«, rief Schorschi. »Wenn ich noch einmal ein Plakat sehe, das zum Sammeln fürs Kriegswinterhilfswerk aufruft, kotze ich. Wenigstens hier will ich von den Nazis nichts sehen oder hören.«

»Was sagen denn deine Eltern dazu?«, fragte Elfie.

»Wenn mein Vater einen schlechten Tag hat, reißt er sie ab, aber ich besorge mir einfach neue. Und er droht ständig, dass mir bei der Wehrmacht die Albernheiten ausgetrieben werden sollen.«

Und ein weiteres Mal lief *Sing, Sing, Sing*, immer dasselbe, das war ja total langweilig!

Gegen den Protest von Bobby wechselte sie die Platte. *Shades of Hades* von Larry Clinton, das war richtig *hot*.

»Können wir nicht unten irgendwo tanzen? Im Salon? Hier ist es viel zu eng und deine Alten sind doch nicht da!«, schlug Lizzy vor. Sie trug heute wieder ihre Marlene-Hose mit den großen Knöpfen an den Seiten und sah so lässig darin aus.

»Die Möbel wegzuräumen ist viel zu viel Arbeit.« Schorschi war das Tanzen nicht so wichtig, er war mehr der Musiktheoretiker, der die Melodien auf Notenpapier übertrug, damit Bobby sie nachspielen konnte.

»Lizzy, hast du immer noch nichts von Dandy gehört?«, fragte Elfie. »Der konnte wenigstens tanzen, die beiden hier reden ja immer nur.«

»Nee, keine Ahnung.« Lizzy wiegte sich im Takt. »Aber die brauchen wir auch gar nicht.« Wie beim Charleston schlenkerte sie ihre Knie hin und her.

Elfie fühlte sich mit jedem Trommelwirbel und jedem Trompetenstoß aufgekratzter. Ihre Füße bewegten sich, ohne dass sie nachdenken musste, jede Faser ihres Körpers wurde von der Musik mitgerissen und sie überkam ein unglaubliches Glücksgefühl. Sie schloss die Augen und stellte sich vor, in einem Abendkleid aus weiß schimmernder Seide, mit mondäner Frisur und dunkelroten Lippen auf einer großen Bühne zu tanzen. Fred Astaire im Smoking würde ihre Hand ergreifen und sie würden gemeinsam in den Mondschein tanzen, wie in einem dieser Filme, die bis zum Kriegseintritt der Amerikaner im Kino gelaufen waren.

Zwischen die Musik schlich sich ein Klingeln. Eine Männerstimme erklang, aber Schorschi kümmerte sich nicht darum. Anscheinend war das normal, wenn die Eltern nicht da waren. Bestimmt hatte das Hausmädchen einen Freund.

Lizzy nahm Elfies Hand und drehte sie, bis ihr schwindelig wurde und sie sich an ihr festhalten musste. Sie blickte auf und versank beinahe in Lizzys hellen Augen.

Und dann küsste Lizzy sie auf den Mund. Warm und weich und unglaublich süß, und doch war es nur ein kurzer Moment.

Elfie schaute sie erstaunt an, als auf einmal die Tür aufgerissen wurde.

Das Hausmädchen stand mit schreckgeweiteten Augen davor.

»Herr Georg, bitte kommen Sie schnell!« Schon wurde sie von zwei Männern zur Seite geschoben.

An den rothaarigen Mann mit dem hellen Staubmantel erinnerte Elfie sich sofort. Kappes, der Walter blutig geschlagen hatte. Hinter ihm wies ein kleiner Dicker seine silbern glänzende Dienstmarke vor.

Es gab keine Chance, zu entkommen.

25 – Elfie

»Meier, schauen Sie sich diese asoziale Sippschaft mal an.«
Kappes deutete auf die schwarzen Musiker auf Schorschis
Konzertplakaten und verzog angewidert das Gesicht. »Alle
völlig entartet. Diese Drückeberger gehören an die Front, damit ihnen diese Flausen ausgetrieben werden! Schauen Sie,
die Haare berühren den Hemdkragen!« Er deutete auf Bobby.
»Und die Mädchen tragen Hosen!«

»Na, dann wollen wir mal«, sagte der Dicke. »Wer von
euch ist Georg Huber?«

Der ließ beinahe die Platte fallen, die er gerade auflegen
wollte. Mit zitternden Händen versuchte er, sie zurück in die
Papierhülle gleiten zu lassen.

»Her damit.« Der Dicke streckte die Hand aus, las das Etikett und zerbrach die Platte über seinem Knie.

Wütend schnappte Elfie nach Luft. Wie konnten diese
Typen einfach anderer Leute Eigentum zerstören? Mit allerletzter Mühe riss sie sich zusammen und hielt den Mund.

»Sie können hier doch nicht einfach eindringen!« Lizzy
war wie immer mutiger.

»Papiere«, rief Kappes mit schnarrender Stimme und
starrte Elfie eigentümlich an. In ihrem Nacken kribbelte es
unangenehm.

Sie drehte sich um und suchte hektisch nach ihrem Rucksack. Wo hatte sie ihn nur hingestellt? Die anderen zeigten ihre Papiere bereits vor.

»Wird's bald!« Wütend schubste Kappes Elfie. Da endlich fand sie den Rucksack hinter dem Schreibtischstuhl. Als sie ihren Ausweis herausholte, fiel ihre langweilige Schulkleidung raus. Kappes lachte höhnisch. »Die Sachen bleiben hier«, blaffte er.

Der Dicke hatte mittlerweile sämtliche Platten zerschmettert. Zum Glück hatte Schorschi den größten Teil seiner Sammlung bei seiner Oma im Taunus vor den Bombenangriffen in Sicherheit gebracht.

»Mitkommen«, rief Kappes. »Alle mitkommen!«

Ruppig stießen sie sie die Treppen hinunter. Elfie stürzte und schlug sich die Knie blutig, aber Kappes trieb sie weiter an, sodass Bobby Elfie am Ellenbogen stützte. Keiner sagte ein Wort, alle waren wie Elfie starr vor Angst. Unten reichte das etwa gleichaltrige Hausmädchen den anderen ihre Jacken, als wäre dies ein ganz normaler Abschied.

Sie wurden in eine große Limousine verfrachtet.

Bobby hatte die Augen während der Fahrt geschlossen, Schorschi nannte immer wieder den Namen seines Vaters in der Hoffnung, dass dessen Geld und Einfluss Kappes beeindrucken könnte, während die beiden Neuen die ganze Zeit schnieften.

Irgendwer musste sie verraten haben. Aber wer? Die Angestellten? Die beiden Neuen?

»Pech gehabt«, flüsterte Lizzy Elfie zu. »Jetzt verpfeifen sie uns ans Jugendamt, wetten?«

Jugendamt, das hätte Elfie gerade noch gefehlt. Wenn das

ihre Mutter erfuhr! Sie hatte doch schon Sorgen genug und jetzt enttäuschte Elfie sie auch noch.

Dabei hatte sie nichts Schlimmes verbrochen. Zu Hause galt das Tanzverbot doch gar nicht, genauso wenig wie das Jugendschutzgesetz. Deshalb trafen sie sich doch privat, um dem Ärger aus dem Weg zu gehen. Vor Wut ballte Elfie die Fäuste. So eine Ungerechtigkeit!

»Was passiert jetzt mit uns?«, fragte sie.

»Ruhe dahinten!«, schrie der Dicke.

Elfie musste an Walter denken, der wochenlang zum Messen seiner Haarlänge in der Lindenstraße hatte vorstellig werden müssen. Wenn ihr auch so etwas drohte, bekam sie bestimmt Hausarrest.

Doch der Wagen fuhr gar nicht ins Westend zur Gestapo, sondern die Eschersheimer Landstraße hinunter. Als sie am Eschenheimer Tor Richtung Bleichstraße abbogen, flüsterte Lizzy: »Klapperfeld.«

Elfie brach der Schweiß aus. Hoffentlich hatte Lizzy unrecht! Aber dann hielt der Wagen vor dem Polizeigefängnis in der Klapperfeldstraße.

Zwischen den hohen Mauern im Innenhof war es vollständig finster. Elfie war wie gelähmt, konnte kaum laufen, bekam Schläge in den Rücken, panisch stolperte sie ins Unbekannte.

Drinnen stank es nach Schimmel und Ammoniak. Sie wurden getrennt und Elfie von einer dicken Wärterin mit einer funzeligen Taschenlampe durch einen langen, schmalen Gang voller Metalltüren in ihre Zelle gebracht, die so schmal war, dass sie im Stehen beide Außenwände berühren konnte. Ein Geruch nach Fäkalien und Erbrochenem lag in der Luft, instinktiv hielt sie sich die Nase zu und schaute sich voller Panik um.

Ein kleiner Tisch, ein Hocker, eine Waschschüssel, ein Trinkbecher. Daneben eine Pritsche mit einem Sack anstelle einer Matratze, der bestimmt voller Wanzen und Läuse war, eine graue Wolldecke, ein Kübel für die Notdurft. Und ein vergittertes Fenster in die Dunkelheit. Mehr nicht.

Sie versuchte zu schlafen, aber der Gestank, die fremden Geräusche und die übergroße Angst vor dem, was sie am nächsten Tag erwarten würde, hielten sie davon ab.

Auf einmal ging ihr die Melodie von Glenn Millers *Moonlight Serenade* durch den Kopf. Eigentlich fand sie das Stück schmalzig, aber jetzt tröstete es sie. Sie hatte es so oft nachts mit Walter im Radio gehört. Bestimmt machte er viel Schlimmeres als sie durch. Sie war eingesperrt, na und? Morgen wäre sie wieder frei. Das konnte doch nur eine Verwechslung sein, oder?

Ein schriller Pfiff aus einer Trillerpfeife weckte sie. Irgendwann mussten ihr dann doch die Augen zugefallen sein.

Es war noch nicht mal hell draußen. Eine mürrische Wärterin blaffte sie an, sie musste ihren Kübel leeren, Wasser holen, Zelle putzen. Und die ganze Zeit zermarterte Elfie sich das Hirn, wer sie verraten haben könnte. Und weshalb.

Und was sie verbrochen haben sollte.

Beim Morgenappell wurden alle Gefangenen von einem hageren Wachtmeister mit Säufernase aufgerufen. Bei manchen nannte er den Ort, wo sie heute hingebracht werden würden. Einige Frauen mit dem zweiten Vornamen *Sara* mussten nach *Auschwitz*, was auch immer das zu bedeuten hatte. Aber an den entsetzten Gesichtern erkannte Elfie sofort, dass es nichts Gutes verhieß.

Dann ertönte schließlich: »Fischer, Elfriede, Lindenstraße.«

Elfie wurde genauso wie die anderen, die man aufgerufen hatte, in einem Raum in einen Drahtkäfig gesperrt, als wären sie wilde Tiere. Dann wurde das Licht gelöscht, der Raum lag im völligen Dunkel und in Elfie breitete sich Panik aus. Auch die anderen Frauen wimmerten und klagten vor Angst, einige weinten.

Elfie rief nach Lizzy und pfiff den *Harlem Swing*, um sie zu finden, wurde aber als Antwort nur von den Wächtern angeschrien. Von Lizzy kam keine Antwort.

Immer stiller wurde es in der Dunkelheit. Damit die Angst nicht die Oberhand gewann, erinnerte Elfie sich an die Grotte im Palmenhaus, in der sie sich vor Walter versteckt hatte. Das hatte sie schließlich auch durchgehalten.

Arme und Beine waren längstens abgestorben, als Elfie Stunden später aus dem Drahtkäfig befreit und mit anderen Gefangenen in einem geschlossenen Wagen zur Gestapo in die Lindenstraße 27 gebracht wurde.

Ihr zitterten die Knie, sie hatte Hunger, aber vor allem dachte sie an Mutter, sie war bestimmt außer sich vor Sorge. Sicherlich hatte sie von der Verhaftung erfahren. Vielleicht wartete sie schon längst in der Gestapozentrale auf sie, um beim Verhör dabei zu sein.

Als die Tür sich öffnete, erblickte sie den wohlbekannten Haupteingang der Gestapozentrale, des früheren Cronstett'-

schen Damenstifts, einer Art Wohnheim für Adelige, auf dem, von zwei Säulen gestützt, ein reich verzierter übergroßer Mansardengiebel thronte. Er war groß wie ein Palast.

Helga hatte ihr mal erzählt, dass jede der adeligen Damen dort eine eigene Wohnung mit drei großen Zimmern bewohnt hatte, es gab hochherrschaftliche Präsentationsräume, beeindruckende Treppenhäuser mit Marmor und Stuck. Als gutbürgerliches Nachbarskind hatte sie wohl mal eine der alten Damen besuchen dürfen.

Seit zwei Jahren war *die Lindenstraße* das Synonym für die Gestapo in Frankfurt. Ausgerechnet die Geheime Staatspolizei in so einem Prunkpalast, wie oft hatten Helgas Eltern sich darüber aufgeregt.

Zwei Uniformierte stießen Elfie und die anderen Gefangenen die Treppe hoch, die Holztür öffnete sich elektrisch. Links am Schalter saß ein Beamter mit einem Kopf wie ein Totenschädel, so eingefallen waren seine Wangen. Die Haustür schloss sich, erst danach öffnete sich die nächste Tür automatisch. Als sich diese ebenfalls hinter ihnen schloss, sank Elfie das Herz in die Hose.

Zuerst musste sie sich beim Erkennungsdienst an die Wand stellen, das Blitzlicht strahlte auf, Glasscherben fielen zu Boden.

»Zur Seite drehen«, meckerte sie eine Beamtin an. Dann wurden noch die Finger in Tinte gewälzt und auf ihrer Akte abgerollt. Anschließend musste sie ins Obergeschoss und dort auf einem Gang warten. Schritte stampften über den Boden, gedämpfte Stimmen drangen aus den Räumen, und wimmernde Schreie.

Von Mutter keine Spur.

Ein Polizist führte sie in ein helles Büro und legte ihre Akte auf den Tisch. Hinter Elfie standen zwei junge Männer in Zivil. Die Gestapo war immer in Zivil, damit sie besser spionieren und Leute bespitzeln konnte. Immer unerkannt, immer gefährlich.

Da wurde die Tür aufgerissen und Kappes schritt zackig zum Schreibtisch, setzte sich, ordnete die Papiere auf dem Tisch. Seine Finger waren kurz und knubbelig, die Haut weiß mit Sommersprossen. Kein Blick zu ihr. Sein Geruch nach Schweiß und Tabak drang Elfie in die Nase, sie musste sich zusammennehmen, um keine Regung zu zeigen.

Plötzlich zog Kappes eine Pistole aus seinem braunen Jackett und legte sie vor sich auf den Tisch. Elfie stockte der Atem, starr vor Angst, konnte sie den Blick nicht abwenden. Brauner Griff, kurzer Lauf, in den *Walther PPK* graviert war. Was bedeutete das? Würde er schießen?

»Heute haben wir hier ein besonders verkommenes Subjekt vor uns sitzen.« Mit durchdringender Stimme wandte er sich an die Männer hinter Elfie. »Eindeutig ein Fall fürs Arbeitserziehungslager.« Er räusperte sich. »Anklagepunkte: Diebstahl von Lebensmittelkarten, Erschleichung von Esswaren, Missachtung des Jugendschutzes und des Tanzverbots, Hören verbotener Musik, unsittliches Verhalten, Rassenschande.«

Alles erstunken und erlogen! Bis aufs Tanzen und das Jugendschutzgesetz. Elfie war fassungslos.

»Du bist doch Mitglied in diesem Odeon-Club«, stellte er nüchtern fest.

Beinahe hätte Elfie genickt. Sie musste besser aufpassen!

»Asoziales Gesindel seid ihr, mehr nicht. Entartete Musik hören, herumhampeln und es wie die Wilden mit jedem treiben.« Erneut räusperte er sich. »Heute Abend waren doch nicht alle da. Wenn du mir die Namen der anderen verrätst, lass ich dich laufen.«

Aber Elfie schwieg. Nie würde sie ihre Freunde verraten. Außerdem kannte sie meistens nur die Spitznamen.

»Du wirst gefälligst antworten!« Kappes schrie auf einmal wie Goebbels persönlich und griff zur Waffe. »Deine Scharführerin hat sich beschwert, dass du nicht mehr zu den Heimabenden kommst. Das wird Konsequenzen haben! Also, wer ist alles dabei?«

In Elfie zog sich vor Angst alles zusammen, sie schloss die Augen, schickte ein Stoßgebet zum Himmel, obwohl sie sonst nie betete.

»Bestimmt sind auch ein paar degenerierte *Hundertfünf-undsiebziger* dabei.« Auf einmal redete er wieder ganz normal, als ob sie sich unterhalten würden.

Hundertfünfundsiebziger, hatten sie beim BDM gelernt, waren perverse Sodomiten. Männer, die es mit Männern machten. Elfie kannte keinen und schwieg.

Kappes wiederholte die Frage ein ums andere Mal, wurde lauter, schrie: »Nun rede endlich, du Flittchen! Was treibst du so, wenn diese primitive Musik läuft? Und hinterher lässt du dich mit Marken bezahlen, oder?«

»Welche Marken?«, fragte sie und er hob die Augenbrauen. Dass sie auch nicht ihren Mund halten konnte!

»Wir wissen alles, du brauchst gar nicht zu versuchen, dich

rauszureden. Einer von eurer Clique handelt mit Lebensmittelmarken.«

In Elfie rotierten die Gedanken. Wenn sie schon alles wussten, wieso brauchten sie dann ihre Aussage? Und von welchen Marken sprach er überhaupt?

Also schwieg sie wieder.

Dafür räusperte Kappes sich schon wieder. Klang wie ein nervöser Tick, während er fast schon liebkosend seine Hand auf der Pistole liegen ließ. »Nun gib schon zu, dass du ihn mal ranlässt, um an die Marken zu kommen. Fleisch gegen fleischliche Gelüste.« Er lachte scheppernd.

»Nein, das ist nicht wahr«, sagte Elfie.

»Du Hure.« Er schlug hart auf den Tisch. »Erzähl mir keine Märchen. Ein deutsches Mädel trägt keinen Lippenstift! Wer so rumläuft wie du, ist garantiert keine Jungfrau mehr!«

Er hob die Hand, Elfie duckte sich unwillkürlich, doch dann ließ er sie wieder sinken.

Elfie war noch Jungfrau. Sogar Lizzy war noch unberührt. Sie hatte Elfie erklärt, wie man Jungs einen *runterholte* und dass die das alle wie verrückt wollten. Elfie war vor Scham fast im Boden versunken.

Außerdem waren die beim BDM gar nicht alle hold und keusch. Die taten doch nur so. Es gab genügend Jungs, die den BDM mit *Bubi, drück mich* übersetzten.

Sie schluckte ihre Angst hinunter. »Ich habe mich nicht herumgetrieben.«

Kappes stand von seinem Stuhl auf, schob ihn betont langsam und kontrolliert nach hinten, richtete sich auf, und als er neben ihr stand, grinste er sie fies an.

Zwei Arme rissen sie vom Stuhl hoch, und ehe Elfie wusste, wie ihr geschah, boxte Kappes ihr höhnisch lachend in den Bauch.

Sie bekam keine Luft, krümmte sich vor Schmerzen zusammen, ihr wurde schwarz vor Augen.

»Wer war es?«, schrie er gellend. »Angeblich soll bei euch ein Jude mitmachen. Ihr Mädchen wisst doch am besten, wer beschnitten ist. Also, wer ist es?«

Elfie schwieg. Sie teilten die Liebe zur Musik. Wer an welchen Gott glaubte oder wo die Eltern herkamen, war doch völlig egal.

Aber wieder und wieder stellte er die gleichen Fragen, wieder und wieder beteuerte Elfie, sie wisse nichts von einem Juden. Wieder und wieder schlug er sie. Elfie krümmte sich, spuckte Blut. Wimmernd versuchte sie, sich wegzuducken, vergeblich. Seine Schläge waren unerbittlich.

Nur ins Gesicht schlug er sie nicht.

»Abführen!«, schrie er, als sie, fast bewusstlos vor Schmerzen, auf dem Boden lag.

Die beiden Männer an der Wand packten sie an den Ellenbogen und schleppten sie rüde endlose Fluren und Treppen entlang, öffneten eine Tür, sie konnte einen Blick auf Helgas Wohnzimmerfenster erhaschen. Doch bevor sie rufen konnte, wurde sie in einen klapprigen Lastwagen geworfen und zurück ins Gefängnis gebracht.

Am nächsten Tag wurde sie durch den Hintereingang reingebracht, das war der einzige Unterschied. Sollte wohl niemand sehen, wie blutverschmiert ihre dünne Kleidung war. Den wärmenden Pullover und den Wollrock hatte sie ja nicht mitnehmen dürfen und sie trug noch immer ihr ziemlich ramponiertes Tanzkleid.

Heute kam Kappes in SS-Uniform, stellte aber immer noch die gleichen Fragen. Elfie schwieg. Sie würde das schon aushalten. *Eine Jugend so hart wie Kruppstahl* hatte sich doch Hitler gewünscht. Und sie war hart. Sie würde ihnen nichts vorlügen, um hier rauszukommen. Die Falschen zu beschuldigen, ging gegen ihre Ehre.

Die anderen würden auch schweigen, da war Elfie sich sicher. Von keinem, der mit ihr verhaftet worden war, kannte sie den Namen. Nur von Schorschi, aber nach dem fragte er nie.

Wenn Kappes die Hand hob, versuchte sie, sich zu wappnen, sich blind und stumm und gefühllos zu machen, aber ihr Herz raste, ihr Körper zitterte unkontrolliert. Sie spürte, wie unzufrieden er war, als er irgendwann das Verhör beendete, aber um sich darüber zu freuen, hatte sie keine Kraft mehr.

Danach wurde sie in den Keller gebracht. Auch hier standen diese Eisenkäfige, ein Schauder lief Elfie über den Rücken, als sie einen alten Mann und seine blutüberströmten Wunden sah. Auf einmal stimmte er ein Weihnachtslied an.

Die anderen Käfige harrten leer auf die nächsten Gefangenen.

Elfie wurde in eine verdreckte Zelle gesperrt. Solange die Tür noch offen war, konnte sie die in den Putz gekritzelten Namen und Hilferufe lesen. Dann wurde die Eisentür ins Schloss geworfen und plötzlich herrschte entsetzliche Finsternis.

Am dritten Tag fehlten die Zivilpolizisten an der Wand. Irgendwie lag eine andere Stimmung in der Luft. Voller Angst starrte Elfie die Waffe an, die Kappes wieder auf den Tisch gelegt hatte. Ob er sie benutzen würde?

Langsam streckte sie ihren geschundenen Leib, zupfte an dem blutverschmierten Rock und der zerfetzten Bluse, um ihre Blöße zu bedecken. Sträflingskleidung hatte sie noch immer nicht erhalten.

Als sie aufschaute, lag sein gieriger Blick auf ihrem Busen. Wieder die gleichen Fragen, wieder keine Antworten, seine Wut wuchs, er hob die Hand, fixierte sie mit seinem Blick wie ein Wolf.

Dann stieß er sie mit dem Gesicht auf den Tisch. Sie hörte, wie er den Gürtel lockerte, er zerrte ihren Rock hoch und zog den Schlüpfer runter. Sie erwartete Schläge aufs blanke Gesäß, wie damals von ihrem Vater, als sie ein kleines Mädchen gewesen war, doch dann geschah etwas ganz anderes.

Danach ließ sie sich auf den Boden fallen. Stille Tränen rannen ihr über die Wangen. Mit letzter Kraft bedeckte Elfie ihren wunden Körper. Am liebsten hätte sie sich in irgendeine Ecke verkrochen, so beschmutzt und gedemütigt kam sie sich vor.

Kappes hingegen schloss rasch seine Hose und zog den Vorhang auf.

Die Aprilsonne blendete Elfie. Als sie den zartgrünen Lindenbaum erkannte, wandte sie sich vor Scham ab. Dahinter aß Helga vielleicht gerade mit ihren Eltern zu Mittag und sie …

Jammern hilft nicht, ermahnte sie sich. Sie musste stark sein. Mühsam erhob sie sich, richtete ihre Kleidung und überwand sich, ihm ins Gesicht zu sehen. Ihm, Kappes, der so viel über Moral schwadronierte, und dann … ihr fehlten die Worte.

»So, du kleine Hure«, baute er sich überheblich vor ihr auf. »Du hast es zwar nicht verdient, aber heute hat unser Führer Geburtstag, da wollen wir mal nicht so sein«, säuselte er, als wären sie bei einem Kaffeekränzchen. »Du unterschreibst das und wirst in Zukunft anständig bleiben, ist das klar? Wenn ich dich noch einmal erwische, dann landest du im Erziehungslager!«

Plötzlich sprang er auf und fuchtelte mit dem Zeigefinger vor ihrem Gesicht herum. »Und kein Wort zu irgendjemandem! Sonst geht es sofort ins KZ!«

Er drückte ihr einen verklebten Füllfederhalter in die zitternde Hand, wies auf das Ende des Protokolls, und Elfie unterschrieb, was sie nicht lesen durfte.

Dann stolperte sie den Gang entlang. Weg hier, nur weg von diesem Scheusal. So schnell es ihr die Umstände erlaubten, eilte sie zum Haupteingang, bat den eklig grinsenden Wachbeamten, gehen zu dürfen, wartete ängstlich, bis dieser sich die Erlaubnis geholt hatte, und dann endlich war sie frei und lief durchs Westend nach Hause.

Dort warteten die weinende Mutter und Herr Mauersberger mit ernstem Gesicht bereits auf sie. Und ein blauer Brief vom Viktoriagymnasium. Schulverweis wegen Gestapohaft.

26 – Klaus

Juni 1945

Klaus konnte es einfach nicht glauben, als die amerikanische Militärpolizei Elfie in Handschellen am Palmenhaus vorbei abführte. Das musste alles ein großer Irrtum sein. Palettenweise Konserven stehlen, das passte gar nicht zu ihr!

Elfies Blick, als von der Gestapo die Rede war – der war ihm durch und durch gegangen. So hatte er sich auch schon gefühlt. Er wollte nicht, dass es ihr schlecht ging, dazu war sie einfach zu nett, und … ach, wer wusste schon, was ihn so verwirrte, wenn er an sie dachte, was ihn dazu gebracht hatte, Campbell und die MP anzulügen.

Aber wenn es herauskam, steckte er in Schwierigkeiten. In großen Schwierigkeiten!

Er musste unbedingt herausfinden, wer die Vorräte gestohlen hatte. Dann würde niemand mehr sein Alibi überprüfen. Oder ihn.

Lenze und die anderen Gärtner waren schon längst wieder im Gewächshaus, Klaus hackte ganz allein in den Staudenbeeten. Wenn er jetzt ging, fiel das niemandem auf. Als Ausrede konnte immer ein Toilettengang dienen. In die Beete zu pinkeln, war absolut verboten, das vertrugen die Pflanzen angeblich nicht.

Er ließ gerade die Hacke sinken, als er aus den Augenwinkeln sah, wie Perlmann betont unauffällig von den Pflanzenschauhäusern zum Maschinenhaus hinüberhuschte und kurz darauf mit selbstgefälligem Grinsen wiederkam. Was war denn da los? Kaum war er verschwunden, tauchte Nowak auf, schlich ebenfalls ins Maschinenhaus und kehrte selig lächelnd zurück.

Das war Klaus viel zu auffällig. Ob die sich mit Diebesgut den Bauch vollschlugen? Als die Glasschneider wieder durch den Park schrillten, war er es, der, hinter den Büschen verborgen, heimlich zum Maschinenhaus schlich.

Ein schwarz verrußter Arbeiter schaufelte gerade Kohle in den Brenner, andere Männer in blauen Arbeitskitteln standen rund um einen Kessel und klopften auf die Messanzeigen, als ob sie mit den Werten nicht zufrieden wären. Alle waren beschäftigt, gut so, da fiel er weniger auf.

Immer wieder einen Blick über die Schulter werfend, schlich Klaus durch die Kesselhalle und schaute in jede Ecke, aber von den verschwundenen Konservendosen keine Spur. Überall herrschte penible Ordnung.

Neben dem Kohlelager befand sich eine verschlossene Eisentür. Mit einer Ausrede im Kopf klopfte Klaus, niemand antwortete. Er drückte die Klinke und siehe da: Die Tür ließ sich öffnen.

Dahinter lag ein kleiner Aufenthaltsraum mit Werkzeug und einem Stuhl, auf dem, unter einer Arbeitsjacke halb verborgen, ein Einkaufskorb stand.

Klaus wollte die Tür schon wieder schließen, als er ein Geräusch hörte. Maunzte da etwa eine Katze?

Er lauschte. Da! Ganz leise. *Miau*. Vom Stuhl. Konnte das sein? Oder täuschte er sich? Er hob die Jacke hoch.

Zwei große Katzenaugen starrten ihn an. Lag da doch tatsächlich eine grau getigerte Katze im Korb! Vorsichtig kam Klaus näher, streckte die Hand aus, sie zog den Kopf zurück, maunzte wieder.

Erst traute er seinen Augen nicht, aber als er ganz genau hinsah, erkannte er die kleinen rosa Schnauzen. Neben der Katze schliefen drei winzige Katzenkinder.

Wie niedlich sie aussahen. Am liebsten hätte Klaus eines hochgehoben, aber er wollte sie auf keinen Fall wecken.

Miau, machte die Mutter schon wieder. Ob sie Hunger hatte? Aber Klaus hatte leider gar nichts zu essen dabei.

Streicheln ließ sie sich nicht, also deckte er sie wieder vorsichtig zu und verließ das Maschinenhaus wahrscheinlich mit dem gleichen seligen Grinsen wie Perlmann und Nowak.

Und er hatte gedacht, die beiden wären die Diebe. So ein Unfug.

Aber irgendwer musste es sein. Also durchsuchte Klaus weiter den Garten und schaute dort genau nach, wo die MP nicht gewesen war. Hinter den zugewachsenen Hecken und Büschen, unter der alten Eibe, den Brombeerhecken und der stacheligen Stechpalme. Hier würde er nämlich was verstecken. Wenn er was zu verstecken hätte.

Auf einmal stand er vor der Gärtnerfachschule in Haus Leonhardsbrunn. Ob die MP hier gewesen war?

Das verschlossene Haus bot das perfekte Versteck. Am Rande des Palmengartens, wo Kohlköpfe und Bohnen wuchsen, da flanierte kein Soldat vorbei. Dabei gab es an der Gärtnerfachschule einen eigenen Besuchereingang zum Palmengarten, obgleich davor jetzt Stacheldraht war. Die Klassenräume verbargen sich hinter Verdunklungsvorhängen und es gab natürlich einen Keller.

Diebe kriegten die Eingangstür mit einem Dietrich auf. Aber wie sollte er unbemerkt dort reinkommen? Gessner hatte keinen Schlüssel, das wusste Klaus. Aber bestimmt Obergärtner Lenze. Doch wie sollte er da rankommen?

Mit einem Mal hatte Klaus eine Idee.

Vorhin hatte er Lenze mit lauter Zetteln in die Gewächshäuser der Anzuchtgärtnerei stiefeln sehen. Bestimmt plante er gerade den Umzug der Pflanzen ins reparierte Schauhaus. Und tatsächlich fand Klaus ihn dort vor einem Baumstumpf, aus dem unverkennbar ein Farn wuchs.

»Herr Lenze, ich hoffe, Sie sind zufrieden mit den Aufräumarbeiten, die Elfie und ich hier geleistet haben?«

Herr Lenze schreckte auf.

»Wie, was? Ach, Sie meinen die Unordnung, die die MP hinterlassen hat? Ja, sieht alles wieder vorbildlich aus.«

»Suchen Sie gerade aus, welche Pflanzen umziehen dürfen?«

Und wie Klaus gehofft hatte, hielt Herr Lenze ihm sofort einen Vortrag über die Lebensbedingungen der verschiedenen Pflanzengruppen und welche davon am besten in ein *Warmhaus* passten.

»Schau hier, *Cyathea australis*, der Baumfarn. Er stammt aus den Subtropen …« Er war kaum zu stoppen.

»Was ich Sie fragen wollte …«, sagte Klaus und atmete tief durch. »Ich kenne mich so schlecht bei all den Pflanzen hier aus. Haben Sie nicht vielleicht ein Buch, in dem ich das nach-schlagen könnte?«

»Klaus!« Herr Lenze ließ den Stift sinken und lächelte ihn an. »Gefällt es dir bei uns so gut? Sag, was für einen Schul-abschluss hast du? Hast du schon mal über eine Lehre zum Gärtner nachgedacht? Oder haben deine Eltern andere Pläne mit dir?«

Jetzt bloß aufpassen und nichts von seiner abgeschlosse-nen Kaufmannsausbildung sagen. »Ich bin einfach nur neu-gierig. Über eine Lehre habe ich noch nicht nachgedacht. Ich war auch nur auf der Volksschule in Sachsenhausen.« Das wenigstens stimmte. Die Lügen gingen ihm mittlerweile recht leicht über die Lippen.

»Dann sprich doch mal mit deinen Eltern darüber! Wer weiß, was nächstes Frühjahr alles wieder möglich ist. Am bes-ten lernst du auch gleich die lateinischen Namen.«

»Latein?« Klaus zog die Stirn in Falten.

»Keine Angst, das sind nur Namen. Meine Lehrbücher sind bloß leider alle in unserer beschlagnahmten Wohnung. Da wohnt jetzt Sergeant Campbell, aber den frage ich lieber nicht. Ob ich noch was im Büro habe?« Er kratzte sich an der Schläfe.

»Sind da drüben nicht jede Menge Bücher?« Betont un-auffällig wies Klaus zur Gärtnerfachschule. Als wäre es ihm eben erst eingefallen.

»Natürlich!«, rief Herr Lenze. »Da finden wir auf jeden Fall was für dich. Ich hoffe ja so sehr, dass Ostern nächstes Jahr der Berufsschulbetrieb wieder läuft. Wir brauchen dringend Nachwuchs. Wenn erst die Soldaten wieder da sind, die meisten haben doch keine Ausbildung und brauchen eine Perspektive. Nach den Kriegserfahrungen wird ihnen die Arbeit in der Natur guttun.« Er zog den Schlüsselbund aus seiner Hosentasche. »Welcher war es denn?« Herr Lenze betrachtete einen nach dem anderen. »Eigentlich dürfen wir gar nicht da rein. Die Army hat Haus Leonhardsbrunn wie alles andere auch beschlagnahmt. Und Zeit, mit dir was auszusuchen, habe ich auch nicht, Klaus.« Er schaute betrübt drein, während er auf seine Notizen wies.

»Aber ich könnte doch kurz nachsehen, was ich gerne lesen würde. Und das Buch kann ich ja im Palmengarten lassen und nur in der Mittagspause lesen, dann ist alles in Ordnung.«

»Du bist ein schlaues Bürschchen, Klaus. Genauso machen wir es.« Herr Lenze drückte ihm einen verrosteten Schlüssel in die Hand.

In der Gärtnerfachschule roch es muffig, aber die Räume wirkten, als ob morgen der Unterricht weiterginge. Die Stühle waren ordentlich auf die Tische gestellt, die Tafeln gewischt. Nur auf einer stand klein in der Ecke *Emil ist doof.* Schule eben. Aber Konserven fand Klaus hier genauso wenig wie im Palmengarten. Noch nicht mal in der kleinen Kaffeeküche. Nur leere Zuckerdosen.

In der Lehrmittelsammlung standen eine ganze Reihe Bücher im Regal und er suchte sich das mit den meisten Abbildungen aus.

Außerdem entdeckte er noch ein Lager mit Anschauungsmaterial – farbige Tafeln über allerlei Pflanzenthemen, Schachteln voller Baumscheiben, Wurzelresten, Nüssen und Ähnlichem. Dahinter stand eine Holzkiste ohne Beschriftung.

Ohne große Erwartungen klappte er sie auf. Was sollte schon drin sein? Tafelkreide? Samenpäckchen?

Doch dann erblickte er ein Bündel aus Stoff. Ein Bündel, dessen dreieckige Form das Blut in seinen Adern gefrieren ließ.

Eine Waffe.

Nie wieder, hatte er sich geschworen, als der Krieg für ihn zu Ende gewesen und er mit Campbell nach Frankfurt gefahren war. Nie wieder wollte er eine Waffe in Händen halten, nie wieder laden, entsichern, feuern. Nie wieder töten.

Und doch zog sie ihn magisch an. Er konnte gar nicht anders, als den dreckigen Stofffetzen zur Seite zu schlagen.

Höhnisch grinste ihn der auf einem Hakenkreuz stehende Adler auf dem braunen Griff an. Eine Walther PPK in einer besonderen Ausfertigung als *Ehrenwaffe*. Ein Stangenmagazin und eine silbern glänzende Dose mit dem Firmenzeichen der Waffenfabrik Carl Walther in Zella-Mehlis lagen auch noch dabei.

Waltherchen hatte sein Unteroffizier immer seine Walther PPK genannt. Eine hochmoderne Waffe, die man im geladenen Zustand mit sich führen konnte, ohne sich zu verletzen. Sie stand nur Offizieren der Wehrmacht und der Polizei zur Verfügung.

Klaus' Ausrüstung hingegen hatte aus einem Karabiner 98k bestanden, wie er schon im Ersten Weltkrieg benutzt worden war.

Wer sie hier wohl versteckt hatte? Und für wie lange? Würde dieser sie wieder holen? Seit dem Einmarsch der Amerikaner war Deutschen das Tragen von Waffen verboten, sie mussten alle abgeliefert werden.

Klaus' Hände zitterten, Ekel erfüllte ihn, als er das kalte Metall in der Hand hielt. Erinnerungsfetzen. Fleisch, Blut, diese Schreie und die Stille danach.

Er versuchte, die Erinnerungen von sich abzuschütteln, prüfte, ob die Pistole geladen war, und blickte in den glänzenden Lauf wie in einen Abgrund. Es hatte Tage gegeben, da hätte er jetzt abgedrückt.

Doch er senkte die Waffe, wickelte sie wieder in den Stoff ein und steckte sie sich in den Hosenbund. Die Munition verstaute er in der Hosentasche. Dann verriegelte er Haus Leonhardsbrunn wieder sorgfältig und schlich zu einer dichten Stechpalmenhecke. Dort vergrub er die Pistole in der lockeren Erde.

Erst danach fragte er sich, wieso er das getan hatte. Für den Schwarzmarkt, beruhigte er sich. Vom Erlös würde er lange satt werden. Der Handel mit Waffen war gefährlich, aber bestimmt sehr lukrativ.

Aber war das der einzige Grund?

27 – Klaus

Als Klaus zurück in die Anzuchtgärtnerei ging, verfolgte ihn der schwarze Abgrund der Waffe, und er verspürte ein Stechen, als würde ihm jemand den Lauf in den Nacken pressen und jede Minute abdrücken. Was hatte er sich bloß dabei gedacht, die Waffe ausgerechnet heute, wo die MP sich überall herumtrieb, aus dem Versteck zu holen und im Garten zu vergraben? Was, wenn er beobachtet worden war?

Die Gewächshäuser waren wider Erwarten leer, Herrn Lenze fand er bei den Pflanzenschauhäusern. Trotz der Störung durch die Militärpolizei waren die Arbeiten dort schon sichtbar vorangeschritten. Klaus schätzte, dass ein Drittel des Glasdaches von Haus fünf bereits wiederhergestellt war.

»Hab was gefunden.« Er reichte ihm den Schlüssel.

»Zeig mal, was du dir ausgesucht hast.« Herr Lenze rückte seine Brille zurecht. »Ah, *Schreibers kleiner Atlas – Pflanzen in Garten und Feld*. Die botanischen Lehrbücher waren nicht da?«

»Doch, schon.« Klaus druckste herum. »Ich … ich …«

»Ist schon in Ordnung, Klaus. Besser, du nimmst dir ein einfaches Buch, das du verstehst, als dass dich die Wissenschaft abschreckt. Aber ein Gärtner muss sehr viel lernen, Pflanzenphysiologie, Bodenkunde, Gewächshausbau, dazu natürlich die Landschaftsgärtnerei, ästhetischen Blumenanbau genauso wie ertragreichen Gemüsebau. Und wir Botaniker hier im Palmengarten, wir kümmern uns um die seltenen und exotischen Pflanzen, wir studieren und züchten sie, schreiben wissenschaftliche Aufsätze, tauschen uns mit Kollegen in aller Welt aus. Der Palmengarten, das ist nicht nur vergnügliches Tennis und eine Kahnpartie, gekrönt von einem guten Essen, nein, der Palmengarten ist auch universitäre Lehre und Forschung. Wenn das Reichsarboretum …«

Klaus war überwältigt. Von einer Arbeit als Gärtner hatte er sich vor allem Ruhe und Frieden in schöner Umgebung versprochen. Doch bevor Herr Lenze einen weiteren Vortrag, über was auch immer ein *Arboretum* war, halten konnte, unterbrach ihn zum Glück Herr Perlmann und fragte Herrn Lenze nach bestimmten Maßen.

Klaus verzog sich zu seinem Unkraut. Elfie war noch nicht zurück, bei jedem Schritt, der auf dem Kies knirschte, schreckte er zusammen und blickte auf, doch dann waren es nur die Offiziere auf dem Weg zum *Lunch*. Als wäre heute ein Tag wie jeder andere. Sonnenschein, Kartoffeln und Fleisch und Apfelkuchen zum Nachtisch.

Als er schon wieder an die Pistole denken musste, schlug er zur Ablenkung das Pflanzenbuch auf. Die Blume mit den schmalen Blättern am langen Stiel und den orangefarbenen Blüten, die ihm bis an den Bauch reichte, war also eine Feuerlilie. *Lilium bulbiferum.* Eine Zwiebelpflanze, die laut Lehrbuch Schatten vertrug und mäßig feuchten Boden bevorzugte.

Gerade wollte er noch den Text zur Königslilie durchlesen, als es »Mittagspause« von den Gewächshäusern herüberschallte.

Hungrig lief er zurück zur Anzuchtgärtnerei und holte seine Tasche. Einen Kanten Brot, die gekochten Eier und vielleicht noch ein paar geklaute Erdbeeren – was wollte man mehr? Doch als er sich auf ihre angestammte Bank mit Blick auf die Liegewiese setzte, konnte er sein Essen gar nicht genießen.

Elfie war schon verdammt lange weg. Ob sie sie eingesperrt hatten? Und warum hatte die Gestapo eine Akte über sie angelegt? Ob sie wirklich eine Diebin war? Als Hausmeistertochter mit den reichen Nachbarsmädchen mitzuhalten, war bestimmt nicht einfach gewesen. Wie gut sie den Kontrollen ausgewichen war. Und dass sie einfach so ihr altes Grammofon verbotenerweise aus der alten Wohnung geholt hatte. *Swing Heil* oder *Heil Hotler* gesagt hatte. Regeln zu übertreten, schien ihr leichtzufallen.

Und trotzdem – mal bei guter Gelegenheit eine Büchse mitnehmen, das würde eher zu ihr passen, als palettenweise die Sachen hier rauszuschaffen. Mundraub begingen sie schließlich alle, irgendwie musste man ja überleben. Nur erwischen lassen durfte man sich nicht.

Eine Bewegung ließ ihn in seinen Überlegungen innehalten. Endlich, Elfie! Sein Herz klopfte ihm bis zum Hals, während sie ihm unbekümmert zuwinkte, als wäre gar nichts passiert.

»Na, haben sie dich laufen lassen?«, empfing er sie und wusste gar nicht, wohin mit seinen Händen. Beinahe hätte er sie umarmt, so sehr freute er sich, dass sie wieder frei war.

»Notgedrungen.« Sie ging seelenruhig weiter Richtung Gewächshaus, ihre Sachen holen.

Er machte schon mal auf der Bank Platz. Und als sie wiederkam, lächelte sie ihn von Weitem an und pfiff wieder diesen *Harlem Swing*, von dem sie ihm erzählt hatte. Dann ließ sie sich neben ihn auf die Bank fallen.

»Da waren einfach zu viele Zeugen, die mich in der Nacht im Bunker gesehen haben.« Sie packte eine Glasflasche voll Wasser, einen Metallbecher und ein in Pergamentpapier gewickeltes Brot aus. Und einen Schokoriegel!

»Den teilen wir uns zum Schluss, okay? Hat mir die MP geschenkt.«

»Ehrlich? Die Polizei hat dir Schokolade geschenkt?« Er kam aus dem Staunen gar nicht mehr raus.

»Ich wollte es auch nicht glauben. Sie hatten für alle Kinder was Süßes dabei.«

Klaus schüttelte ungläubig den Kopf. »Sie sind wirklich freigiebig.«

»Aber nur Kindern gegenüber.« Sie biss in ihr Brot. Roch nach Rübensirup.

»Hast du eine Ahnung, wer die Vorräte gestohlen hat?«, fragte Klaus.

Kauend schüttelte sie den Kopf. »Irgendwelche Schwarzmarktschieber, nehme ich an. Großhändler.«

»Und wie sind die reingekommen? Vor allem nachts bewachen sie die Eingänge in den Sperrbezirk sehr streng.«

Auf einmal erklang Kinderlachen hinter dem Zaun. Klaus hatte schon lange seine kleinen Fußballer im Verdacht, hier aus reiner Not die Papierkörbe zu durchforsten, wie sie es alle machten. Aber Klaus wollte auf gar keinen Fall, dass sie dabei erwischt wurden.

Jetzt bewegten sich die Büsche sogar! Doch anstelle eines

der Kinder erkannte er Corporal Taylor, wie er sehr genau den Zaun untersuchte. Direkt am Stechpalmenbusch, unter dem Klaus die Pistole vergraben hatte. Was machte der überhaupt hier, musste er nicht in seinem Wachhäuschen stehen?

Vielleicht gelang es ihm ja, Taylor irgendwie abzulenken.

Elfie stand bereits auf und schlenderte unauffällig zum Zaun, als ob sie sich die Büsche genauer ansehen wollte.

»Psst«, zischte sie durch die Büsche und den Zaun. »Rennt weg! Hier wird gleich kontrolliert.«

Kinderschritte, weg waren sie. Elfie setzte sich wieder zu Klaus und teilte völlig gleichmütig den Schokoriegel, als ob nichts geschehen wäre.

Als Corporal Taylor dann vor ihnen auftauchte, saßen sie unschuldig da und kauten ihre Schokolade.

»Wie schön, dass Sie freigelassen wurden«, sagte er zu Elfie und strahlte sie an.

Es gab Klaus einen Stich, als er das sah.

Dann deutete Taylor hinter sich. »Da ist ein Loch im Zaun. Habt ihr fremde Leute im Palmengarten gesehen?«

»Nein, wo ist denn das Loch?« Elfie reckte den Kopf.

Taylor deutete in die Richtung, aus der er gekommen war.

»Dort, hinter dem lang gestreckten Gebäude.«

»Ach, das ist mir ja noch gar nicht aufgefallen. Dir etwa, Klaus?«

So unbekümmert, wie sie jetzt die Beine übereinanderschlug und die Brust rausstreckte, um Taylor abzulenken, war Klaus sich sicher, dass sie das Loch kannte.

»Nein«, sagte er. »Wir müssen ja die Beete pflegen, am Zaun bin ich nie. Wozu auch?«

»Und ihr habt hier nie jemanden gesehen? Kinder vielleicht? Das Loch ist sehr klein.«

»Nein«, sagte Elfie und auch Klaus schüttelte voller Inbrunst den Kopf.

»Vielleicht stammt es von einem Fuchs?«, überlegte Klaus. »Oder einer Katze?«

»Na, wir werden es jedenfalls mit Stacheldraht verschließen«, sagte Taylor. »Und dann werden wir ja sehen, ob die Lebensmitteldiebstähle aufhören.«

Er nickte den beiden zu und ging zielstrebig zu den Pflanzenschauhäusern zurück.

»Puh, das war knapp.« Elfie grinste von einem Ohr zum anderen.

Wenn sie wüsste, wie recht sie hatte. Was, wenn Taylor die Waffe gefunden hätte?

Elfie wies mit dem Kopf Richtung Gärtnerfachschule. »Dort habe ich die Kinder, mit denen du immer Fußball spielst, mal mit einem vollen Rucksack rausklettern sehen.«

»Die räumen doch höchstens die Mülleimer aus, so wie wir. Ich glaube nicht, dass sie ins Gesellschaftshaus eingebrochen sind.«

»Und wenn sie für irgendwelche Schieber spionieren?«

»Ist mir egal. Die Amis haben doch genug. Außerdem nehmen sie es ja selbst nicht so genau mit dem Eigentum, wie wir wissen.«

Sie grinste ihn an. »Ach, das hat Spaß gemacht.«

»Sag es nicht so laut, sonst kommen sie wieder auf die Idee, dass du es warst!« Klaus traute sich und stupste sie in die Seite.

»Bloß nicht.« Sie gab ihm auch einen leichten Stoß in die

Seite und lächelte ihn so offen und herzlich an, dass ihm ganz anders wurde.

Irgendwie musste er diesen Taylor ausstechen. Und da kam ihm eine Idee. »Möchtest du ein Geheimnis erfahren?«

Sie nickte begeistert. Dann packten sie ihre Sachen zusammen und er brachte sie zu den kleinen Katzenkindern im Maschinenhaus. Elfie war außer sich vor Freude.

»Wenn man nur Milch für die Kleinen hätte!«

Klaus nahm das letzte seiner gekochten Eier. »Das mögen sie auch.«

»Miau«, machte Elfie und grinste. »Kriege ich auch was ab?«

»Vergiss es«, entgegnete er, pellte es und bat sie, ihre Hand auszustrecken.

Wie zart ihre langen, schmalen Finger waren. Als er das Ei vorsichtig in ihre Hand bröselte und sie dabei berührte, durchfuhr es ihn wie ein Schlag. Am liebsten hätte er ihre Hand gepackt und nie mehr losgelassen. Wieso schenkte er eigentlich der Katze das Ei und nicht ihr?

Als die Hälfte des Eis noch übrig war, hielt er es hoch und tatsächlich öffnete Elfie ihren Mund und tat so, als ob sie es sich schnappen wollte, ergriff es dann aber doch mit der Hand.

»Miau«, machte sie erneut, dann näherte sie sich langsam der Katze und bot ihr das Ei an. Hungrig schleckte diese fast alle Stückchen aus Elfies Hand.

»Das kitzelt«, sagte sie kichernd, und er sah, wie sehr sie sich beherrschte, um die Hand nicht wegzuziehen. Am Schluss legte sie die letzten Stückchen neben sie in den Korb.

Als sie das Maschinenhaus verließen, lächelte Elfie genauso in sich hinein wie Perlmann und Nowak.

Dann machten sie sich wieder ans Unkrautjäten und waren beide auf einmal so ausgelassener Stimmung, kicherten und lachten über jede Kleinigkeit, dass Herr Gessner sie ermahnte.

»Was sollen denn die Amerikaner denken! Wir haben hier eine Vorbildfunktion. Durch uns lernen sie, dass nicht alle Deutschen ...« Er suchte offensichtlich nach einem Wort. »... böse Menschen sind«, fügte er hinzu und marschierte wütend davon.

»Zumindest lernen sie von uns, dass Deutsche auch lachen können, ich finde, das ist viel wert«, sagte Elfie, und Klaus musste sich zusammennehmen, um nicht wieder loszuprusten. »*Böse Menschen* war ja nett ausgedrückt, oder?«

Plötzlich rannte ein hochdekorierter Offizier an ihnen vorbei ins Verwaltungsgebäude.

»Ob sie die Diebe erwischt haben?«, fragte Klaus.

Der Offizier erschien schon wieder und eilte zu den Pflanzenschauhäusern. Campbell kam ihm entgegen, legte die Hand an seine Mütze und grüßte erstaunlich zackig: »*Sir*!«

Elfie hielt sich den Mund zu, und auch Klaus versuchte, sich zu beruhigen, um besser lauschen zu können. Vielleicht musste er wieder beschützend eingreifen. Nicht dass es den Kindern an den Kragen ging.

»Sergeant Major Campbell, wie kommen Sie dazu, unsere Glasvorräte hier verbauen zu lassen?«

Klaus war stolz darauf, wie viel Englisch er mittlerweile verstand.

»First Lieutenant Blackwell, entschuldigen Sie, wenn ich

das sage, aber wir haben diese Ladung Fensterglas rechtmäßig erworben, Sir. Soll ich Ihnen die Kaufpapiere zeigen?« Campbell zeigte sein Pokerface.

»Der Händler hatte es uns versprochen!«

»Davon weiß ich nichts.«

»Ich werde Lieutenant Colonel Criswell davon Meldung machen müssen!«

Criswell, das war der Chef der amerikanischen Militärregierung, die im Haus der Metallgesellschaft am Reuterweg untergebracht war.

»*Yes, Sir*!«

Wieder schrillten die Glasschneider. Blackwell sah gequält zu den Pflanzenschauhäusern hinüber, vor die ein Gärtner gerade einen Leiterwagen voller Orchideen schob.

»Orchideen! Was für ein überflüssiger Luxus, im Pazifik kämpfen unsere Kameraden und Sie wollen hier Orchideen retten! *Bloody Krauts*, das haben die doch gar nicht verdient. Man sollte hier alles abreißen und Kasernen für unsere Soldaten bauen.«

»General Eisenhower persönlich hat dem Plan zugestimmt, die Gewächshäuser wieder aufzubauen.«

»Das wird ein Nachspiel haben, das sage ich Ihnen. Sobald wieder Glas auf dem Markt ist, steht es uns zu, egal, ob Eisenhower die Gewächshäuser wieder aufbauen will, ist das klar?«

»*Yes, Sir*«, erwiderte Campbell und Blackwell stapfte missmutig durch den Seitenausgang zum Grüneburgweg.

»Wo kam der denn her?«, fragte Elfie.

»*Blackwell is working for the military government*«, antwortete Campbell mit seiner tiefen Bassstimme hinter ihnen. Dabei hatte Elfie auf Deutsch gefragt. Manchmal hatte Klaus den Sergeant im Verdacht, mehr Deutsch zu können, als er behauptete.

Also kam Blackwell vom Hauptquartier im IG-Farben-Haus. Gab es dort noch unverglaste Fenster?

»Blackwell beschlagnahmt Glas für den Hauptbahnhof«, erklärte Campbell weiter auf Englisch. »Dabei kann jeder Reisende einen Schirm aufspannen, wenn er im Regen auf den Zug wartet. Die letzten Palmen im Palmenhaus jedoch überleben den nächsten Winter nicht. Es wird Zeit, dass ich die Vollmacht für die Beschlagnahmung von Glas bekomme. Sonst ist Blackwell das nächste Mal schneller als ich.«

Er wippte auf seinen Zehen. »Morgen wird Eisenhower wieder in Frankfurt sein, ich habe schon einen Termin ausmachen können, er wird den Palmengarten besichtigen. Oder wenigstens einen Teil. Das ist wichtig, und deshalb will ich, dass hier alles blitzt und blinkt und kein Unkraut mehr zu sehen ist, verstanden?«

Feierabend. Als sie gemeinsam zum Checkpoint gingen, wollte Klaus sich noch nicht von Elfie trennen. Es war so ein aufregender, aber auch schöner Tag gewesen. Da fiel sein Blick auf Taylor. Wie er sie anlächelte! Und Elfie erwiderte sein Lächeln so strahlend, dass es Klaus wieder einen Stich gab.

Sie sah den gut aussehenden Corporal ganz anders an als ihn. Kein Wunder, hielt sie ihn doch für einen Fünfzehnjährigen, während sie bereits neunzehn war. Und Taylor? Der muskulöse Corporal mit den markanten Gesichtszügen und den dunklen, geheimnisvollen Augen war bestimmt schon Anfang, Mitte zwanzig.

Jetzt fragte er sie sogar, ob sie Nachricht von ihrem Bruder hätte. Verband Elfie und Taylor mehr, als es den Anschein hatte?

28 – Elfie

Wie nett, dass Taylor sich nach Walter erkundigte. Elfie hatte erwartet, er würde sie wegen des Verdachts, eine Diebin zu sein, schief ansehen. Aber so lächelte sie dankbar zurück und erklärte kurz, dass es leider noch immer keine Nachricht von Walter gebe.

Die nächste Überraschung war, dass hinter dem Schlagbaum Helga auf sie wartete. Sie hatte die Freundin schon einige Tage nicht mehr gesehen.

»Du glaubst nicht, was heute alles passiert ist!« Elfie umarmte ihre Freundin. Helga trug wieder Kopftuch und Kittel und roch nach Asche und Sand.

»Wenigstens eine, die was Spannendes erlebt«, scherzte Helga. »Geht es um den Ami da drüben?« Sie deutete zu Taylor, der Elfie immer noch so schmachtend nachsah.

Elfie wollte gerade antworten, als Klaus ohne ein Wort des Abschieds an ihnen vorbeistapfte. Was war denn mit dem los?

»Klaus!«, rief sie ihm hinterher.

Er reagierte nicht, und als er sich dann doch noch umdrehte, schaute er sie finster an.

»Ich wollte dir meine Freundin Helga vorstellen. Sie war auch mal ein *Odeon-Girl*.«

Daraufhin machte Klaus kehrt und streckte Helga höflich seine Hand hin, die sie lächelnd ergriff.

»Er wohnt dort drüben«, erklärte Elfie und deutete auf das Eckhaus.

»In der Engelruine? Ist die nicht einsturzgefährdet?«

»Engel?«, fragte Klaus und wirkte nicht mehr ganz so mürrisch.

»Das Haus gehörte früher der Familie Engel«, antwortete Helga. »Haben deine Eltern und du keine sicherere Bleibe gefunden?«

Klaus verzog sein Gesicht, erklärte aber wie immer nichts.

»Ich würde da keinen Schritt rein machen«, sagte Helga.

»Oh, ich war schon drin, und nichts ist passiert.« Elfie genoss Helgas entsetzten Gesichtsausdruck. »Sei nicht immer so ängstlich, Helga, es fallen schließlich keine Bomben mehr.«

»Aber es stürzen noch immer Häuser ein.«

»Ich geh dann mal.« Klaus hob schon zum Abschied die Hand, als Elfie ihn zurückrief.

»Warte mal, Klaus.« Sie ging auf ihn zu. »Ich habe mich noch gar nicht bedankt. Das war sehr nett von dir, dass du mir so geholfen hast. Wirklich, das vergesse ich dir nie.«

»Ach, keine große Sache«, winkte er ab.

»Doch, das war es. Vielen Dank.« Am liebsten hätte sie ihn an sich gezogen, aber er schaute sie schon wieder abweisend an. Jungs ließen sich immer so ungern umarmen. Also nahm sie einfach seine Hand und drückte sie lange.

»Hast was gut bei mir!«

Eine leichte Röte überzog Klaus' Wangen. Abrupt drehte er sich um und lief über die Bockenheimer Straße davon, ohne nach rechts und links zu schauen. Ein Radfahrer musste ihm ausweichen, das hochgetürmte Gepäck wankte bedenklich.

»Der ist ja merkwürdig.« Helga wandte sich zum Gehen.

»Nein, er ist ein guter Kerl, auf den man sich immer verlassen kann. Heute hat er wegen mir gelogen, das fand ich großartig.«

Helga schaute Elfie fragend an.

»Ach Helga, in den letzten Tagen ist so viel passiert.«

»Bei dir vielleicht. Ich habe nur den Nachbarn geholfen, den Schutt in ihrem Garten zu beseitigen, sie wollen dort Kartoffeln anbauen.«

»Bisschen spät, oder? Ob die bis zum Herbst noch neue Früchte treiben werden?«

»Die Hoffnung stirbt zuletzt. Die Stadt ruft die Bürger dazu auf, jede freie Fläche für den Gemüseanbau zu nutzen.«

»Wem sagst du das!« Elfie strich sich Erde von der Hose.

»Komm.« Helga hängte sich bei Elfie ein. »Wir trinken zu Hause Kaffee und du erzählst mir alles in Ruhe!«

Noch immer ging Elfie ungern in die Lindenstraße. Zu viele Erinnerungen lauerten dort. Aber wie sollte sie das Helga erklären? Also schluckte sie ihre Angst hinunter und kam mit.

Als sie in die Seitenstraße einbogen, parkten Baufahrzeuge vor dem Gestapohaus und Dachdecker kletterten übers ausgebrannte Dach.

»Was machen die denn da?«, wunderte sich Elfie über die Maler, die eimerweise Farbe ins Haus schleppten.

»Sie richten die Villa für den Oberbürgermeister her.«

Schaudern erfasste Elfie. Jetzt wurden die Folterorte wieder normale Büros, die Zellenwände normale Kellerwände, die hingekritzelten Hilferufe und Namen übertüncht, das Blut in den Fugen und Spalten abgewaschen.

Und Kappes lief frei in der Stadt herum.

»Elfie, was ist mit dir?« Helga berührte sie sanft am Arm.

Schnell schüttelte Elfie die Erinnerungen ab. »Ich bin ganz dreckig«, sagte sie. »Kann ich mich bei euch waschen?«

Bei Familie Sartorius herrschte großer Trubel, eine Freundin von Helgas Mutter war mit kleinen Kindern zu Besuch, aber in ihrem Zimmer hatten sie Ruhe. Elfie stellte sich kurz unter die kalte Dusche und versuchte, sich nicht nur die Palmengarten-Erde vom frierenden Leib zu schrubben, sondern auch ihre Erinnerungen. Aber es gelang ihr nicht.

Dann zog sie frische Unterwäsche von Gerda und deren rosa geblümtes Sommerkleid an und fühlte sich beinahe wie ein anderer Mensch.

Sie machten es sich auf Helgas Bett gemütlich und tranken heißen Malzkaffee. Aber auf die Walderdbeeren, die Frau Sartorius' Freundin mitgebracht hatte, hatte sie auf einmal keine Lust mehr.

Lieber erzählte Elfie von ihren Abenteuern der letzten Tage, vom Organisieren des Grammofons und der Glasscheiben, vom Lebensmitteldiebstahl, dem Vorwurf, Elfie wäre die Diebin, von der Fahrt mit der MP zum Bunker und dem Offizier, der versucht hatte, Campbell zur Schnecke zu machen.

»Was du in den wenigen Tagen alles erlebt hast!« Helga klang bewundernd. »Aber wieso glaubte Campbell, dass ausgerechnet du die Diebin bist?«

Elfie trank noch einen Schluck Kaffee und überlegte, ob sie darauf antworten sollte. War sie nicht selbst schuld an dem, was geschehen war? Hatte sie ihr Unglück nicht selbst heraufbeschworen?

»Elfie, du bist ja ganz bleich. Hat es etwas mit deinem Verschwinden damals zu tun?«

Zögernd nickte Elfie.

»Wenn du es mir erzählen willst …« Helga legte ihr verständnisvoll die Hand auf den Unterarm. »Ich bin für dich da!«

Da gab Elfie sich einen Ruck. Selbst wenn sie Gesetze übertreten hatte, so gab es niemandem ein Recht, sich an ihr zu vergreifen.

Mit dem Kissen auf dem Bauch lehnte sie sich an die Wand und sprach endlich darüber, was damals im Frühling 43 geschehen war. Nur die Vergewaltigung ließ sie weg, es war ihr peinlich. Und sie wollte die Erinnerung nicht wieder aus den Tiefen ihrer Seele hervorholen und es noch einmal durchleben, dazu fehlte ihr einfach die Kraft.

Als sie geendet hatte, brauchte Elfie dringend frische Luft, stand auf, schob den Vorhang ein wenig zur Seite und öffnete das Fenster. Einer der Bauarbeiter sang ein unbekanntes Lied, die anderen lachten. Ob sie wussten, was für ein Haus sie da renovierten?

Auf einmal verstand sie den Text. *Die Gedanken sind frei*, sang der Arbeiter.

Ja, sie wussten, wo sie sich befanden.

»Du warst dort drüben?«, rief Helga fassungslos. »Deine Mutter hat gesagt, du wärst krank und so ansteckend, dass ich nicht zu dir durfte!« Helga sprang auf und stellte sich zu Elfie ans Fenster. »Wenn ich das gewusst hätte. Wir lebten hier einfach unser Leben und du …« Ihr brach die Stimme.

»Und dann bist du direkt zu den Arbeitsmaiden gegangen?«

Elfie nickte. »Meine Mutter bestand darauf, dass ich Frankfurt verlasse. Die Gestapo hätte mich ja jederzeit wieder vorladen können.«

Sie setzten sich wieder auf Helgas Bett. »Aber irgendjemand hat in meine Papiere geschrieben, dass ich ein ›unzuverlässiger Charakter‹ sei. Ich bin vom ersten Tag an schikaniert worden. Unsere Maidenführerin hat immer wieder damit gedroht, mich ins Erziehungslager zu schicken. *Nur tugendhafte und charakterlich gefestigte arische Mädchen dürften dem Volk dienen* und so weiter, das übliche Geschwafel.«

»Deshalb auch der Latrinendienst. Jetzt verstehe ich das erst. Du Ärmste!« Sie drückte Elfie an sich. Die liebevolle Geste brachte Elfie beinahe zum Weinen.

»Ich bin sowieso aufgefallen. Auch wenn Kappes mich nicht ins Gesicht geschlagen hat, damit es niemand merkt – mein Bauch war ja voller blauer Flecke, der Rücken, die Beine … die hat doch jeder im Waschraum gesehen.«

»Und was haben die anderen Mädchen gesagt?«

»Gar nichts. Kennst du doch: Bevor man aneckt, besser nichts sagen. Bis auf eine. Greta, meine Bettnachbarin. Sie half mir, die Wunden zu versorgen. Sie glaubte, es wäre mein Vater gewesen.«

»Oje.«

»Sie war froh, von zu Hause weg zu sein, mochte das Lager. Das ging vielen so. Keine nächtlichen Fliegeralarme, keine Schule und keine nervigen Eltern. Die kamen von überallher. Greta stammte aus Cottbus. Das war schon interessant. Nur die Maidenführerin war ein Besen. Sie hatte eine echt biestige Art, alle zum Spionieren anzustiften, sodass irgendwann keine mehr der anderen traute. Greta und ich haben aber zusammengehalten.«

»Wo ist Greta? Du hast noch nie von ihr erzählt.«

»Sie hat mit mir zusammen Nürnberg verlassen und versucht, sich zu ihrer Familie nach Cottbus durchzuschlagen. Ich habe ihr geschrieben, aber noch keine Antwort bekommen.« Elfie trank den Kaffee aus. »Wenn ich nur wüsste, wer uns damals verraten hat. Wegen nichts haben die mich drei Tage lang verprügelt. Ohne die Amnestie, wer weiß, was noch passiert wäre, schließlich haben die mir ständig mit dem Erziehungslager der Gestapo gedroht.«

Helga drückte ihre Hand. »Ich komm gar nicht darüber hinweg, was dir dort drüben angetan wurde, und ich? Habe meine BDM-Uniform für die Feiern zu Hitlers Geburtstag gebügelt. Das tut mir alles so leid, Elfie.« Sie nahm sie in den Arm und strich sanft über ihren Rücken.

Elfie entfuhr ein tiefer Seufzer.

»Wie kann ich das je wiedergutmachen?«, fragte Helga.

»Aber das ist doch nicht deine Schuld! Das waren diese …«

»Arschlöcher!« Helga grinste.

Elfie stupste Helga erstaunt und voller Freude an. Normalerweise kamen nämlich keine Schimpfwörter über Helgas brave Lippen.

»Genau. Kappes ist schuld. Sein Chef und all die anderen Chefs darüber. Hitler. Aber nicht du, meine Liebe.«

Sie hatte keine Lust mehr, über die alten Zeiten zu reden. Über ihre Verhaftung durch die Gestapo zu sprechen, war ihr schon schwer genug gefallen. Sie wollte das alles nur noch vergessen.

»War das dieser Kerl, der Walter verprügelt hat?«, fragte Helga.

Elfie nickte.

»Zu schade, dass die alle geflohen sind. Ich habe Sachen in der Zeitung gelesen ... die gehören eingesperrt.«

Elfie hatte den Artikel in der *Frankfurter Presse* über die Gestapo in einem Zeitungsschaukasten gesehen, aber sie hatte es nicht über sich gebracht, ihn zu lesen. Beim Anblick der Zeichnung eines Mannes mit Peitsche, der einen über den Tisch gebeugten Mann auf den Hintern schlug, war ihr schlecht geworden.

»Kappes ist nicht geflohen«, sagte Elfie. »Gestern hat er sich aus dem Haus von Klaus geschlichen.«

»Was haben die denn miteinander zu schaffen?«

Elfie erstarrte. Dass das womöglich kein Zufall gewesen war, daran hatte sie noch gar nicht gedacht.

»Als ich ihm Swing tanzen beibringen wollte, haben wir Schritte im Haus gehört. Er meinte, dass seien *Aasgeier*, die die Trümmer nach Wertsachen durchsuchen. Als ich später gegangen bin, schlich Kappes sich gerade raus. Ich bin ihm nach, aber an der Uni habe ich ihn verloren.«

»Wir sollten Kappes anzeigen. Als Gestapobeamter hat er bestimmt keine weiße Weste.«

»Gute Idee.« Auf einmal fühlte Elfie sich besser. »Bei den Amerikanern oder den Deutschen?«

»Gibt es denn schon wieder deutsche Gerichte?«

»Keine Ahnung. Wurden die denn aufgelöst? Oder nicht einfach nur die Richter ausgetauscht? Ich weiß es nicht. Nein, ich frage einfach Campbell, an wen wir uns wenden sollen.«

»Obwohl er dich verhaften wollte? Sieht das dann nicht so aus, als ob du nur von deiner Schuld ablenken wolltest?«

Elfie seufzte. Helga hatte recht, sie sollte Campbell da raushalten.

»Dann gehen wir eben direkt zur Militärregierung«, sagte Helga.

Der Plan gefiel Elfie. Es tat gut, sein Schicksal in die eigene Hand zu nehmen. Endlich hatte sie Appetit und kostete eine Walderdbeere. »Mmh, lecker!«

Helga nahm sich ebenfalls eine. »Köstlich! Jetzt noch Sahne dazu! Oder Biskuit! Erinnerst du dich an Minnas Erdbeerbiskuitrolle?«

»Wie könnte ich die vergessen?« Elfie lief bei dem Gedanken daran das Wasser im Mund zusammen.

»Irgendwann wird es auch wieder genügend Eier und Butter für Biskuit geben.« Helga seufzte.

»In Biskuit kommt keine Butter, nur Eier, Zucker und Mehl.«

»Na super!« Helga grinste. »Dann los, lass uns backen. Die wichtigste Zutat, *keine Butter*, haben wir schon.«

Elfie schnaubte belustigt. »Wird schon irgendwann wieder aufwärtsgehen.« Sie balancierte die nächste Erdbeere auf ihrer Nase, bevor sie sie in ihren Mund warf.

»Willst du dein Abitur nachholen?«, fragte Helga.

Elfie hatte noch immer keine Ahnung, was sie mit ihrer Zukunft anfangen wollte.

»Wieder brav die Schulbank drücken? Ich weiß nicht. Wozu auch? Studieren werde ich ja doch nicht.«

Helga rückte die Bücher auf ihrem Nachttisch gerade. »Ich

glaube, ich will gar keine Lehrerin mehr werden. Jura, das ist wichtig.«

Das war eine Überraschung! Elfie musterte Helga. »Einfach so? Oder gibt es einen Anlass dafür?«

»Ja, du bist der Grund! Als Anwältin kann ich Unschuldigen helfen oder als Richterin gerechte Urteile fällen. Solche Geschichten müssen aufhören.«

»Helga! Seit wann so kämpferisch?« Elfie lächelt ihre Freundin bewundernd an.

»Die Freiheit muss verteidigt werden, damit wir bald in einem demokratischen Staat leben können.«

»Fragt sich nur, wie groß die Demokratie werden wird. Alles ist viergeteilt, sogar Berlin.« Sie seufzte. »Aber im Moment kann man einfach nicht mehr tun als von Tag zu Tag leben. Zu überleben.«

Helga deutete auf die letzte Walderdbeere. »Teilen?«

»Nimm du sie. Ich hatte heute ja schon amerikanische Schokolade.« Sie rieb sich grinsend den Bauch und deutete auf Helgas Grammofon. »Hast du noch die Django-Reinhardt-Platte, die dir Walter mal geschenkt hat?«

»Na klar! Komm, lass uns das Grammofon aus dem Wohnzimmer holen.«

Kurze Zeit später erfüllte *Swing de Paris* Helgas kleines Zimmer. Elfie sprang auf, zog Helga mit sich und sie tanzten auf dem kleinen Platz zwischen Bett und Schreibtisch. Mittendrin riss Elfie den Vorhang auf und streckte dem Gestapohaus die Zunge raus.

»Ihr könnt mich alle mal!«, rief sie so laut, dass Helga sie ermahnte und »Psst« machte.

»Wir hören die Musik, die wir wollen! Und tanzen, wie wir wollen!«, rief sie noch lauter und schwang die Arme durch die Luft, dass die Nachttischlampe runterfiel, aber es war ihr egal. Die Nazis und die Gestapo waren besiegt!

»Am liebsten würde ich mein ganzes Leben lang nichts anderes machen als tanzen.«

Als Elfie wenig später auf die Lindenstraße trat, machte ihr der Anblick des Gestapohauses gar nichts mehr aus. Neben der Tür hing jetzt das Frankfurter Wappen, darunter stand *Der Oberbürgermeister*. Der neue OB Hollbach war eigentlich Journalist. Elfie erinnerte sich daran, dass ihr Vater und Herr Mauersberger sich immer über ihn aufgeregt hatten. Ein gutes Zeichen.

Von der Lindenstraße bog Elfie in die Westendstraße ab. Auch hier überall nur Ruinen, der kleine Westendplatz war voller Schuttberge.

Sie musste wieder an Klaus denken. Warum war er vorhin wieder so verschlossen gewesen? Sie verstanden sich doch mittlerweile so gut. Und er hatte sie in Schutz genommen. Ob es an Helga lag? Oder steckte er hinter den Diebstählen und wollte von seiner Schuld ablenken?

Nein, das war unsinnig. Wenn er der Dieb wäre, dann müsste er doch froh sein, wenn sie verdächtigt wurde. Wie kam sie nur auf so einen Unfug? Alles nur, weil Kappes in seinem Haus gewesen war.

Hinter einem der Schuttberge fiel ihr ein schwarzer Mercedes auf. Momentan bekamen nur Ärzte eine Fahrerlaubnis und Benzinzuteilungen. Lebten in den Trümmern dort noch Menschen? War ein Unfall passiert, der Arzt im Einsatz?

Doch hinter dem Wagen stand ein GI. Vielleicht hatte man den Wagen ja beschlagnahmt.

Neben ihm tauchte ein sehr großer Zivilist mit ins Gesicht gezogenem Hut und gepflegtem Anzug auf.

Herr Mauersberger!

Die beiden Männer tuschelten verstohlen miteinander. Elfie wandte sich um. Als sie weitergehen wollte, rief Herr Mauersberger: »Fräulein Fischer, das ist ja eine Freude, dass ich Sie hier treffe!«

Seine grau melierten Haare waren akkurat geschnitten, der doppelreihige Anzug mit dem weißen Hemd und der zart gemusterten Krawatte sauber ausgebürstet. Sogar goldene Manschettenknöpfe trug er! Und er duftete nach richtiger Seife. Jetzt lüftete er sogar noch den Hut. Sah richtig fremdartig bei ihm aus.

Der Amerikaner war verschwunden.

»Darf ich Sie nach Hause fahren?« Er wies auf seinen blitzblank geputzten Mercedes. »Immer noch Griesheim?«

Sie nickte. »Sehr gerne, vielen Dank, Herr Mauersberger.« Beinahe hätte sie geknickst. Ihm gegenüber verhielt sie sich oft, als wäre sie noch das kleine Mädchen von früher, das ärgerte sie. »Wie sind Sie denn an die Fahrgenehmigung gekommen?«, fragte sie daher.

Er öffnete ihr galant die Beifahrertür und Elfie ließ sich auf den schwarzen Ledersitz gleiten. Schon fuhr der Mercedes an den Schuttbergen vorbei zur Mainzer Landstraße.

»Ich bin bereits entnazifiziert«, erklärte er. »Eine reine Formsache, die Militärregierung braucht meine Hilfe. Meine Kontakte sind einfach unbezahlbar.«

»Die Amerikaner brauchen Kleiderstoff?«, wunderte sich Elfie. »Bringen die ihre Uniformen nicht aus den Staaten mit?«

»Aus dem Kleidergeschäft bin ich ausgestiegen. Vorerst! Man muss ja sehen, wo man bleibt.«

»Handeln Sie mit Glas?« Vielleicht hatten sie ja Herrn Mauersberger das Glas abgeluchst.

»Leider nicht, damit kann man im Moment ein Vermögen verdienen. Alle Welt braucht Glas, überall ist es zu Bruch gegangen. Ich kann Ihnen leider nicht mehr sagen, das sind wichtige Geschäfte, die plaudert man nicht einfach so aus. Aber ich werde sehr gut daran verdienen!«

Er nahm die rechte Hand vom Lenkrad und richtete seine Krawatte. »Haben Sie denn im Palmengarten Zugang ins Gesellschaftshaus?«

»Nein, der ist nur fürs Küchenpersonal.«

»Möchten Sie nicht vielleicht lieber in der Küche arbeiten? Oder als Bedienung? Da gibt es bestimmt Trinkgelder, in Dollar oder in Naturalien.«

»Sie nehmen keine Deutschen als Bedienung.« Die durften nur putzen.

»Schade.«

»Mir macht die Gartenarbeit Spaß«, betonte Elfie.

»Natürlich«, antwortete er mit ungewohnt weicher Stimme. Früher war er immer so zackig und anspruchsvoll gewesen, wenn er sie nach ihren Noten befragte. Aber jetzt war er richtig nett zu ihr.

Eigentlich kannte sie ihn gar nicht. Stoffgroßhändler, Hausbesitzer, überzeugter Parteigenosse. Kinderloser Witwer. Ihre gesamte Kindheit und Jugend hindurch hatten ihre Eltern alles gemacht, was er gefordert hatte. Auf der anderen Seite hatte er ihr das Schulgeld bezahlt. Die Perlenohrringe zum sechzehnten Geburtstag geschenkt, Mutter die silbernen Löffel, Vater eine Armbanduhr und Walter einen modernen Kolbenfüllfederhalter zur Mittleren Reife.

Und das alles nur, weil Vater ihm das Leben gerettet hatte? Die beiden Männer waren schon in der Systemzeit, also der Weimarer Republik, in die Partei eingetreten. Echte Überzeugungstäter. Und Vater hatte ihn zu Geschäftsterminen im ganzen Reich gefahren. Zum ersten Mal dachte Elfie darüber nach, was das wohl für Geschäfte gewesen waren.

»Ich habe mich übrigens schon mehrmals bei der Militärregierung über die Beschlagnahme meines Hauses beschwert«, unterbrach er ihre Gedanken.

Sein Haus. Elfie musste an Annemarie denken. Helgas beste Freundin. Eigentlich gehörte es doch der Familie Stern, deren Notlage er schamlos ausgenutzt und der er das Haus zu einem lächerlichen Preis abgekauft hatte.

»Es ist gar nicht Ihr Haus«, platzte sie heraus.

»Keine Angst, es gehört jetzt nicht den Besatzern, deshalb bekomme ich ja auch eine Entschädigung für die entgangenen Mieteinnahmen.« Triumphierend schaute er sie an.

»Es gehörte den Sterns und Sie haben es ihnen weggenommen!«

Herr Mauersberger runzelte die Stirn. »Ich habe es gekauft.« Er räusperte sich. »Das hatte alles seine Richtigkeit.«

»Ist es auch richtig, wenn man nur den Bruchteil dessen bezahlt, was es wert ist, weil der andere verkaufen muss? Und jeden Tag, den die Verhandlungen länger dauern, mit dem Preis runtergeht? Bis am Ende fast gar nichts mehr übrig bleibt? Das ist Diebstahl!«

»Den Preis bestimmt der Markt, davon verstehst du nichts. Außerdem muss ich mich gegenüber einer Göre wie dir nicht rechtfertigen. Ohne mich hättet ihr gar keine Wohnung bekommen!«

Wütend fiel Elfie auf, dass er sie wieder wie ein kleines Mädchen duzte, aber davon wollte sie sich nicht aus dem Konzept bringen lassen.

»Der Hausmeister vorher war Jude, weshalb Sie ihn entlassen haben«, rief sie aufgebracht. Ihr ganzer Körper bebte auf einmal, so sehr regte sie sich über Mauersberger auf.

»Arier durften keine Juden beschäftigen, ich habe mich wie immer an Recht und Ordnung gehalten!« Er schaute sie pikiert an. »Wenn ich deine Eltern nicht so schätzen würde, Elfriede …«

»Ja, was dann?« Sie schaute ihn herausfordernd an.

»Das geht dich alles gar nichts an.« Sie hatten den Bunker erreicht. Sofort umringten zahllose Kinder den Wagen, aber er scheuchte sie alle weg.

Mutter war völlig aus dem Häuschen, als sie sah, wer da Elfie nach Hause gebracht hatte. Kein Wort zur morgendlichen Bunkerdurchsuchung durch die MP, nur Lob und Dank Herrn Mauersberger gegenüber.

»Ist unsere Elfriede nicht ein hübsches und auch so verständiges Fräulein geworden?«

Erstaunt blickte Elfie zu ihrer Mutter. So ein Lob war sie gar nicht gewöhnt.

Mauersberger knurrte jedoch: »Von wegen.«

»Wieso, was ist passiert?«

»Nichts, womit Sie sich belasten müssen, Frau Fischer.«

»Elfriede!«, fragte sie in scharfem Tonfall.

Sie wusste, es gab nur einen Weg, dem Verhör zu entgehen.

»Entschuldigen Sie bitte, Herr Mauersberger. Ich hätte das nicht sagen dürfen.«

»Braves Kind.« Wenn sie nicht zurückgewichen wäre, hätte er sogar noch ihre Wange getätschelt.

»Sie muss sich nur erst wieder eingewöhnen, Herr Mauersberger. Der Krieg hat uns doch alle durcheinandergebracht.«

Der Krieg war in Mutters Augen an allem schuld. An Elfies schlechtem genauso wie an ihrem guten Benehmen. Und schon wieder würde sie Mutter enttäuschen, wenn sie ihr von der heutigen Verhaftung erzählte.

Während diese sich lange mit Herrn Mauersberger unterhielt, schaltete Elfie auf dem Rasen vor dem Bunker das Grammofon ein und brachte beim *Tiger Rag* den Kindern Tanzen bei.

Und für einen Moment war sie wieder glücklich.

29 – Klaus

Mit voller Wucht schlug Klaus die Spitzhacke auf die Steine. Er wollte endlich, dass das eingemauerte Kellerfenster offen war. Draußen schien die herrlichste Sommersonne und in seinem Keller herrschte finsterste Nacht.

»Fester!«, rief Perlmann und schob seine Schiebermütze in den Nacken. »Du kriegst ja nicht den kleinsten Brocken aus der Mauer!«

Er hatte sich mit den beiden polnischen Arbeitern angefreundet, obwohl sie wesentlich älter als er waren. Campbell hatte ihm erzählt, sie seien im KZ gewesen. Jüdische Zwangsarbeiter, die überall, wo sie gebraucht wurden, unter den schlimmsten Zuständen hatten arbeiten müssen.

Als Klaus begriffen hatte, dass Perlmann und Nowak Juden waren, blieb ihm fast die Luft zum Atmen weg, er hatte die Gruben wieder gesehen, die Schüsse gehört …

Dann hatten die beiden ihm die kleinen Kätzchen gezeigt. Offensichtlich hielten auch sie ihn nur für einen kleinen Jungen. Zum Glück hatte Klaus seine Zigaretten auf dem Schwarzmarkt in ein scharfes Rasiermesser tauschen können. Die alten Klingen waren einfach zu unsauber und das konnte gefährlich werden, jetzt, wo ihm so viele Menschen freundlich ins Gesicht sahen.

Obwohl Perlmann ganz gut Deutsch sprach, schwieg er

meistens. Klaus wusste nur, dass er auf Nachrichten von seiner Familie wartete und Bauarbeiter gewesen war, denn er kannte sich gut aus und half bei der Renovierung der Gewächshäuser.

Er hatte ihm auch den Trick verraten, wie er die Steine aus dem Fensterloch bekam, ohne die Glasscheibe dahinter zu zerstören: indem er sie vorher ausbaute. Dafür hatte er mit einem Messer den Kitt von der Scheibe geschabt und sie dann aus dem Holzrahmen gelöst. Jetzt lag sie sicher im benachbarten Kellerraum und sie konnten bedenkenlos mit der Spitzhacke die eingemauerten Steine zertrümmern.

Wieder schlug Klaus zu, noch mutiger und kräftiger als zuvor. Nach wie vor hatte er ein schlechtes Gewissen, dass er sich ausgerechnet von Perlmann helfen lassen musste, und strengte sich deshalb so an.

Als nur noch kleinere Reste im Mörtel steckten, nahm Perlmann einen Hammer und klopfte sie vorsichtig raus, damit das Mauerwerk des Hauses und der Holzrahmen nicht beschädigt wurden. Dann baute er das Kellerfenster wieder fein säuberlich ein, während Klaus sein Zimmer putzte. Im Hellen! Was für eine Verbesserung.

Am Schluss stellte er noch die im Palmengarten organisierten Töpfe mit Schnittlauch und Petersilie in den Lichtkegel, Perlmann öffnete eine Flasche Schnaps, eine dicke Salami hatte er auch mitgebracht und beide freuten sich an ihrem Tagwerk.

»Wie wollen Sie die Kätzchen nennen, Herr Perlmann?«, fragte Klaus. Heute hatten sie das erste Mal die Augen geöffnet.

»Teddy, Winni und Josef.« Perlmann nahm einen großen Schluck. »Wenn die drei nicht gewesen wären, säße ich nicht hier.«

»Roosevelt, Churchill und – Stalin?«

»Wenn die drei nicht gewesen wären, hätte Hitler gewonnen.«

Klaus nickte und trank ebenfalls auf Teddy, Winnie und Josef. Der Schnaps brannte schon im Gaumen und entfachte ein wahres Feuerwerk in seinem Magen. Er trank nur selten, hatte Angst davor, was passieren würde, wenn er zu viel erwischte.

Als die Sperrstunde nahte, hatte Perlmann die Flasche fast alleine geleert.

»Wollen Sie hier schlafen?«, fragte Klaus. Er wusste gar nicht, wo Perlmann wohnte.

»Ich schlafe niemals wieder in einem Keller«, sagte Perlmann und torkelte die Treppe hoch.

»*Curfew*, Ausgangssperre!« Klaus deutete Richtung Checkpoint, der auch nachts besetzt war.

»Mir doch egal. Ich brauche Mond und Sterne.« Perlmann ging schwankend Richtung Zeppelinallee. Wo er wohl hinwollte? Ob das gut ging? Die MP zumindest würde ihn in Ruhe lassen, gegenüber den Opfern des Nationalsozialismus ließen sie Milde walten. Das hatte Klaus schon häufiger beobachtet.

Der ungewohnte Schnaps verbreitete eine gelassene, heitere Müdigkeit in ihm. Als wäre alles in Ordnung. Noch ein Blick durch sein endlich freies Fenster, dann sank er auf sein Bett. Kurz träumte er von Elfie, ihren wunderschönen Augen, ihrem glockenhellen Lachen und wie sie ihn berührt hatte, als sie zusammen tanzten, dann schlief er ein.

Als er es hämmern hörte, glaubte Klaus, noch immer zu träumen. Doch das Hämmern wurde lauter, und als er jemanden fluchen hörte, wachte er endgültig auf. Draußen dämmerte es bereits.

Verwirrt setzte er sich auf. Die Geräusche kamen aus den oberen Stockwerken. Ob er mal nachschauen sollte? Die Spitzhacke, die Perlmann unauffällig aus dem Palmengarten-Fundus mitgebracht hatte, hatte er leider gleich wieder mitgenommen. Aber Klaus hatte ja noch sein Rasiermesser und steckte es in die Hosentasche. Sicher ist sicher.

Jetzt hörte er Holz splittern. Und zwar direkt über ihm! Der Raum mit seiner himmelblauen Tapete und dem Fischgrätparkett hatte Klaus immer für ein Schlafzimmer gehalten, dem die Außenwand fehlte.

Offensichtlich suchte jemand dort etwas.

Neugierig schlich er in Strümpfen nach oben. Im Erdgeschoss lud ihn die geöffnete Wohnungstür förmlich ein weiterzugehen. Wie vermutet drang der Krach aus dem Schlafzimmer.

Plötzliche Stille. Klaus hielt mitten in der Bewegung inne. Dann setzte das Hämmern wieder ein, er passte seine Schritte dem Schlagrhythmus an, presste sich wie bei einem Nahkampfmanöver an die Flurwand und lugte vorsichtig um die Ecke.

Ein Mann in dunkler Arbeitskleidung, mit kugelrundem Kopf und roten Haaren beugte sich über ein Loch im Parkett und riss mit einem Brecheisen Holzstab für Holzstab heraus.

Zwischendurch entfernte er Wollmäuse und Schüttung und wühlte unter den Dielen herum, als wäre dort etwas Wichtiges versteckt.

An die roten Haare konnte Klaus sich erinnern. Der Mann war ein Aasgeier, dem er schon häufiger begegnet war. Ziemlich dämlich, so früh am Morgen herumzuhämmern, wenn die Stadt noch schlief. Schließlich fehlte an dem Haus die Seitenwand und der Lärm war bestimmt im ganzen Westend zu hören.

Wieder griff der Aasgeier unter die Dielen.

»So eine Lügnerin«, rief er auf einmal, seine Stimme hallte von den leeren Wänden wider, erschrocken schaute er sich um.

Klaus zog den Kopf zurück.

»He, Sie da!«

Zu spät. Der Aasgeier hatte ihn gesehen. Bloß weg hier. Klaus hechtete los, rutschte auf seinen Socken aus und fiel der Länge nach hin.

Schon war der Mann über ihm und schlug ihm rechts und links ins Gesicht. Klaus rappelte sich auf, wollte nach dem Messer greifen, da schlug der Mann erneut zu. Klaus wehrte sich, ein Haken links, einer rechts, Blut spritzte.

Der Mann griff sich an die Nase, hielt einen Moment inne und Klaus nutzte die Gelegenheit und rannte weg, aus dem Haus, immer weiter, egal, ob der Wachdienst am Schlagbaum ihn womöglich bemerkte. Erst als er in der Zeppelinallee das letzte übrig gebliebene Loch im Palmengarten-Zaun fand, hielt er inne.

Voller Panik drehte er sich um, aber sein Verfolger war nicht zu sehen. Schnell schlüpfte Klaus hindurch.

Der Weißdorn riss ihm das Hemd auf, aber er atmete erleichtert durch, nachdem er sich im Gebüsch am verbrannten Musikpavillon versteckt hatte.

Plötzlich vernahm er ein fremdes Geräusch. Der Aasgeier? War er ihm doch gefolgt? Ein zischendes Ein- und Ausatmen war zu hören! Ein Igel? Die Katzenmutter?

Immer tiefer verkroch er sich unter den Eiben, bis er an etwas stieß.

Erschrocken drehte er sich um.

Doch da lag nur die Spitzhacke. Und daneben Perlmann, der seinen Rausch ausschlief. Wäre er doch vorhin mit ihm gegangen, das wäre sicherer gewesen. Wenn der Aasgeier besser gezielt hätte … und was suchte der Mann in dem Haus überhaupt? Er schien genau zu wissen, dass dort etwas versteckt war. Bestimmt kam er wieder.

Klaus brauchte etwas, um sich wehren zu können.

Und er wusste auch schon, was.

30 – Elfie

»*Good morning, sunshine.*« Mit einem strahlenden Lächeln begrüßte Corporal Taylor Elfie und notierte ihren Namen in der Anwesenheitsliste.

»*Good morning*«, grüßte sie zurück.

»*You look beautiful.*« Sein Blick glitt an ihrem Körper hinab.

Ein wohliges Gefühl breitete sich in Elfie aus.

»*New dress?*«

»*Oh no.*« Elfie sah an ihrem alten blau gemusterten Sommerkleid mit der schmalen Taille und dem fadenscheinigen Stoff hinunter. »In meiner Arbeitshose sind Löcher, meine Mutter will sie heute flicken«, erklärte sie auf Englisch.

»Sie sollten jeden Tag ein Kleid anziehen.« Sein Lächeln wurde immer breiter, sodass sich die kleinen Grübchen in den Wangen abzeichneten.

Wenn es nicht so unpraktisch gewesen wäre, hätte sie das wirklich gerne gemacht. Es erinnerte sie an die Swing-Zeiten. Daran, dass sie eine junge Frau war.

»Danke«, erwiderte sie sein Lächeln. Er beugte sich zu ihr, bot ihr einen Kaugummi an und schaute sie dabei so durchdringend an, dass Elfie ganz schwummerig wurde. Und als sie zugriff, berührte er wie zufällig ihre Hand.

»*Have a nice day*«, sagte er.

Mit einem Mal drängte Klaus sich mit muffigem Gesichtsausdruck an ihr vorbei. »Wir kommen zu spät, Elfie.«

»Geh doch voraus.« Sie wollte sich lieber noch mit Taylor unterhalten. Tagein, tagaus schob er hier Wache, bestimmt war ihm langweilig. Jedenfalls ließ sie sich lieber von ihm anflirten, als in Klaus' unfreundliches Gesicht zu schauen.

»Mögen Sie Benny Goodman?«, fragte sie Taylor auf Englisch.

»Natürlich! Und Glenn Miller.« Er pfiff kurz die Anfangsmelodie von *In the Mood*.

»Corporal Taylor, benehmen Sie sich!«, befahl Campbell und passierte ebenfalls den Schlagbaum.

»*Sir, yes, Sir*!« Sofort stand Taylor stramm, doch kaum hatte Campbell ihm den Rücken zugewandt, fing er erneut an zu pfeifen und Elfie imitierte wie früher im Odeon-Club einen Posaunenspieler.

Aber als immer mehr deutsche Hilfsarbeiter zum Eingang des Palmengartens kamen, verabschiedete sie sich lächelnd. Verstohlen schob Taylor ihr noch einen Riegel Schokolade zu.

Irgendwie gefiel ihr das nicht. Als ob sie sich nur deshalb mit ihm abgegeben hätte. Sie war nicht käuflich! Aber weil ihr Magen knurrte, nahm sie ihn trotzdem.

Im Park herrschte wieder Ruhe, das erste Gewächshaus war fertig und die Gärtner räumten gerade die Strelitzien mit ihren auffälligen orange-blauen Blüten ein. Zwischendrin schob Klaus einen Leiterwagen voller Bromelien an ihr vorbei.

»Herr Gessner wartet auf dich am Gärtnerhaus«, sagte er zu ihr. Der war vielleicht schlecht gelaunt, noch nicht einmal ansehen konnte er sie, sondern wandte ihr den Rücken zu.

»Und was machst du?«, fragte sie.

»Ich soll weiter hier beim Einräumen helfen. Vielleicht wird auch noch mehr Glas geliefert. General Eisenhower war so begeistert vom Palmengarten, dass er Campbell die Erlaubnis erteilt hat, selbst Glas beschlagnahmen zu dürfen. Der sucht jetzt überall.«

Jetzt drehte er sich doch zu ihr um. Aber irgendetwas stimmte nicht. Er sah so aufgequollen aus. War er von einer Biene gestochen worden? Als Elfie näher herantrat, erkannte sie ein rötliches Schimmern, als ob er blaue Flecke bekäme.

»Was ist denn mit dir passiert?«

Er griff sich an die Backe. »Sieht es so übel aus?«, fragte er und verzog sein Gesicht zu einem schiefen Lächeln. »Herr Perlmann und ich haben gestern mein Kellerfenster freigeklopft. Beim Aufhämmern der Mauer mit der Spitzhacke habe ich was ins Gesicht bekommen.«

»Das nächste Mal duckst du dich besser.« Sie hielt ihm den Schokoriegel hin. »Hier, nimm, davon schwillt alles besser ab.«

»Scherzkeks.« Klaus wuchtete einen Pflanzkübel vom Wagen. »Taylor hat den bestimmt nicht für mich vorgesehen.«

»Aber ich!« Damit er ihn nicht wieder ablehnte, legte Elfie den Riegel auf den Leiterwagen.

»Viel Spaß heute!« Sie drehte sich absichtlich so schwungvoll um, dass ihr Rock in der Luft schwang und einer der Gärtner ihr nachpfiff. Es tat wirklich gut, mal wieder ein Kleid zu tragen. Die Hose war praktisch, aber schön fühlte sie sich in dem unförmigen Ding nicht. Kein Vergleich zu Lizzys schnittiger Marlene-Hose.

Als Herr Gessner sie in ihrem Kleid erblickte, zog er die Augenbrauen hoch. »Heute werden Kirschen geerntet, pass bloß auf, Obstsaftflecken gehen schlecht raus.«

Kirschen! Elfie lief das Wasser im Mund zusammen. Schnell holte sie ihre Schürze und den Strohhut und ging zu den Obstbäumen.

Naschen war natürlich nur möglich, wenn Herr Gessner nicht hinschaute. Oh, wie schmeckten die Kirschen köstlich, außen knackig, innen saftig und unglaublich süß! Der Sommer hatte das Obst dieses Jahr auch mit ungewöhnlich viel Sonne verwöhnt. Kein Wunder, dass selbst Herr Gessner nicht widerstehen konnte, sich verstohlen umschaute und zugriff. Sie würde ihn auf keinen Fall verraten. So war das eben, wenn die dicksten und süßesten Früchte einem direkt vor der Nase hingen und der Magen wie immer knurrte.

Als der erste Eimer mit Süßkirschen gefüllt war, schickte Herr Gessner sie in die Küche vom Offizierskasino. Bei so vielen Soldaten, die hier jeden Tag versorgt wurden – wie sollte da ein Eimer Kirschen reichen?

Elfie klingelte am Personaleingang, ein Kellner nahm ihr den Eimer ab. Schade, sie wäre ja zu gerne einmal hineingegangen. Noch nie war sie im mondänen Gesellschaftshaus gewesen, weder als Kind noch jetzt, während der Besatzung. Früher war es den Eltern zu teuer gewesen, dort zu essen, heute war es verboten.

Nur vom Palmenhaus aus hatte sie schon durch die großen Fenster den Festsaal mit seinen Säulen, dem glänzenden Parkett und der Empore mit den alten Gemälden, die Büsten und die kugelförmigen Bäume bestaunt.

Seit der Bombardierung des Westflügels war aber auch der Festsaal beschädigt und nicht mehr genutzt worden. Es gab Gerüchte, dass er renoviert werden sollte. Aber es kursierten so viele Gerüchte. Angeblich gab es Offiziere, die ins Palmenhaus anstelle von Palmen lieber einen Swimmingpool einbauen wollten.

Neugierig schlenderte Elfie auf die Terrasse vor dem Restaurant und erinnerte sich an die tanzenden Soldaten am Tag der Kapitulation. Jetzt war der große Speisesaal leer, einige Soldaten legten gerade frische Tischdecken auf, ein Gärtner goss die Gummibäume in den Vitrinen.

Sie sprang die Stufen der Blumenterrasse hinab und wollte sich gerade nach rechts zum Weiher und zur Anzuchtgärtnerei wenden, als ausgerechnet Taylor auf sie zukam.

»*Stop*! Wissen Sie, wo Herr Lenze ist?«, fragte er auf Englisch. »Da ist ein junger Mann am Checkpoint, der behauptet, sein Sohn zu sein.«

»Rolf?« Konnte das stimmen, war Rolf etwa zurück?

»Wo ist er?« Sie reckte den Kopf, aber von hier aus konnte man nicht erkennen, wer an der Ecke am Schlagbaum wartete. Wenn es wirklich Rolf war! Ihr Herz schlug Purzelbäume.

»Herr Lenze hat also einen Sohn?«

»Ja, Rolf, er ist zwei Jahre älter und etwas größer als ich, braune Augen, dunkelbraune Haare, er war an der Ostfront.«

Taylor schaute sie nachdenklich an.

»Soll ich mitkommen, um herauszufinden, ob er es wirklich ist?«, fragte Elfie.

»Die Beschreibung passt und Papiere hat er auch. Ich kann

Staff Sergeant Butler nicht so lange alleine lassen, könnten Sie bitte seinen Vater holen?«

Das brauchte er ihr nicht zweimal zu sagen, sie rannte sofort zu den Pflanzenschauhäusern, da war Herr Lenze meistens zu finden. Und tatsächlich erkannte sie ihn schon von Weitem, er betrachtete mit Sergeant Campbell das Palmenhaus.

»Herr Lenze! Herr Lenze!«, schrie sie. »Kommen Sie schnell!«

»Müssen Sie so schreien, Elfie?«, beschwerte er sich.

Campbell jedoch schaute sie erwartungsvoll an.

»Rolf ist zurück«, platzte sie heraus.

Wie versteinert blieb Herr Lenze stehen. Die Baupläne unter seinem Arm glitten auf den Boden. Elfie eilte zu ihm und hob die Rollen auf.

»Rolf?« Seine Stimme klang dünn und hoch, als könne er es nicht glauben.

»Ja, Taylor sagt, er sei vorne am Checkpoint.« Sie berührte ihn am Unterarm, da erst schaute er sie fragend an. Seine Lippen bebten.

»Rolf?«, fragte er ein weiteres Mal und räusperte sich.

»Ist das sein Sohn?«, fragte Campbell.

Elfie nickte. »Sie haben seit über einem Jahr keine Nachricht von ihm gehabt.«

Herr Lenze schwankte leicht, Elfie fasste ihn am Ellenbogen.

»Begleiten Sie Herrn Lenze.« Campbell schaute besorgt zu dem hageren Mann. »Ich hole seine Frau.«

Elfie wäre am liebsten zum Checkpoint gerannt, aber

Herr Lenze ging ganz langsam. »Was, wenn er es gar nicht ist? Wenn nur jemand eine Nachricht bringt?«, flüsterte er.

»Jetzt warten wir es erst mal ab.« Wieder ergriff sie seinen Unterarm. »Rolf kann doch Englisch.«

Sie umrundeten das Gesellschaftshaus und konnten von hier über die kurze Palmengartenstraße bis zum Schlagbaum sehen. Neben Taylor lehnte sich ein Mann in Wehrmachtsuniform ans Wachhäuschen.

Endlich beschleunigte Herr Lenze seine Schritte.

Elfie war sich nicht sicher. Der Mann schien kleiner als Rolf zu sein. Auf die Entfernung konnte sie sein Gesicht unter der tief ins Gesicht gezogenen grauen Feldmütze nicht erkennen.

Auf einmal rannte Herr Lenze los und schloss ihn in die Arme. Die Mütze flog auf den Boden, kurz geschorenes Haar und schrundige Wunden kamen zum Vorschein.

Wie ein geschundener Hund sah Rolf aus. Tränen schossen Elfie in die Augen, sie versuchte, sie wegzublinzeln. Da hörte sie auch Herrn Lenze weinen.

»Er braucht eine *permission*«, sagte Taylor und musterte Rolf. »Hier kann kein *prisoner of war* einfach so in den Sperrbezirk rein, das geht nicht.«

»Ich wurde entlassen«, sagte Rolf mit leiser, heiserer Stimme. »Wegen Krankheit entlassen.«

»Was hast du, Junge?«, fragte Herr Lenze mit bebender Stimme.

Schritte näherten sich, Frau Lenze flog ihrem Sohn laut schluchzend um den Hals. Taylor reichte die Entlassungspapiere an Campbell weiter.

Um der Wiedersehensfreude von Familie Lenze etwas Raum zu lassen, wandte Elfie sich ab.

Im Wachhaus fiel ihr ein dicker Soldat auf. War das nicht der, den Herr Mauersberger getroffen hatte? Taylor hatte seinen Namen vorhin erwähnt. Staff Sergeant Butler. Er starrte Elfie so lange an, bis sie den Blick senkte.

»Erlaubnis zum Betreten erteilt«, sagte Campbell und gab Rolf die Papiere zurück. »Ruhen Sie sich aus und morgen früh kommen Sie mit allen anderen Papieren zu mir. Wehrpass, Mitgliedsbuch der HJ, Arbeitsbuch. Sie wissen schon. Die müssen aber in Ordnung sein, wenn Sie bei Ihren Eltern im Gärtnerhaus bleiben wollen. Eigentlich darf kein Deutscher im Sperrbezirk wohnen, das ist eine große Ausnahme! Und, Herr Lenze, ich verlass mich drauf, dass Ihr Sohn keinen Blödsinn anstellt. Heute Nacht sind schon wieder Konserven aus der Kasinoküche verschwunden. Ich möchte nicht noch mehr Ärger am Hals haben.«

»Natürlich, Sergeant Major Campbell.«

Plötzlich drehte Rolf sich zu Elfie um und blickte sie aus stumpfen, leblosen Augen an.

Es brach ihr fast das Herz, als sie den alten Freund in die Arme schloss. Kraftlos lehnte er seinen Kopf an ihre Schulter, aber sie stützte ihn gerne.

Denn wenn Rolf es nach Hause geschafft hatte, dann musste es Vater auch gelingen. Und Walter.

31 – Elfie

Vor lauter Freude über Rolfs Rückkehr konnte Elfie kaum schlafen. Hier im Bunker fühlte sie sich so eingesperrt. Möglichst leise schlich sie nach draußen. Auf der Bank aus Trümmersteinen und Holzlatten, auf der die Mütter tagsüber Strümpfe stopften und den Kindern beim Spielen zuschauten, atmete sie befreit auf und schaute in den klaren Sternenhimmel. Wenn Rolf noch lebte, dann Walter bestimmt auch. Das spürte Elfie. Vielleicht betrachtete er gerade genauso wie sie den Polarstern.

Mutter hatte vor Freude geweint, als Elfie ihr von Rolf erzählte, und ihr endlich nicht länger Vorhaltungen wegen dem Ärger mit der MP gemacht. Auch die anderen Bunkerbewohner waren ganz begierig, mehr über Rolfs Rückkehr zu erfahren, und vor allem: ob mit ihm zusammen noch andere Gefangene entlassen worden waren.

Sogar Klaus hatte sich gefreut, als er von Rolf erfuhr, genauso die anderen Gärtner, die den Sohn des Obergärtners ja größtenteils kannten.

Aber Elfie machte sich Sorgen um Rolf. Ihr ging sein stumpfer Blick nicht aus dem Kopf. Was er wohl alles an der Front erlebt hatte? Um ihn auf andere Gedanken zu bringen, besuchte sie ihn gleich am nächsten Tag in der Mittagspause im Gärtnerhaus.

Rolf lag auf dem Sofa im Wohnzimmer, duftete frisch gewaschen und trug ein weißes Hemd zur dunklen Hose. Auch seine Kopfwunden waren versorgt worden.

Er begrüßte Elfie nicht, sondern starrte nur vor sich hin. Sonst hatte er immer gelesen, sich Notizen gemacht oder an einem Projekt gebastelt. So untätig hatte Elfie ihn noch nie erlebt.

»Kommst du am Sonntag mit an den Main, deine Heimkehr feiern?«, fragte sie, legte eine Handvoll stibitzter Kirschen vor ihn auf den Tisch und setzte sich auf den Sessel ihm gegenüber.

»Nein.« Rolf drehte sich von ihr weg. »Ist ja keiner da, mit dem ich feiern könnte.«

»Na, ich bin da! Und deine Freundin, was ist mit der?« Elfie dachte an das Mädchen, das er damals geküsst hatte, als Walter von Kappes verprügelt worden war.

»Die hat sich einen anderen gesucht.«

»Sie hat dich im Stich gelassen, während du an der Front warst? Das ist ja wohl das Allerletzte!« Aufgeregt rückte sie auf dem Sessel etwas näher an ihn heran.

»Nein, kurz davor.«

»So was macht man nicht.« Ein Soldat braucht ein Ziel, für das er kämpfen muss! So war es ihnen beim BDM jedenfalls beigebracht worden. Deshalb auch die Briefe an die unbekannten Soldaten, die sie geschrieben hatten. Elfie hatte sich zwar vor vielen Heimabenden und anderen Dienstverpflichtungen gedrückt. Aber die Briefe an die Soldaten waren ihr wichtig gewesen.

»Elfie, lass mich einfach in Ruhe.« Rolf klemmte die Hände

unter die Achseln, als ob ihm kalt wäre, dabei war Hochsommer. Auf der Stirn lag ein kalter Waschlappen.

»Wie geht es dir denn?«

Er antwortete nicht. Früher hätte er nur so mit medizinischen Begriffen um sich geworfen.

»Er hat Fieber«, antwortete stattdessen seine Mutter und deckte den Esstisch. Das Zeichen für Elfie, zu gehen. Sie wollte Lenzes nicht zur Last fallen.

»Vielen Dank für die Kirschen, Elfie, Vitamine kann er jetzt besonders gut gebrauchen.«

Sie nickte.

Noch nicht einmal zum Abschied schaute Rolf sie an. Er wirkte wie ein alter, gebrochener Mann.

Aber Elfie ließ sich nicht entmutigen und besuchte ihn jeden Tag. Er schlief viel und ertrug es nicht, von seiner Mutter verwöhnt oder von seinem Vater nach den Fronterlebnissen befragt zu werden. Dabei freuten sich seine Eltern so sehr, dass er heil zurückgekommen war.

Herrn Lenzes Glück wurde nur dadurch noch gekrönt, dass Campbell eine weitere Ladung Glas beschlagnahmen konnte. Alle Gärtner, auch Klaus, waren mit dem Aufbau des nächsten Gewächshauses beschäftigt. Um die Gemüsebeete kümmerten sich derweil Herr Gessner mit dem steifen Bein und Elfie. Und es war viel zu erledigen, hacken, Kohlweißlingraupen sammeln, Bohnen hochbinden, Erbsen ernten.

Mit der Zeit heilten Rolfs Kopfwunden und das Fieber verschwand. Was er aber sonst noch für Krankheiten hatte, deretwegen er so früh entlassen worden war, wusste Elfie nicht.

Wenn er ein Wasserglas ergriff, zitterten seine Hände. Und er rieb sich ständig die Stirn, als hätte er schlimme Kopfschmerzen. Aber mehr als die Symptome erschreckte Elfie, dass er sie nicht analysierte und sich selbst behandelte.

Klaus gesellte sich zu Perlmann und Nowak oder den anderen Gärtnern, wenn sie Rolf besuchte. Doch wenn Elfie sich Richtung Gärtnerhaus aufmachte, schaute er sie immer an, als ob er sauer wäre.

Oder eifersüchtig.

Dabei konnte sie doch ihre Pause verbringen, mit wem sie wollte.

Zwei Wochen dauerte es, bis Rolf endlich bereit war, sein Sofa zu verlassen. Er wollte gerne zu den Moslerschen Badeanstalten. Vielleicht verband er ja besonders schöne Erinnerungen an das legendäre Schwimmbecken mitten im Main oder an das dazugehörige Café, in dem man unter Palmen sitzen und auf den Main hatte schauen können.

Zerbombt, alles zerbombt. Und das Baden im Main war wegen der Infektionsgefahr mit Darmbakterien oder Typhus verboten worden.

Zumindest war es möglich, auf der ehemaligen Liegewiese die Julisonne zu genießen.

Wie in alten Zeiten brachte Elfie das Koffergrammofon und ein paar Platten mit. Kein Problem, da wieder die Tram von Griesheim in die Stadt fuhr. Auch eine Decke hatte sie dabei und trug ihren Badeanzug unterm Kleid. Sonnenbaden, um das Kriegsgrau in Friedensbräune zu verwandeln. Einfach nur genießen, jung zu sein.

Neben Rolf hatte Elfie noch Helga, Bobby und Klaus eingeladen. Zwar mussten sie alle an den viel zu kurzen Sonntagen ihre häusliche Arbeit verrichten, Kräuter sammeln, aufs Dorf zum Hamstern fahren oder den Schwarzmarkt unsicher machen. Aber einen freien Nachmittag zwischen all der Plackerei hatten sie sich verdient.

Von Rolfs Schulfreunden war noch keiner wieder zurück.

Elfie breitete ihre Decke aus, legte den *Harlem Swing* auf und pfiff fröhlich mit. Als Erste kam Helga, die blonden Haare mit einem Haarband aus dem Gesicht frisiert, danach Bobby mit seinen Trommelstöcken und einem Zinkeimer. Sie streckten sich wohlig auf der Decke aus, tankten Sonne und Wohlbefinden und lauschten den wohlbekannten Klängen.

»Ich habe Kappes im Westend gesehen«, sagte Elfie zu Bobby, als das Lied geendet hatte.

»Der ist nicht verduftet?«

»Ich glaube, er treibt sich in den Trümmerhäusern rum. Da habe ich ihn jedenfalls gesehen. Auf Raubzug, wie die Aasgeier.«

»Ich war im Reuterweg und habe ihn angezeigt«, sagte Helga. »Fünf Stunden habe ich angestanden!«

»Ich konnte nicht mit, weil ich ja arbeiten musste.« Elfie wurmte das noch immer. Der Militärregierung seinen Namen zu verraten, hätte ihr verdammt viel Genugtuung verschafft.

»Meint ihr, das bringt was?«, fragte Bobby.

Helga zuckte mit den Schultern. »Keine Ahnung. Der Stapel, auf dem die Anzeige landete, war ziemlich hoch. Bis die das endlich bearbeiten, ist er bestimmt längst verschwunden.«

»Es wird Zeit, dass es wieder deutsche Polizisten und Gerichte gibt«, sagte Elfie.

»Polizisten gibt es schon!« Ein Tusch von Bobby. »Unbewaffnete Männer mit weißer Armbinde und ohne Erfahrung. Hauptsache unbelastet. Und die Polizeiautos haben sie weiß gestrichen, wisst ihr, wie die Leute auf dem Schwarzmarkt dazu sagen?«

Elfie und Helga schüttelten die Köpfe.

»Die weiße Gefahr!«

Elfie kicherte. »Wenn ich Kappes noch einmal sehe, renne ich sofort zur MP. Die kennen mich ja jetzt.« Sie grinste.

»Elfie, darüber solltest du besser keine Witze machen.«

»Ach Helga. Wird schon alles gut ausgehen. Weißt du, Bobby, die Amis haben meine Gestapoakte gefunden.«

Erschrocken ließ er seine Trommelstöcke sinken. »Ich dachte, die wären alle verbrannt?«

»Anscheinend nicht. Was … was haben sie denn mit dir angestellt?«

Er senkte den Blick. »Verhört.« Mehr war nicht aus ihm herauszukriegen. Erneut hob er die Trommelstöcke und fügte hinzu: »An Hitlers Geburtstag haben sie mich freigelassen.«

»Mich auch.«

»Schorschi kam auch frei, der musste aber sofort an die Front. Dafür war ich wohl noch zu jung. Aber ich bin wieder zur HJ.« Bedrückt schaute er Elfie an. »Ich hatte Angst.«

Sie verstand ihn so gut.

»Ist schon in Ordnung, Bobby. Es ist vorbei.«

»Genau!« Schon war er wieder obenauf und schlug einen

Tusch. »Swing gehört habe ich aber trotzdem. Nachts, wenn meine Alten schliefen, auf BBC.«

»Dass ihr euch das getraut habt ...«, meinte Helga. »Mir hat dazu der Mut gefehlt.«

»Dein Vater hat keinen Feindsender gehört?«, fragte Bobby. »Das haben zum Ende hin doch fast alle, man musste ja wissen, wie es wirklich um Deutschland steht.«

»Leute, es ist vorbei«, wiederholte Elfie. »Die Frage ist: Was hören wir jetzt?« Sie schlug die Sammelmappe auf. »Teddy Stauffer?« Sie blickte fragend in die Runde und erkannte hinter ihnen Rolf, der zögernd an den Sonnenanbetern vorbeiging und sich suchend umschaute.

»Rolf, hier!« rief sie, sprang auf und winkte.

Helga rannte ihm entgegen und fiel ihm um den Hals, er hielt sie linkisch im Arm. So gut kannten sie sich eigentlich gar nicht. Aber Rolfs frühe Heimkehr bedeutete auch für Helga einen Hoffnungsschimmer, dass Walter bald zurückkehren würden.

Auf dem kahlen Kopf trug er die Wehrmachtsmütze, ohne Abzeichen natürlich. Das machten viele Männer, sie schützte vor Wind und Wetter und auch vor der Sonne wie jede andere Kopfbedeckung. Aber auf einmal wirkte Rolf wieder wie am Tag seiner Heimkehr, und durch Elfies Kopf schoss der Gedanke, dass er sich damit in der ungewohnten Nachkriegswelt sicherer fühlte.

Elfie stellte ihm den sechs Jahre jüngeren Bobby vor, der trommelte zur Begrüßung ein Solo auf dem Eimer, aber Rolf beachtete ihn kaum, sondern starrte auf die Ruinen der Städtischen Kliniken am Sachsenhäuser Ufer. Sie selbst bemerkte die Trümmer gar nicht mehr, so sehr hatte sie sich schon an den Anblick der zerstörten Häuser gewöhnt.

Um sie herum lagen fast nur Frauen auf ihren Decken, Rolf wurde auf der Wiese ganz schön angestarrt, aber er schien es gar nicht zu bemerken.

Helga bot typische *Ohne*-Kekse aus grobkörnigem Mehl und Margarineersatz an, bei denen man sich beinahe die Zähne ausbiss. Zum Glück hatte Elfie eine Thermoskanne Tee mitgebracht, da konnte man sie eintunken. Blechtasse oder -napf hatte jeder immer dabei.

Nach dem ersten Keks und Helgas bewundernden Blicken taute Rolf allmählich auf und begann zu erzählen.

»Wenn es ging, war ich immer bei den Sanitätern und habe bei Operationen geholfen. Das wäre nichts für euch Mädels gewesen, das ganze Blut und so. Da darf man nicht zimperlich sein. Augen zu und durch! Chirurg, das ist genau das Richtige für mich. Wisst ihr, ob die Universität im Winter wieder aufmacht? Ich werde mich sofort einschreiben. Bei den Eltern auf der faulen Haut liegen will ich auf gar keinen Fall!«

Er nahm sich einen weiteren Keks. Wieder fielen Elfie seine zitternden Hände auf. Ob er so operiert hatte?

»Rolf, nur die Ruhe. Es fehlt noch immer an allem, Kohle, Wasser, Strom. Die Gebäude müssen instand gesetzt werden, die Professoren aus der Gefangenschaft zurückkehren«, erklärte Helga.

»Aber wieso, die haben sich doch alle gedrückt, so wie dein Vater.«

»Rolf!«, echauffierte sich Elfie. »Helgas Vater wurde genauso wie dein Vater für unabkömmlich erklärt, also reg dich nicht so auf.«

»Außerdem war er im Volkssturm, mein Vater würde sich nie drücken.«

»Ja, ist schon gut, die Damen.« Er hob abwehrend die Hände.

»Ich finde es dufte, dass du schon zu Hause bist. Dann kommen die Hotböcke bestimmt auch bald heim«, warf Bobby ein.

»Hotböcke?«, fragte Rolf.

»Damit meint er die Musiker seiner Band, die spielen am liebsten *Hot Jazz*. Wir anderen sagen einfach Swing dazu.«

»Swing«, sagte Rolf. »Eigentlich hör ich den auch ganz gern. Legst du noch eine Platte auf?«

Hatte Elfie es sich doch gedacht. Rolf hatte früher bestimmt nur Angst gehabt, sich die Aussicht auf einen Studienplatz zu verderben, wenn er Swing hören würde.

Zeit für *Shades of Hades* von Teddy Stauffer.

»Das haben wir auch oft gehört«, sagte Rolf.

»Ihr durftet an der Front Swing hören?«

»Da waren sie nicht so streng. Hauptsache, die Kampfmoral stimmte. Unser Spieß hat ständig Schnaps ausgegeben, obwohl sie hier an der Heimatfront einem immer was vom gesunden Geist in einem gesunden Körper vorgeschwafelt haben«, sagte Rolf. »Der hatte zu Hause eine Schnapsbrennerei. Ehrlich! Ständig kamen Pakete.«

»Habt ihr auch Panzerschokolade gekriegt?«, fragte Bobby.

»Was ist das denn?«, fragte Helga. »Schokolade extra für Panzergrenadiere?«

Bobby lachte. »Nee, das sind Tabletten, damit du als Soldat möglichst lange wach bleibst. Mein Onkel hat mir davon erzählt.«

»Der chemische Wirkstoff heißt Methamphetamin«, erklärte Rolf und wirkte auf einmal wieder wie früher. »So was kann Leben retten. Wenn du als Arzt eine Operation nach der anderen hast ...«

»Ich will nichts vom Krieg hören«, sagte Elfie. »Lasst uns lieber von der Zukunft reden. Rolf will Medizin studieren, Helga Lehrerin werden. Und du, Bobby? Was willst du mit deinem Leben anfangen?«

»Musik studieren. Am Hoch'schen Konservatorium gab es vor den Nazis eine Jazzklasse, vielleicht bauen sie die ja wieder auf. Und du?«

»Ich weiß nicht. Eigentlich will ich den ganzen Tag nur tanzen, aber ein Beruf ist das nicht.«

»Dann werde doch Tänzerin«, schlug Bobby vor. »Oder mach eine Tanzschule auf.«

»Eine Tanzschule? Benimmkurse und Walzer tanzen? Ich glaube, da wäre ich fehl am Platz.« Elfie machte einen verunglückten Knicks und kicherte lauthals los.

»Darf ich bitten?« Rolf streckte die Hand aus.

Wie ungewohnt, mit ihm zu tanzen. Er hielt sie wie in einem Schraubstock, führte sie streng, während sie Foxtrott tanzten, und ließ der eigenen Fantasie keinen Freiraum. Für so ein langweiliges Geschiebe war die Musik doch viel zu schwungvoll!

Auf einmal vermisste Elfie Klaus. Der hatte zwar keine Ahnung gehabt, was ein Hüftschwung war, aber er war neugierig und probierte alles lachend aus, ob Hampelmann oder Charleston.

Wo er nur blieb? So ein fauler Nachmittag unter Freunden würde ihm bestimmt guttun.

Das Geklammere von Rolf wurde Elfie zu anstrengend und sie forderte mit einem Kopfnicken Helga auf, sie abzulösen. Sie schnappte sich stattdessen Bobby und wollte mit ihm so richtig abhotten, als Klaus plötzlich vor ihr stand.

Auf einmal flatterte ihr Herz vor Freude. Ein Lächeln huschte über sein Gesicht. Elfie ließ Bobbys Hand los und zuppelte verlegen an ihrem Schwarzmarkt-Badeanzug herum.

»Hallo, Elfie«, sagte Klaus sanft. »Tut mir leid, dass ich zu spät bin, dafür habe ich euch auch was Gutes mitgebracht.« Er hielt fünf Flaschen Sinalco hoch.

»Wo hast du die denn her?«, fragte Bobby bewundernd und nahm eine.

»Das ist übrigens Klaus, der mit mir im Palmengarten arbeitet«, sagte Elfie und deutete dann auf Bobby. »Bobby hier ist der weltbeste Schlagzeuger am Main und Rolf unser erster Heimkehrer.«

Abrupt ließ Rolf Helga los und starrte Klaus an, als würde er ein Gespenst sehen.

»Du?«, rief er aus. »Was machst du denn hier?«

Elfie schaute verdutzt von einem zum anderen. Hatten die beiden sich bereits im Palmengarten getroffen?

»Rolf!« Klaus wich einen Schritt zurück, die Hände kraftlos neben dem Körper.

»Denkst du, du kannst dich hier als Großmaul aufspielen?« Rolf stellte sich breitbeinig vor ihn. »Mach, dass du fortkommst.« Er stupste ihn an die Brust an. »Sofort! Dich wollen wir hier nicht.« Der nächste Stoß war härter.

»Rolf, was soll das denn?« Elfie ging dazwischen.

»Lass das, Elfie, das geht dich nichts an.« Er schob sie zur Seite. »Das ist nur was für Männer. Wobei, Männer!« Er lachte höhnisch auf, dann spuckte er Klaus vor die Füße.

»Rolf!«, rief jetzt auch Helga und versuchte, ihn am Arm festzuhalten, während er Klaus immer weiter nach hinten drängte. »Lass den Kleinen in Ruhe.«

»Kleinen?« Rolfs Lachen wurde immer hysterischer.

Elfie fiel auf, wie kreidebleich Klaus geworden war und er sich gar nicht wehrte. Sonst war er doch so mutig! Was hatte das zu bedeuten? Klaus ließ die Schultern hängen und wirkte vollkommen niedergeschlagen. Als sie zu ihm ging, reagierte er nicht, sondern wich immer weiter zurück, bis er mit den Füßen im Main stand.

»Ja, geh nur ins Wasser«, rief Rolf. »Da gehörst du hin, du Versager, du, Feigling, du Kameradenschwein!«

Klaus ließ die Flaschen fallen und warf Elfie einen verzweifelten Blick zu, bevor er Richtung Westhafen davonrannte.

Seelenruhig fischte Rolf die Flaschen aus dem Main.

»Was sollte das?« Elfie verstand die Welt nicht mehr. »Rolf, was ist denn los? Kennst du Klaus?«

»Und ob ich den kenne. Wir waren in Russland in einer Einheit. Der Klaus hat die Flatter machen wollen. Unerlaubte Absetzbewegung, na ja, Schiss hat er gekriegt, der Waschlappen.« Rolf wurde immer lauter, seine Stimme überschlug sich. »Geflohen ist er! Desertiert!«

Dann öffnete er mit dem Schlüssel aus seiner Hosentasche

die Limonadenflasche und trank sie fast in einem Zug leer. Rülpsend setzte er sie ab.

»Aber Klaus ist erst vor wenigen Tagen sechzehn geworden«, erwiderte Elfie ungläubig. Klaus ein Deserteur? Ein Feigling? Das passte gar nicht zu ihm.

»Nee, meine Gute, da hat er dich aber schön verkohlt. Ist ja auch egal. Die Feldgendarme haben ihn erwischt und ins Kittchen gesperrt. Geschieht ihm recht. Man lässt seine Kameraden nicht im Stich.«

32 – Klaus

Klaus rannte das Ufer entlang, ohne nach rechts und links zu schauen. Weg hier, nur weg, jetzt war alles aus. Rolf war da und erzählte allen von seiner Schande, seinem Vater, Campbell und – Elfie.

Tränen stiegen ihm in die Augen, er versuchte, sie hinunterzuschlucken, vergeblich. Alles war vergeblich. Wieso war er überhaupt nach Frankfurt gekommen? Er hätte sich gleich umbringen sollen, als er die Schrotflinte des Alten in der Hand gehabt hatte. Er hatte doch gewusst, dass alles umsonst war. Hoffnung? Nicht für ihn. Aber er hatte sich daran wie an einen Strohhalm geklammert.

Mist, jetzt hatte er sich auch noch das Knie an einem Eisenstab gestoßen, der aus dem Beton ragte. War das hier der Westhafen? Weiter, immer weiter. Er kletterte über Schuttberge, rannte am Hafenbecken vorbei, balancierte nahe an der Wasserkante über den Kai. Viel zu nahe.

Wie gerne würde er sich einfach fallen lassen, aber für diesen Ausweg war er ein zu guter Schwimmer.

Alle würden ihn hassen, so wie seine Eltern. Er hasste sich ja selbst.

Wie hatte er nur glauben können, mit so einer dummen Lüge aus dem Schneider zu sein? War doch klar, dass irgendwann alles rauskam. Wobei Klaus sich am meisten vor den

Gerichtsakten fürchtete. Wenn sogar Gestapoakten wieder auftauchten ... dann waren die Militärgerichtsakten bestimmt nicht vernichtet worden.

Wie konnte er nur vergessen, dass Rolf aus Frankfurt stammte. Lenze! Das hätte ihm doch gleich auffallen müssen. Aber Gesichter, Namen, Orte waren im Nebel des Grauens verschwunden. Jetzt fiel es ihm wieder ein. Rolf Lenze, der arrogante Besserwisser. Karrierist. Von nichts eine Ahnung, aber Leute zusammenflicken wollen, die dann elendig krepierten.

Doch im Grunde genommen wären sie sowieso gestorben. Wer überlebte schon, wenn einem die Eingeweide aus dem Bauch hingen? Aber einen letzten Moment der Ruhe und nicht mit Höllenqualen, den hätte man ihnen doch gestatten können.

Aber wozu regte er sich über Rolf auf, er war ja nicht viel besser. Er hatte sie alle verraten, seine Kameraden, seine Freunde, und auch Rolf.

Er war ein schlechter Mensch. Ein Feigling. Ein Versager, ein Verlierer, ein Nichts. Weniger als nichts. Er war es nicht wert, zu leben.

Plötzlich knallte es irgendwo, jemand schrie.

Klaus zuckte zusammen, sein Herz raste, kalter Schweiß rann seinen Rücken hinab, er konnte nicht mehr, bekam keine Luft. Jetzt war es aus. Endlich.

Er sank auf die Knie, faltete die Hände, glaubte, sein Herz bliebe stehen, und sah sich auf einmal in der verdreckten Uniform im Schlamm liegen, zusammengekauert wie ein Hund. Hörte Maschinengewehrfeuer, das Heulen der Granaten, die

Welt schien unterzugehen und er mittendrin, er war wieder da, für Sekunden, für immer, und dann …

… rempelte ihn jemand an.

Klaus schreckte auf, sein Blick irrte durch die vielen Beine um sich herum. Mühsam erhob er sich, auf einmal wurde ihm schlecht und er musste sich übergeben.

Danach erst konnte er sich vollständig aufrichten und erkannte das Gerippe des Hauptbahnhofs. Wie war er hierhergekommen? Und wo sollte er hin?

Rolf war hier.

Und erzählte alles Elfie.

Es war aus. Alles war aus.

Aber es gab eine Lösung. Im Keller, unter seinem Kopfkissen. Durch das letzte Loch im Zaun hatte er sie nachts mit nach Hause genommen.

Mit weichen Knien schleppte er sich durchs Westend bis in die menschenleere Beethovenstraße. Auch der Checkpoint auf der Bockenheimer wirkte verwaist. Schnell huschte Klaus ins Haus, stolperte die Kellertreppe hinab, riss das Kissen vom Feldbett, ergriff die geladene Pistole.

Und hielt sie sich an die Schläfe.

Endlich.

Er holte Luft, schloss die Augen, hörte seinen Herzschlag in seinen Ohren wummern, öffnete sie wieder.

Da, auf dem Tisch, der *Graf von Monte Christo*, den er Elfie ausgeliehen hatte. Sie zu enttäuschen, schmerzte ihn am meisten.

Wenn sie ihn anlächelte, wurde ihm ganz anders und sein Körper kribbelte vor Sehnsucht. Sie war witzig und mutig, und er vermisste sie, wenn sie mittags nicht mit ihm Pause machte.

Noch nie hatte er eine Frau geküsst, geschweige denn … mit siebzehn hatten sie ihn eingezogen, da war er doch noch viel zu jung gewesen. Für Tilda von nebenan hatte er geschwärmt, natürlich. Tilda mit dem wogenden Busen unter der Trachtenbluse und dem Münchner Dialekt, die bei ihrem Onkel in der Eppelwoi-Wirtschaft bediente.

Für Elfie empfand er etwas anderes. Aber diese Gefühle konnte er sich schenken. Sie hatte ihn für einen Helden gehalten. Jetzt würde sie nichts mehr von ihm wissen wollen. Sie würde mit Taylor im Jeep durch die Stadt fahren, als wäre es das Selbstverständlichste der Welt, mit ihm Spaß haben und tanzen und …

Kinderlachen drang durchs Fenster. Seine Hand zitterte, fest drückte er den kalten Lauf an die Schläfe, spannte den Abzug.

Auf einmal sah er das Gesicht seiner Mutter vor sich. Ihre milden Augen, ihr sanftes Lächeln. Wie gerne würde er sie ein letztes Mal im Arm halten, ihren vertrauten Duft nach frisch gerösteten Kaffeebohnen und Schokolade riechen. Er wollte noch mal Kind sein und ohne Sorgen Fußball spielen. Nur noch einen Tag lang nichts anderes tun als lachen und Apfelkuchen essen.

Doch wenn er die Augen schloss, verschwand seine Kindheit. Dann war alles schwarz-weiß, der harsche Schnee, die dunkel gekleideten Soldaten, die auffliegenden Raben, als die Schüsse abgegeben wurden. Und die Kinder, die in die Grube fielen, die er hatte schaufeln müssen.

33 – Elfie

»Ein Deserteur?«, rief Elfie. »Niemals! Außerdem hast du recht, man lässt seine Kameraden nicht im Stich.« Hastig ergriff sie ihr Kleid und rannte hinter Klaus her. Er hatte ungefragt zu ihr gehalten, als sie Hilfe gebraucht hatte. Da konnte sie ihn jetzt nicht einfach allein lassen. Klaus war schon lange nicht nur ein Arbeitskollege, sondern ein Freund.

Am Mainufer keine Spur von ihm. Mit Schaudern erinnerte Elfie sich an Klaus leeren und hoffnungslosen Blick. Angst kroch ihr den Rücken hoch. Was war zwischen Rolf und ihm vorgefallen?

Sie musste Klaus unbedingt finden. Wo mochte er sein? In seinem Keller – oder zu Hause, in Sachsenhausen, wo sein zerbombtes Elternhaus stand? Aber nein, das konnte nicht sein, dann hätte er in die andere Richtung, zur Fähre oder zur neu eröffneten Pontonbrücke, laufen müssen.

Voller Sorge lief Elfie weiter, hielt nur kurz inne, um sich ihr Kleid anzuziehen. Am Hafen endete der Grünstreifen. Sie zögerte. Zwischen den zerstörten Kaianlagen, Lagerhallen und Werften trieb sich dubioses Volk herum. Würde Klaus hier wirklich hingehen? Oder hatte er irgendwo anders einen Lieblingsplatz? Wo führten ihn seine nächtlichen Raubzüge eigentlich hin? Hatte er Freunde, die ihn begleiteten und bei denen er sich Rat suchen könnte? Aber Elfie fiel niemand ein.

Bis auf Perlmann. Der hatte ihm ja mit dem Fenster geholfen. Aber sie hatte keine Ahnung, wo er wohnte.

Unentschlossen kletterte sie die kleine Anhöhe zum Blücherplatz hoch und lief zum Hauptbahnhof.

»Klaus«, rief sie immer wieder, »Klaus.« Elfie konnte nicht anders. Sie fühlte sich so hilflos und das Rufen befreite, wenigstens für den Moment. Aber je länger sie die Menschenmenge vor dem Bahnhof forschend betrachtete, desto klarer wurde ihr, dass sie Klaus hier nicht finden würde. Er mochte keine Menschenansammlungen, selbst im Palmengarten hielt er sich immer abseits. Er schien am liebsten allein zu sein.

Vielleicht versteckte er sich ja in seinem Keller.

Ob Rolf mit seinen Vorwürfen recht hatte? Klaus war doch so ein zuverlässiger Junge! Vielleicht hatten sie sich bei der Flak kennengelernt, da konnte einem schon mal der Arsch auf Grundeis gehen, wie es so schön hieß. Nicht jeder war dafür geschaffen, den Flieger anzupeilen und die Kanone abzufeuern, womöglich noch, während Schüsse und Bomben um einen herum einschlugen. Ihr hatten die Jungs immer leidgetan. Manche waren erst vierzehn gewesen. Kinder noch.

Endlich erreichte Elfie die Engelruine. Sie riss die Tür auf, rannte die Treppe nach unten, die nächste Tür. Ja! Er war da!

»Klaus.« Erleichtert atmete sie auf. Wo hätte er auch sein sollen? Sie hatte sich ganz umsonst Sorgen um ihn gemacht.

Am liebsten hätte sie ihn stürmisch umarmt, aber er reagierte nicht, sondern saß völlig zusammengesunken auf seinem Bett.

»Klaus, ich bin es, Elfie.« Was hatte er nur?

»Geh weg«, flüsterte er.

»Klaus!« Zögernd ging sie auf ihn zu. Er saß einfach da und starrte reglos auf den Boden.

Und da erst erkannte sie die von ihr abgewandte Hand an seinem Schädel.

Und was er darin hielt.

Eine Pistole.

»Klaus, nicht!« Ihr Herz stockte, dann raste es vor Angst davon. Er durfte sich nicht umbringen. Niemals! Was konnte sie bloß tun, was sagen, um ihn davon abzubringen?

»Das Leben hält noch so viel für dich bereit, Klaus, wirf es nicht weg!« Klang wie ein platter Poesiealbumspruch.

»Lass mich«, wehrte er ab.

»Ich wollte dir doch noch Tanzen beibringen.« Elfie bemühte sich, ihre Stimme heiter klingen zu lassen, während ihr ganzer Körper vor Angst bebte.

Nichts geschah.

»Egal, was zwischen Rolf und dir vorgefallen ist, das ist es nicht wert.«

»Lass mich alleine!«, zischte er.

»Nein.« Sie streckte die Hand aus. »Auf gar keinen Fall überlass ich dich hier deinem Schicksal.«

Da drehte er sich zu ihr, die Augen rot vom Weinen, ausdruckslos, den Lauf der Pistole immer noch an die Schläfe gepresst.

»Bitte«, flehte sie ihn an. »Klaus, bitte!«

»Zu spät«, sagte er leise.

»Es ist nie zu spät.« Zögernd näherte sie sich. Nicht dass sie ihn verschreckte. »Du bist kein Feigling, Klaus. Du bist ein guter Junge. Egal, was er sagt.«

»Du hast doch keine Ahnung.« Seine Stimme brach.

»Dann erzähl es mir!«

»Ich kann nicht.«

Noch einen Schritt. Jetzt stand sie vor ihm, nahe genug, um ihm die Waffe gewaltsam entreißen zu können.

»Mich vermisst sowieso keiner«, murmelte er. »Meine Eltern …« Ein Zittern durchfuhr ihn und er ließ die Pistole ein wenig sinken. »Meine Eltern …«, wiederholte er, die Waffe glitt auf seinen Schoß. Sofort schoss ihre Hand vor und Elfie entwand sie ihm.

Klaus wehrte sich nicht, sondern sank weinend in sich zusammen. Schnell entfernte sie das Stangenmagazin und steckte es in ihre Rocktasche.

»Meine Eltern wollen mich nicht mehr sehen«, schluchzte er und beugte sich vornüber, während sie die Pistole über den Boden weit weg von sich und Klaus schubste.

Dann setzte sie sich behutsam neben ihn aufs Bett. Was er wohl Schlimmes erlebt hatte? Niemand schien durch diese dunkle Zeit gekommen zu sein, ohne Schaden an seiner Seele genommen zu haben.

»Stimmt denn das, was Rolf gesagt hat? Dass du desertiert bist?«

Klaus nickte stumm und schlug schluchzend die Hände vors Gesicht, sein Körper bebte.

Wo hatte er die Waffe her? Es war eine Walter PPK, so eine hatte auch Kappes gehabt. Aber die mussten doch alle abgeliefert werden. Ob er sie von ihm hatte? Aber Kappes war jetzt unwichtig. Nur Klaus zählte. Sanft legte sie ihm die Hand auf den Rücken und zog ihn näher zu sich.

»Von wo bist du desertiert? Vom Volkssturm?«

Er schüttelte den Kopf.

»Von wo dann?« Ein Verdacht stieg in ihr auf. »Etwa von der Front?«

Sein Seufzen zerriss ihr das Herz. Also war er wirklich Soldat gewesen. Hatte sie nicht schon die ganze Zeit geglaubt, dass Klaus für sein Alter ganz schön breit und muskulös war?

»Klaus, wie alt bist du wirklich?«

»Neunzehn«, sagte er und putzte sich mit einem dreckigen Taschentuch die Nase.

»Du bist genauso alt wie ich?«

Er nickte.

Sie musterte ihn. Noch immer trug er die zu kleine Hose der Hitlerjungenuniform, mit der Campbell ihn damals erwischt hatte, die Wangen glatt wie ein Kinderpopo. Aber jetzt, so nah neben ihm, erkannte sie die Haare auf der Oberlippe. Auch sein Adamsapfel trat für einen Sechzehnjährigen zu stark hervor, das war ihr schon früher aufgefallen.

»Und ich dachte, du bist ein Frühentwickler.«

Auf einmal fühlte sich ihre Hand auf seinem Rücken komisch an. Sie ließ sie sinken und wäre auch ein Stück von ihm weggerückt, wollte ihn aber nicht verletzen.

Aber er war kein kleiner Junge, den sie mütterlich trösten konnte.

Sondern ein Mann, der sie auf einmal so durchdringend mit seinen wasserblauen Augen ansah, dass sie nicht wusste, was sie denken sollte.

»Versprich mir, es niemandem zu sagen, Elfie.«

Meinte er sein Alter? Oder dass er desertiert war? Spielte das überhaupt eine Rolle?

»Auf mich kannst du dich verlassen, Klaus.«

Er nickte, als würde eine schwere Last auf ihm liegen, dann wurde er wieder von Schluchzern geschüttelt.

»Willst du es mir erzählen?«

»Ich kann nicht, Elfie. Ich kann dir das nicht zumuten.«

»Ich halte das aus, wir haben doch alle Schreckliches erlebt. Aber wenn du nicht willst, ist das auch in Ordnung.«

Ein Zittern durchlief ihn.

»Versteckst du dich deshalb hier im Keller?«, versuchte sie, die Situation weiter zu entspannen.

Er nickte und atmete aus. »Es ist zu spät.«

»Nein, Klaus, sag das nicht.«

»Rolf wird sowieso alles ausplaudern und dann ist es aus mit mir. Du wirst mich genauso verdammen wie die anderen. Ich bin ein Feigling, so ist es nun einmal. Einfach auf und davon, wer macht das schon! Wenn die anderen einen brauchen.«

»Vertrau mir«, versprach sie, obwohl sie nicht wusste, ob sie es halten konnte. Aber sie würde ihm alles versprechen, Hauptsache, er brachte sich nicht um. Klaus war ihr in den letzten Wochen ans Herz gewachsen. Seine Zuverlässigkeit, sein versteckter Humor. Und dann dieses Flattern in ihr, wenn er sie ansah. Als hätte sie die ganze Zeit die Wahrheit geahnt.

Klaus war kein Junge mehr, sondern ein Mann.

»Es war so schrecklich«, flüsterte er. »Ich habe es einfach nicht mehr ausgehalten. Gewaltmärsche unter Fliegerbeschuss, ein aussichtsloser Kampf nach dem anderen und das Warten, das Warten auf den sicheren Tod. Vor lauter Angst hatte ich ständig Magenschmerzen und konnte nichts essen. Andere haben getrunken oder Tabletten genommen, aber das hat doch gar nichts genutzt. Schon auf dem Hinweg mit der Bahn ... wie sie da an diesem kahlen Feld in Reihen gestanden hatten, Frauen und Kinder, wie es knallte, wie sie umfielen ...«

Eine düstere Ahnung beschlich Elfie. Seine Beschreibung erinnerte sie an die Radioberichte von Massengräbern, die die Rote Armee gefunden hatte.

»... und dann an der Front, meine Kameraden starben, jeden Tag ein anderer, zertrümmerte Schädel, zerfetzte Leiber, Knochensplitter. Meine Hände zitterten, in meinen Ohren hörte das Klingeln überhaupt nicht mehr auf ...«

Sein Lederfußball lag neben dem Bett, er hob ihn auf und drehte ihn fortwährend in den Händen, während er von den unsinnigen Befehlen erzählte, den hohen Verlusten, von Männern, die nie nüchtern waren, die durchdrehten, und vom Tod.

»Im Herbst 44 war es, als ich eines Morgens die Verletzten wie schon so oft auf einen Panjewagen gezogen und zum Hauptverbandsplatz gebracht habe, obwohl die schon knietief im blutigen Schlamm standen. Auf dem Rückweg konnte ich einfach nicht mehr. Ich ließ die Zügel schleifen, der Ackergaul trottete weiter, immer weiter, ich weiß nicht, wohin, die Sonne strahlte und ich konnte endlich wieder Lerchen zwitschern hören. Und keine Bomben oder Schüsse! An abgeernteten Stoppelfeldern vorbei, süßer Getreideduft lag in der Luft, Kinderlachen von weiter her. Frieden, dachte ich, Frieden! Irgendwann hielt der Gaul an einem See, der versteckt hinter Bäumen lag, und trank. Ich legte mich in den Schatten und schlief, ich weiß nicht, wie lange, aber endlich konnte ich wieder schlafen. Dann habe ich die Uniform ausgezogen und gebadet. Und da haben mich die Feldjäger erwischt.«

Der Ball fiel auf den Boden, er hob ihn wieder auf.

»Sie brachten mich ins Lager zurück. Dort war gerade Abmarsch, wir wurden mit anderen Truppenteilen zusammen verlegt. *Den Drückeberger haben wir beim Baden erwischt,* meinten die Kettenhunde und lachten. Kettenhunde, so nannten alle die Feldjäger wegen ihrer an einer Kette um den Hals hängenden Marke.«

Er hielt mit gequältem Gesichtsausdruck für einen Moment inne.

»Rolf schrie: *Erschießt ihn, nun erschießt ihn doch, der hat seine Kameraden im Stich gelassen, so ein Dreckschwein!*

Mein Spieß sagte nur, dass ihm für mich die Kugel zu schade ist. Wir hatten Nachschubprobleme. *Den sollen die Feldjäger mitnehmen und als Strafsoldat malochen lassen, damit er noch was nützt. Der ist doch noch grün hinter den Ohren, vielleicht lernt er ja noch was dazu.* Mein Spieß war keiner von der scharfen Sorte. Er hat zwar viel getrunken, aber fies war der nicht. Da gab es ganz andere, die hätten die Todesstrafe gleich selbst verhängt und wild um sich geschossen. Auch bei den Feldjägern. Da habe ich echt Glück gehabt.

Doch Rolf schrie weiter, wie feige und minderwertig ich sei. An einen Satz erinnere ich mich gut: *Ihn am Leben zu lassen, ist ein Verrat am Volk.*«

Elfie lief es kalt den Rücken runter. Solches Gedankengut hätte sie Rolf nie zugetraut.

»Ich bekam ein mildes Urteil. Fünfzehn Jahre Zuchthaus wegen Fahnenflucht brummte mir das Feldgericht auf, weil ich noch so jung war, gerade achtzehn geworden. Anstelle des Zuchthauses haben sie mich dann für drei Jahre in ein Strafbataillon versetzt, das teilweise die Soldaten an der Front ersetzen musste oder im Hinterland allerlei Sonderkommandos ausgeführt hat. Dabei war es eigentlich nur *unerlaubtes Entfernen von der Truppe* gewesen, haben mir die Kameraden beim Strafbataillon später erklärt. Wenn man die Uniform auszieht und badet, ist das was anderes, als sie gegen Zivilkleidung einzutauschen und zu flüchten. Dann ist man eindeutig ein Deserteur und da steht die Todesstrafe drauf.

Das Strafbataillon war die Hölle. Ein halbes Jahr habe ich ausgehalten, bis ich im Frühling 45 von dort fliehen konnte. Drei Jahre überlebt das keiner, letztendlich war meine Strafe genauso schlimm wie die Todesstrafe, nur langsamer und quälender. Zuerst war ich in einer Abteilung, die an der Front die tödlichsten Himmelfahrtskommandos ausführen musste. Dann kam ich in eine unbewaffnete Einheit. Sadistische Bewacher, und ich musste von früh bis spät arbeiten, Schanzen und Baracken bauen, Gruben ausheben. Nichts zum Beißen, alle waren krank.« Er stockte. »Irgendwann wurden wir von der Front überrollt, ich konnte mich absetzen und erwischte in der Nähe von Breslau einen Zug, der ins Reich fuhr. Dort habe ich mich in einem leeren, nach Blut und Scheiße stinkenden Wagen versteckt. Der Zug fuhr bis Kassel, da bin ich raus, überall das reinste Chaos, zerstörte Gleise, Flüchtlinge und vorrückende Truppen, dazwischen der Volkssturm und fliehende Nazibonzen. Nachts bin ich dann nach Frankfurt, ich wollte unbedingt nach Hause. Die Hitlerjungenuniform habe ich von einer Wäscheleine geklaut. Zivilkleidung wäre mir lieber gewesen, aber Hauptsache, ich war die Sträflingskleidung los. Ich wollte nicht in Gefangenschaft geraten, was würden die dann mit mir anstellen?

Dann bin ich einem alten Mann begegnet, der mich wegen der HJ-Uniform für jung und unschuldig hielt. Gerade als er mir Zivilkleidung geben wollte, kamen Panzer auf den Hof, ich schnappte mir seine Schrotflinte und wir flohen in die Felder.

Und so hat Campbell mich gefunden. Auch er nahm mir die Geschichte vom unschuldigen Hitlerjungen ab. Dabei bin ich ein Deserteur, ein entflohener Sträfling und ein Lügner.«

Er atmete schwer, der Ball glitt ihm erneut aus den Händen und kullerte Elfie vor die Füße.

Sie konnte ihm erst gar nicht ins Gesicht schauen. Vom Militärstrafgericht verurteilt! War das, was er getan hatte, so schlimm? Jeder konnte schließlich mal einknicken. Aber im Krieg kostete das manchmal das Leben. Sie wollte ja auch nicht, dass Walter durch Unachtsamkeit oder Schwäche eines Kameraden verletzt wurde, gar sterben musste. Wer war schuld, wenn ein Soldat fiel? Der Kamerad, der ihm hätte Deckung geben können? Der feindliche Schütze?

Oder waren es nicht eher diejenigen, die den Krieg befohlen hatten?

Elfie konnte keinen klaren Gedanken fassen. Vor dem Krieg war ihr völlig klar gewesen, dass ein Deserteur das Übelste war, was man sich denken konnte. Schlimmer als ein gemeiner Mörder. Aber dieser Krieg war der reinste Irrsinn gewesen. Immer weiter sein Leben für eine verlorene Sache aufs Spiel setzen müssen, wer hielt das schon durch?

Jetzt hatte das Gemetzel ein Ende. Doch nicht das Grauen.

Nachdenklich hob sie den Ball auf und spielte mit den Fingern an der Naht herum.

»Und deine Eltern?«, fragte sie.

»Sie haben mich verstoßen, wollen mich nicht mehr sehen.«

»Was?« Elfie erschauderte. Egal, was geschah, in der Familie hielt man zusammen, oder? Auf wen konnte man denn sonst noch zurückgreifen, wenn die Welt aus den Fugen geriet?

»Es tut mir leid, dass ich dich angelogen habe«, sagte Klaus. »Es war einfacher so. Wie hätte ich erklären können, warum sie mich verstoßen haben? Sie können die Schande nicht ertragen, einen Volksverräter großgezogen zu haben. Verheimlichen konnten sie es nicht, denn die Gestapo hat alles durchsucht und lauthals verkündet, was für ein Dreckschwein ich bin. Da blieben natürlich die Kunden weg. Und deshalb reden sie nicht mehr mit mir. Weil ich Schande über sie gebracht habe, weil ich mein Volk und meine Kameraden verraten habe und ein Feigling bin. Genauso, wie Rolf es gesagt hat.«

Er sah auf. Sein trauriger Blick traf Elfie bis ins Mark.

»Ich hab keine Ahnung, warum ich mit dem Panjewagen nicht zurückgefahren bin. Ich war wie weggetreten, als ob ich schlafwandele. Und dann am See – da brachte ich es einfach nicht über mich, diesen friedlichen Ort zu verlassen und zum Gemetzel zurückzugehen. Feige ist das.«

»Ach Klaus!« Sie ließ den Ball fallen und nahm seine eiskalten und zitternden Hände. Und auf einmal erwiderte er den Druck, und es fühlte sich an, als würde er sich an ihr festhalten. Als wäre sie sein Rettungsanker.

»Mach dich doch nicht so fertig. Du hast überlebt, nur das zählt! Was man nicht alles von der Front so hört– du warst einfach nicht mehr Herr deiner selbst. Aber du bist ja nicht zum Feind übergelaufen oder hast etwas sabotiert, du hast ja noch nicht mal geplant abzuhauen. Du … du konntest einfach nicht mehr!«

»Aber die anderen, die haben nicht aufgegeben.«

»Vielleicht hatten sie dafür keine Kraft mehr.«

Klaus seufzte. »Rolf wird bestimmt alles seinen Eltern erzählen, Herrn Lenze, und Campbell. Wer weiß, was dann passiert.« Auf einmal setzte er sich aufrecht hin. »Ich muss zu dem stehen, was ich getan habe. Ich muss sofort zu ihm gehen.«

»Das ist bestimmt die richtige Entscheidung. Campbell mag dich. Aber heute ist Sonntag«, gab sie zu bedenken.

»Ich muss Rolf zuvorkommen.«

»Das stimmt. Aber heute ist er für niemanden zu sprechen, seine Frau kommt doch aus Amerika.«

Enttäuscht nickte er und ließ wieder die Schultern hängen.

»Kopf hoch, Klaus. Du bist kein Feigling. Ein Feigling würde jetzt abhauen.«

Sanft wischte sie ihm die Tränen aus dem Gesicht.

34 – Elfie

Noch immer saßen sie nebeneinander im Keller. Klaus erzählte auf einmal von seiner Jugend und Kindheit in Sachsenhausen. Elfie hörte ihm gerne zu, aber plötzlich überkam sie ein beklemmendes Gefühl und sie wollte nur noch weg. Es war so eng hier, so dunkel, auch wenn das Kellerfenster jetzt für Sonne und einen kleinen Ausschnitt auf die Welt sorgte.

Sie merkte, dass sie Abstand und Zeit brauchte, um sich ihrer Gefühle Klaus gegenüber klar zu werden.

Entgegen seiner Befürchtung verachtete sie ihn keineswegs. Sie bewunderte seinen Mut, sich ihr zu öffnen.

Wenn sie da an den Endkampf um Nürnberg dachte, an die tagelange Bombardierung, den Feuersturm und die zahlreichen Opfer, und sie auf ihrem Flakstand mittendrin … Elfie hatte sich auch durch Flucht gerettet, sobald sich alles auflöste und sie als Frau einfacher durch die Reihen schlüpfen konnte. Letztendlich hatte sie den Befehl, sich zur Alpenfestung durchzuschlagen, ignoriert und den Kriegshilfsdienst genauso fahnenflüchtig verlassen wie Klaus. Nur dass sie dafür nicht vor ein Kriegsgericht gestellt worden war.

»Lass uns nach draußen gehen«, unterbrach sie Klaus und erhob sich.

»Ich will Rolf nicht über den Weg laufen, wenn er vom Main nach Hause geht.« Er blieb sitzen.

»Es ist hier so kalt und dunkel. Da holen einen die Albträume von ganz alleine ein.«

Besser, sie nahm die Waffe mit. Vielleicht hatte er ja irgendwo Nachschub versteckt. Elfie bückte sich und hob sie auf. »Wo hast du die eigentlich her?«, fragte sie so beiläufig wie möglich.

»Hatte jemand in der Gärtnerfachschule versteckt.«

Also nicht von Kappes, sehr gut. »Und wie bist du da reingekommen?« Bis jetzt hatte Elfie dort noch keine offene Tür entdeckt.

»Lange Geschichte.« Klaus winkte ab.

»Behältst du sie?« Sie wog sie in der Hand. Mit einer Waffe fühlte sie sich immer so stark und unverletzlich.

Er streckte die Hand aus. »Ich gebe sie ab.«

»Hast du noch Munition?«

»Nur die, die du mir abgenommen hast.«

Prüfend schaute sie sich um.

»Du kannst mir glauben.«

Er klang barsch. Sollte sie die Waffe wirklich hierlassen? Was, wenn ihn in der Nacht wieder das schlechte Gewissen überkam? Aber was sollte sie sonst machen? Mitnehmen? Was, wenn sie in eine Kontrolle geriet?

»Wenn du an die Sonne willst, wüsste ich ein Plätzchen im ersten Stock, wo die Seitenwand fehlt.« Er streckte ihr die Hand entgegen.

Und sie legte die Waffe hinein, als ob sie ihm die Verantwortung für sein Leben zurückgeben würde.

»Na, dann komm«, gab sie sich betont fröhlich.

Wenige Minuten später lagen sie auf einer grauen Decke

in der Sonne, als wären sie noch am Main. Sie redeten kaum, was Elfie dieses Mal überhaupt nicht störte. Sie mussten wohl beide über alles nachdenken, was heute geschehen war.

Gehorsam um des Gehorsams willen, schoss ihr durch den Kopf. Und all die anderen Sprüche, mit denen sie aufgewachsen waren. *Du bist nichts, dein Volk ist alles. Führer, befiehl, wir folgen.*

Schon Swing zu hören, hatte dem widersprochen. Aber Klaus, der war viel mutiger gewesen und hatte nicht zur Marschmusik Nein gesagt, sondern zum Töten.

»Nie wieder Krieg«, flüsterte er, als ob ihm gerade die gleichen Gedanken durch den Kopf gingen.

»Nie wieder Krieg«, wiederholte sie.

Was für ein Glück, dass sie zur Ruine zurückgerannt war. Klaus zu verlieren, wäre so schrecklich gewesen. Es reichte doch, dass Freddy gefallen war.

Ob Klaus sich mit den Jungs vom Odeon-Club verstehen würde? Er hatte erzählt, dass er nach der Volksschule eine Kaufmannslehre gemacht hatte und ein berüchtigter Stürmer in der Mannschaft der Hitlerjugend gewesen war. Sport sei sein Leben, er wanderte gerne und liebte Radrennen. Kein Drückeberger wie Walter oder Freddy, aber auch kein Hundertfünfzigprozentiger wie Rolf. Er hatte den sportlichen Wettkampf geliebt und ansonsten jede freie Minute im Laden seiner Eltern verbringen müssen.

Ein braver Soldat, so wie Elfie es von Anfang an gedacht hatte. Aber einer, der an der Front irgendwann Nein gesagt hatte.

Während sich das Schweigen immer länger ausdehnte,

rückte Klaus näher an Elfie heran. Ihr wurde auf einmal heiß, und der intensive Blick, den er ihr zuwarf, hatte eine ganz andere Wirkung als noch vor wenigen Stunden.

»Geht es dir jetzt besser?«, fragte sie und stand auf.

Sofort erhob er sich ebenfalls.

»Willst du etwa wissen, ob du mich gefahrlos allein lassen kannst?« Ein Lächeln umspielte seine Lippen, als er auf ihre Rocktasche deutete. »Keine Angst, ohne Munition werde ich die Nacht wohl überleben.«

Elfie fühlte sich ertappt und errötete. »Nein, ehrlich, geht es dir gut?«, fragte sie.

Klaus nickte und streckte die Hand aus. »Danke, Elfie.«

Als sie sie ergriff, breitete sich von seiner Hand bis zu ihrem Herzen ein ungewohntes Kribbeln aus.

Auf dem Nachhauseweg klingelte sie bei Helga, damit die Freundin sich keine Sorgen machte.

»Wie geht es Klaus?«, fragte diese sofort.

»Besser. Hast du einen Moment Zeit?«

Helga nickte. Sie setzten sich in den Garten auf eine lauschige Bank und Elfie erzählte ihr alles.

»Hättest du das erwartet?«, fragte Helga und zupfte mal wieder an ihrem Ohrläppchen.

»Nein. Ich meine, irgendwas stimmte nicht mit ihm, aber Fahnenflucht? Da wäre ich nie drauf gekommen. Er hat Campbell das Leben gerettet! Und auch bei den Glaserarbeiten klettert er immer ganz nach oben ins Gewächshaus. Klaus hat keine Angst.«

»Du stehst also auf seiner Seite?«

Elfie zögerte. »Das ist schwierig«, gab sie zu. »Ich kann ihn verstehen. Aber was, wenn einer gestorben wäre, während er seelenruhig im See gebadet hat? Soldaten müssen doch zusammenhalten. Das sind doch Kameraden durch dick und dünn!«

Helga nickte. »Er ist vorbestraft! Ich bin gespannt, was Walter dazu sagt.«

»Da hast du völlig recht. Außerdem hat Klaus für seinen Fehler bereits im Strafbataillon gebüßt. Er ist ein guter Kerl. Das war keine Charakterschwäche!«

»Wenn du meinst.« Helga klang skeptisch. »Ich warte lieber auf Walters Urteil. Auf seine Meinung können wir was geben.«

Enttäuscht schaute Elfie zu Helga. Sie hatte erwartet, die Freundin könnte Klaus besser verstehen. Aber vielleicht brauchte sie nur Zeit.

»Was hat Rolf denn noch gesagt, nachdem ich weg war?«, fragte sie.

»Gar nichts. Er hat sich auf deine Decke gesetzt, eine Flasche französischen Cognac ausgepackt und gesoffen. Sah aus wie der beste Schluck aus dem Weinkeller seines Vaters. Bobby sind beinahe die Augen aus dem Kopf gefallen, wer weiß, was der Cognac auf dem Schwarzmarkt wert gewesen wäre, und Rolf säuft ihn einfach so in der Mittagshitze weg. Wir sind dann bald gegangen. Als wir Rolf nach Hause verfrachten wollten, hat er fast eine Schlägerei angefangen.«

»Armer Rolf.«

»Ich dachte, du stehst auf Klaus' Seite?«

»Natürlich, aber Rolf … früher war er so nett. Ein bisschen

schüchtern vielleicht, und nervig, wenn er einen verarzten wollte. Denk doch mal dran, dass er Walter damals die Platzwunde genäht und nie ein Wort darüber verloren hat! Aber jetzt ... scheiß Krieg.«

»Und noch immer wissen wir nichts von Walter.« Helga seufzte.

»Langsam mache ich mir auch Sorgen«, gab Elfie zu. »So viele haben sich schon gemeldet. Wen du auch triffst, alle haben zumindest diese kleine Benachrichtigungskarte erhalten. Bis auf die Angehörigen von Ostfrontkämpfern.«

Sie stand von der Parkbank auf. »Aber wenn wir hier trübsinnig rumhängen, ändert das auch nichts an Walters Schicksal. Hast du mein Grammofon mitgenommen?«

»Natürlich, es ist oben.« Helga stand ebenfalls auf.

»Super, danke. Dann lass uns noch einmal Benny Goodman hören, bevor ich nach Hause gehe.«

»Bleib doch zum Abendessen!«

»Ich will euch nicht zur Last fallen, ihr habt ja selber nicht genug zu essen.«

»Denkst du! Meine Mutter und Minna haben den ollen Ölschinken aus dem Wohnzimmer in Corned Beef verwandelt.«

»Corned Beef? Das ist doch aus dem Palmengarten gestohlen worden!« Elfie schaute Helga ungläubig an. »Angeblich soll ich das ja geklaut haben.«

»Also, keine Ahnung, wo es herkommt, aber es ist echt lecker!«

35 – Klaus

Klaus schaute Elfie lange nach, während sie die Bockenheimer entlanglief. Ihr Sommerkleid bauschte sich bei jedem Schritt um ihre Knie, ihre kastanienbraunen Haare glänzten in der Sonne, und da! Jetzt wand sie sich um und schenkte ihm noch einen Blick.

Eigentlich hatte er es verdient, dass sie ihn beschimpfte oder einfach gleich stehen ließ. Völlig erschlagen setzte er sich wieder in den ersten Stock in die Sonne und überlegte, wie es weitergehen sollte. Und kaum dass er sich ausgestreckt hatte und in den hellen Himmel sah, überkam ihn erneut die Angst.

Gegenüber Elfie hatte er großspurig behauptet, er wolle alles so schnell wie möglich klarstellen. Aber konnte er das überhaupt? Schaffte er das, Campbell gegenüberzutreten und ihm zu beichten, dass er ein Deserteur war? Ihn zu enttäuschen? Ihm zu erklären, dass er so gar nicht seinem jüngeren Bruder glich, sondern ein Versager, ein Lügner, menschlicher Abschaum war?

Und wie würde Herr Lenze reagieren? Aus der Traum von der Gärtnerlehre, von der Ruhe und dem Wachsen der Pflanzen, der Schönheit der Blüten. Morgen würde das Paradies seine Pforten für ihn schließen. Alle würden ihn verachten und auf ihn spucken.

Er sah die Gesichter von Perlmann und Nowak vor sich und musste wieder an die Gräber denken, die er beim Strafbataillon hatte ausheben müssen. Und die Menschen, die davorgestanden hatten. Auf der Fahrt an die Front hatte er SS-Männer gesehen, die Exekutionen durchführten, und sich davor geekelt. Und am Schluss musste er im Strafbataillon selbst dabei mitwirken, um sein Leben zu retten.

Er war so ein erbärmlicher Wicht.

Und er krümmte sich zusammen, schlug die Decke über sich und wehrte sich nicht mehr gegen die Tränen.

Wieder zurück im Keller, lag noch immer die Waffe auf dem Boden. Um seine Selbstmordgedanken in Schach zu halten, schubste er sie unters Feldbett, obwohl er wusste, dass das nicht ausreichte. Schließlich besaß er auch noch das neue, äußerst scharfe Rasiermesser, das auf dem Regalbrett neben dem winzigen Stück Kernseife lag.

Es war, als ob das Messer ihn beobachten, ihm zuflüstern würde: *Nimm mich. Rette dich. Wozu willst du dir das alles antun?*

Wie getrieben lief er auf und ab, von Wand zu Wand, versuchte, dem Messer zu entkommen und sich ihm zu nähern, völlig ratlos, was er tun sollte. Sah Elfie vor seinem inneren Auge und seine Freunde aus dem Palmengarten und wunderte sich, dass er so etwas überhaupt hatte: Freunde!

Aber wie lange noch?

Laut seiner Mutter hatte sein ehemaliger Schulfreund Otto bei einem Fronturlaub vor dem Laden der Eltern ausgespuckt und sie beschimpft.

Otto. Wie lange er nicht mehr an ihn gedacht hatte! Torwart und Arbeiter bei Henninger, abkommandiert nach Italien, wo er in seinen ersten Briefen von der Sonne und den hübschen Mädchen geschwärmt hatte.

Ob er noch lebte? Die Verluste der Wehrmacht im Kampf gegen die Amerikaner in Italien waren verheerend gewesen. Bestimmt war auch Otto gefallen und er, der Feigling, lebte noch. Sollte er nicht doch lieber zum Messer greifen und dem Elend ein Ende setzen? Wieder erfüllte ihn das altbekannte Zittern, wurden seine Knie schwach, aber er wollte sich nicht mehr so fühlen. Nein, er wollte es nicht. Vorhin, bei Elfie, da war es ihm doch gut gegangen, da hatte er auf einmal Hoffnung geschöpft. Völlig unbegründet, aber er hatte sie gespürt. Hoffnung.

Kurz entschlossen rannte Klaus aus dem Keller, nur weg von der Waffe und ihren Verlockungen. Er floh ja nicht das erste Mal.

Er lief und lief, bis er am Hauptbahnhof angekommen war. Morgen würde er die Waffe hier verkaufen. Oder sollte er sie bei Campbell abgeben? Womöglich verbaute er sich damit seine letzte Chance. Wie sollte er ihm überhaupt erklären, was geschehen war? Mit seinem miserablen Englisch!

Der Schweiß brach ihm aus. Er wischte sich die kaltfeuchten Hände an der kurzen Hose ab, als ihm mit einem Mal einfiel, dass er sie jetzt nicht mehr tragen musste, da sie Teil seiner Tarnung gewesen war.

Schnell fand er eine verhärmt wirkende Frau mit auffallend schönen strohblonden Haaren und einem Koffer unterm Arm, der er gegen eine Packung Zigaretten die vollständige Kleidung ihres gefallenen Mannes abkaufte. Sie versicherte, er hätte seine Größe gehabt. Der Anzugstoff sah gut erhalten aus, die Hemden gepflegt, sogar Socken waren dabei, Lederschuhe – und über allem schwebte der Duft von Kölnisch Wasser.

In der neuen Kleidung fühlte Klaus sich wie verwandelt. Als wäre er erst jetzt wieder ein Mann. Kein Soldat, kein Hitlerjunge, sondern einfach nur ein Mann.

Mit spitzen Fingern fischte er die Pistole unterm Bett hervor, schlug sie wieder in den Stoff ein und versteckte sie im Vorratsraum neben seinem Zimmer. Zwar besaß er noch die Reservemunition, aber ohne das Stangenmagazin, das Elfie mitgenommen hatte, nutzte die ihm nicht viel. Das Messer legte er unter sein Handtuch. Morgen früh musste er sich rasieren, um einen guten Eindruck zu machen.

Dann schaute er aus dem Fenster auf den Checkpoint und legte sich die Worte zurecht, die er sagen wollte. Als er spätabends ins Bett ging, waren Angst und Skepsis einer unerwarteten Vorfreude gewichen. Er war so froh, wenn alles endlich ans Tageslicht kam und vorbei war.

Als Klaus morgens erwachte, war die Zuversicht verschwunden. Er hatte Angst. Echte, nackte Angst vor seiner eigenen Traute. Als er frisch rasiert und in der ungewohnten Kleidung den Keller verließ, hingen dunkle Gewitterwolken über Frankfurt. Hoffentlich war das kein schlechtes Omen.

Klaus war eine Stunde früher als sonst da, gerade fand die Wachablösung statt.

»*Monday again.*« Taylor schaute ihn verschlafen an.

Klaus nickte aufgeregt. In seinem Kopf wirbelten die Gedanken durcheinander. Noch immer wusste er nicht, wie er Campbell alles erklären sollte. Wie hieß *Deserteur* eigentlich auf Englisch? Beinahe hätte er Taylor danach gefragt.

»*Nice pants, boy*!«, grinste der und deutete auf die graue Anzughose. »*For the ladies?*«

Klaus nickte, wenn es auch nicht stimmte.

»*Oh, the German* Fräuleins! *And the applevine!*« Taylor grinste übers ganze Gesicht und begann, über seine sonntäglichen Erlebnisse zu plaudern.

Klaus hörte gar nicht so genau hin, sondern schaute sich hastig nach Campbell, Rolf und Herrn Lenze um.

»*Go, you are in a hurry, I see. Have a nice day! You look like a man in these trousers!*«

Mit klopfendem Herzen ging Klaus auf den Palmengarten zu.

Der Park lag still da, nur die Vögel zwitscherten. Im Verwaltungsgebäude stand wie immer die Eingangstür offen, es roch nach Bohnenkaffee. Klaus klopfte laut. Keine Reaktion, er ging hinein. Auch die Bürotür war nur angelehnt.

»*Sergeant Major Campbell*?«, fragte er förmlich.

»Klaus?«, rief Campbell und kam mit einer dampfenden Tasse aus seinem Büro. »*You are early.*«

Klaus nickte. »Ich muss Ihnen etwas sagen«, erwiderte er auf Englisch.

»So ernst? Und das an diesem wunderschönen sonnigen Tag?«

Campbell war bester Laune. Dann war das Wiedersehen mit seiner Frau wohl angenehm verlaufen.

»Es ist wichtig.«

»Na, komm, ich habe auch noch einen Kaffee für dich und dann erzählst du mir alles.«

Er bat ihn lächelnd herein, bot ihm einen Stuhl an und schenkte ihm tatsächlich eine Tasse Bohnenkaffee ein. Aber Klaus wagte nicht, sie anzurühren. Und er setzte sich auch nicht hin oder fragte, ob seine Frau eine gute Anreise gehabt hätte.

Auf dem Schreibtisch lag ein Wörterbuch, er atmete ein wenig auf.

»Sir, es tut mir leid, Sir«, begann er stockend. »Ich habe Sie angelogen. Ich bin bereits neunzehn Jahre alt und war Gefreiter der Infanterie bei der Heeresgruppe Mitte. Ich wurde im Herbst 44 als ...« Er ergriff das Wörterbuch. »... *deserter* verurteilt und musste für drei Jahre in ein Strafbataillon. Während des Rückzuges habe ich mich abgesetzt und mich, als Hitlerjunge getarnt, in der Wetterau versteckt, wo Sie mich dann gefunden haben.«

»Du bist ... ein Deserteur?« Laut klirrend stellte Campbell seine Tasse auf der Untertasse ab.

Fahnenflucht war in jeder Armee ein Verbrechen.

Klaus zwang sich, Campbell in die Augen zu sehen. Dem war die Enttäuschung deutlich anzusehen.

»Aber wieso?«, fragte er.

Aus Mangel an englischen Vokabeln schwieg Klaus. Er konnte es ja noch nicht einmal auf Deutsch erklären.

Campbell rief nach Miss Olsen, seiner Sekretärin vom *Women's Army Corps*. Als sie mit einem Stapel alter Akten unterm Arm eintrat, lächelte sie Klaus an.

Campbell erklärte ihr irgendetwas, sie setzte sich an die Schreibmaschine und würdigte Klaus keines Blickes mehr, als Campbell ihr Klaus' Aussage diktierte. Dann las Campell sie Klaus langsam vor, und nachdem er alles verstanden zu haben glaubte, unterschrieb er. Somit war es amtlich.

»Ich übergebe deine Akte dem CIC, der soll entscheiden, was mit dir geschieht.«

Das CIC war das *Counter Intelligence Corps*, die Spionageabwehrabteilung der Army. Aber bevor Klaus sich darüber wundern konnte, dass Campbell ihn für einen Spion hielt, musste er erneut zum Wörterbuch greifen. Verantwortung, was hieß Verantwortung? Da: *responsibility*.

Er atmete tief durch und sah ihm standhaft in die Augen. »Ich werde die Verantwortung für mein Handeln übernehmen.«

»Davon gehe ich aus«, sagte Campbell, gleichzeitig nickte er und schaute nicht mehr ganz so wütend aus. »Mensch, Junge, was hast du da nur angestellt?«

Um eines musste er ihn noch bitten. Hoffentlich verstand Campbell, warum ihm das so wichtig war.

»Sergeant Campbell – können Sie bitte Herrn Lenze und den anderen Deutschen nichts davon erzählen? Nur dass ich gelogen habe, um der Gefangenschaft zu entgehen? Aber nichts von der Fahnenflucht? Bitte! Meine Eltern …«

»Ja?«

»Meine Eltern wollen nichts mehr mit mir zu tun haben.«

»Mmh.« Campbell kratzte sich am Kinn. »Warten wir ab, was der CIC sagt. Bis dahin darfst du auf keinen Fall die Stadt verlassen oder hier im Palmengarten weiterarbeiten.

Bitte händige Miss Olsen deine Zutrittsgenehmigung für den Sperrbezirk aus. Das ist wirklich alles sehr bedauerlich, heute kommt eine weitere Lieferung Glas, wir brauchen dich eigentlich. Aber vielleicht kann ja der Sohn von Herrn Lenze helfen. Und jetzt geh, Klaus!«

Campbell wandte den Blick von ihm ab und sortierte irgendwelche Papiere auf seinem Schreibtisch. Er schien maßlos enttäuscht von ihm zu sein.

Klaus reichte Miss Olsen die *permission* und lief traurig zum Checkpoint zurück. Es tat ihm in der Seele weh, dass er Campbell hintergangen hatte. Aber er war auch froh, weil er es hinter sich gebracht und endlich alles ausgesprochen hatte. Und vor allem: Da er Rolf zuvorgekommen war, wirkte es für Campbell so, als hätte Klaus aus freien Stücken gestanden.

36 – Elfie

Sobald Elfie am nächsten Morgen im Westend eintraf, suchte sie im Keller der Engelruine nach Klaus. In der Nacht hatte sie sich Vorwürfe gemacht, weil sie nicht daran gedacht hatte, dass er ja auch ein Rasiermesser oder Rasierklingen besaß. So glattrasiert, wie er immer war!

Nicht auszudenken, was gestern hätte geschehen können, wenn sie nur etwas später gekommen wäre, wenn es ihr nicht gelungen wäre, ihm die Pistole abzunehmen. Was, wenn er sich die Waffe wieder geschnappt und ihr die Munition abgenommen hätte?

Klaus hatte viel mehr Kraft als sie.

Er war nicht da, aber auf dem dreibeinigen Tisch lag das Rasiermesser. Sah nicht so aus, als hätte er sich damit etwas angetan. Aber auch wenn seine Bücher und die spärliche Kleidung noch da waren, befürchtete sie, er könnte einfach abgehauen sein, oder noch Schlimmeres.

Taylor würdigte sie heute keines Blickes und eilte in den Palmengarten. Doch bevor sie dazu kam, Klaus zu suchen, rief Herr Lenze alle Mitarbeiter bei den Pflanzenschauhäusern zusammen. Klaus war leider nicht unter ihnen.

»Heute erwarten wir eine große Lieferung Fensterglas, wir brauchen jede helfende Hand. Herr Gessner, Klaus Bertram fehlt noch!«

375

Herr Lenze wirkte nicht so, als ob Rolf gepetzt und er sauer auf Klaus wäre, sondern ihn ehrlich vermisste.

»Bei mir hat er sich nicht abgemeldet«, meinte Herr Gessner.

»Vielleicht hat er verschlafen«, versuchte Elfie, ihn zu entschuldigen.

»Verschlafen?« Herr Lenze hob die Augenbrauen. »Hauptsache, er ist nicht krank, so wie Rolf. Wart ihr gestern nicht alle zusammen? Und bei dir ist alles in Ordnung, Elfie? Rolf hat sich eine Magen-Darm-Grippe eingefangen, nicht dass es dich auch trifft. Du musst dich heute unbedingt um die Bohnen kümmern.«

»Mir geht es bestens.«

Ob Rolf wirklich aller Warnungen zum Trotz im Main geschwommen war?

»Und wo ist Herr Perlmann?«, rief Herr Lenze verärgert. »Wenn man die Leute braucht, sind sie nicht da, was ist denn das für eine Lotterwirtschaft!«

»Der kommt heute nicht«, meinte Herr Nowak und strich sich über die Glatze.

»Wieso nicht?« Obwohl es nicht seine Art war, wurde Herr Lenze immer lauter. »Er kann doch nicht einfach fortbleiben!«

»Er hat schlechte Nachrichten bekommen«, unterbrach ihn Herr Nowak. »Seine ganze Familie ist in Auschwitz ermordet worden. Mutter, Vater, Schwestern, Großeltern, Tanten, Onkel. Er ist der Einzige, der noch lebt.«

Elfie erstarrte vor Entsetzen. Die gesamte Familie ... wie schrecklich. Der arme Mann!

»Oh Gott.« Herr Lenze nahm seinen Strohhut ab. Die anderen Gärtner schauten verlegen durch die Gegend oder wollten zu ihrer Arbeit zurück. Herr Gessner bückte sich sogar und riss Löwenzahn aus dem Beet.

»Können wir irgendetwas für ihn tun?«, sagte Elfie. Das hatte Mutter immer die Nachbarn gefragt, wenn jemand gestorben war.

Herr Nowak schaute sie unergründlich an. »Nein.«

Es klang, als sei sowieso alles zu spät.

»Tja, dann.« Herr Gessner hüstelte geziert. »Dann müssen wir es so schaffen.«

Elfie starrte ihn an. Da erfuhr einer seiner Kollegen, dass seine gesamte Familie ausgelöscht worden war, und Gessner dachte an nichts anderes als an die Arbeit? Was für ein Idiot. Zumindest einen Moment innehalten könnten sie doch.

Mit lautem Geknatter fuhr plötzlich ein Holzvergaser-Transporter vor die Pflanzenschauhäuser, die Ladeflächen voller Glasscheiben. Sofort umringten ihn die Gärtner, um abzuladen.

»Elfie, sobald Klaus da ist, soll er sich bei uns melden. Und sei doch bitte so nett und hole mir aus dem Palmenhaus meine Werkzeugtasche, die liegt in der Grotte.«

Elfie nickte. Die Grotte kannte sie ja noch von ihrem Versteckspiel mit Walter damals. Der letzte schöne Sommersonntag, bevor der Krieg begann.

»Alles klar, Herr Lenze.«

Schnell machte sie sich auf den Weg und lief im nächsten Moment Klaus über den Weg, der mit ernster Miene aus dem Verwaltungsgebäude kam.

»Klaus!«

Er drehte sich zu ihr um, und als ein Lächeln auf sein Gesicht trat, wurde ihr schlagartig heiß.

Seine haselnussbraunen Haare trug er heute streng nach hinten gekämmt und anstelle der kurzen Hose trug er eine lange graue Stoffhose, ein helles Hemd und ein Jackett, das seine breiten Schultern betonte. Auf einmal wirkte er viel erwachsener.

»Ich habe Campbell alles gestanden.« Sein Blick aus den wasserblauen Augen trübte sich ein wie der Himmel über ihnen.

»Klaus!«, rief da schon Herr Lenze.

»Komm mit«, flüsterte Elfie und lief voraus ins Palmenhaus. Schließlich sollte sie ja Lenzes Werkzeug holen.

Mittlerweile waren der Schutt und die abgestorbenen Palmen entfernt worden, durch die nackten Fenster hing der Gewitterhimmel bedrohlich über ihnen. Wie trostlos der Berg ohne den fröhlich sprudelnden Wasserfall aussah!

Klaus drehte sich einmal um sich selbst, als wäre er noch nie hier gewesen und müsste alles in sich aufnehmen. Langsam ging sie auf ihn zu.

Auf einmal roch sie seinen herb-männlichen Duft, sie bekam eine Gänsehaut und wusste nicht, was sie tun sollte. Dafür fiel ihr auf, wie wohlgeformt seine Lippen waren.

War sie denn verrückt geworden? Hier ging es um Klaus' Zukunft und nicht um die Form seiner Lippen!

Klaus blieb stehen und räusperte sich.

»Campbell war ganz schön sauer. Jetzt muss ich zum CIC.«

Sie atmete tief durch. Zwischen Klaus und ihr hatte sich

irgendetwas verändert, das spürte Elfie. Etwas Neues war entstanden. Nicht nur weil sie ein gemeinsames Geheimnis hatten, sondern etwas anderes. Aufregendes.

»Der Geheimdienst will dich verhören?« Sie musste sich zusammennehmen, damit ihre Stimme normal klang.

Betreten nickte er. »Ich soll in den nächsten Tagen eine Vorladung bekommen. Entlassen worden bin ich auch.«

Wie traurig er sie ansah. Eine Welle an Gefühlen übermannte sie. Sie konnte gar nicht anders, als die Hände auf seine Arme zu legen, und, als er sich nicht wehrte, ihn an sich zu drücken.

Klaus erwiderte die Umarmung, legte vorsichtig seine Arme um sie, zog sie an sich, bis sie seinen Atem an der Schläfe spürte, seine Wärme. Sie fühlte sich so geborgen, obwohl es doch umgekehrt sein sollte und sie ihn trösten wollte.

Nur einen kostbaren Moment lang dauerte die Berührung, dann erklang ein Geräusch, sie lösten sich abrupt voneinander und schauten sich betreten an.

Er räusperte sich schon wieder. »Zum Glück war ich vor Rolf da. Dass ich freiwillig gekommen bin, hat hoffentlich Eindruck gemacht.«

»Keine Angst, der liegt mit Magen-Darm im Bett.«

»Ehrlich?«

»Das kommt davon, wenn man im verseuchten Main baden geht.« Sie grinste ihn an und auf einmal lachten sie befreit los. Und sobald sie sich beruhigt hatten, genügte ein Blick und sie konnten nicht mehr an sich halten.

Dann sah Klaus sie so eindringlich an, dass Elfie glaubte, in seinem Blick versinken zu können.

»Danke, Elfie. Ohne dich …«

»Ist gut, Klaus. Das hätte doch jeder getan.«

Er schüttelte sanft den Kopf. »Du bist etwas ganz Besonderes.«

Und gerade als sie dachte, sie würden sich ein weiteres Mal umarmen, drehte er sich auf dem Absatz um und ging auf den Ausgang zu.

»Klaus!« Sie eilte ihm hinterher.

»Sehen wir uns nach der Arbeit?«

Kein Lächeln, nur wieder dieser lange, intensive Blick.

»Ich hole dich am Checkpoint ab. Und jetzt gehe ich zu Herrn Lenze und verabschiede mich.«

»Warte auf mich, ich soll ihm sein Werkzeug mitbringen.«

»Danke, das schaffe ich alleine.« Er grinste, tippte sich an die Stirn, wie es die GIs immer so lässig machten, und verließ zielstrebig das Palmenhaus.

Schnell lief Elfie zur Grotte, öffnete die Tür und betätigte den Lichtschalter. Die bedrückende Finsternis blieb. Sie schob die Tür weit auf, der Lichtstrahl erhellte den Raum ein wenig, sodass sie erkannte, dass die Glühbirne zerplatzt und Herrn Lenzes Tasche auf dem Tisch stand. Ein Griff und sie rannte Klaus hinterher. Vielleicht brauchte Klaus ja doch ihre Hilfe, auch wenn er es nicht zugeben würde.

Klaus ging gerade auf Herrn Lenze zu, der höchstselbst beim Abladen half.

»Herr Lenze, es tut mir leid …«, begann er.

Elfie blieb in Hörweite stehen.

»Ja, ist schon in Ordnung, bitte fass mal mit an. Du siehst doch, was wir zu tun haben.«

»Ich kann nicht, Herr Lenze. Es tut mir leid, aber Sergeant Campbell hat mich entlassen.«

»Was?« Herr Lenze stellte die Glasplatte wieder auf den Wagen. »Aber wieso? Mitten im Aufbau? Was soll das denn?« Entsetzt hob er die Arme und ließ sie theatralisch fallen.

»Ich … ich habe bei den Angaben zu meiner militärischen Vergangenheit nicht die Wahrheit gesagt.«

»Was?« Herr Lenze klang richtig panisch. »Wieso *militärische Vergangenheit*?«

»Ich bin bereits neunzehn Jahre alt und war Infanterist in der Heeresgruppe Mitte.« Klaus verschränkte die Hände hinterm Rücken und streckte die Brust raus.

»Und warum hast du das verheimlicht? Um der Gefangenschaft zu entgehen?«

Klaus nickte.

Elfie wunderte sich. Wollte er ihm etwa die Fahnenflucht verschweigen? Aber Rolf würde doch bestimmt seinem Vater davon erzählen.

»Muss das unbedingt heute sein? Ich brauche dich! Da zieht ein Gewitter auf, Hagel soll es auch geben, wir müssen das Glas abladen. Mein Sohn ist krank, Perlmann in Trauer und du … Hättest du das nicht noch länger für dich behalten können? Jetzt fass mit an, du siehst doch, dass die Scheibe für mich allein viel zu schwer ist!«

Ausgerechnet der korrekte und penible Herr Lenze ignorierte einen Befehl von Campbell!

Klaus half ihm natürlich.

Elfie legte das Werkzeug auf den Schneidetisch. Eigentlich sollte sie sich um die Bohnen kümmern. Sie versuchte, sich

noch ein wenig unauffällig herumzudrücken, als Herr Gessner zu ihr herüberhumpelte. »Die Bohnen warten!«, giftete
er sie an.

Enttäuscht trottete Elfie hinüber zu den Beeten am Tennisplatz.

37 – Klaus

Wie feige ich doch bin, schimpfte Klaus mit sich selbst, während er entgegen Campbells Befehl beim Abladen half. Er hätte Lenze besser die ganze Wahrheit sagen sollen und nicht nur so Bruchstücke. Campbell und der CIC würden dem Obergärtner sowieso alles erzählen.

Aber mitten unter den Kollegen, sodass alle es hören konnten? Das hatte er einfach nicht geschafft. Jetzt wussten sie, dass er sein Alter gefälscht hatte, das reichte wohl als verständlicher Grund für die Entlassung aus. Vielleicht gelang es Klaus, Lenze in einer ruhigen Minute alles zu gestehen, aber für den war heute Großkampftag.

Und er sollte sich bei Rolf entschuldigen. Klären, was damals passiert war.

»Vorsicht«, rief Nowak plötzlich. Beinahe hätte Klaus ihm die Glasscheibe in die Seite gestoßen. »Alles in Ordnung?«

»Ja, ja«, brummte Klaus und legte die Scheibe auf den Arbeitstisch. Hoffentlich fragte Nowak nicht noch mehr.

Aber der ergriff seinen Glasschneider und beachtete Klaus nicht weiter.

Ob ich Rolf dazu bringen kann, die Klappe zu halten?, überlegte Klaus. Bobby und Helga, die erschienen ihm vernünftig und würden die Sache nicht an die große Glocke hängen. Wenn Rolf schweigen würde … Lenze zufolge war er gestern Abend betrunken heimgekommen und seit heute Morgen nur noch am Reihern.

»*Klaus, what are you doing here?*«, vernahm er auf einmal Campbells Stimme, die durch den ganzen Palmengarten schallte. Neben ihm eine hochgewachsene Frau mit offenen blonden Haaren und in einem weinroten Kostüm, in der Hand zwei Tennisschläger. Ob das seine Frau war? Sie sah gut aus.

»*You are not allowed to work!*«

Damit war ja zu rechnen gewesen. Und wegen Campbell war es auch egal, ob Rolf schwieg oder nicht. Es war alles aus. Hier und überhaupt.

»*We need him*«, begann Lenze sofort eine Diskussion mit dem Sergeant, der Klaus sehr schnell nicht mehr folgen konnte. Er arbeitete einfach weiter.

»Campbell ist völlig uneinsichtig, Klaus, tut mir leid«, sagte Lenze einen Augenblick später zu ihm. Vor lauter Nervosität hatte er rote Flecken im Gesicht. »Er wollte, dass ich an deiner Stelle Rolf herschicke, aber der ist ja krank. Und so viel Kraft wie du hat er nach der Gefangenschaft auch nicht, er ist doch völlig abgemagert. Jetzt lässt Campbell zwei Soldaten aus der Gutleutkaserne holen, die hier helfen sollen. Das hätte er ruhig gleich machen sollen, die haben doch Bärenkräfte.«

»Schade.« Klaus überreichte Nowak die Glasscheibe, die er in den Händen gehalten hatte. »Dann noch alles Gute für den Wiederaufbau.« Er gab Lenze die Hand und wünschte sich so sehr, wiederkommen zu dürfen.

Aber jetzt musste er erst einmal mit Rolf reden. Da die

Gärtner alle bei den Pflanzenschauhäusern beschäftigt waren, war es für ihn ein Leichtes, sich am Palmenhaus vorbei in die Büsche rund um den Weiher zu schlagen und nicht zum Checkpoint, sondern zum Gärtnerhaus zu schleichen.

Frau Lenze hängte gerade Wäsche auf, durch die Bettlaken war ihr die Sicht genommen und Klaus huschte so leise er nur konnte ins Haus und hoch in den ersten Stock in Lenzes Wohnung.

Sein Herz klopfte ihm bis zum Hals und nahm ihm die Luft zum Atmen, aber er ging immer weiter die Treppe hoch. Er musste es tun. Wenn er sich selbst noch ins Gesicht sehen wollte, dann blieb ihm nichts anderes übrig.

Rolf lag mit kalkweißem Gesicht im Bett, einen überriechenden Eimer neben sich.

»Was willst du hier?«, flüsterte er röchelnd.

Mit langen Vorreden wollte Klaus sich lieber nicht aufhalten, Frau Lenze konnte jeden Moment zurückkommen.

»Es tut mir leid, was damals passiert ist. Ich wollte dich und die Kameraden nicht hängen lassen, glaub mir das! Aber ich war einfach am Ende meiner Kräfte.«

»Du bist …« Rolf musste würgen und beugte sich über den Eimer. Klaus wandte sich ab. Auf dem Tisch stand eine Teekanne, er füllte eine Tasse und reichte sie Rolf. Roch nach Kamille.

»… abgehauen«, beendete Rolf stöhnend seinen Satz. »Du Schisser! Während wir unseren Kopf hinhalten mussten.«

Das stimmte zwar nicht, während Rolfs Abwesenheit hatten keine Kampfhandlungen stattgefunden, aber Klaus verstand, was er meinte. Rolf hatte sich im Stich gelassen gefühlt.

Da hörte er Schritte auf der Treppe.

»Wenn ich könnte, würde ich es ungeschehen machen. Es war ein Fehler, und ich kann nicht mehr, als dich und alle anderen Kameraden um Entschuldigung zu bitten. Meine Strafe habe ich bekommen.«

»Irgendwo fein im Kittchen hast du gesessen, während wir uns für Hitler den Arsch aufgerissen haben.« War ja klar gewesen, dass Rolf die Entschuldigung nicht annahm.

»Nein. Ich war in einer Feldstrafgefangenenabteilung hinter der Front.«

»Strafbataillon?« Auf einmal sah Rolf ihn an. »Klingt übel.«

Klaus nickte. Ein Geräusch auf der Treppe, bestimmt kam gleich Frau Lenze.

»Verschon mich mit den alten Geschichten. Ich will vom Krieg nichts mehr wissen«, sagte Rolf. »Ich geh nach Heidelberg, das hat so gut wie keine Bomben abgekriegt. Ein Onkel von mir ist dort Professor für Medizin und besorgt mir einen Studienplatz, er ist sich sicher, dass im Herbst der Lehrbetrieb wieder aufgenommen wird. Dann bin ich weg hier aus der Trümmerwüste.«

Mit einem Mal tauchte Frau Lenze mit dem leeren Wäschekorb unterm Arm in der Tür auf.

»Klaus! Das ist ja eine Überraschung, wie nett von dir, Rolf zu besuchen. Und du bist nicht krank?«

»Guten Tag, Frau Lenze. Nein, mir geht es gut.«

Ob sie etwas wusste? Aber sie behandelte ihn so freundlich wie immer, bot ihm sogar ein Glas Wasser an.

»Hat Rolf dir erzählt, dass er nach Heidelberg gehen wird? Ich bin so stolz auf dich, Rolf, wie du dein Leben in die Hand nimmst! Mein Mann hat erzählt, dass du im Palmengarten eine Lehre machen willst,«, sagte sie, an Klaus gewandt.

»Das wäre sehr schön.« Ihm brach der Schweiß aus. Jetzt würde Rolf alles ausplaudern, ganz bestimmt. Er hielt den Atem an, überlegte, was er sagen sollte, ob er wegrennen sollte. Wieso äußerte Rolf sich nicht, wieso spannte er ihn so auf die Folter?

Aber der lag mit geschlossenen Augen auf dem Sofa und schwieg.

»Ich muss dann auch wieder.« Klaus nickte beiden zum Abschied zu und rannte die Treppe hinab.

Draußen drehte Klaus sich noch einmal zum Haus um.

Ihm entfuhr ein tiefer Seufzer, und er spürte, wie sein schlechtes Gewissen etwas nachließ. Als ob eine Last von ihm genommen worden wäre. Es hatte gutgetan, Campbell die Wahrheit zu sagen. Aber noch viel besser war es gewesen, sich bei Rolf zu entschuldigen.

Auch wenn dieser die Entschuldigung nicht angenommen hatte und Klaus keine Ahnung hatte, wie Rolf sich in Zukunft verhalten würde.

Aber er hatte einen ersten Schritt gemacht und das fühlte sich einfach gut an.

38 – Elfie

Ob Klaus noch beim Verglasen half oder von Campbell nach Hause geschickt worden war? Und wie er sich wohl fühlte? Er hatte gefestigt gewirkt, als hätte er die dunklen Gedanken von gestern überwunden. Trotzdem machte Elfie sich Sorgen, während sie das beständige Ploppen der Bälle auf dem Tennisplatz hörte, der neben den Bohnenbeeten hinter einer Hecke verborgen lag. Als eine Frau lachte, hatte Elfie natürlich durch die Äste gespitzt und Campbell und seine Frau dort entdeckt, wie sie sich gerade am Netz küssten.

Als wäre alles in schönster Ordnung!

Während Klaus …

Einsam saß sie in der Mittagspause auf ihrer Bank. Zu Rolf gehen wollte sie nicht.

Am späten Nachmittag zuckten Blitze über den dunklen Himmel, und ehe Elfie sich unterstellen konnte, folgten Donner und Gewitterschauer. Selbst nachdem sie die Anzuchtgärtnerei erreicht hatte, duckte sie sich bei jedem Donnerschlag, als würden Bomben fallen. Sie wusste, dass das unsinnig war, aber ihr Körper anscheinend nicht. Zu allem Überfluss betonte Herr Gessner auch noch, wie gefährlich so ein Gewitter für die Gewächshäuser war, weil Hagelkörner die Glasscheiben durchschlagen konnten.

Wenigstens hatte sie beim Bohnenernten ein paar Schoten

für Klaus einstecken können. Hoffentlich bemerkte Herr Gessner nichts, der kontrollierte seit Neuestem.

Der Regen trommelte aufs Dach, noch ein Blitz, noch ein Donnern. Elfie wurde immer mulmiger, während sie durch die Gänge lief und das Glasdach kontrollierte. Bilder der Bombardierungen schoben sich vor die Palmen.

Doch zum Feierabend riss der Himmel wieder auf und die Sonne zauberte einen Regenbogen über die Pflanzenschauhäuser. Verluste hatte es glücklicherweise keine gegeben, auch nicht bei den neuen Lieferungen, und Herr Lenze war schon wieder am Planen, welche Pflanzen wo eingeräumt werden sollten, sobald die Mittelhalle fertig war.

Aber wenn sie sich die Kollegen so ansah, war sie nicht die Einzige gewesen, die Angst gehabt hatte. Jetzt lachten sich alle erlöst zu.

Hoffentlich verblassten diese Erinnerungen bald.

Am Schlagbaum wartete Klaus in seiner ungewohnten langen Hose auf sie und ihr Herz pochte stark in ihrer Brust.

»Na, hat Herr Lenze dich nicht dabehalten können?«, gab sie sich locker, dabei wünschte sie sich so sehr eine weitere Umarmung.

»Nein, Campbell war eisern. Er wollte ein paar GIs als Ersatz anfordern.«

»Gute Idee. Aber sag, wie geht es dir?« Sie lächelte zaghaft.

»Mir geht es gut.« Er klang etwas zu forsch. Elfie glaubte ihm kein Wort.

»Ich habe dir was mitgebracht.« Elfie schaute sich um, ob sie beobachtet wurden, bevor sie eine Handvoll Bohnen aus ihrer Hosentasche zog.

»Danke.« Eine leichte Röte überzog seine Wangen, als ob er es nicht mehr gewöhnt wäre, dass sich jemand um ihn kümmerte. »Kann ich dich ein Stück begleiten? Ich wollte noch zum Hauptbahnhof.«

Ihr wurde vor Freude ganz warm, und als sie nickte, strahlte er übers ganze Gesicht und steckte die Bohnen in seine Hosentaschen.

Auf der Beethovenstraße spielten die Kinder Hickelkasten und kicherten verschämt, als sie Klaus und Elfie erblickten.

»Biste verliebt, Klaus?«, rief einer der Älteren und sie lachten laut los.

»Ei, ei, ei, was seh ich da, ein verliebtes Ehepaar!«, hänselten sie die anderen. Wussten die etwa schon, dass er kein Junge, sondern ein Mann war? Und sah man ihr an, dass sie auf einmal anders für ihn fühlte als vorher?

»Spiel lieber wieder Fußball mit uns«, rief ein Junge, bevor er den Stein in ein Kästchen warf und loshüpfte.

Aber Klaus ging unbeirrt weiter.

Elfie drehte sich noch einmal zu den Kindern um, doch dann beschloss sie, dass ihr die eigentlich völlig egal sein konnten.

Sie war glücklich, weil sie zusammen mit Klaus die Straße entlangging, atmete innerlich auf und bewunderte den Regenbogen über den Ruinen. Alles war gut gegangen. Und hoffentlich würde sich alles in Wohlgefallen auflösen. Sie überlegte, ob sie sich einfach bei Klaus einhängen sollte, doch das erschien ihr etwas zu vertraut.

Nach ein paar Metern blieb er stehen. »Ich war bei Rolf.«

»Oh!« Mutig war Klaus, das musste man ihm lassen. »Was hat er gesagt?«, fragte sie.

»Meine Entschuldigung hat er nicht angenommen, aber das hatte ich auch nicht erwartet.« Er wirkte nachdenklich. »Seinen Eltern hat er nichts gesagt, ich hoffe, das bleibt so. Lange hält es ihn hier sowieso nicht, er will nach Heidelberg an die Universität.«

»Das passt. Er wollte schon immer Medizin studieren.« Elfie seufzte. »Ich mag Rolf eigentlich. Als er eingezogen wurde, hatte er verdammt viel Angst. Nicht so wie Walter, den kriegt so schnell keiner klein. Aber Rolf …«

»Wir hatten alle Angst.« Klaus kickte einen Stein weit von sich. »Aber mal was ganz anderes«, fuhr er fort und schoss den nächsten Stein quer über den Bürgersteig. »Wieso … wieso bist du vorbestraft? Ich meine, ich will jetzt nicht von meiner Sache ablenken, aber irgendwie sind wir ja Gleichgesinnte …«

»Ich bin nicht vorbestraft«, erwiderte Elfie so beiläufig wie möglich. »Die Gestapo hat meine Personalien aufgenommen. Name, Adresse, Foto, Fingerabdrücke, und mich verhört. Darüber weiß Campbell Bescheid.« Sie seufzte. »Vor ein Gericht bin ich nie gestellt worden. Aber es reicht ja offensichtlich immer noch aus, wenn man von der Gestapo angeklagt worden ist, dann denken alle, man hätte was verbrochen.«

Schweren Herzens bog sie am Kettenhofweg ab und ging mit ihm in die Lindenstraße. Zeigte ihm, wo Helga wohnte, und natürlich das Haus gegenüber.

»Das war die Gestapozentrale?« Klaus betrachtete das Haus neugierig. »Ganz schön protzig. War die Gestapo nicht früher in der Klingerschule?«

Elfie nickte.

»Demnächst zieht Oberbürgermeister Blaum hier ein,« sagte sie. Der Journalist Hollbach war von der Militärregierung durch den Verwaltungsexperten Blaum ersetzt worden.

Die Dachdecker waren mit der Reparatur fertig und hatten das imposante Mansardendach mit dem reich verzierten Giebel nicht wieder instandgesetzt. Das hätte wohl viel zu lange gedauert.

Von den Bauarbeitern war niemand zu sehen und Elfie führte Klaus einmal um die Gestapozentrale herum.

»Hier haben sie Bobby und mich und noch viele andere vernommen, nur weil wir Swing gehört und uns anders angezogen haben.«

»Deshalb warst du nicht über meine Verurteilung erstaunt. Weil du selbst so deine Erfahrungen gemacht hast«, meinte Klaus.

»Man kann das überhaupt nicht miteinander vergleichen. Mich hatten sie nur drei Tage in ihren Fängen, du musstest monatelang in einer Strafgefangeneneinheit um dein Leben fürchten, das ist doch was ganz anderes.«

»Erzähl mir trotzdem davon.«

»Oh nein, damit habe ich abgeschlossen.« Es war ihr schon schwer genug gefallen, es Helga zu berichten.

Klaus ergriff ihre Hand. Schon allein diese zärtliche Berührung an diesem grässlichen Ort reichte aus, dass Elfie Tränen in die Augen schossen.

»Lass uns gehen, ich halte es hier nicht mehr aus«, sagte sie.

Er nahm ihr den Rucksack ab und lief schweigend neben ihr her. Ein Schweigen, das zum Reden einlud. Sie wusste von ihm sein dunkelstes Geheimnis, vielleicht sollte sie auch mit ihm über ihres sprechen.

Sie gab sich einen Ruck. Und als sie erst einmal in Fahrt gekommen war, fiel es ihr viel leichter als bei Helga. Klaus hielt weiter ihre Hand und mit jedem Wort und jedem Schritt, den sie gemeinsam hinter sich brachten, fiel nach und nach jegliche Last von ihr ab.

39 – Klaus

Sie hatten den Gallus schon fast durchquert und passierten gerade die halbwegs intakten Bürogebäude und Maschinenhallen der Adlerwerke, als Elfies Bericht endete. Vom ersten Mal, als Walter ihr den *Harlem Swing* auf dem Grammofon vorgespielt hatte, bis zum Kriegshilfsdienst hatte sie ihm alles erzählt. Klaus hatte währenddessen kaum gewagt, sie anzusehen. Er spürte, dass sie einige wichtige Details aus der Gestapohaft weggelassen hatte, weil sie darüber nicht reden wollte. Selbst hatte er genug erlebt und konnte sich seinen Teil denken.

Er würde ihr auch nie alles von der Front erzählen können. Niemals.

Am liebsten hätte er sie in den Arm genommen, sie wirkte so in sich gekehrt und verletzlich. Aber auch abweisend, vor allem, als sie von diesem Kappes sprach.

Da fiel ihm etwas ein. Abrupt blieb er stehen, Elfie drehte sich mit fragendem Blick zu ihm um.

»Da gibt es diesen rothaarigen Aasgeier ...«, sagte er. »Der sucht irgendwas in der Engelruine.«

»Das ist Kappes! Den habe ich bei dir gesehen. Kennst du ihn?« Ihr Blick wurde noch verschlossener, sie machte sogar einen Schritt rückwärts. Glaubte sie etwa, er würde mit ihm unter einer Decke stecken?

»Keine Angst, er ist kein Freund von mir, im Gegenteil. Das ist der Kerl, der mich zusammengeschlagen hat.«

»Du wurdest verprügelt?«

Er nickte. »Erinnerst du dich an die blauen Flecke, nachdem ich mit Perlmann die Steine vorm Fenster weggemacht habe? Das war kein Unfall, das war er. Der sucht irgendwas, er hat schon das halbe Parkett im Schlafzimmer aufgerissen.«

Mitfühlend schaute Elfie ihn an und streckte die Hand aus. »Hat er dich sehr verletzt?«

»Nein, nein«, wehrte Klaus ab, obwohl er sehr gerne von ihr berührt worden wäre. Aber manchmal fühlte es sich an, als ob sie noch immer einen kleinen Jungen in ihm sehen würde.

»Deshalb habe ich ihn aus deinem Haus kommen sehen.« Sie presste die Lippen aufeinander.

»Hat er dir was angetan?«, fragte Klaus.

»Nee, der ist vor mir weggelaufen. Leider habe ich ihn nicht erwischt. Helga und ich haben ihn aber bei den Amis verpfiffen. Die sollen ihn verhaften.«

»Der CIC ist doch jetzt damit beschäftigt, mich zu verhören.« Klaus grinste und hoffte, Elfie aufheitern zu können. Von einer Anzeige hielt er nicht viel. »Seid ihr denn sicher? Was ist, wenn Kappes sich wegen der Anzeige an euch rächen will?«

Verdutzt blieb sie stehen. »Woher sollte er das denn wissen?«

»Der kennt bestimmt jemanden, der jemanden kennt …«, erwiderte Klaus. »Du weißt doch, wie so was läuft. Gerade die großen Schwarzmarkthändler haben ihre Ohren doch überall.«

»Meinst du, er ist so ein großes Tier?«

»Keine Ahnung. Wer weiß, was er dort zu finden hofft.«

Auf einmal schaute sie sich suchend um. »Hier im Gallus habe ich ihn auch schon mal gesehen.«

»Fühlst du dich nicht sicher? Ich kann dich bis zum Bunker begleiten.«

»Nein, nein, du willst doch noch auf den Schwarzmarkt. Ich komme zurecht, keine Angst«, sagte Elfie vermeintlich selbstsicher. »Notfalls trete ich ihm zwischen die Beine.«

»Aua.« Schon beim Gedanken daran zog sich alles in Klaus zusammen.

Elfies Mund verzog sich zu einem Grinsen. »Das wollte ich schon lange mal machen. Wenn ich den mal zu fassen kriege …«

Wieder dieser trotzige Blick, allerdings immer noch vermischt mit Verletzlichkeit.

»Es tut mir leid, was dir alles widerfahren ist«, sagte er. »Zum Glück glauben die Amis nicht mehr, dass du die Konserven gestohlen hast.«

»Dabei hat die Gestapo tagelang Akten im Garten verbrannt. Frau Sartorius hat sie dabei beobachtet. Aber ausgerechnet meine muss übrig bleiben.« Sie seufzte. »Wenn ich nur wüsste, wer uns damals an die Gestapo verraten hat.«

Klaus ließ es sich nicht nehmen, sie noch ein Stück zu begleiten. Als sie das Ende von Frankfurt erreicht hatten und die Wiesen und Felder Griesheims vor ihnen lagen, verabschiedete Klaus sich mit einem Tippen an die Schläfe, obwohl er

Elfie viel lieber umarmt hätte. Seit sie sich gegenseitig ihre tiefsten Geheimnisse gebeichtet hatten, fühlte er sich mit ihr verbunden. Aber er traute sich nicht. Was, wenn sie das nicht wollte? Sie war der einzige Freund, den er hatte. Vielleicht wollte sie gar nicht seine Freundin sein.

Aber als er sich nach wenigen Schritten umdrehte, stand sie noch immer da. Und auf einmal rannte sie ihm nach, umarmte ihn und flüsterte: »Ich bin so froh, dass ich dich gestern noch rechtzeitig gefunden habe.«

Abrupt löste sie sich von ihm und lief davon.

Und Klaus war so glücklich wie noch nie in seinem Leben.

Wenn er so viele Menschen nicht hatte schützen können, wollte er wenigstens Elfie beschützen und überlegte, wie er diesen Kappes fangen könnte. Wenigstens einer sollte seine gerechte Strafe bekommen. Auf die MP und den CIC wollte er sich nicht verlassen. Wenn die sich eher für deutsche Deserteure interessierten, als Nazis zu schnappen ….

Abends fing Klaus Nowak am Schlagbaum ab und fragte ihn nach einem Vorhängeschloss. Der Pole konnte gut Deutsch, hatte in Warschau bereits auf dem Bau gearbeitet und für alles eine Quelle und gleich am nächsten Morgen brachte er eines mit.

Drei Nächte wartete Klaus im Dunkeln. Drei Nächte, in denen er sehr viel an Elfie dachte. Nicht nur an ihre wunderschönen kastanienbraunen Haare, ihre bezaubernden grünen Augen und ihre biegsame Figur mit den zarten Kurven. Sondern auch an ihre Güte, an ihren Humor und an den Swing, den sie zusammen gehört hatten.

Aber er wollte sie nicht sehen, bis die Sache bei der CIC ausgestanden war. Er würde sich nur umsonst Hoffnungen machen. Wie sie ihn jetzt manchmal ansah, so ganz anders als vorher. So, dass ihm gleichzeitig heiß und kalt wurde.

Tagsüber organisierte er seinen Alltag. Die anstrengende körperliche Arbeit und die schöne Natur im Palmengarten hatten die Gespenster in seinem Kopf in Schach gehalten. Jetzt lief er wieder mit zitternden Knien durch Frankfurt und wusste nichts mit sich anzufangen. Er vergaß, zu essen und zu trinken, schnorrte Zigaretten und rauchte sie, anstatt mit ihnen zu handeln. Sogar zum Fußballspielen fehlte ihm die Kraft. Und dazu malte er sich immer wieder aus, was der CIC mit ihm anstellen würde, und legte sich die Wörter zurecht, mit denen er sich verteidigen wollte.

Nur noch eine Nacht, und dann musste er sich morgens um elf im IG-Farben-Haus melden.

Auf einmal erklang ein Poltern über ihm. Unverkennbar Schritte. Endlich! Die Pistole lag bereits in seiner Hand. Ohne Munitionskassette, die hatte immer noch Elfie. Langsam und vorsichtig schlich Klaus mit der Waffe im Anschlag die Kellertreppe nach oben. Sein Plan war, Kappes zu überrumpeln und in den Kellerraum neben seinem Zimmer einzusperren. Zugegeben, ein ziemlich schwacher Plan.

Die Wohnungstür war angelehnt, er drückte sie mit dem Fuß auf und ging hinein. Hörte sich an, als ob der Krach aus dem gleichen Raum wie beim letzten Mal käme. Hoffentlich war es wirklich Kappes, der da hämmerte.

Im Flur drückte Klaus sich an die Wand neben der Tür. Sein Puls raste, ein Schritt, zwei Schritte, er atmete tief durch, bis er ganz ruhig wurde. Als ob er einen Elfmeter versenken wollte.

Als er sich zur Tür drehte und hineinspähte, konnte er im Zwielicht den Schemen eines Mannes erkennen. Da brach der Vollmond durch die Wolken und erleuchtete die Ruine. Der rothaarige Kerl hebelte mit dem Rücken zur Tür eine Diele nach der anderen mit dem Brecheisen aus dem Boden.

Der also hatte Elfie in der Mangel gehabt und brutal misshandelt? Eigentlich sah er ganz harmlos aus, aber das waren oft die Schlimmsten.

Bisher schien er Klaus noch nicht bemerkt zu haben. Beim Näherkommen erkannte Klaus, dass das Loch schon recht groß war. Wenn Familie Engel wirklich etwas im Schlafzimmer versteckt hatte, würde er es bald finden.

Plötzlich legte er die Brechstange zur Seite und wühlte mit den Händen in dem Loch. Jetzt! Der perfekte Moment! Kappes war unbewaffnet.

So leise wie möglich schlich Klaus auf ihn zu. Sobald er die Brechstange außer Reichweite gekickt hatte, wollte er Kappes mit der Waffe einschüchtern.

Dummerweise knarzte das Parkett. Kappes fuhr herum, ergriff blitzschnell die Brechstange und schlug Klaus die Waffe aus der Hand.

»Verschwinde, das ist meine Beute!«, rief er.

Aber Klaus hatte sich vorbereitet und zog sein Rasiermesser aus dem Ärmel.

Kaum hatte Kappes es erspäht, versuchte er, ihm auch das aus der Hand zu schlagen. Klaus wich aus und umkreiste ihn, bis das Loch im Boden zwischen ihnen war. Obwohl Kappes zu weit weg war, stach er zu. Kappes wich nach hinten zur Wand zurück. Noch ein Stoß mit dem Messer, aber er kam nicht nahe genug an Kappes heran. Dieser war mit der Brechstange eindeutig im Vorteil.

Klaus brauchte etwas, womit er ihn aus der Distanz treffen konnte. Da, der Stapel mit den Holzdielen. Eine weiter unten war ziemlich lang und voller gefährlicher Holzsplitter.

Er umkreiste Kappes weiterhin und gab vor, ihn mit dem Messer treffen zu wollen, bis er endlich nahe genug dran war und sich die Holzlatte schnappte.

Sofort hielt er sie ihm ins Gesicht.

Patt. Keiner wagte einen Ausfall.

»Wollen wir teilen?«, fragte Kappes.

Damit hatte Klaus nicht gerechnet. Bestimmt war es eine Falle.

»Was soll denn da drin sein?«

»Der Familienschmuck einer raffgierigen jüdischen Familie, was sonst?«

»Bist du dir sicher? Sieht aus, als könntest du nichts finden«, ließ Klaus sich auf das Spiel ein.

»Ich weiß das aus allererster Quelle. Die Hure hat es mir selbst erzählt.«

Wahrscheinlich unter Zwang. Die arme Frau.

»Sehr gut!« Klaus rückte vorsichtig ein Stück näher. »Im Wohnzimmer habe ich Perlen gefunden«, flunkerte er.

»Perlen?« Kappes schien interessiert zu sein.

»Ja, lose Perlen, erste Qualität. Vielleicht war eine Kette gerissen oder sie wollten sie vor der Flucht irgendwo einnähen.«

»Raffiniertes Judenpack.« Kappes leckte sich die Lippen.
Jetzt oder nie.

Klaus schwang die Holzlatte und erwischte Kappes im Gesicht. Kappes zuckte zusammen, ließ die Brechstange fallen und griff sich ans Auge.

Schnell nahm Klaus die Metallstange und schlug Kappes damit in die Nieren. Der krümmte sich, Blut floss ihm übers Gesicht. Aber er richtete sich wieder auf und wollte sich zu seinem Werkzeug schleppen. Klaus war sofort über ihm, noch ein Schlag in die Nieren. Mehr nicht, er wollte ihn ja nicht ernsthaft verletzen, nur außer Gefecht setzen.

Der Gestapomann war vielleicht dreißig, aber nicht so kampferprobt wie Klaus. Sich selbst verteidigen musste er bestimmt selten, sondern war es gewohnt, hilflose Opfer zu quälen.

Kappes Auge war unverletzt, aber an der Braue hatte er eine stark blutende Platzwunde, die ihm die Sicht nahm. Aber noch wehrte er sich und versuchte, Klaus mit den Fäusten zu treffen.

Klaus wiederum schlug ihm erneut ins Gesicht. Bei jedem Schlag dachte er an Elfie, das Blut spritzte aus Kappes' Nase und endlich gab er auf.

Darauf schleppte Klaus ihn in den Kellerraum neben seinem Zimmer und fesselte ihn mit den vorbereiteten Seilen. Als Letztes drehte er den Schlüssel im Vorhängeschloss um.

Weg war er, der Mistkerl.

Bevor er ihn der MP übergeben würde, sollte Elfie mit ihm reden. Er hatte es nur für sie getan. Und für alle anderen, die dieser Kerl in seinen Fängen gehabt hatte. Und wer weiß, vielleicht würde die Inhaftierung eines Gestapobeamten seine Chancen beim CIC verbessern.

In dieser Nacht schlief Klaus tief und ruhig, als hätte er mit Kappes seine eigenen Dämonen eingesperrt.

40 – Klaus

Mit der Vorladung in der Hand ging Klaus am nächsten Morgen viel zu früh zum Checkpoint. Er hielt es zu Hause vor lauter Ungewissheit einfach nicht mehr aus. Essen konnte er auch nichts. Um elf Uhr musste er erst im IG-Farben-Haus sein, aber wenn er schon warten musste, bis es endlich vorbei war, dann dort.

Taylor lächelte ihn nicht mehr an, las dafür seine Vorladung gewissenhaft durch und notierte ziemlich viel auf seinem Klemmbrett, bevor er ihn durchwinkte. Die Gärtner musterten ihn misstrauisch, als er am Verwaltungsgebäude vorbei durch den Seitenausgang zur Siesmayerstraße ging. Hätte er doch besser einen anderen Eingang in den Sperrbezirk genommen.

Neugierig lief er an Elfies Wohnhaus vorbei. Dort, hinter den Kellerfenstern, oder Hochparterre, wie es immer hieß, da hatte sie gelebt, gegessen, geschlafen und mit ihrem Bruder Swing gehört.

Einen Bruder hätte Klaus auch gerne. Er müsste noch nicht einmal so unangepasst sein wie Walter. Aber jemanden zu haben, mit dem man eine gemeinsame Kindheit verbrachte, der einem bei Auseinandersetzungen mit den Eltern zur Seite stand, jemanden, auf den man sich verlassen konnte. So etwas hatte Klaus immer vermisst. Einzelkind zu sein, war nicht nur langweilig, sondern auch einsam, da konnten weder der Fußball noch seine früheren Freunde drüber hinwegtäuschen.

Auch unter den Soldaten hatte er auf Dauer keinen engen Verbündeten gefunden, dabei brauchte man den, um heil durch den Krieg zu kommen. Er war einer der Jüngsten gewesen, immer die Zielscheibe für die Witze der Älteren und Abgebrühten. Im Strafbataillon war das besser geworden, da hatte es einen Mann gegeben, der ihn beschützt hatte. Kowalski. Doch ihn hatte auf der gemeinsamen Flucht nach Westen eine Kugel erwischt.

Kurz wurde Klaus wieder schwummerig und er musste sich am Zaun festhalten. Vielleicht hätte er doch was essen sollen. Aber diese ganzen Erinnerungen, die nahmen ihm immer die Luft zum Atmen.

Auf einmal hörte er fröhliche Frauenstimmen und er schaute sich um.

Zuerst dachte er, es seien gewöhnliche Hausfrauen. Aber dann fielen ihm die dunkelrot geschminkten Lippen, die elegante Kleidung und die Schuhe mit den hohen Absätzen auf. Es waren amerikanische Hausfrauen. Wohlgenährte, rauchende Hausfrauen mit fröhlichen Kindern an der Hand.

Ihm blieb vor Erstaunen beinahe die Spucke weg.

Als sie ihn neugierig anstarrten, ging Klaus schnell mit gesenktem Haupt zum Grüneburgweg und dem IG-Farben-Haus.

Es war einfach gigantisch. Sechs in einem Halbkreis erbaute Hochhäuser, die miteinander durch Zwischenbauten verbunden waren. Die IG Farben, der Zusammenschluss aller chemischen Konzerne des Deutschen Reichs und größter Chemie- und Pharmakonzern der Welt, thronte auf einer leichten Anhöhe über der Stadt. Jetzt wurde der Konzern von den Alliierten wegen Kriegsverbrechen angeklagt und zerschlagen.

Da Klaus keine Ahnung hatte, welches *Building A* war, lenkte er seine Schritte zum Haupteingang in der Mitte. Ein einschüchternder Militärpolizist kontrollierte Ausweis und Vorladung, dann durfte Klaus zwischen den Säulen durch die Drehtür eintreten.

Dahinter lag eine riesige, sehr elegante Empfangshalle aus glänzenden Steinen und zwei geschwungenen Treppen an den Seiten. Am Empfangstresen hatte sich eine Schlange gebildet, Klaus reihte sich ein und rekapitulierte erneut seine Aussage. Die vielen wichtig aussehenden Menschen, die fremde Sprache, die Fahnen und vor allem die auf dem Steinboden scharrenden, klackernden und stampfenden Schritte der MP schüchterten ihn unglaublich ein.

Wenn es doch nur endlich vorüber wäre!

Eine Mitarbeiterin des *Women's Army Corps* fragte ihn nach seinen Wünschen, er reichte ihr die Vorladung. Nach einem kurzen Telefonat bat sie ihn zu warten. Er würde abgeholt werden.

Bevor Klaus endgültig vor Aufregung schlecht werden konnte, forderte ein Soldat ihn auf, mitzukommen und eilte einen langen Flur entlang. Der Weg war schier endlos, doch dann stoppte er vor einer gepolsterten Tür.

Klaus musste wieder warten, schaute aus dem Flurfenster in den Grüneburgpark und wünschte sich ganz weit weg.

Die Tür öffnete sich, ein Mann rief: »*Come in*!« Klaus atmete tief durch.

Das Verhör verlief ganz anders als erwartet. Schon beim Eintreten wurde er auf Deutsch begrüßt, der schwarzhaarige Mann mit den buschigen Augenbrauen trug Zivil, einen unauffälligen braunen Anzug, ein helles Hemd und eine gestreifte Krawatte. Er stellte sich als Captain Rosenberger vor und hielt eine Aktenmappe in der Hand.

Im Hintergrund schaute ihn eine weitere Mitarbeiterin des *Women's Army Corps*, mit Bleistift und Notizblock bewaffnet, erwartungsvoll an.

Klaus hatte erwartet, nach seinen Beweggründen für die Desertion und dem Verfahren vor dem Feldgericht befragt zu werden. Captain Rosenberger aber interessierte seine gesamte *Militärlaufbahn*, wie er sie nannte. Von der Einberufung im März 1943 als Siebzehnjähriger, seine Ausbildung zum Infanteristen in Oberhessen und die Erschießungen, die er auf dem Weg zu seinem ersten Fronteinsatz beobachtet hatte. Auf einem großen Tisch lag eine Karte bereit, eine Stenotypistin notierte alles.

Schnell wurde Klaus klar, dass sie ihn als Zeugen für die Kriegsverbrechen brauchten. Ob er gesehen habe, welche Einheiten beteiligt gewesen seien, wer das Kommando geführt habe. Und wann das Ganze stattgefunden habe.

Nur seine Beobachtungen auf der Bahnfahrt konnte Klaus genau schildern, aber die Fronteinsätze verwischten sich in seiner Erinnerung.

Mit seiner Desertion endete das Verhör. Er sollte in zwei Tagen wiederkommen.

Er durfte gehen? Einfach so? Klaus konnte es nicht glauben. Als er draußen an den Jeeps und den schwarzen Fahrern vorbeiging, fiel die Angst von ihm ab, sodass er sich an einem Baum festhalten und sich übergeben musste.

Da man nur an demselben Checkpoint den Sperrbezirk verlassen durfte, an dem man ihn betreten hatte, trottete Klaus müde und erleichtert zum Palmengarten zurück. Das Quietschen der Glasschneider, die Rufe der Kollegen und der helfenden Soldaten, die oben auf dem Stahlgerippe saßen und die Scheiben einbauten, das alles klang so vertraut, dass er am liebsten geblieben wäre.

»Klaus!« Lächelnd trat Elfie aus der Mittelhalle. Erst als er ihr türkisfarbenes Kleid sah, fiel ihm auf, wie warm der heutige Sommertag war.

Wie schön sie aussah. Dieser sanft geschwungene Mund, die grünen Katzenaugen …

»Wie ist es gelaufen?«, fragte sie.

Er zuckte mit den Schultern. »Ich muss in zwei Tagen noch mal hin.«

»Die machen es aber spannend.« Sie schaute sich verstohlen um. »Die Pause ist zwar schon vorbei, aber wie wäre es, wenn ich dich noch ein Stück begleite?«

»Gerne. Ich habe auch noch eine Überraschung für dich.«

»Ja?« Ihr Lächeln wurde breiter.

»Komm mit!« Hier vor allen wollte er ihr nicht von dem eingesperrten Kappes erzählen.

Sie hatten gerade die Blumenterrasse vor dem Gesellschaftshaus erreicht, als die MP vorfuhr. Sofort raste sein Herz in seiner Brust. Würden sie ihn doch noch verhaften? Ein Jeep, ein zweiter, insgesamt acht Polizisten sprangen die Treppe hoch und stürmten in das Gesellschaftshaus.

»Was geht denn hier vor?«, fragte Elfie. »Komm, wir fragen die Soldaten da vorne.« Sie deutete auf eine Gruppe GIs, die zum Küchenpersonal gehörten und aus dem Seiteneingang herauskamen.

Solange die MP sich nicht für ihn interessierte, war sie Klaus aber herzlich egal. »Bitte, ich muss dir unbedingt was Wichtiges zeigen«, sagte er eindringlich.

Sie blieb stehen und schaute ihn fragend an. Er winkte sie zu einem Busch, wo sie halbwegs unbeobachtet waren, und flüsterte ihr zu: »Ich habe ihn gefasst.«

»Wen?«, fragte sie leise.

»Kappes.«

Sie schrie auf und hielt sich sofort den Mund zu.

»Bist du wahnsinnig? Der ist doch gefährlich!«

»War ganz einfach«, erwiderte Klaus. »Er war wieder oben im Haus, ich habe ihn überwältigt und bei mir im Keller eingesperrt. Jetzt kannst du ihn fragen, wer euch damals verraten hat. Oder dich an ihm rächen, egal, alles, was du willst. Und danach übergeben wir ihn den Amerikanern.«

»Klaus! Warum …«

Sein Herz trommelte in seiner Brust und drohte jedes Wort zu ersticken, doch er sprach sie trotzdem aus.

»Für dich.«

41 – Elfie

Was hatte Klaus getan? Kappes verhaftet? Elfie konnte es nicht glauben. Wie kam er nur auf die Idee, sich wegen ihr in Gefahr zu bringen? Wollte er unbedingt beweisen, dass er kein Feigling war? Wie unsinnig! Das glaubte sie doch sowieso nicht.

»Komm mit.« Klaus eilte mit ihr zum Checkpoint.

Weitere Jeeps der MP bretterten an ihnen vorbei. Irgendetwas musste passiert sein. Sogar Taylor unterhielt sich am Schlagbaum lieber mit zwei anderen Soldaten, als zu notieren, dass Elfie und Klaus den Sperrbezirk verließen. Sehr merkwürdig.

Als sie die Bockenheimer überquerten, dachte Elfie nicht mehr an die MP, sondern nur noch an Kappes. An seine ewigen Fragen, sein hämisches Lachen, die Schläge in den Bauch und an das Geräusch, als er den Gürtel ausgezogen hatte …. Konnte sie das? Und wollte sie das?

Ihrem Peiniger ins Gesicht sehen?

War es nicht viel besser, sie vergaß das alles? Versteckte die Erinnerung und machte einfach weiter, als wäre nichts geschehen?

Aber dann wäre sie diejenige, die keinen Mumm in den Knochen hätte.

Ihr ganzer Körper verkrampfte sich, als sie die Treppe

hinabstiegen. Bei jedem Schritt wurde sie langsamer. Dann endlich erreichten sie die Tür neben Klaus' Zimmer und er fummelte einen Schlüssel aus seiner Hosentasche.

In dem Moment hörte Elfie drinnen Geräusche, unwillkürlich hielt sie die Luft an. Da, wieder: das altbekannte Räuspern. Ihr stellten sich die Nackenhaare auf.

»Ist er gefesselt?«

»Natürlich. Keine Angst, er kann dir nicht wehtun.«

Klaus drehte den Schlüssel um und öffnete die Tür.

Zuerst betrachtete Elfie nur die Wände des kleinen Raums. Leere Vorratsregale, das Kellerfenster genau wie bei Klaus früher mit grauen Steinen zugemauert.

»Wasser«, röchelte jemand.

Und erst da traute sie sich, Kappes anzusehen.

Er saß auf dem Boden, den Rücken an die Wand gelehnt, seine Arme und Beine mit einem Seil an ein Rohr gefesselt. Sein Gesicht war verkrustet, es stank nach Schweiß und Urin, neben ihm erkannte Elfie eine Pfütze.

Geschieht ihm nur recht, dachte sie. Sie hatte sich im Käfig auch eingepisst und war von ihm deswegen verhöhnt worden.

Er wirkte nicht, als ob er auf der Flucht wäre. Dazu war er zu wohlgenährt, der Anzug trotz der Kampfspuren zu gepflegt, und auch der kaum wahrnehmbare Bartschatten wies daraufhin, dass er sich erst gestern rasiert hatte.

Es war ein eigenartiges Gefühl, ihn so lange zu betrachten. In der Lindenstraße und auch sonst hatte sie sich das nicht getraut. Aber jetzt war er gefesselt und sie stand frei vor ihm und konnte auf ihn herabsehen.

»Wasser«, stöhnte Kappes und blinzelte ins helle Licht.

»Später«, erwiderte Klaus.

»Hast du die Juwelen gefunden?«, krächzte Kappes.

»Darum geht es gar nicht.«

»Du kannst sie behalten, ich schenke sie dir, aber binde mich los, wir können doch zusammenarbeiten!«

»Erkennst du, wer hier neben mir steht?«

»Bitte, Wasser«, wimmerte Kappes wieder, dann musterte er Elfie mit zusammengezogenen Augenbrauen von oben nach unten, und sie merkte, dass bei ihm der Groschen fiel.

»Wieso? Wer soll das sein?«, gab er vor, sie nicht erkannt zu haben. »Erst brauche ich was zu trinken.«

Natürlich, er wollte einen Vorteil aus seinem Wissen schlagen. Aber Klaus schüttelte den Kopf. »Später.«

Kappes wiegte den Kopf hin und her, als ob er überlegen würde, was ein Versprechen von Klaus wert war.

»Das ist Ivie.« Er lachte höhnisch. »Das Mädel vom Odeon-Club! Warte, wie heißt du noch mal richtig? Wir haben es ja rausgefunden. Uns blieb nie etwas verborgen.« Auf einmal klang seine Stimme wieder so schmierig und selbstbewusst wie beim Verhör.

»Wer hat uns verraten?«, unterbrach sie ihn.

»War das nicht Fischer gewesen? Ja, Jimmy und Ivie alias Walter und Elfriede Fischer.«

»Wer?«, wiederholte sie ungeduldig. Er war so widerwärtig, sie wollte sich nicht länger als nötig mit ihm abgeben müssen.

»Bindet mich los!«, verlangte er und bäumte sich so ruckartig auf, dass Elfie erschrocken auf die Knoten starrte. Die aber hielten.

Klaus stand breitbeinig vor ihm, als ob er ihn jeden Moment treten wollte.

»Fischer«, sagte Kappes herablassend, als ob ihn nichts erschrecken könnte. »Warte, auf mein Gedächtnis ist immer Verlass, ich brauche mir nie etwas aufzuschreiben, kann mir alles merken, ich bin der perfekte Polizist ... Fischer, Dora! Die hat uns den Tipp gegeben.«

»Meine Mutter?« Blankes Entsetzen erfasste Elfie. Aber sie musste sich verhört haben. Bestimmt gab es noch eine andere Dora Fischer in Frankfurt.

»Ja, ist das nicht schön?« Kappes grinste verschlagen.

»Das kann nicht sein.« Garantiert wollte er sie nur ärgern. Ihre Mutter? Sie versuchte zu lachen, um zu verdeutlichen, dass sie auf seine Lügen nicht reinfiel, und wartete darauf, dass er endlich den wahren Verräter nannte.

»Alles geschah aus reinster Nächstenliebe«, frohlockte er. »So war das eben, wenn wir anonyme Briefe oder Anrufe bekamen. Wenn Nachbarn sich gegenseitig denunzierten, Geschäftsleute ihre Konkurrenten loswerden wollten oder Ehemänner ihre abgelebten Ehefrauen. Eine zweifelhafte Herkunft, unsaubere Geschäfte, ein unbedachter Witz – Schädlinge gehören ausgemerzt, da kann man jede Hilfe gebrauchen.« Kappes lächelte, als wäre er noch immer stolz auf sich.

»Meine Mutter? Sind Sie sich da sicher?«, hakte sie nach.

»Ich irre mich nie!«

In Elfie zog sich alles zusammen, als ob ihr Herz gleich stehen bleiben würde. »Aber wieso sollte sie uns verraten?«

Kappes versuchte, sich trotz der Fesseln auf die andere

Seite zu drehen. »Da fragst du sie am besten selbst. Ich kann nur mutmaßen, und das wäre nicht korrekt, dir das mitzuteilen. Sie war uns jedenfalls eine große Hilfe. Nach dieser Razzia war es aus mit euch Swing-Heinis, da herrschte endlich wieder Sitte und Ordnung!«

»Meine Mutter?«, schrie Elfie.

Klaus hob die Faust. »Soll ich? Oder willst du selbst?«

Doch so sehr sie es sich wünschte, schüttelte sie den Kopf. Kappes war ein widerwärtiger Mensch, aber so sein wie er, das wollte sie auf gar keinen Fall. »Lass uns lieber gehen.«

»Und ich?«, rief Kappes, während Klaus die Knoten überprüfte. »Bindet mich los, was wollt ihr denn? Mich den Amerikanern übergeben? Ich habe mir nichts vorzuwerfen, ich habe mich immer an Recht und Ordnung gehalten! Die lassen mich doch sofort wieder frei.« Vergeblich versuchte er, Klaus zu treten. »Nehmt den Schmuck und werdet glücklich, aber mich lasst ihr gefälligst frei, ihr Rotzlöffel!«

»Ich hole kurz Wasser«, sagte Klaus und verließ den Raum.

Elfie war mit Kappes alleine. Auf einmal grinste er sie hämisch an. »Na, war ich dein Erster?«, zischte er. »Keine Angst, ich verrate unser Geheimnis nicht.«

Elfie schoss das Blut in die Wangen. Bei ihm klang es so, als hätte sie freiwillig … Sie schaute auf den Boden, wollte ihn anschreien und gleichzeitig alles vor Klaus verheimlichen. Da klapperte es hinter ihr, Klaus kam mit einem blauen Emaillebecher wieder und hielt ihn Kappes an den Mund. Der trank gierig, das Wasser lief ihm übers Kinn.

Dann gingen sie endlich und Elfie hastete nach draußen ins Helle.

Erst jetzt, wo auf der gegenüberliegenden Straßenseite Taylor am Schlagbaum Wache schob, fühlte sie sich sicher. Vor allem, als Klaus neben sie trat.

»Der lügt doch«, klammerte sie sich an den letzten Strohhalm. »Das kann nicht anders sein, der lügt wie gedruckt!« Sie wollte es nicht einfach glauben. »Meine Mutter wusste doch gar nichts, die kannte allenfalls mal einen Spitznamen, und gesagt habe ich ihr nie, wo ich hingegangen bin. Die dachte, ich bin beim BDM oder bei Helga.«

»Wer könnte es denn sonst gewesen sein? Hast du einen Verdacht?«

»Irgendjemand von Schorschi«, vermutete Elfie. »Wer weiß, das Dienstmädchen, die Köchin oder vielleicht sogar Schorschis Eltern!«

»Aber hast du nicht gesagt, Schorschi sei selbst verhaftet worden?«

»Er wurde aber nicht verhört, sondern sofort eingezogen. Der Vater hatte was gegen die Swing-Leidenschaft von Schorschi und hatte schon früher damit gedroht, seinem Sohn beim Kommiss die Flausen austreiben zu lassen.«

Es musste so gewesen sein! Ihre Mutter – das war einfach absurd.

»Soll ich Kappes noch dabehalten? Willst du morgen noch einmal mit ihm reden?«

Elfie zögerte. Es war ein gutes Gefühl gewesen, Kappes so hilflos daliegen zu sehen, gefesselt und in seinem eigenen Urin.

»Ich weiß nicht. Er ist ein Schwein! Kann ich ihm denn trauen? Nein, ich finde, wir sollten ihn der MP übergeben.

Oder dem CIC. Wenn wir ihn gefangen halten, sind wir nicht besser als er.«

Sie wollte nicht, dass dieses schwarze Rachegefühl sie vollkommen übermannte. Ob Kappes überhaupt jemals die Wahrheit sagen würde?

Klaus nickte. »Ich habe auch kein gutes Gefühl dabei, ihn ewig lange einzusperren.«

Erleichtert atmete Elfie auf. Kurz hatte sie befürchtet, Klaus wollte Kappes für das büßen lassen, was er ihr angetan hatte. Aber dadurch würde er ja noch mehr Schwierigkeiten bekommen, als er sowieso schon hatte, und dafür wollte sie nicht verantwortlich sein.

»Wen er wohl sonst noch alles geschlagen und gefoltert hat?« Auf einmal zitterte sie am ganzen Körper.

Klaus breitete seine Arme aus und hielt sie fest, bis ihre Tränen versiegt waren. Sie war so froh, nicht allein zu sein.

»Es ist gut, dass du ihn eingesperrt hast. Nicht wegen mir, sondern wegen all der anderen geschundenen Seelen. Er muss bestraft werden und darf nicht frei in Frankfurt herumlaufen, als wäre nichts geschehen.«

Wieder kamen die Erinnerungen, aber Elfie schmiegte sich an Klaus' Schulter, sog seinen Duft nach Kernseife und Mann ein und beruhigte sich allmählich.

»Meine Mutter hat sich immer Sorgen um mich gemacht – der lügt uns doch was vor«, sagte Elfie. »Sie war ganz verheult und verzweifelt, als ich wieder heimkam. Sogar Herr Mauersberger musste ihr beistehen.«

Und fragen konnte sie sie nicht, das würde sie zu sehr verletzen. Sie sah zu Klaus und hoffte, er verstand ihre Sorgen.

Ernst erwiderte er ihren Blick. Aber er wirkte nicht mehr so traurig und melancholisch wie früher, sondern erwachsener.

Und ein ungewohntes Gefühl breitete sich in ihrer Brust aus. So ein sehnsüchtiges Prickeln, bei dem ihr ganz warm wurde. Sie betrachtete seinen Mund, das Verlangen wurde immer stärker und sie wünschte sich merkwürdigerweise, er würde sie küssen.

Zum Glück rauschte in dem Moment ein Jeep vom Gesellschaftshaus zum Checkpoint und bremste quietschend ab.

Klaus schaute sofort rüber. Bestimmt hatte er ihren Blick bemerkt. Wie peinlich! Was hatte sie nur auf einmal?

Ihre Wangen fühlten sich heiß an, bestimmt glühte sie. Schnell wandte Elfie ihr Gesicht ab und schaute ebenfalls zur MP hinüber, während sie sich zu beruhigen versuchte. Gar nicht so einfach.

Zwischen den Polizisten saß der Wachsoldat, der mit Mauersberger geredet hatte. Der nächste Jeep folgte, ein schwarzer Fahrer, zwei weiße Polizisten und ein weißer Soldat zwischen ihnen, ein Allerweltsgesicht, unscheinbar.

»Was ist denn da los?«, fragte Elfie.

»Sieh mal, bei Taylor stehen zwei von der MP.« Klaus deutete zum Checkpoint, wo Taylor den Schlagbaum hob und die Jeeps an ihm vorbei Richtung Innenstadt fuhren.

»Denen sage ich, dass Kappes hier im Keller ist.«

»Meinst du nicht, dass die gerade anderes zu tun haben?«

»Sie wollen doch die Gestapoleute kriegen, oder?« Er lief rüber zum Schlagbaum.

Elfie folgte ihm. Natürlich, Kappes musste weg. Sonst entkam er womöglich und rächte sich an Klaus.

Als sie sich dem Schlagbaum näherten, verstand sie während des schnellen und nuscheligen Gesprächs zwischen den Amerikanern eindeutig die Wörter *corned beef* und *cans*.

»He, ihr zwei, habt ihr schon das Neueste gehört?«, sagte Taylor entrüstet auf Englisch. »Die MP hat die Lebensmitteldiebe gefasst. Es waren keine hungrigen Deutschen, sondern es waren Amerikaner. Was für eine Schande!!«

»Amerikaner?«, rief Klaus ungläubig.

»Ist nicht wahr«, meinte Elfie. Endlich war der unausgesprochene Vorwurf, sie könnte eine Diebin sein, aus der Welt. Nur weil Kappes damals *Verdacht auf Lebensmittel- und Lebensmittelmarkendiebstahl* in ihre Akte geschrieben hatte.

»Wer? Und warum?«

»Und wie?«, fragten sie durcheinander.

»Corporal Harris und Staff Sergeant Butler. Die beiden hatten eine Zeit lang gemeinsam Nachtdienst hier am Checkpoint«, erklärte Taylor. »Und da haben sie die Konserven mit einem Handwagen aus dem Vorratskeller nach draußen geschafft und ein paar Blocks entfernt in einem Abbruchhaus zwischengelagert. Nachts um vier hört niemand was, außerdem hatte der Wagen Vollgummireifen. Die Ware haben sie an große Schwarzmarkthändler verscherbelt. Deutsche, die sie dann an die kleinen Leute für sehr viel Geld weiterverkauft haben. In Butlers Wohnung hier im Sperrbezirk haben sie Unmengen an Schmuck, Ölgemälden und Kameras gefunden. Die hat er für Dollar an Soldaten weiterverkauft. Auch Parteiabzeichen, Hakenkreuzfahnen und dergleichen. Wir wurden von den eigenen Leuten bestohlen! Einfach abstoßend.«

Der Militärpolizist fügte noch einige Wörter hinzu, die Elfie zwar nicht wörtlich verstand, die sich aber eindeutig nach Schimpfwörtern anhörten.

Unfassbar. Sie hatte bislang eine so hohe Meinung von den amerikanischen Soldaten gehabt.

Aber sie hatte kaum Zeit, sich länger Gedanken über den Diebstahl zu machen. Klaus fragte bereits den kleineren der beiden Polizisten, ob sie ihn in die Engelruine begleiten würden, doch der schüttelte missmutig den Kopf.

»Bitte! Wir haben einen Gestapobeamten festgenommen.«

»Gestapo?«, wiederholte der Amerikaner und hob die Augenbrauen.

»Ja, einen Herrn Kappes vom Jugendkommissariat.«

»*We are looking for Gestapo*«, sagte der Größere.

Elfie half, die Details zu übersetzen, dann wollten die beiden von der MP sofort hinüber zu dem Keller. Nur Elfie, die durfte nicht mit. Zu gefährlich für eine Frau. War ja mal wieder typisch.

Aber wer weiß, was Kappes alles vor lauter Wut sagen würde, wenn sie dabei war. Vielleicht war es da besser, wenn sie hierblieb.

42 – Elfie

Als Elfie sich wieder zur Arbeit in den Palmengarten schlich, hatte sie niemand vermisst. Die Gärtner waren in Aufruhr wegen der gefassten Lebensmitteldiebe.

Ihr jedoch waren Butler und Harris herzlich egal, Hauptsache, Kappes wurde bestraft. Aber natürlich war es gut, dass sie die Diebe geschnappt hatten. Wenn doch nur genügend Lebensmittel vorhanden wären, damit es solche Machenschaften erst gar nicht gäbe! Doch die Fabriken waren zerstört, die Arbeiter in Gefangenschaft und Transportmöglichkeiten gab es auch kaum, dazu die Aufteilung in die vier Besatzungszonen, zwischen denen kein Handel stattfand.

Elfies Gedanken kehrten immer wieder zu Klaus zurück. Sie dachte an seine himmelblauen Augen, die sich hinter den langen Wimpern verbargen, und wie er ihr tief in die Seele zu schauen schien.

Beinahe hätte sie ihn geküsst, dabei hatte sie noch nie einen Mann geküsst. Eine solch große, ungeahnte Sehnsucht hatte sie verspürt, die nur durch die Berührung ihrer Lippen gestillt werden konnte.

Dabei war Klaus vor wenigen Tagen noch der kleine, schweigsame Junge für sie gewesen, und kein Mann.

Konnten sich ihre Gefühle für ihn so schnell ändern?

Er ging Elfie einfach nicht mehr aus dem Kopf. Hoffentlich klappte die Übergabe von Kappes an die MP. Nicht dass Klaus verhaftet wurde, weil er den Gestapobeamten eingesperrt hatte.

Seine Desertion beschäftigte sie nicht mehr. Dieser Krieg war so menschenverachtend und irrsinnig gewesen, da konnte der größte Held ins Straucheln geraten.

Aber sie verstand auch, wieso Rolf sich im Stich gelassen gefühlt hatte. Ob er wieder gesund war? Seit der verunglückten Feier am Main hatte Elfie ihn nicht mehr gesehen und auch Herr Lenze hatte nichts erzählt.

Vielleicht mussten Rolf und Klaus sich jetzt, wo Frieden herrschte, nur besser kennenlernen. Ach, wenn doch Walter sich endlich melden würde! Freddy tot, Dandy und Lizzy verschwunden, Schorschi in britischer Gefangenschaft. Nur Bobby war hier, aber der war ja wirklich noch ein Kind. Und Rolf und Klaus.

Klaus. Elfie seufzte. Zu dumm, dass sie heute das Kleid angezogen hatte, da konnte sie gar keine Bohnen rausschmuggeln. Aber sie hatte für ihn schön sein wollen, wenn er zur CIC ging. Damit er ein Ziel vor Augen hatte und sich nicht wieder selbst aufgab. Auch wenn das selbstsüchtig klang.

Sie musste mal wieder Unkraut jäten. Als der erste Eimer voll war, brauchte sie unbedingt eine Pause und schlich zu ihrer Lieblingsbank hinter der Gärtnerfachschule. Einen Moment in Ruhe die Sonne genießen und nachdenken, einfach herrlich.

Plötzlich hörte sie wieder die Kinder hinter dem Zaun lachen. Sie war so froh, dass sie nichts mit dem Konservenraub zu tun hatten, streckte die Beine aus und schloss für einen Moment genüsslich die Augen.

Da näherten sich Schritte. Herr Gessner? Schnell versteckte sie sich hinter der Bank. Doch dann erkannte sie anstelle eines Strohhuts eine olivgrüne Uniform, die sich am Zaun durch die Hecke schob.

Unverkennbar Taylor. Elfie hielt die Luft an, um sich nicht zu verraten, und schaute wie gebannt zu, als Taylor neben dem alten Loch, das mit sehr viel Stacheldraht verschlossen worden war, mittels einer Drahtschere ein neues Loch in den Zaun schnitt.

Ausgerechnet Taylor, der über den Zutritt ins Sperrgebiet wachte? Wie ein Dieb schaute er sich ständig über die Schulter. Ratsch, er war in den Dornen der Stechpalme hängen geblieben und hatte einen blutigen Kratzer im Gesicht.

»*Damn*!«

Elfie musste kichern und schlug hastig die Hand vor den Mund, doch Taylor hatte sie bereits bemerkt.

»*Come out*!«, befahl er barsch.

»*That's me, Elfie*«, rief sie und streckte die Hände nach oben.

»*Girl, what are you doing here*?«

Sie deutete auf das verschlossene Loch im Zaun. »*Why gives the army no food to the poor children*?«

»*Non-Fraternisation*!« Taylor übernahm den Tonfall von Campbell.

»*But they are innocent children*!«

Er seufzte.

Die Kinder lachten wieder, Elfie hörte das Klackern eines

Steines und das Tippen von Schuhen. Bestimmt spielten sie Hickelkästchen. Da holte Taylor aus seinen Jackentaschen zwei Hände voll Schokoriegel und legte sie ins Loch.

»Möchten Sie auch einen?« Er hielt ihr einen Riegel hin.

»Lieber eine Zigarette!«

Er reichte ihr ein Camel-Päckchen, sie nahm sich eine, dann noch eine zweite, die sie sich hinters Ohr klemmte. Taylor gab ihr Feuer.

Wie gut das tat. Nach all der Aufregung heute Morgen konnte sie eine kleine Beruhigung wirklich gebrauchen.

Sie setzte sich auf die Bank, Taylor neben sie.

Und auf einmal machte er keine Witze mehr oder flirtete mit ihr, sondern erzählte von der Änderungsschneiderei seiner Eltern in New Jersey. Von seiner italienischen Mamma und dem russischen Papa, dessen unaussprechlicher Name und sein Beruf bei der Einwanderung verwechselt worden war. Als sie erwiderte, dass ihre Mutter Näherin sei, sah er sie lange mit seinen dunklen Augen an und fragte sie, ob sie mit ihm ausgehen würde.

Sie hätte beinahe wieder gekichert. Wenn er sie so anschaute, fand sie das peinlich. Überhaupt nicht mit dem Gefühlswirrwarr zu vergleichen, das sie bei Klaus empfand.

»Nein«, sagte sie, worauf er sie betrübt anschaute.

Als endlich Feierabend war, eilte sie zu Klaus, aber er war nicht zu Hause. Auch bei Helga öffnete niemand die Tür. Was hatte das nun wieder zu bedeuten? Gab es irgendwo Fleisch zu kaufen? Kartoffeln, Eier, Milch? Wenn sogar Minna nicht da war!

Zu Elfies Freude nahm sie auf dem Nachhauseweg der Fahrer eines Pferdewagens mit, auf dessen leerem und sauber gefegtem Anhänger es nach Kohlenbriketts roch.

Am Griesheimer Bunker sah es so friedlich aus. Frauen hängten die Wäsche ab, Kinder spielten Hüpfseil und Mutter stopfte in der Sonne Strümpfe. Fröhlich winkte Elfie ihr zu und ging ins Haus, um sich die Hände waschen.

Mit einem Glas Wasser kam sie wieder, streckte sich neben ihrer Mutter aus und hielt ihr Gesicht in die Sonne. Was für ein schöner Ausklang eines merkwürdigen Tages.

»Das gute Kleid für die Gartenarbeit anzuziehen, du bist ja nicht ganz bei Trost!«, riss Mutter sie aus ihren Gedanken. »Schau, da sind Grasflecken, und hier, alles voller Erde.« Sie deutete auf Elfies Knie. »Komm, mach dich hübsch, Herr Mauersberger will heute Abend vorbeikommen. Er hat eine Überraschung für uns. Jetzt, wo er Witwer ist … er wäre so eine gute Partie.«

»Mutti!« Beinahe wäre Elfie vor Schreck das Glas aus der Hand gefallen. Wie kam sie denn jetzt aufs Heiraten? »Der ist doch mindestens hundert Jahre alt!«

»Er ist fünfzig, ein Mann in seinen besten Jahren, der dir alles bieten kann, was du dir wünschst: ein Heim, Kinder, eine sichere Zukunft.«

»Er ist älter als Vater!«

»Die drei Jahre.« Mutter griff nach einer Socke.

»Außerdem ist er kinderlos, wie kommst du also darauf, dass er mir Kinder schenken kann? Oder dass ich überhaupt welche von ihm haben will? Ausgerechnet von ihm.« Elfie sprang vor Entrüstung auf. Sie musste an Annemarie Stern denken. Helga hatte ihr ein Foto von der Einschulung gezeigt. Ein kleines Mädchen mit einer großen Haarschleife und einem strahlenden Zahnlückenlächeln.

»Wie meinst du das – ausgerechnet er? Herr Mauersberger war immer so freundlich zu uns«, entgegnete ihre Mutter.

»Aber nur weil Vater ihm das Leben gerettet hat.«

»Nein, weil er ein Freund von uns ist, weil er uns mag. Wie kannst du nur in diesen Zeiten so eine Partie ausschlagen!« Sie fuchtelte mit der Stopfnadel vor Elfies Gesicht herum. »Wir könnten in seiner Villa im Taunus wohnen.«

»Ich heirate, wen ich will. Und wann ich will.«

»Du bist mal wieder unglaublich selbstsüchtig. Ich weiß gar nicht, von wem du das hast. Ich nehme hier alle Entbehrungen auf mich, und du?«

Wie immer traf es Elfie, wenn Mutter sie selbstsüchtig nannte.

»Ich verdiene Geld für uns«, verteidigte sie sich. »Und ich bringe frisches Obst und Gemüse mit.«

»Die paar Bohnen. Wir müssen hier raus, Elfie, ich halte es im Bunker einfach nicht mehr aus. Ständig kommen mehr Menschen, wir haben immer weniger Platz, und die tolle Lüftung funktioniert nur, wenn Strom da ist. Wer weiß, wie es im Winter wird! Herr Mauersberger …«

Langsam wurde es Elfie zu viel.

»Ich verstehe, dass du hier rauswillst, wirklich. Aber das ist doch kein Grund, zu heiraten! Wir schaffen das auch so, du wirst schon sehen.«

»Ach Kind.« Mutter ließ betrübt die Hände sinken. »Bis

Frankfurt wieder aufgebaut ist, werden hundert Jahre vergehen. Herr Mauersberger ist die einzige Chance, die wir haben.«

Beinahe hätte Elfie mit dem Fuß aufgestampft. Sie wollte nicht heiraten, jetzt jedenfalls noch nicht. Ein Ehemann, der würde doch nur über sie bestimmen, vor allem so ein alter und dominanter Mann wie Mauersberger. Sie wollte aber ihr eigener Herr sein.

Außerdem würde sie nur aus Liebe heiraten, aber damit brauchte sie Mutter erst gar nicht zu kommen. Andererseits, was wusste Elfie schon, was Liebe war!

Ihre Zukunft lag im Nebel. Zuerst musste sie sich aus dem Sumpf der Vergangenheit befreien.

Damit Mutter sich die Hochzeitsgedanken aus dem Kopf schlug, wechselte Elfie schnell das Thema.

»Heute wurde der Gestapobeamte verhaftet, der mich in der Lindenstraße gefoltert hat.«

Auch wenn sie Kappes für einen Lügner hielt, beobachtete sie gespannt ihre Mutter. Wie würde sie auf diese Nachricht reagieren?

Doch die zog seelenruhig die Nadel durchs fast gestopfte Loch. »Gefoltert – findest du das nicht ein großes Wort dafür, dass er dir ein paar Ohrfeigen gegeben hat?«

»Mutti! Du hast doch die blauen Flecken überall an meinem Körper gesehen!«

»Ach ja, das bisschen. Stell dich nicht so an.«

Entsetzt starrte Elfie ihre Mutter an, wie sie die Stopfnadel durch das Fadengeflecht zog.

»Ein paar Schläge haben noch niemandem geschadet.

Wenigstens warst du dann raus aus dieser Bande von asozialen Drückebergern.«

Das konnte doch nicht wahr sein! Gewiss, Vater hatte ihr manchmal den Hintern versohlt, wenn sie irgendetwas angestellt hatte, auch die Lehrer in der Schule schlugen gerne mal mit dem Lineal auf die Hände. Aber das war etwas ganz anderes. Alleine das zerrissene und blutbeschmierte Kleid!

Irgendwie fühlte Elfies Kopf sich wie in Watte gepackt an. Sie konnte sich nicht mehr an alle Details erinnern, hatte ihren ganzen Schmerz tief in sich vergraben. Manches drang an die Oberfläche, aber vieles auch nicht.

Sie trank das Glas leer und drehte sich zu Mutter um. Vielleicht konnte diese ihre Erinnerungslücken ausfüllen.

»Wie war das damals, als ich nachts nicht nach Hause kam?«

»Ach Elfriede, nicht diese alten Geschichten. Das ist doch vorbei. Niemand interessiert sich mehr dafür.«

»Was hast du gemacht? Mich gesucht?«

Mutter seufzte. »Wenn es unbedingt sein muss. Du warst angeblich bei Helga, also habe ich mir keine Sorgen gemacht. Dann war Alarm, da konntest du ja nicht nach Hause, sondern hast bei Helga im Keller festgesessen. Erst als du morgens zum Frühstück nicht erschienen bist, um deine Schulsachen zu holen, hab ich gestutzt. Und als du aus der Schule nicht zurückgekommen bist, habe ich bei Frau Sartorius angerufen.«

An Fliegeralarm konnte Elfie sich gar nicht erinnern. Weder als sie sich bei Schorschi getroffen hatten noch später im Klapperfeldgefängnis.

»Alarm?«, fragte sie.

»Natürlich, sonst hätte ich doch gleich abends nachgefragt!«

Da stimmte etwas nicht.

»Und als Helgas Mutter dir sagte, dass ich nicht bei ihnen gewesen bin, was war dann? Bist du zur Polizei gegangen?«

»Nein, wer geht denn schon so schnell aufs Revier? Gewartet habe ich und war ganz schön wütend, weil du mir mal wieder auf der Nase rumgetanzt bist und dich irgendwo rumgetrieben hast, mit irgendwelchen Kerlen womöglich!«

Sie biss den Faden ab, zog das Stopfei aus dem Strumpf und nahm sich den nächsten vor.

»Und abends? Zu dem Zeitpunkt war ich schon einen ganzen Tag weg!«

»Ich habe mehr zu tun, als nach ungezogenen Gören zu suchen. Für Lebensmittel anstehen, das Haus versorgen, nähen, alles muss ich immer alleine erledigen, ganz alleine!«

Elfie konnte es einfach nicht fassen. Es klang, als hätte Mutter sich überhaupt keine Sorgen gemacht.

»Frau Sartorius fragte nach dir. Und Frau Lenze. Aber ich habe denen gesagt, dass du krank bist. Warum mischen die sich überhaupt in unsere Angelegenheiten ein? Das geht die doch gar nichts an. Wer hätte auch gedacht, dass das so lange dauert?«

Ihre Mutter hielt mit der Nadel in der Hand inne.

Wie meinte sie das?

»Was sollte nicht so lange dauern?«, fragte Elfie.

»Mist!« Mutter steckte sich einen Finger in den Mund. Offensichtlich hatte sie sich mit der stumpfen Stopfnadel gepikt. Als sie ihn wieder rauszog, blutete sie unter dem Fingernagel.

»Mutti, was sollte nicht so lange dauern?«

»Dann kam der Brief von der Schule.« Sie wischte das Blut an ihrem Taschentuch ab und fädelte den Faden erneut ein.

»Mutti, lenk nicht ab.«

Doch ihre Finger zitterten so, dass sie das Nadelöhr nicht traf. Mutter, die seit ihrer Kindheit jeden Tag Nadel und Faden in der Hand hatte, traf das Nadelöhr nicht.

»Schau mal, da kommt Herr Mauersberger!« Mit Erleichterung in der Stimme deutete Mutter auf den schwarz glänzenden Mercedes, der an der Seite vom Bunker anhielt.

Ausgerechnet jetzt.

»Geh endlich rein und mach dich sauber, Elfriede!«

Elfie blieb sitzen. »Was sollte nicht so lange dauern?«, wiederholte sie ihre Frage.

»Ach Kind, die ollen Kamellen.« Ihre Mutter legte den Strumpf ordentlich in den Nähkorb und stellte ihn weg.

Herr Mauersberger kam auf sie zu.

»Jetzt kein Wort mehr davon!«, zischte Mutter ihr zu und richtete sich kokett die Haare.

»Herr Mauersberger, das ist aber eine Überraschung«, flötete sie und winkte ihm sogar zu.

»Guten Abend, gnädige Frau.« Er nahm ihre ausgestreckte Hand und hauchte einen Handkuss darauf.

»Fräulein Fischer.« Er verbeugte sich leicht vor Elfie und streckte ebenfalls seine Hand aus, aber Elfie verschränkte die Arme vor der Brust.

»Sie müssen entschuldigen, sie ist gerade eben erst von

der Arbeit wiedergekommen und hatte noch keine Gelegenheit, sich frisch zu machen.« Mutter lächelte verlegen und stupste Elfie so heftig in die Seite, dass sie sich genötigt fühlte, ihre Wut für einen Moment runterzuschlucken und aufzustehen.

»Die Zeichen harter und ehrlicher Arbeit muss man nicht verstecken«, sagte Herr Mauersberger gönnerhaft. »Bleiben Sie bitte noch einen Moment, Fräulein Fischer, ich habe eine Überraschung mitgebracht.«

Und bevor Elfie ihn nach der Gestapo fragen konnte, öffnete er den Kofferraum, in der eine Kiste voller Konservendosen stand. Maiskörner, Ananas und Corned Beef.

Aus Armeebeständen.

Wenn sie nicht so wütend gewesen wäre, hätte Elfie laut losgelacht.

»Staff Sergeant Butler ist heute Mittag verhaftet worden, wussten Sie das schon?«, fragte Elfie betont beiläufig.

Herr Mauersberger wurde bleich.

»Mutter, die Dosen wurden im Palmengarten gestohlen.«

»Das ist mir egal. Wir müssen was essen, um nicht zu verhungern.«

»Aber mir ständig Ärger machen, sobald ich mal Swing gehört hab!«, schrie Elfie.

»Sei still!«, zischte Mutter und legte ihre Strickjacke über die Kiste, sodass niemand den Inhalt sehen konnte.

»Was ist los, Dora?«, fragte Herr Mauersberger.

Seit wann duzen die beiden sich denn?, schoss es Elfie durch den Kopf. Sie waren viel zu vertraut miteinander. Es wurde Zeit, dass Vater endlich aus der Gefangenschaft kam.

»Ach, nichts«, wiegelte Mutter ab. »Elfie, jetzt werde nicht frech. Du hattest schlechten Umgang. Alleine diese Ursula, wer weiß, wozu die dich noch verleitet hätte!«

»Ursula? Welche Ursula?«

»Ursula Schiller«, ergänzte Herr Mauersberger.

»Die, die immer Hosen anhatte.«

»Lizzy!« Auf einmal begann Elfies Herz zu hämmern. Endlich kannte sie ihren Namen!

»Wo ist Lizzy?«, fragte sie. »Und woher kennen Sie sie überhaupt?«

»Ich habe sie einmal gemeinsam mit … einem Bekannten im Hotel Kyffhäuser gesehen. Der wusste Bescheid über ihren asozialen Lebenswandel, sie muss ja völlig zügellos gewesen sein. Kein Wunder, dass sie im Erziehungslager gelandet ist.«

»Lizzy war in einem Erziehungslager?« Elfie erfasste ein ungutes Gefühl.

»Damit hatte sie rechnen müssen.«

»Aber … wieso … ich verstehe das alles nicht.«

»Die war vollkommen verwahrlost und moralisch verkommen. Den BDM-Dienst ständig geschwänzt, Hosen angezogen und die Lippen knallrot geschminkt und jeden Tag einen anderen Kerl am Wickel.«

»Wo ist Lizzy?«, wiederholte Elfie und vor lauter Sorge zitterte ihre Stimme.

Herr Mauersberger kniff die Lippen zusammen.

»Sei froh, dass ich mich so um dich gekümmert habe, dir ist dieses Schicksal erspart geblieben!«, rief Mutter.

»Wo ist Lizzy?«

Noch immer schwieg Herr Mauersberger.

»Elfie, weißt du eigentlich, was du für ein Glück hattest?«, sagte Mutter. »Deine Ursula, die war in Salzgitter bei den Hermann-Göring-Werken und musste dort in einem Lager der Gestapo im Bergbau arbeiten. Stell dir vor, ich hätte nichts unternommen und du wärst auch dorthin gekommen.«

»Ich dachte, Herr Mauersberger hat mir den Platz beim RAD besorgt? Was hast du denn dabei gemacht?«

Und da fiel Elfie der Vorwurf von Kappes ein.

»Hast du etwa mich und meine Freunde an die Gestapo verraten?«, platzte Elfie heraus.

Mutter kramte hektisch in ihrem Strickkorb. »Mein Gott, verraten, du bist vielleicht theatralisch.« Sie sah Elfie nicht an. »Vielleicht habe ich einen kleinen Hinweis gegeben, kann schon sein, war ja schließlich meine Pflicht, da ihr ständig verbotene Sachen gemacht habt.«

In Elfie wurde alles stumm und kalt. Kappes, das Scheusal, hatte die Wahrheit gesagt.

Die Denunziantin, die Lizzy in ein Gestapolager und Schorschi zu früh an die Front gebracht und Elfie einem Vergewaltiger ausgeliefert hatte, war ihre Mutter.

Mit unschuldiger Miene lächelte diese sie nun an, als wäre die Welt völlig in Ordnung.

»War ja auch nicht schwer. Ich bin dir nachgelaufen, und als du in der Villa in der Holzhausensiedlung verschwunden bist, habe ich in der Lindenstraße angerufen. Das war alles. Danach bin ich wieder nach Hause gegangen, schließlich war ich ja Luftschutzwart, es hätte Alarm geben können.«

Eine unglaubliche Wut erfasste Elfie. »Weißt du eigentlich, was du uns angetan hast?«, brüllte sie.

»Ach, fang jetzt nicht wieder mit den Ohrfeigen an, was soll das denn?«

»Das war mehr als …«

»Was, wenn du von einem dieser Lausebengel schwanger geworden wärst? Du hättest fast dein Leben weggeworfen, mein Kind. Ich habe nur getan, was man als gute Mutter tun muss.«

»Es war wichtig, Sie aus diesen volksverräterischen Kreisen herauszuholen«, mischte sich Herr Mauersberger ein. »Ich habe Sie dann an den Reichsarbeitsdienst weitervermittelt, und alles war wieder in schönster Ordnung!«

»In Ordnung?« Elfie war kurz vorm Explodieren.

»Das ist doch alles nur zu deinem Besten gewesen«, entgegnete ihre Mutter, »du warst früher so ein braves Mädchen, aber dann, als Vater an der Front war, schaffte ich das alleine nicht … Der freche Walter, der dich zu solchen Sachen verleitet hat …« Ihr brach die Stimme und Herr Mauersberger legte verständnisvoll seine Hand auf ihre Schulter.

»Ihnen hat Autorität gefehlt, liebes Fräulein Fischer«, sagte er großspurig. »Und schauen Sie sich an, was für eine verständige junge Frau aus Ihnen geworden ist! Sie können stolz auf Ihre Mutter sein.«

Mutter schlug verschämt die Augen nieder, als würde sie sich über das Lob freuen.

»Ich bin nur froh, dass der Warnschuss so gut funktioniert hat«, säuselte sie. »So etwas macht man als gute Mutter eben, man bewahrt seine Kinder vor dem Schlimmsten.«

Das Schlimmste. Elfie konnte es noch immer nicht glauben.

»Woher hattest du eigentlich die Telefonnummer der Gestapo?«

»Aus dem Telefonbuch.«

»Du ... du hast einfach ins Telefonbuch geschaut und dort angerufen?« Elfie wurde vor Entsetzen schlecht. »Und wir ... und ich ... und Lizzy ... wo ist Lizzy?«

»Sie hat das Lager nicht überlebt.«

43 – Elfie

Verzweifelt, wütend und unendlich traurig rannte Elfie die Mainzer Landstraße entlang fast bis nach Frankfurt. Bloß weg von Mutter. Ihr Verrat hatte sie mehr erschüttert als das, was Kappes ihr angetan hatte.

Lizzy war tot. Ihre wunderschöne, lebenslustige Lizzy, Meistertänzerin und Mittelpunkt des Odeon-Clubs. Es zerriss Elfie das Herz.

Von den Hermann-Göring-Werken in Salzgitter hatte Elfie im Radio gehört. Unzählige KZ-Häftlinge und Fremdarbeiter hatten dort unter den schlimmsten Bedingungen bis zum Tod Eisenerz abbauen müssen, aus dem dann später Waffen und Panzer für diesen schrecklichen Krieg gebaut wurden.

Dort war Lizzy in den Händen der Gestapo gestorben. Und Elfies Mutter trug die Schuld daran.

Nie mehr würde sie mit ihr ein Wort reden können. Nie mehr!

Elfie hatten die drei Tage schon so viel Angst und Schmerzen zugefügt. Wie sah dann erst das Leben in einem Lager aus, in dem man ohne richtige Ernährung stundenlang im Bergbau arbeiten musste und nachts der Willkür dieser Verbrecher ausgeliefert war?

Die arme Lizzy. Das hatte sie nicht verdient. Niemand hatte das verdient!

Damals hatte Elfie wirklich geglaubt, Mutter und Mauersberger hätten sie gerettet. Natürlich hätte sie wie alle deutschen Frauen ein Jahr später sowieso zum RAD gemusst. Aber es war besser gewesen, Frankfurt so schnell wie möglich zu verlassen, um zu verhindern, dass Kappes sie unter irgendeinem Vorwand erneut verhaften würde.

Ihre Mutter hatte sich nicht anmerken lassen, dass sie mit Elfies Festnahme durch die Gestapo etwas zu tun hatte. Sie hatte Brote für die Fahrt zum Reichsarbeitsdienst geschmiert, als wäre es ein Schulausflug. Sogar ihren Koffer mit den wenigen Dingen, die Elfie mitnehmen durfte, hatte sie gepackt. Waschzeug, ihre Papiere und das Familienfoto, das 1942 bei Vaters Fronturlaub gemacht worden war. Kleidung bekamen sie beim RAD gestellt, sogar Socken und Unterwäsche. Dann ging es schon ab zum Bahnhof. Eine Fahrkarte brauchte Elfie nicht, es reichte der Einberufungsbefehl und Elfie saß im nächsten Zug Richtung Norden.

Mutter hatte von einer Chance und dem Glück gesprochen, dass Herr Mauersberger es regeln könne, dass sie außerplanmäßig beim Arbeitsdienst aufgenommen werde. Normalerweise begann der Dienst am 1. März direkt nach dem Abitur. Und sie meckerte überhaupt nicht, weil Elfie kein Abitur machen konnte. Elfie erinnerte sich daran, wie ihr das während der langen Fahrt wieder eingefallen war, als sie auf der harten Holzbank hin und her rutschte, weil ihr alles zwischen ihren Beinen so wehtat.

Vielleicht hatte Mutter ein schlechtes Gewissen geplagt. Ahnte sie wegen des zerrissenen Kleides, was man ihr angetan hatte? Ihre Verletzungen hatte Elfie so gut es ging verheimlicht. Sie war sich so beschmutzt vorgekommen und hatte sich unendlich geschämt.

Auch im Lager hatte sie mit niemandem gesprochen und jeden Tag die grässlich kratzende RAD-Unterhose kontrolliert und auf ihre Regel gewartet. Was, wenn Kappes sie geschwängert hatte?

Diese Schande hätte sie nicht überlebt. Letztendlich wäre dann genau das eingetreten, was ihre Mutter ihr immer vorgeworfen hatte: dass sie ein Flittchen sei und sich jedem Mann an den Hals werfe.

Zu widersprechen, hätte nichts genützt. Jeder würde doch annehmen, dass sie Kappes gereizt und verführt hätte.

Elfie schwor sich, an Kappes und dem Verräter Rache zu nehmen für diese Seelenqual.

An ihre eigene Mutter hatte sie dabei nicht gedacht. Die, die häufig schrieb und sogar Fresspakete mit Kuchen und Marmelade schickte wie andere Mütter.

Elfie erzählte ihr nie von ihren Albträumen, in denen Kappes sie schlug und mit den Füßen trat, auf den Tisch presste, wie er keuchte und sie hinterher zu Boden warf.

Im Lager, das aus einem neuen Wohnhaus und mehreren Baracken und Schuppen bestanden hatte, war es zermürbend gewesen. Weder die Lagerführerin noch die Kameradschaftsälteste die für die Disziplin in Elfies Schlafstube zuständig war, konnten sie leiden. Bestimmt wussten sie von der Swing-Jugend, vielleicht sogar von ihrer Verhaftung. Es war Elfie sehr schwergefallen, als sie mal wieder Treue, unbedingten Gehorsam und Kameradschaft schwören musste.

Bei der Kleiderausgabe hatte sie Greta kennengelernt. Elfie

musste sich vor ihren Augen ausziehen, aber Greta verlor kein Wort über Elfies Verletzungen, sondern half ihr, die unförmige, viel zu große Unterwäsche und das blaue Baumwollkleid mit dem wadenlangen Rock anzuziehen. Ohne Gretas Hilfe und Verständnis hätte sie die Zeit dort nicht überstanden.

Die Wunden verheilten, schwanger war Elfie zum Glück nicht geworden. Beim morgendlichen Fahnenapell, wenn sie alle mit Hitlergruß rund um die Fahne des Reichsarbeitsdiensts standen, Lieder sangen und den Tag mit Händedruck und einem lauten *Nun fanget an* begrüßten, rief Elfie in Gedanken *Swing Heil*.

In jeder freien Minute dachte sie an den Odeon-Club. Sie sang sich in Gedanken die englischen Lieder vor, rief sich die Namen der Kapellen in Erinnerung und wer welches Instrument gespielt hatte. Der Schwung der Lieder riss sie beinahe aus jedem Tief. Und wenn es ihr ganz schlecht ging, dann schrieb sie Helga und deren Antworten bauten sie eigentlich immer auf.

Anfangs musste sie immer den verhassten Latrinendienst ableisten und später dann den Innendienst – unter strenger Aufsicht putzen und Kartoffeln schälen. Erst als der Arbeitsdienst verlängert wurde, weil immer mehr Kräfte in der Landwirtschaft fehlten, durfte auch Elfie endlich zu einer Bäuerin radeln und ihr bei der Ernte helfen.

Die hatte auch nichts dagegen, wenn Elfie den *Harlem Swing* pfiff. Sie erkannte die Melodie ja gar nicht. Der Bäuerin war nur wichtig, dass die Arbeit getan wurde.

Dann wurden sie ungefragt alle zu Kriegsmaiden. Elfie und Greta kamen nach Nürnberg in eine Rüstungsfabrik. Es war ein Schock, weil sie noch länger in der Fremde bleiben mussten, ohne Aussicht auf Heimaturlaub oder einem Ende der Dienstpflicht, schließlich hatten sie alle Gehorsam geschworen.

Verpflegung und Unterkunft waren miserabel. Gemeinsam mit den Zwangsarbeiterinnen schraubten sie am Fließband Patronen zusammen. Bei Alarm durften die noch nicht einmal in den Bunker. Bestimmt war das bei Lizzy in Salzgitter genauso gewesen. Wie sie wohl gestorben war? An einer Krankheit, oder hatte man sie totgeprügelt? War sie verhungert?

Selbst als im Winter 44/45 bei einem schrecklichen Bombenangriff, der die Kellermauern erzittern ließ, die Fabrik zerstört wurde, war der Dienst noch immer nicht zu Ende. Jetzt mussten Elfie und Greta an die Flak. Die jungen Männer waren ja alle an der Front. Sie wurden kurz in die Bedienung der Kanone eingewiesen und lernten zudem, eine Handwaffe zu bedienen.

Greta versuchte vergeblich, sich zu weigern. Hitler hätte doch versprochen, dass eine Frau nie Dienst an der Waffe leisten müsse.

Elfie aber fühlte sich unbesiegbar, als sie die Pistole in der Hand spürte. Sie legte sie überhaupt nicht mehr ab, und als einer der Soldaten ihr nachts an die Wäsche wollte, brauchte sie gar nicht zu schießen.

Der Anblick der Pistole reichte völlig aus, dass er stiften ging.

44 – Elfie

Es dunkelte bereits, als Elfie endlich im Westend ankam. Sie wollte zu Helga, ihr von Lizzys Tod erzählen und sie darum bitten, dass sie heute bei ihr übernachten durfte. Irgendwo musste Elfie ja schlafen. Helga würde sie bestimmt nicht im Stich lassen.

Was sie wohl zu Mutters Verrat sagen würde? Die Trauer über Lizzys Tod hatte mittlerweile einer unbändigen Wut auf Mutter Platz gemacht. *Ich weiß, was das Beste für dich ist*, wenn Elfie das schon hörte. Das Beste war also, ihre Freunde und sie in Lebensgefahr zu bringen?

Vor lauter Zorn stieß Elfie immer wieder den Harlem-Pfiff aus, bis sie vor der Engelruine stand. Denn noch mehr als zu Helga zog es sie zu Klaus. Sie musste unbedingt wissen, wie es ihm ging und ob die Übergabe von Kappes an die MP geklappt hatte. Wenn Klaus ihn nicht überfallen und eingesperrt hätte, hätte sie nie von dem Verrat ihrer Mutter erfahren. Was für eine furchtbare Vorstellung!

Durch das Kellerfenster fiel das schwache Licht einer Kerze, sie klopfte an die Scheibe.

»Klaus, ich bin es!«

»Ich komme!«

Sie kletterte über die Trümmersteine zur Haustür. Er riss sie weit auf. Die untergehende goldene Sonne strahlte ihm ins Gesicht, seine hellen Augen funkelten erwartungsvoll. Und sie konnte einfach nicht anders. Ohne groß nachzudenken, fiel sie ihm direkt auf der Straße um den Hals und musste auf einmal weinen. Klaus hielt sie im Arm, strich ihr sanft über den Rücken. Mit der Zeit bekam sie wieder Luft, die Tränen versiegten und das Zittern in ihrem Körper ließ nach.

»Ich rede nie mehr ein Wort mit meiner Mutter. Nie mehr!«

Kaum dass Elfie die Worte ausgesprochen hatte, verstärkte sich wieder ihre Wut.

Klaus schob sie ein Stück von sich weg und sah sie ernst an.

»Also hat Kappes die Wahrheit gesagt.«

Sie nickte fast unmerklich. »*Ich wollte dich vor dem schädlichen Einfluss des Odeon-Clubs beschützen*«, ahmte sie ihre Mutter nach und schluchzte erneut.

»Eltern«, schnaubte Klaus. »Die haben doch keine Ahnung.«

»Sie ist felsenfest davon überzeugt, alles richtig gemacht zu haben. Dabei ist Lizzy …« Elfie brach erneut in Tränen aus und schlug die Hände vors Gesicht. Über Lizzy konnte sie noch nicht sprechen, es war zu schrecklich.

Wieder nahm Klaus sie in den Arm, sie verbarg ihr Gesicht an seiner Schulter.

»Alles wird gut«, flüsterte er und hielt sie fest, bis sie sich beruhigt hatte. »Alles wird gut, Elfie.«

Wie zärtlich er ihren Namen aussprach. So, wie Lizzy immer *Ivie* gesagt hatte. Ach Lizzy. Jetzt waren es schon zwei, von denen sie wusste, dass sie nicht zurückkommen würden. Lizzy und Freddy. Dandy verschwunden, Walter vermisst, Schorschi inhaftiert. Nur Bobby saß glücklich in den Trümmern hinterm Schlagzeug.

Langsam bekam Elfie wieder Luft. Sie fühlte sich so geborgen in Klaus' Armen, sie hätte ewig hier stehen können.

»Die Amerikaner haben Kappes verhaftet«, sagte er. »Er ist jetzt im Internierungslager in Darmstadt. Zuerst musste ich Rosenberger Rede und Antwort stehen. Leider war ich auch genötigt, deinen Namen zu nennen ... Du sollst wohl ebenfalls zum Verhör ... Ich hoffe, das ist in Ordnung für dich ...« Fragend sah er sie an.

»Natürlich, mach dir keine Gedanken«, sagte sie so beiläufig wie möglich. Einfach würde das bestimmt nicht werden. Aber für Lizzy und all die anderen Opfer musste sie stark sein. »Und dann?«

»Haben sie Kappes mitgenommen und schienen auch sehr zufrieden mit ihrem Fang.«

»Ihrem? Du meinst wohl, mit deinem!«

»Ach, da wollen wir mal nicht so sein.« Er schmunzelte.

»Klaus, das war gigantisch.« Erleichtert lächelte sie ihn an. »Wenigstens ein Kapitel, das abgeschlossen ist.«

Klaus war so ein guter Kerl. Einer, auf den man sich verlassen konnte und der die gleichen moralischen Werte wie sie vertrat. Er stand zu seinen Fehlern, war imstande, sich zu entschuldigen, und ertrug seine Strafe.

Er grinste schief und sah sie wieder mit seinen hellen Augen an, in denen sie zu versinken drohte. Sie standen so nah beieinander, dass sie nur ihren Kopf zu heben bräuchte und ihn küssen könnte. Sie würde es so gerne! Aber was war mit ihm? Was fühlte er für sie? Sie suchte in seinen Augen nach einer Antwort, das Verlangen wurde immer größer.

Aber wozu grübeln? Lizzy hätte ihn einfach geküsst und so legte Elfie ihre Hand in seinen Nacken, zog ihn sanft zu sich herab, er wehrte sich nicht. Etwas stürmisch berührten ihre Lippen seine, sie waren warm und trocken, aber merkwürdig steif.

Abrupt ließ sie ihn los.

Doch er stieß sie nicht von sich, lief nicht weg oder lachte sie aus, sondern sah sie noch immer unentwegt an.

Da wagte sie einen zweiten Versuch.

Und jetzt endlich erwiderte er den Kuss. In ihrem Bauch breitete sich ein wohliges Gefühl aus, alles in ihr begann zu kribbeln, als er seinen Arm um sie legte und sie an sich zog. Viel zu schnell endete der Kuss und er sah sie erneut ernst an. Was hatte das zu bedeuten? Wollte er sie nicht noch ein weiteres Mal küssen? Hatte sie einen Fehler gemacht, hielt er sie jetzt für ein leichtes Mädchen, das sich einfach einem Mann an den Hals warf? Hätte sie warten sollen? Wieso schwieg er nur so lange? Elfies Herz pochte so stark, sie hielt die Spannung kaum noch aus.

Da stahl sich ein Lächeln in sein Gesicht. Sie erwiderte es und strahlte ihn ebenfalls an, hörte auf einmal Glenn Millers *Don't Sit Under the Apple Tree (With Anyone Else but Me)* in ihrem Kopf, warum denn ausgerechnet das Lied? Sie breitete die Arme aus, drehte sich ausgelassen um sich selbst und sang lauthals.

»Komm, tanz mit mir!«

Singend ergriff sie seine Hände. Völlig schief wie immer, aber den Text konnte sie noch, auch der Takt stimmte, der Rhythmus, und Klaus verstand mit jedem Schritt besser, wie er sich bewegen sollte.

Auf einmal ertönte ein anerkennender Pfiff. Der Wachhabende vom Checkpoint stand breit grinsend da und schaute ihnen zu. Der andere von der Nachtschicht kam ebenfalls aus seinem Häuschen und gemeinsam pfiffen sie die Melodie des Glenn-Miller-Songs und Elfie und Klaus tanzten und küssten sich dabei stürmisch, bis sie sich lachend in die Arme fielen und die Soldaten »*Get a room, folks*« riefen.

Sie rannten nach unten in Klaus' Keller und warfen sich lachend auf sein Feldbett, das unter ihnen zusammenkrachte.

Klaus schaute sie auf einmal wieder so ernst an, strich ihr eine Strähne aus dem Gesicht und berührte ein weiteres Mal ihre Lippen. Nicht mehr sanft, so wie auf der Straße, sondern viel fordernder. Elfies Herz drohte zu zerspringen und in ihrem Unterleib zog es.

Als ihre Zungen sich berührten, durchfuhr Elfie ein Schauer und sie drückte ihn noch fester an sich, konnte seine Rückenmuskeln spüren, atmete seinen Duft ein, doch dann erstarrte sie. Urplötzlich holten die grausigen Erinnerungen sie ein und sie sprang auf.

»Entschuldige!« Klaus war ebenfalls aufgestanden. »Ich wollte …«

»Es ist nichts«, unterbrach sie ihn und konnte ihm kaum in die Augen sehen, so schlecht fühlte sie sich, weil sie ihn enttäuscht hatte.

»Elfie?«, fragte er sie einfühlsam, sodass ihr fast die Tränen kamen. »Es ist alles in Ordnung. Ich verstehe das. Wir haben Zeit.«

Er klang, als ob er wüsste, was mit ihr los war.

»Hat Kappes …« Irgendwas erzählt, wollte sie den Satz beenden, doch Klaus schüttelte den Kopf.

»Du brauchst nicht darüber zu reden, ich kann mir denken, was passiert ist.« Er strich ihr übers Haar. »Aber jetzt ist alles vorbei.«

Noch einmal nahm er sie in seine Arme und hielt sie lange fest. Elfies Tränen versiegten, die Erinnerungen verschwanden, und erst als Elfie sich wieder bereit fühlte, küsste sie ihn ein weiteres Mal.

Als Klaus sie in die Lindenstraße brachte, war Elfie richtig fröhlich, aber kaum fiel ihr Blick auf das Gestapohaus, musste sie erneut an Mutter denken. Sie würde ihr diesen Verrat niemals verzeihen, viel zu tief war die Wunde. Warnschuss, so hatte sie es genannt. Ein Schuss, der Lizzy direkt ins Herz getroffen hatte.

»Kommst du mit rein?«, fragte sie Klaus und hängte sich bei ihm ein.

»Wozu?«

»Du bist so alleine. Du brauchst Freunde, Nachbarn.«

»Wirst du hierbleiben?«

»Ich hoffe es.«

»Dann habe ich ja vielleicht schon eine Freundin in der Nähe.«

Sie knuffte ihn. »Vielleicht?«

»Aber von meiner Desertion erzählen wir den Eltern nichts.«

»Wenn es dir so lieber ist. Jetzt reden wir erst mal nur über Kappes und die Gestapo da drüben.« Sie machte eine Kopfbewegung.

»Gut. Dann komme ich mit. Wie heißen die Eltern von Helga?«

»Professor Sartorius und Frau. Und das Hausmädchen heißt Minna.«

»Professor?« Das Entsetzen in Klaus' Stimme war unüberhörbar. Der Titel konnte einen ganz schön einschüchtern, Elfie erinnerte sich an ihre eigenen Gefühle, als sie das erste Mal Helga zu Hause besucht hatte.

»Der ist in Ordnung, vertrau mir. Überhaupt nicht überheblich oder so.«

Klaus holte tief Luft.

Und dann klingelte Elfie. Minna öffnete und wunderte sich genauso wie Helgas Eltern über Elfies späten Besuch, und dann auch noch in Begleitung eines fremden jungen Mannes. Elfie konnte die Sache schnell klären und dann setzten sie sich mit Helga und ihren Eltern zusammen und erzählten alles, von der Verhaftung Elfies 1943 bis zur Verhaftung von Kappes. Auch von Mutters Denunziation.

Und von Lizzy.

Helga weinte, ihre Mutter kam aus dem »Um Himmels willen« gar nicht mehr raus, aber als Elfie vorsichtig fragte, ob sie bei Helga schlafen könne, war das zum Glück überhaupt kein Problem.

»Herr Mauersberger hat übrigens seine Finger drin im Lebensmitteldiebstahl«, erklärte Elfie zum Schluss.

»Hoffentlich bekommt er Ärger«, sagte Helgas Vater tro-

445

cken. »Kollege Stern hat geschrieben, dass er versuchen will, sein Haus zurückzubekommen.«

»Wollt ihr noch was essen?«, fragte Helga und grinste. »Wir hätten Corned Beef. Ohne Brot.«

»Gute Idee! Dieses Diebesgut muss verschwinden.« Frau Sartorius seufzte.

Klaus wurde ebenfalls eine Schlafgelegenheit auf dem letzten freien Platz, dem Sofa im Salon, angeboten, aber er lehnte dankend ab. Dafür schenkten sie ihm eine Dose Corned Beef und einen alten, rostigen Dosenöffner. Minna kochte noch eine Thermoskanne Pfefferminztee, Frau Sartorius gab ihm ein bequemes Sofakissen und Professor Sartorius einen Stift und ein leeres Heft.

»Schreiben Sie alle Fakten von der Verhaftung dieses Gestaposchlägers auf, junger Mann, damit Sie sich später vor Gericht daran erinnern können.«

Elfie brachte ihn zur Tür, und als keiner hinsah, gab sie ihm einen leidenschaftlichen Kuss.

In Helgas Zimmer warf Elfie noch einen Blick auf das gegenüberliegende Haus. Ob die anderen Geheimpolizisten, Abteilungsleiter und vor allem der Chef der Frankfurter Gestapo bereits gefasst worden waren? Oder waren sie alle geflohen, um ihrer Strafe zu entgehen?

»Hat Klaus dich eben geküsst?«, riss Helga sie aus ihren trüben Gedanken, während sie mit einem Kissenbezug ein weiches Daunenkissen bezog.

»Mmm«, bestätigte Elfie und ergriff den Bettbezug.

»Und, wie war es?«

»Helga!«

»Ich freu mich nur so für dich. Du hattest noch nie einen Freund!« Geschickt half Helga Elfie, den Bezug über die Daunendecke zu ziehen. Dann legten sie sie neben Helgas Bettzeug auf ihr schmales Bett. Seit sie sich als junge Mädchen ständig um die Bettdecke gestritten hatten, machten sie das so.

»Und du hast nichts gegen ihn?« Elfie streifte ihr Nachthemd über, das ihre Mutter genäht hatte. Ihre wenigen Habseligkeiten hatten alle in einen Koffer gepasst. Nur das Grammofon hatte sie im Bunker gelassen.

»Er scheint ein netter Kerl zu sein. Mutig. Ich glaube, ihr passt gut zusammen.« Helga schlüpfte im Rüschennachthemd unter die Bettdecke. »Und die Desertion – natürlich verstehe ich, dass man mal einen schwachen Moment hat. Jeder macht in seinem Leben Fehler, oder? Wichtig ist der Charakter. Die moralische Festigkeit. Wenn er jetzt immer noch ein Nazi wäre, fände ich das schlimmer. Diese Unbelehrbaren, von denen geht Gefahr aus!«

»Sehe ich auch so. Hast du denn deinen Eltern davon erzählt?«, fragte Elfie unwillkürlich.

»Nein, natürlich nicht. Ist doch klar, dass Klaus das für sich behalten will.«

»Interessant wäre, was Walter dazu sagen würde.«

»Wenn wir doch nur endlich Nachricht von ihm hätten!« Helga seufzte.

Elfie legte sich zu Helga ins weiche Bett. Was für eine Wohltat! Das war etwas ganz anderes als das Holzgestänge und die durchhängende Decke ihres Feldbettes im Bunker.

»Ich bin mir nicht sicher, wie Walter zu Klaus stehen wird. Fahnenflucht – du hast ja bei Rolf gemerkt, wie sehr das die Soldaten belastet. Wenn die an der Front nicht zusammenhalten, sind sie alle dran. Da darf eben keiner stiften gehen. Aber Klaus – er bereut das alles sehr. Es war einfach nur ein Moment der Schwäche, für den er bitter gebüßt hat.«

Aber sie ahnte schon, was Walter für eine Meinung vertreten würde. Schwäche war im Krieg gleichbedeutend mit dem Tod. Nur die Starken überleben.

»Aber lass uns nicht vom Krieg reden«, sagte Helga und kuschelte sich in ihr Kissen. »Das ging jetzt ja schnell. Wann hat Klaus dich denn das erste Mal geküsst?«

»Ich habe ihn zuerst geküsst.«

»Du hast den ersten Schritt gemacht?« Helga setzte sich auf.

»Ja«, gab Elfie zu. »Ist einfach so passiert. Ich meine … Gefühle hatte ich für ihn schon länger, nur so richtig einsortieren konnte ich sie nicht … ich dachte, sie wären eher mütterlicher Art, er wirkte auf mich wie ein Kind … aber das ist er ja gar nicht … und vorhin, ich war so verzweifelt, da konnte ich nicht anders und es fühlte sich einfach wunderbar an.«

»Das hätte ich mich nie getraut. Wie lange ich auf einen Kuss von Walter gewartet habe!«

»Man muss sein Glück eben in die eigenen Hände nehmen«, meinte Elfie. »Ich will einfach nur Spaß haben, Helga. Ich will Swing hören und tanzen und mich verlieben und ein ganz normales Backfischleben führen. Nicht daran denken, wo ich für morgen Lebensmittel herbekomme, sondern, was ich zum Tanztee anziehe. Ich will auf Partys gehen und mein Leben genießen.«

»Du klingst wie Lizzy.«

»Ist das falsch?«

»Falsch? Eher – selbstsüchtig.«

»Immer dieses Selbstsüchtig. Ich kümmere mich um alles, gehe arbeiten, zum Hamstern aufs Land, sammele sogar Brennnesseln für Tee … Aber irgendwann will ich auch mal träumen können.«

»Vielleicht bin ich bloß neidisch.« Helga nahm den Bilderrahmen vom Nachttisch mit dem Foto von Walter, Helga und Elfie.

»Hast du noch Filme?«, fragte Elfie. »Jetzt kannst du wieder fotografieren, ist ja nicht mehr verboten. Ich glaube, ich hätte gerne ein Foto von Klaus.«

»Na klar!« Helga umschlang Elfie. »Im Wäscheschrank liegt nicht nur die Leica, sondern auch noch ein Vorrat an Filmen. Als während des Krieges der Nachschub immer schlechter wurde, habe ich Filme gehamstert. Auch Chemikalien zum Entwickeln habe ich noch. Ich war schon unterwegs und hab die Trümmer fotografiert.«

»Befürchtest du etwa, wir könnten den Anblick jemals vergessen?«

»Nein. Aber unsere Kinder sollen später sehen, was für Folgen ein Krieg haben kann.«

»Kinder?« Schon wieder eine, die ans Heiraten dachte. »Natürlich, ich will Walter heiraten.«

»Dann wirst du meine Schwägerin!« Elfie streckte die Hände aus und kitzelte Helga.

»Hauptsache, Walter lebt noch.« Helga gab wieder einen Seufzer von sich.

»Was er wohl zu Mutters Verrat sagen wird? Jetzt weiß ich gar nicht, was aus mir wird. Aber zurück zu dieser Verräterin gehe ich auf keinen Fall«, sagte Elfie.

»Du kannst so lange bei uns bleiben, wie du willst«, erwiderte ihre Freundin.

»Ich will euch nicht zur Last fallen.«

»Keine Angst, auf eine mehr oder weniger kommt es nicht an. Meine Mutter ist so wütend auf deine Mutter! Du tust ihr unendlich leid.«

»Ich bin so froh, euch zu haben. Der arme Klaus, er muss sich ganz allein durchs Leben schlagen, seitdem seine Eltern mit ihm gebrochen haben.«

»Er hat ja jetzt dich.«

Nun war es an Elfie, zu seufzen. Ja, er hatte sie.

Und sie hatte ihn.

45 – Klaus

Wieder zurück von Familie Sartorius, richtete Klaus schnell das Feldbett wieder her und legte sich darauf. Wie sehr es nach Elfie duftete! Voller Sehnsucht sog er den Duft ein.

Mit Elfies stürmischen Gefühlen hatte er nicht gerechnet. Ob sie es ernst meinte? Oder wollte sie nur getröstet werden? Küsste sie gerne, so wie sie gerne tanzte? Gehörte es zu diesem Odeon-Club, Jungs einfach so zu küssen?

Ihm hatten diese Küsse alles bedeutet. Er liebte sie und er wollte sie auf gar keinen Fall verlieren. Sie war das einzig Gute in seinem verkorksten Leben. Und während er sich von rechts nach links wälzte und von Elfie träumte, machte er auf einmal Zukunftspläne. Eine Lehre als Gärtner wäre vielleicht wirklich keine schlechte Idee.

Nur leider nicht hier, im Palmengarten, da war ihm der Weg nun versperrt. Vielleicht war es besser, Frankfurt zu verlassen und woanders neu anzufangen.

Ob Elfie mitkommen würde?

Er vermisste den Palmengarten jetzt schon. Nur dort konnte er seine Albträume und erdrückenden Erinnerungen vergessen.

An die Ladentheke wollte er nie mehr zurück, obwohl er seine Kaufmannslehre erfolgreich abgeschlossen hatte. Nicht nur weil der Laden seiner Eltern für ihn verloren war. Sondern weil Säen und Ernten viel mehr Spaß machten.

Bevor Campbell ihm hier Arbeit verschafft hatte, hatte Klaus sich einfach den Flüchtlingsströmen anschließen und schauen wollen, wo er landete. Er war nur deshalb nicht gegangen, weil er sich hier auskannte. Weil er zu Kräften und zu Geld kommen wollte, bevor er weiterzog. Ja, er war so mutlos gewesen. Alles war ihm so gleichgültig erschienen.

Aber das gehörte der Vergangenheit an. Jetzt gab es diesen wunderbaren Garten.

Und Elfie.

Morgen musste er wieder zum CIC. Weiter als bis zu diesem Termin sollte er erst mal nicht planen. Er nahm das Schreibzeug von Professor Sartorius und hielt nicht nur die Verhaftung von Kappes schriftlich fest, sondern auch seine Zeit als Strafgefangener.

Auch dieses Mal ließ Captain Rosenberger sich von Klaus alles haargenau erzählen und auf der Karte zeigen. Rosenberger hatte viel Zeit, bot sogar Bohnenkaffee und Kekse. Doch Klaus verzichtete lieber. Was, wenn ihm wieder vor Aufregung schlecht werden würde und er den Kaffee im hohen Bogen in Rosenbergers gepflegtem Büro wieder von sich gab?

Anhand der Notizen fiel es ihm leichter, darüber zu sprechen. Die Strafgefangenen sollten sich durch schwierige Aufträge bewähren und zeigen, dass sie Männer waren. Die meisten waren wie er wegen unerlaubten Entfernens von der Truppe bestraft worden, andere wegen Diebstahls. Männer, die ihre Fahnenflucht geplant und die Uniform ausgezogen hatten, bekamen ja die Todesstrafe. Tödlich waren die

Himmelfahrtskommandos, die sie als Strafsoldaten ausüben mussten, allerdings auch.

Sie mussten die regulären Truppen an der Front ersetzen, damit diese sich ausruhen konnten, sie mussten Minen räumen und Partisanen töten und so vieles andere mehr, und Klaus fragte sich, wie er das alles eigentlich hatte überleben können. Er hatte mehr Glück als Verstand gehabt.

Und einen Freund. Kowalski. Elfie hatte recht. Ohne Freunde überlebte man nicht.

»Wir werden das prüfen«, sagte der Captain hinterher. »Ihre Angaben vom letzten Mal decken sich mit unseren Ermittlungen und haben noch interessante Details erbracht.« Er zog eine Aktenmappe aus seinem Schreibtisch und schlug sie auf.

»Ihre Angaben zur Person konnten wir ebenfalls nachprüfen. Damit Sie uns auch in Zukunft wertvolle Hilfe leisten können, erhalten Sie hier eine berichtigte *temporary registration* und Lebensmittelmarken. Sonst verhungern Sie uns, bevor Sie vollständig ausgesagt haben.« Er hielt ihm die Hand hin. »Herr Bertram, wir sind Ihnen sehr dankbar!«

Dann reichte er ihm die Registrierungskarte. Klaus Heinrich Bertram, geb. am 22.5.26 in Frankfurt am Main, wohnhaft Beethovenstraße, Frankfurt. Mithilfe eines Stempelkissens wurden noch seine Fingerabdrücke hinzugefügt.

Endlich war er wieder er selbst. Klaus, neunzehn Jahre alt. Ein heimgekehrter Soldat, dem der Captain seine ihm zustehenden Lebensmittelmarken überreichte. Weil er jetzt älter als achtzehn war, waren es allerdings vierhundertdreißig Kalorien weniger am Tag.

»Die erschwindelten höheren Lebensmittelbezüge ziehen übrigens noch Konsequenzen nach sich. Auch wenn es nur für wenige Wochen war.«

»Aber ich habe nicht gelogen, um mehr zu essen zu bekommen. Und ich habe nie das gesamte Kontingent ausgeschöpft, weil es eh zu wenig zu essen gibt.«

»Wir werden sehen. Wie sieht es mit deinen Eltern aus? Sie leben noch. Sind sie damit einverstanden, dass du alleine in diesem Keller haust? Du bist immer noch nicht volljährig.«

Klaus nickte. »Sie sind ausgebombt und bei Verwandten untergekommen. Dort war kein Platz mehr.«

Captain Rosenberger sah ihn an, als ob er genau wüsste, warum er nicht bei seinen Eltern wohnte.

Dann war das Verhör zu Ende.

Auf dem Gang wartete Campbell auf ihn.

»*Rosenberger told me about your – experiences.*«

Wieder so ein Wort, das er nicht kannte. Campbell schaute kritisch und redete dann so schnell auf ihn ein, dass Klaus gar nichts mehr verstand.

»*I am sorry*«, versuchte er ab und an einzuwerfen, es gab so vieles, wofür Klaus sich entschuldigen musste.

Doch Campbell redete immer weiter. Auf einmal öffnete Rosenberger wieder die Tür und lächelte über den Anblick, der sich ihm bot.

Jetzt redete Campbell auf ihn ein und Rosenberger übersetzte: »Er sagt, dass du für deinen Fehler bereits genug gebüßt hast.«

Zum Schluss reichte Campbell ihm die Hand. Erleichtert schlug Klaus ein, und es fühlte sich an, als hätte er einen Freund gefunden.

Auf dem Rückweg durch den Palmengarten hoffte Klaus, Elfie zu begegnen, aber keine Spur von ihr. Dafür roch er auf einmal, wie gut der Jasmin und die Rosen dufteten. Das war ihm vorher gar nicht aufgefallen. Und wie weit die Kollegen mit der Verglasung mittlerweile waren. Bald wären die Pflanzenschauhäuser wieder instandgesetzt.

Kollegen, ja, schön wäre es. Von einer Wiedereinstellung hatten weder Campbell noch Rosenberger gesprochen. Aber Klaus war auch so erleichtert und glücklich, wie sich die Dinge entwickelt hatten.

Am Verwaltungsgebäude kam ihm Rolf entgegen, der offensichtlich zum Gärtnerhaus ging. Er war aschfahl, atmete stoßartig und schwitzte. War er immer noch krank?

»Hallo.« Klaus nickte ihm zu.

Rolf stapfte mit verkniffenem Gesicht an ihm vorbei. Als ob Klaus nicht existierte.

Na gut, ihm konnte es egal sein. Aber noch immer verspürte Klaus diese Angst, ob Rolf dichthalten würde.

Plötzlich rannte Lenze den Gartenweg entlang. »Rolf«, rief er seinem Sohn nach. »Überleg es dir noch mal!«

Doch der reagierte nicht.

Kopfschüttelnd blieb Herr Lenze neben Klaus stehen.

»Ich versteh den Jungen nicht. Er will partout nicht hier arbeiten. Nicht, solange du hier bist.«

»Aber … ich wurde doch entlassen«, wunderte sich Klaus.

»Hat dir der Sergeant nichts gesagt?« Herr Lenze fächelte

sich mit dem Strohhut Luft zu. »Du wurdest wieder eingestellt. Und Rolf weigert sich, mit dir zusammenzuarbeiten.
Kannst du mir das erklären?« Es klang nicht, als ob er es ernst
meinen würde.

»Ja«, sagte Klaus. »Ich wollte sowieso noch mit Ihnen sprechen. Hätten Sie einen Moment Zeit?«

»Natürlich, Klaus. Campbell hat mir angedeutet, du wärst
ein wichtiger Zeuge, irgendwelche Kriegsverbrechen betref-
fend?«

»Ich …« Er atmete tief durch. »Ich war mit Ihrem Sohn in
einer Einheit.«

»Ihr kennt euch?«, sagte Herr Lenze erstaunt.

»Ja. Wir waren Kameraden und sind gemeinsam durch die
Hölle gegangen. Rolf war tapfer, viel tapferer als ich. Er hat am
Hauptverbandsplatz geholfen, wenn es sein Dienst als Infan-
terist erlaubt hat.«

Entgeistert starrte Lenze seinem Sohn hinterher.

»Du meinst … er hat nicht nur als Soldat gekämpft, sondern hinterher noch Verwundete versorgt?«

Klaus nickte.

»Deshalb die Albträume«, murmelte Herr Lenze und
schüttelte sich. »Aber wieso will er dann nicht mit dir zusammenarbeiten?«

»Weil ich ihn im Stich gelassen habe. Unerlaubtes Entfernen von der Truppe. Ich bekam drei Jahre Strafbataillon dafür.«

»Klaus!«, rief Herr Lenze aus und schaute sich dann wie ertappt um, als ob er nicht belauscht werden wollte. »Das hätte
ich von dir nicht gedacht.« Wieder fächelte er sich mit dem
Hut Luft zu. Es war aber auch wirklich warm heute.

»Darum geht es also die ganze Zeit. Und Zeuge …«

»… bin ich als Strafsoldat.«

Lenze taxierte Klaus, der seinem Blick standhielt. Um sich zu beweisen, dass er kein Feigling war.

»Lassen wir es gut sein«, sagte Lenze plötzlich. »Wie alt warst du? Siebzehn? Achtzehn? Der Krieg ist vorbei, wir müssen nach vorne schauen. Rolf will ja sowieso nach Heidelberg zu meinem Bruder. Das wird ihm guttun. Eine neue Umgebung, eine neue Aufgabe, das braucht ein Mann. Heidelberg soll auch noch genauso aussehen wie früher.« Er seufzte und setzte sich den Hut wieder auf. »Ich bin froh, dass du es mir erzählt hast. Bei mir ist dein Geheimnis gut aufgehoben. Und Rolf wird hoffentlich schweigen! Kein Wort mehr darüber. Du arbeitest gewissenhaft, bist lernwillig, schwindelfrei und kümmerst dich liebevoll um die Pflanzen. Und das ist das Allerwichtigste. Später, wenn alles wieder seinen geordneten Gang geht, wird es bestimmt schwierig, als Vorbestrafter bei uns zu arbeiten, der Palmengarten gehört der Stadt und wir sind Beamte, aber bis dahin …« Er deutete aufs Palmenhaus. »… ist erst einmal viel Arbeit zu verrichten.«

Klaus atmete auf. »Ich werde Sie nicht enttäuschen, Herr Lenze. Sie können sich auf mich verlassen.«

Alles andere lag sowieso noch in weiter Ferne.

Herr Lenze legte ihm die Hand auf die Schulter. »Ich weiß, mein Junge. Morgen früh bist du pünktlich da, ich glaube, du musst dich zunächst versorgen.« Er deutete auf die Lebensmittelmarken. »Dann kümmere ich mich mal um Rolf. Was er sich alles zugemutet hat! Mein armer Junge!«

Kopfschüttelnd ließ er Klaus stehen und ging ebenfalls zum Gärtnerhaus.

Klaus sah ihm nach. *Vorbestrafter.* Würde ihn dieser Makel von jetzt ab immer begleiten? Vielleicht hätte er doch besser geschwiegen.

Was würde geschehen, nachdem alle Heimkehrer zurück waren? Würden sie über ihre Erlebnisse reden? Oder schweigen, wie Klaus und Rolf es am liebsten taten? Und die Schuld, die jeder auf sich geladen hatte, einfach hinter sich lassen wie die zerschossenen Panzer, die überall in Europa die Landschaft verunstalteten? Die U-Boote im Atlantik, die Flugzeuge, Minen und Bomben?

Wie sollte das Leben weitergehen? Eine Frage, die er sich bis jetzt noch nicht gestellt hatte. Aber mit Elfie konnte er darüber reden. Sie verstand ihn.

Nachdenklich ging er mit seinen neuen Lebensmittelmarken nach Bockenheim, um einzukaufen. Noch immer lag die Walther PPK in einem Versteck in der Engelruine. Wenn er jetzt wieder im Palmengarten arbeiten durfte, würde er sie einfach bei passender Gelegenheit in die Gärtnerschule zurückbringen.

Auf einem verlassenen Rasen wuchsen Gänseblümchen, er pflückte sie für Elfie und freute sich schon darauf, sie ihr am Abend zu schenken.

Er wartete am Schlagbaum und war ungewohnt nervös. Doch als Elfie ihm strahlend entgegenkam, waren alle Sorgen wie weggeblasen. Da mochte Taylor noch so sehr kichern, als er die Gänseblümchen in Klaus' Hand sah.

»Klaus!«, rief sie von Weitem, er breitete die Arme aus und nahm sie stürmisch in Empfang. Sie schnupperte an den Blumen, und als sie ihn anlächelte, war die Welt wieder in Ordnung. Schnell gingen sie die paar Schritte zur Engelruine, setzten sich wieder im ersten Stock in die Sonne, und Klaus erzählte ihr alles, was er heute erlebt hatte.

Dann beugte sie sich zu ihm, und sie versanken in Berührungen und Gefühlen, die Klaus noch nie empfunden hatte. Was zart begann, wurde schnell leidenschaftlich. Als sich ihre Lippen wieder voneinander trennten, hielt er sie noch lange im Arm. Roch den Blütenduft, der sich in ihren Haaren festgesetzt hatte, spürte die zarte Haut ihrer Wangen und hörte ihren sanften Atem. Dann schauten sie sich tief in die Augen und es fühlte sich wie ein Versprechen an.

Er wollte es halten.

Für immer.

46 – Elfie

Jeden Tag trafen jetzt nicht nur weitere Glaslieferungen ein, sondern auch einige aus der Gefangenschaft entlassene Gärtner, und die Hilfe der Soldaten aus der Gutleutkaserne wurde nicht mehr benötigt. Die Sonne schien ohne Unterlass, und so surrten die Glasschneider bis in die späten Abendstunden und die Orchideen, Kakteen und andere exotische Pflanzen konnten nach und nach wieder an ihre Stammplätze zurückkehren. Auch Heizung und Belüftung funktionierten mittlerweile, genauso wie die Beregnung, und alle waren ganz aufgeregt.

Als zur Unterstützung wochenweise weitere Frauen als Erntehelfer eingestellt wurden, wurde der Palmengarten immer voller und Elfie genoss das quirlige Treiben.

Mit Freude beobachtete sie, wie Klaus aufblühte, seitdem die Last der Lügen von ihm abgefallen war und er keine Verhaftung mehr befürchten musste. In dem Kellerraum, in dem sie Kappes festgehalten hatten, hauste seit Neuestem eine aus dem Osten geflohene Kriegerwitwe mit zwei kleinen Kindern, für die Klaus Möbel organisierte.

Sonntags luden ihn Helgas Eltern manchmal zum Essen ein und sogar bei Campbells waren Elfie und Klaus einmal zum *lunch*. Ein komisches Gefühl, in Lenzes alter Wohnung zu sitzen, aber das Essen war fantastisch. Wie Campbell das mit der *Non-Fraternisation* vereinbaren konnte, war Elfie ja schleierhaft. Aber der Sergeant hatte Klaus noch mehr ins Herz geschlossen als vor der großen Beichte.

Sein neuester Plan war es, große Palmen fürs Palmenhaus zu beschaffen. Wer weiß, vielleicht gelang es ihm sogar. Er hatte es ja auch geschafft, genügend Glas für alle Gewächshäuser aufzutreiben.

Noch sahen die Glashallen kahl und leer aus, aber jeden Tag wurden sie grüner. Sogar der Wasserfall im Palmenhaus plätscherte wieder, befüllte den kleinen Teich mit Wasser und die ersten Farne genossen den ständigen Regen. Im Frühjahr würden die ersten Seerosen ausgesät werden, da Herr Lenze Samen aufbewahrt hatte. Somit hatte der Frost keinen endgültigen Schaden angerichtet.

Elfie schlief noch immer bei Helga. Es war ihr nicht gelungen, sich mit ihrer Mutter auszusöhnen. Einmal war sie im Bunker gewesen und hatte ihre Kleidung und das Grammofon geholt. Elfie hatte eine Entschuldigung erwartet, aber ihre Mutter beschwerte sich stattdessen, dass sie nie heimkäme, und fing wieder damit an, sie solle eine Einladung von Herrn Mauersberger zum Tee annehmen. Als ob nichts geschehen wäre!

Da war Elfie einfach wortlos gegangen. Vielleicht begriff ihre Mutter ja mit der Zeit, was für einen Fehler sie begangen hatte.

Elfie hoffte auf eine gemeinsame Zukunft mit Klaus und sie sollte so unbelastet wie möglich sein. Aber manchmal fragte sie sich, ob sie genauso wie Mutter die Dinge einfach unter den Teppich kehrte und nicht daran denken wollte, was für Probleme ihm als Vorbestraften womöglich drohten.

Aber Klaus konnte nichts dafür. Er war zu Campbell gegangen und hatte alles gestanden. Mehr konnte man nicht von ihm verlangen.

Jeder hatte etwas, das er im Keller der Erinnerungen vergrub. Elfie ja auch. Niemandem hatte sie von der Vergewaltigung durch Kappes erzählt, und sie hoffte sehr, es auch vor Gericht verschweigen zu können, falls es jemals zu einem Schwurgerichtsverfahren gegen ihn kam.

Der Winter konnte kommen, auch das große Palmenhaus war als letztes Gewächshaus fertig verglast und eingeräumt.

Es berührte Elfie, wie Klaus nicht mehr aus dem Staunen über das fertige Paradies herauskam. Und wie früher die verliebten Paare, die sie als Kind so bewundert hatte, führte er sie an der Hand über die Trittsteine im kleinen Seerosenteich, schaute mit ihr vom Berg in die Kronen der wenigen Palmen, die zwar kleiner als früher waren, aber bestimmt bald ebenso bis an die Decke wachsen würden wie die alten.

Überall liefen die Gärtner und Soldaten herum und bewunderten die Pracht, nirgends waren sie alleine. Dabei hätte Elfie Klaus so gerne geküsst, aber hier, vor all den Menschen …

»Kennst du ein gutes Versteck?«, fragte Klaus, als hätte er den gleichen Gedanken gehabt.

»Komm mit.« Sich verstohlen umschauend, führte sie ihn zur Grotte. Noch immer lagerten hier die Gartengeräte, aber das Licht funktionierte endlich, und kaum dass sie die Tür angelehnt hatte, umfasste Klaus ihre Taille und küsste sie so heftig, dass ihr kurz die Luft zum Atmen wegblieb.

Das hätte sie sich damals als Dreizehnjährige, als sie voller Angst hier festgesteckt hatte, nicht im Traum ausmalen können: Wie glücklich sie einmal genau hier, in der Grotte, sein würde.

Am nächsten Abend war endlich Bobbys lange angekündigtes erstes Nachkriegskonzert. Elfie und Helga machten sich schön, drehten sich die Haare auf Lockenwickler und Helga lieh Elfie eines ihrer Tanzkleider. Als sie sich schminkten, mussten sie sich jetzt vor niemandem mehr verstecken.

»Aus dem Backfischalter seid ihr eindeutig raus!« Professor Sartorius strich seiner Helga zärtlich über die Wange.

Backfische, das waren vierzehnjährige Mädels, die mit rotem Gesicht zur ersten Tanzstunde gingen. Dagegen fühlte Elfie sich alt und erwachsen.

»Sie sind nun junge Frauen«, bestätigte Frau Sartorius. »Zwei wunderschöne junge Frauen.«

Da klingelte es. Minna ging zur Tür und Elfie wurde ganz heiß. Noch nie hatte Klaus sie so schick herausgeputzt gesehen. Was, wenn er mehr auf den natürlichen Typ stand, wie die Nazis ihn propagiert und wie er jahrelang modern gewesen war? Wenn er etwas gegen Lippenstift und Strümpfe mit Naht hatte, die allerdings nicht echt, sondern aufgemalt waren?

Überraschenderweise stand ihre Mutter vor der Tür. Was machte die denn hier? Demonstrativ wandte Elfie sich ab. Sie wollte sie nicht sehen.

»Entschuldigung, ich will nicht stören«, sagte Mutter. »Es ist nur ...« Sie schluchzte auf. »Walter ...«, ihr brach die Stimme.

Walter? Was war mit Walter? Elfie eilte unvermittelt zu ihr, und als sie die Tränen in Mutters Gesicht sah, wurde ihr eiskalt vor Angst.

Frau Sartorius führte Elfies Mutter in den Salon, setzte sie aufs Sofa und nahm ihr ein weißes Stück Papier aus der Hand. Alle waren still, als sie es Elfie reichte.

Ihre Hände zitterten so, dass sie anfangs kaum etwas erkennen konnte. Dann fielen ihr das große rote Kreuz und ein roter Halbmond auf, danach die kyrillischen Buchstaben. Und als Elfie ihre alte Adresse in Walters Handschrift erblickte, atmete sie befreit auf und ihr Herz raste vor Freude.

»Er lebt!« Ihre Stimme überschlug sich. Sie drehte die Karte um und las laut vor.

Liebe Mutter,

mache dir bitte keine Sorgen, ich bin gesund und munter! Wie geht es Dir und Vater, Elfie und Helga?

Innigste Grüße,
Dein Walter

»Er lebt!« Helga sank in Elfies Arme, Tränen liefen über ihre Wangen. Walter lebte! Er war gesund und hatte sogar Helga grüßen lassen.

Elfie war so unendlich erleichtert. Als Absender gab Walter ein Gefangenenlager in der UdSSR an. Wie auch Vaters britisches P.o.W.-Camp hatte es nur eine Nummer und keine genaue Angabe, wo es sich befand.

Elfie schaute zu Mutter, und als sie deren Erleichterung und Freudentränen bemerkte, nahm sie sie in den Arm. Und für einen kurzen Moment verstanden sie einander. Ihre größte Angst war ihnen genommen, Vater und Walter lebten beide, und es war gewiss nur eine Frage der Zeit, bis sie wieder zu Hause waren.

Es klingelte erneut an der Tür.

Elfie ließ Mutter los und zupfte ihre Haare zurecht.

»Erwarten Sie Gäste, Frau Sartorius? Dann geh ich mal lieber«, sagte Mutter und nahm die Karte wieder an sich.

Minna verkündete laut: »Herr Bertram.«

Und wieder galoppierte Elfies Herz vor Freude davon.

»Ist was passiert?«, fragte Klaus und drehte den Hut in seiner Hand. Er trug den gleichen Anzug wie immer, nur mit einer kleinen weißen Rose im Knopfloch. Wenn Herr Lenze mitbekam, dass Klaus sich eine Rose gemopst hatte!

Elfie musste auf einmal loskichern.

»Walter hat geschrieben«, rief sie und lachte vor lauter Freude. »Er lebt! Und das ausgerechnet heute, als ob er von Bobbys erstem Nachkriegskonzert wüsste. Lasst uns feiern gehen!«

Auf einmal ploppte ein Weinkorken, Gläser klirrten.

»Für besondere Gelegenheiten hatte ich noch einen guten fränkischen Silvaner im Keller und ich denke, heute ist so ein Tag.« Der Professor schenkte allen ein Gläschen ein, auch Klaus und sogar Minna, die sich Tränen aus den Augenwinkeln wischte.

Mutter schien sehr erstaunt, als sie sah, wie vertraut Elfie und Klaus miteinander umgingen.

»Mutti, das ist Klaus Bertram, mein Freund«, stellte Elfie ihn vor und amüsierte sich über den immer verstörter wirkenden Gesichtsausdruck ihrer Mutter. Vielleicht hörten jetzt ja die Verkupplungsversuche mit Herrn Mauersberger auf.

»Sehr erfreut, Frau Fischer.« Formvollendet reichte Klaus ihr die Hand.

»Frau Fischer, heute ist ein Freudentag«, schwang Helgas Vater auf einmal große Reden. »Ihr Sohn lebt! Bald werden er und Ihr treusorgender Ehemann wieder zurück in der Heimat sein. Und darauf wollen wir trinken!«

Elfie stellte sich neben Klaus, und als sie ihre Gläser sanft aneinanderstießen, sahen sie sich tief in die Augen, und Elfie konnte es sich nur mit Mühe verkneifen, Klaus zu küssen.

Wegen der Sperrstunde begann das Konzert bereits um sechs Uhr abends. Vom Café Jäger stand nur das Erdgeschoss, die oberen Stockwerke fehlten. Fenster gab es auch keine mehr, aber es war Sommer und Nachbarn, die sich über den Lärm beschweren könnten, gab es kaum. In kaltem Wasser lagen kümmerliche Reste Limonade, Bier und Selterswasser, aber wer war schon wegen der Getränke gekommen?

Helga hatte ihre Kamera mitgebracht und gruppierte vor dem Konzert Bobbys *Hot Three* auf der Bühne für ein Foto. Und sie machte eine Aufnahme von Elfie und Klaus.

Der kleine Raum füllte sich schnell mit Swing-Fans und Jazzenthusiasten, amerikanischen GIs, alten Bekannten und neuen Fremden, die voller Vorfreude durcheinanderredeten.

»Swing Heil, Ivie!«, rief plötzlich jemand. Elfie schaute

sich suchend um und entdeckte den kleinen Schorschi an der Theke. Sie kämpfte sich zu ihm durch und nahm ihn in den Arm.

»Seit wann bist du denn zurück?«

»Seit gestern.« Er grinste. »Keinen Tag zu früh, würde ich sagen, Elfie!« Ihr richtiger Name hatte sich anscheinend schon rumgesprochen. »Und wer ist der Mann an deiner Seite?«

»Das ist Klaus. Wir arbeiten zusammen bei den Amerikanern im Palmengarten.«

»Hot! Gibt es da auch wieder Konzerte?«

»Nee, der Musikpavillon ist abgebrannt und im Gesellschaftshaus werden die Offiziere verköstigt«, erklärte Elfie.

»Es gibt Gerüchte, dass das Rote Kreuz im Palmengarten einen Club für die Soldaten eröffnen will«, sagte Klaus. »Die Soldaten dürfen wohl im Saal Konzerte und Bälle veranstalten, es soll Filmvorführungen und sogar einen Hotdog-Stand geben.«

»Heißt das, die halten den noch länger besetzt?«

»Offensichtlich«, sagte Klaus. »Sonst hätten sie nicht mit so viel Aufwand die Gewächshäuser repariert. Tennis spielen sie ja schon die ganze Zeit, sie fahren Ruderboot oder fotografieren die Pflanzen.«

»Manche lesen sogar, während wir die Raupen von den Kohlköpfen pulen.« Elfie kicherte.

»Schade. Früher war es da echt klasse. Natürlich haben die nur linientreue Sachen gespielt und deshalb hatte ich gehofft …«

»Wir können Campbell ja vorschlagen, Bobby und seine *Hot Three* im Palmengarten auftreten zu lassen.«

»Was ist mit dem Palmengarten?« Bobby hängte sich lachend über die Schultern der anderen.

»Wir träumen gerade davon, dass ihr im Palmengarten Konzerte gebt.«

»Jazz im Palmengarten«, sinnierte Bobby. »Das wäre es doch! Aber jetzt wird erst mal hier abgehottet.«

Und er sprang auf das kleine Podest, setzte sich hinters Schlagzeug und die anderen Musiker erschienen: ein Klarinettist, den Elfie flüchtig von früher kannte, und ein unbekannter Trompeter.

Als die ersten Takte vom *Harlem Swing* erklangen, johlten alle vor Begeisterung. Schnell bildeten sich Paare und tanzten auf engstem Raum. »Wir sind frei!«, rief Bobby in die Menge, »wir können hören und sagen und tanzen, was wir wollen! Auf die Freiheit!«

Der schnelle Rhythmus ging Elfie sofort wieder in die Beine, sie glaubte, ihr Herz würde vor Glück zerspringen. Da nahm Klaus ihre Hand und drehte sie im Kreis, bis ihr vor Freude über die Musik, die Freiheit und Walters Überleben schwindelig wurde. Gut zwei Jahre war ihr letztes Swing-Konzert her. Zwei unendlich lange Jahre.

Auf einmal hob Klaus sie in die Luft, sodass ihr Rock hochflog. Alle brüllten, und keiner brauchte mehr Angst zu haben, dass die HJ den Saal stürmen würde. Jetzt erst war das Dritte Reich endgültig zu Ende.

Die Freiheit hatte gesiegt.

Nachwort

Während der Recherche für *Fräulein Wünsche und die Wunder ihrer Zeit* wurde ich auf den amerikanischen Sperrbezirk rund um das IG-Farben-Gebäude, die Besetzung des Palmengartens als auch die Swing-Jugend in Frankfurt aufmerksam und verspürte sofort den Wunsch, darüber zu schreiben.

Dies ist ein fiktiver Roman, alle dargestellten Figuren und Handlungen sind fiktiv. Der historische Rahmen basiert größtenteils auf Fakten, wobei ich mir, wenn es für die Handlung nötig war, einige künstlerische Freiheiten erlaubt habe.

Wer heute den Palmengarten besucht, findet vieles aus meinem Roman wieder – allen voran das beeindruckende, frisch renovierte Gesellschaftshaus mit dem angrenzenden Palmenhaus. Anderes wurde abgerissen wie die Tennisplätze oder die alten Pflanzenschauhäuser, deren Mittelhalle neu aufgebaut wurde und heute als Eingang und Erkennungsmerkmal dient.

Mit Kriegsbeginn wurden im Palmengarten Obst und Gemüse für die Städtischen Krankenhäuser angebaut. Nach der Besetzung des Palmengartens nutzten die Amerikaner diese für ihre eigene Verpflegung. Technischer Leiter des Palmengartens wurde Fritz Encke, der Ende der Fünfzigerjahre die Idee hatte, mit *Jazz im Palmengarten* eine Veranstaltungsreihe ins Leben zu rufen, die bis heute existiert.

Swing und Jazz gab es in Frankfurt schon in den Zwanzigerjahren, berühmte Jazzkapellen traten auf, und im Hoch'schen Konservatorium gab es sogar eine Jazzklasse.

Als 1935 das erste Verbot von Swing und Jazz erlassen wurde, konnte das die wahren Fans nicht abschrecken. Swing war Bestandteil einer non-konformistischen Jugendkultur, die Jugendlichen zogen sich mondän wie Fred Astaire und Ginger Rogers an, die Mädchen schminkten sich und man redete gerne Englisch. In Frankfurt gründete sich mit dem Harlem-Club bereits 1936 der erste inoffizielle Verein musikbegeisterter Jugendlicher. Der Name stammte vom *Harlem Swing*, einem sehr beliebten Stück von Scott Wood, und sie erkannten einander durch den Pfiff der Anfangsmelodie. Auch die weiteren Gruppierungen, die sich in Frankfurt bildeten, so zum Beispiel die O. K.-Gang, der Ohio-Club oder Tarantella-Club, nutzten den markanten Harlem-Pfiff als Erkennungsmerkmal.

Das war auch bitter nötig. Die Gestapo und der Streifendienst der Hitlerjugend, eine Art Jugendpolizei, verfolgten die Swing-Begeisterten, schnitten ihnen in aller Öffentlichkeit die Haare ab (die es wagten, den Hemdkragen zu berühren!), konfiszierten Schallplatten und übergaben renitente Jugendliche dem Jugendamt. Vor allem jungen Frauen wurde schnell ein liederlicher Lebenswandel nachgesagt, was mit Erziehungslager bestraft wurde.

In anderen Städten wie Hamburg wurden die Swing-Jugendlichen sogar ins KZ gesteckt.

Die Frankfurter Swing-Fans Carlo Bohländer, Albert und Emil Mangelsdorff und Charly Petry bildeten bereits während des Krieges die Jazzband Hot Club und wurden später berühmte Jazzmusiker. Horst Lippmann, der im Hot Club Schlagzeug spielte, gründete eine Konzertagentur, manchen vielleicht noch als *Lippmann und Rau* ein Begriff. Wolfgang Lauinger, der Sohn eines jüdischen Journalisten und Mitglied im Harlem-Club, wurde später als Kämpfer gegen den § 175 bekannt.

Der Odeon-Club ist fiktiv, genauso wie seine Mitglieder, aber er ist auch eine Hommage an den Mut dieser Jugendlichen und jungen Erwachsenen, denen die Musik wichtiger war als alles andere im Leben.

Auch die Geschichte der Desertion meines fiktiven Helden Klaus beruht auf wahren Tatsachen, inspiriert durch die Ausstellung *Was damals Recht war … Soldaten und Zivilisten vor Gerichten der Wehrmacht.*

Dreißigtausend Todesurteile wurden von den Militärgerichten verhängt, das war weniger als ein Prozent aller Urteile. Bei den meisten der anderen Urteile ging es um kleinere Vergehen wie Diebstahl, Wachvergehen oder unerlaubte Entfernung von der Truppe, die Verurteilten mussten Strafdienste ableisten, kamen in Straflager oder Sonderbataillone. Wie viele Soldaten dabei umkamen, ist nicht bekannt.

Zum Vergleich: Im Ersten Weltkrieg wurden achtzehn deutsche Soldaten als Fahnenflüchtige hingerichtet. Im Zweiten Weltkrieg waren es fünfzehntausend. Die US-Armee verhängte zwischen 1941 und 1946 ein einziges Todesurteil wegen Desertion.

Die Urteile wurden nie aufgehoben, die Betroffenen blieben vorbestraft und Desertion als *Feigheit vor dem Feind* ein

Tabuthema. Erst ab den Achtzigerjahren gab es in der Bundesrepublik, im Zusammenhang mit der Friedensbewegung und dem Kalten Krieg, eine Diskussion über dieses Thema. Es dauerte bis 1998, bis der Bundestag ein Gesetz zur Rehabilitierung der Deserteure und eine symbolische Entschädigung beschloss, was erst durch Änderungen in den Jahren 2002 und 2008 zu einer vollständigen Rehabilitierung führte.

Die meisten schwiegen darüber ihr Leben lang. Kaum einer war so mutig wie Alfred Andersch, der bereits 1952 in dem Roman *Die Kirschen der Freiheit* von seiner Fahnenflucht berichtete. Weitere Beispiele berühmter Deserteure sind Ludwig Baumann, Heinrich Böll, Heinz Kluncker, Siegfried Lenz und Richard von Weizsäcker.

Diesen Roman widme ich allen Menschen, die den Nationalsozialismus während ihrer Jugend erleben mussten, die belogen, betrogen und in Todesgefahr gebracht wurden und hinterher als junge Erwachsene die Trümmer wegräumten und den Staat wieder aufbauten, ob in Ost oder West.

Dankeschön

Das Schreiben von *Wir tanzen in die Freiheit* hat mir unglaublich viel Spaß gemacht. Ich liebe Swing-Musik – schnell, abwechslungsreich und fantasievoll, verbindet sie die unterschiedlichsten kulturellen Einflüsse miteinander. Monatelang lief bei mir ein Swing-Stück nach dem anderen in Dauerschleife und erfüllte mich mit Freude. *Sing, Sing, Sing* vertreibt alle Müdigkeit und jedes Stimmungstief. Auf YouTube und Spotify sind so viele Originalaufnahmen zu finden. Hören Sie rein!

Aber Vorsicht – es könnte sein, dass Sie dabei nicht still sitzen können. 😊

Besonderen Dank schulde ich meinem Mann, der es geduldig ausgehalten hat, dass ich zu diesen Liedern lauthals mitgesungen, geklatscht oder mit den Fingern geschnipst habe (manchmal frage ich mich, wann ich eigentlich den Text getippt habe – wahrscheinlich nur dann, wenn ich wegen seiner Zoom-Konferenzen still sein musste).

Bei meinen Palmengarten-Recherchen hat mich besonders Herr Dr. Billensteiner, der ehemalige technische Leiter, mit seinen Erinnerungen und Denkanstößen unterstützt, sowie Kirsten Grote-Bär aus der Palmengarten-Verwaltung. Ganz herzlichen Dank dafür.

Ansonsten konnte ich hier auf die sehr hilfreichen Veröffentlichungen von Sabine Börchers zur Palmengarten-Geschichte zurückgreifen.

Außerdem möchte ich mich bei den Mitarbeitenden des Instituts für Stadtgeschichte in Frankfurt sowie den Mitarbeitenden der Universitätsbibliothek in Würzburg ganz herzlich bedanken.

Es gibt kaum noch Zeitzeugen der Swing-Jugend. Als einer der letzten Überlebenden starb im Januar 2022 Emil Mangelsdorff, der noch bis vor seinem Tod den Frankfurter Schülern von seiner Zeit als Swing-Jugendlicher und der Verfolgung durch die Gestapo berichtete.

Ich habe versucht, die damalige Zeit so detailgetreu wie möglich wiederzugeben. Sollten dabei Fehler entstanden sein, so bitte ich diese zu entschuldigen und würde mich sehr freuen, wenn Sie sie mir mitteilen. Ich lerne gerne jederzeit dazu.

Ich danke dem Heyne-Verlag und allen voran meinen Lektorinnen Janina Dyballa und Anna Baubin, dass sie meine Palmengarten-Saga so begeistert begleitet haben, und natürlich meiner Redakteurin Friederike Arnold für die akribische Durchsicht des Manuskripts. Ganz herzlicher Dank gebührt auch meinem Agenten Uwe Neumahr.

Last but not least gilt mein besonderer Dank meinen Autorenfreundinnen Doris Cramer und Hanna Aden. Ohne eure Unterstützung, auch im Vorfeld dieses Romans, hätte ich es nicht geschafft!

Und ein ganz besonders liebes Dankeschön an meine aufmerksame Testleserin Jannike.

Ich bin so froh, dass es euch alle gibt!

Mehr zum Thema

Wenn Sie sich ein Bild der Swing-Jugend machen wollen, empfehle ich Ihnen den sehr sehenswerten Film *Swing-Kids* von 1993 mit Christian Bale und Robert Sean Leonard.

Durch eine Suche auf YouTube oder Google mit dem Stichwort Swing-Jugend finden Sie sehenswerte Zeitzeugeninterviews, Originalfotos und Dokumentationen.

Einen ersten Einblick in die Frankfurter Swing-Jugend bieten die Wikipedia-Artikel *Hotclub Combo* und *Wolfgang Lauinger*. Auch der Wikipedia-Artikel *Fahnenflucht* bietet eine Fülle interessanter Informationen.

Weiterführend möchte ich Ihnen folgende inspirierende Bücher besonders ans Herz legen:

Börchers, Sabine: *Der Palmengarten: Wo Frankfurts grünes Herz schlägt. 150 Jahre Palmengarten.*

Hansert, Andrea C.: *Das Haus der Gestapo – Geschichte der Lindenstraße 27 und der Cronstetten-Stiftung in Frankfurt am Main.*

Hurra, wir leben noch! Frankfurt am Main nach 1945. Bildband von Fred Kochmann und Helmut Nordmeyer.

Lange, Sascha: *Meuten, Swing und Edelweiß-Piraten*. Jugendkultur und Opposition im NS.

Lorei, Madlen und Kirn, Richard: *Frankfurt und die drei wilden Jahre. Ein Bericht.*

Moosmann, Agnes: *Die Bagatelle. Als Arbeitsmaid im Reichsarbeitsdienst.*

*Der Poelzig-Bau: vom I.G.-Farben-Haus zur Goethe-Univer-
sität.* Hrsg. von Werner Meißner u. a.

Schwab, Jürgen: *Der Frankfurt-Sound. Eine Stadt und ihre
Jazzgeschichte(n).*

Senger, Valentin: *Kurzer Frühling.* (Autobiografie)

Storz, Oliver: *Die Freibadclique.*
   (Autobiografischer Roman einer Gruppe fünfzehnjähriger
Jungs zwischen Swing-Musik und Einberufung zum Volks-
sturm).

Tuckermann, Anja: *Ein Volk, ein Reich, ein Trümmerhaufen.
Alltag, Widerstand und Verfolgung – Jugend im Nationalsozialismus* (Jugendbuch).

*»Was damals Recht war ...« – Soldaten und Zivilisten vor Ge-
richten der Wehrmacht.* Hrsg. von Ulrich Baumann.

Juliane Michel

Ein Land im Aufbruch und eine junge Buchhändlerin, die gegen alle Widerstände um ihr Glück kämpft

978-3-453-42584-2
E-Book: 978-3-641-27849-6

Felicitas Fuchs

**Drei Frauen. Drei Generationen.
Ein ganzes Jahrhundert.
Und eine Lüge, die drei Leben
für immer verändert.**